차밍스쿨

박혜영 장편소설

차밍스쿨

박혜영 장편소설

아시아

차례

1장

1

"교육생 유지원입니다."

지원이 스피커폰에 대고 말하자 주물 대문이 바닥 레일을 따라 열렸다. 정문 앞에서 갈라진 양 갈래 길은 둥근 잔디 광장을 끼고 본관 건물 앞에서 다시 만났다. 운전석의 장길녀는 차 앞 유리에 이마를 대고 광장 너머의 브라운색 경사진 지붕과 베이지색 벽을 가진 삼층 건물을 자세히 살폈다.

"저기 본관까지는 일 킬로가 넘겠어. 근데 이런 시골에 웬 성채야?"

"동화 속의 성 같은데요?"

지원의 왼 어깨 옆으로 향나무 정원과 열댓 그루의 편백나무가 지나갔다.

"여기는 차가 없으면 외부 출입은 할 수 없겠어. 서울에서 한 시간

반이나 걸리는 이런 외진 곳에 터를 잡을 건 뭐야? 그것도 숙녀들에게 교양과 문화를 가르친다는 교육기관이 말이야."

주말 외출 시 지원을 데리러 와야 하는 부담감을 드러낸 셈이 되자 장길녀는 얼른 입을 다물었다.

"국도 입구에 버스정류장도 있던데요? 전 시외버스를 타고 다니면 돼요."

룸미러 속에서 지원이 환하게 웃었다. 차는 우회전하여 아치형 현관 포치 앞에 멈춰 섰다.

한 달 전 지원은 옥수동 이모의 소개로 장길녀를 엘 백화점 커피숍에서 처음 만났다.

"조카따님이 이렇게 늘씬하고 미모인 줄은 미처 몰랐습니다. 공부 잘하는 재원인 줄은 알았지만 이거 웬만한 미인들은 울고 가겠는데요?"

장길녀는 앞자리에 앉으면서 쌍꺼풀 없는 긴 눈을 치켜떴다.

"제 조카가 마음에 드세요?"

지원의 이모가 웃으며 묻자 장길녀는 과장되게 소리를 높였다.

"세상에나! 지적이고 귀티가 나고 어디 한군데 나무랄 데가 없어요. 마음에 들다마다 그 이상이에요!"

서울 장안의 알 만한 집 자녀들의 혼사를 맡고 있다는 장길녀는 에너지가 넘치고 카리스마가 있었다.

"일부러 페닌슐라 커피숍으로 나오시라고 했어요. '페닌슐라'는 반도라는 뜻이지요. 아유, 그 뜻은 조카분이 더 잘 알겠네. 이 호텔 커피숍이 장안에서는 성혼률이 가장 높다고 소문이 난 곳이랍니다. 저도 이곳에서 몇 커플을 성사시켰어요. 분위기도 보시라고 할 겸해서 이곳으로 모신 겁니다."

"지원아, 인사드려라."

지원은 자리에서 일어나 인사를 했다.

"유지원이라고 합니다. 스물여섯 살이고 문학을 전공했습니다. 아직 졸업은 하지 못했고 마지막 학기를 남겨두고 휴학중에 있습니다."

"대학은 졸업한 줄 알았는데?"

장길녀는 지원의 이모를 향해 눈길을 잠깐 멈췄다가 곧바로 웃어 보이고는 브리앙 백에서 안경과 귀가 접혀진 종이 한 장을 꺼내 펼쳐 보았다.

"'차밍스쿨은 대학과정에 준한 교육을 마친 자로 미혼 여성을 입학 대상으로 한다.'라고 입학요강에 쓰여 있기는 한데…….'"

장길녀는 지원을 향해 한쪽 눈을 찡긋해 보였다.

"결국은 제 돈 주고 듣는 교양과정이니 대학 졸업장이나 제반 증명서류를 반드시 제출해야 하는 건 아닐 거예요. 그러나 서로의 신뢰 관계를 구축하려면 차밍스쿨 측에서 어떤 종류든 진실을 증명하는 서류를 요구할 수는 있겠지요. 안 그래요? 지원양?"

"아? 네."

지원은 확신 없는 대답을 했지만 내심 장길녀의 솔직하고 화통한 해결 방식이 마음에 들었다. 그녀의 행동은 유연하고 자신감이 넘쳤다. 이런 유쾌한 긍정성이 양가 부모들에게 신뢰와 호감을 주어 혼사를 성사시키는가 보았다. 지원은 이모에게서 이 아르바이트 자리를 제안받았을 때는 황당한 느낌이 없진 않았다. 이모가 초등학교 교사로 재직하던 시절에 알고 지내던 장길녀라는 이가, 결혼 예비학교 성격의 차밍스쿨이라는 곳에서 한 학기를 수강해준다면 세 장을 주겠다고 제의했다는 것이다. 커피숍이나 편의점 아르바이트 시급보다서너 배나 많은 보수였다. 장길녀는 조기유학 붐이 일던 시기 이십년 동안 서울 강남 일대에서 유명한 영어 과외 선생이었다. 그 장길녀가 십 년 전부터는 자녀를 과외 시키던 상류층 학부형들을 연결해전문 중매쟁이로 변신했다고 한다. 이 자유연애 시대에 중매쟁이라? 지원의 머릿속은 갑자기 춘향전이나 심청전에나 나옴직한 매파 여자들의 골계적 언사로 소란해졌다. 차밍스쿨이 결혼예비학교라고? 게다가 한 학기 동안 기숙사 생활을 해야 하는 보딩 스쿨이라니. 도대체 이분은 날 데리고 무슨 일을 꾸미려는 거야?

"자, 말부터 놓아야겠지. 지원양도 날 어렵게 대하지 말고."
장길녀는 백화점 주차장 커브 길에서 운전대를 돌리며 말했다. 지원은 뒷자리에 앉아 브로슈어를 펼쳤다.
"이 주일 후에는 바로 기숙사 입실이야. 이 과정은 교육생과 동반자가 반드시 함께 등록해야 하는 과정이이에요. 어머니 혹은 부득이한 경우 그에 준하는 후견인을 동반하라고 입학요강에는 있는데 우리는 그냥 모녀 관계로 등록하자고. 그게 더 편할 것 같거든. 남들 보기에도 그렇고. 지원양이 스물여섯이니…… 내가 서른 살에 낳은 외동딸로 하면 되겠네."

지원은 브로슈어 표지에 나와 있는 학교 외관을 보자 가슴이 뛰었다. 정육면체의 삼 층 건물은 방금 리본을 풀어놓은 선물상자 같았다.

"내가 딸이 없어서인지 이 차밍스쿨 과정은 내게도 아주 흥미로워."

장길녀는 압구정동 백화점 지상 주차장에 차를 세우고는 뒤따라 걷고 있는 지원을 돌아보았다.

"지금부터 내가 해주는 건 그냥 자연스럽게 받아요. 엄마가 딸에게 주는 거니까."

이 층의 헤어숍 문을 들어서자 붉은 퍼머 머리의 미용실 원장이 안쪽에 앉아 있다가 화들짝 반기며 걸어 나왔다.

"우리 딸이에요. 앞으로 여기 숍에서 머리를 손질하게 될 겁니다. 원장님 잘 부탁해요."

"장 여사님에게 이런 장성한 딸이 있는 줄 그동안 몰랐네요!"

미용실 원장은 장길녀의 팔을 끌고 원장실로 들어가면서 지원을 위아래로 한 번 훑어보았다. 지원은 미용사가 내민 자주색 가운에 팔을 끼우고 회전의자에 앉아 황금색 테두리의 거울 속을 유심히 들여다보았다.

2

레이스 커튼 사이로 노란 햇살이 쏟아지자 세라는 겨우 눈이 떠졌다. 밤새 커피를 마시며 탐정소설을 읽어서인지 목이 마르고 속이 쓰렸다. 아래층 씽크대로 내려가는 동안 집안에서는 아무 소리도 들리지 않았다. 고양이 라미는 계단 구석에서 털을 고르고 있겠고 할머니는 일찍이 인근 성당으로 가셨고 할아버지는 친구분들과 기원으로 꾸민 오피스텔로 나가셨을 것이다. 이 집안에서 확실한 알리바이가 있는 분은 아침밥을 정한 숫자대로 씹어 드시고 법원으로 출근하신 아버지뿐일 것이다. 세라는 피의자처럼 검은 눈물을 떨구고 있는 커피기계에서 머그컵 한가득 커피를 따르고 얇게 썬 토마토와 익힌 계란을 끼운 토스트를 접시에 담아 창가 식탁에 앉았다. 정원에서 물 호스를 감고 있는 엄마, 이선화의 등이 보이자 세라는 양손에 빵 접시와 머그잔을 움켜쥐고 황급히 일어났다. 해가 중천인 대낮에 산발한 채 잠옷 바람으로 유령처럼 집안을 쏘다니는 자신을 보게 된다면 엄마의 잔소리는 호스 물보다 빠르게 쏟아질 것이다.

"윤세라, 어딜 가! 거기 서!"

뒷문을 들어서던 이선화가 싱크대 사이를 빠져나가는 세라의 잠옷 자락을 보고 소리를 질렀다. 세라는 어깨를 접고 도로 식탁에 와서 앉았다. 이선화는 딸에게 꼭 할 말이 있었다.

"어제 봉사 모임을 마치고 김장관 댁 사모와 둘만 따로 차를 마셨거든. 너도 알잖니? 현서 엄마."

이선화는 주방 서랍에서 홍보용 소책자를 꺼내 와 세라에게 내밀었다.

"차밍스쿨이라고, 예비신부들을 위한 교육과정이 생겼단다. 모녀가 동반해서 받는 과정이라는데 현서네는 시간을 낼 수 없어서 우리 모녀한테 권한다지 뭐냐. '세라 어머니이, 여기 차밍스쿨에서는 기숙사 생활은 의무적으로 해야 한답니다. 하긴 뭐, 상류층의 생활 예절서부터 시대 가풍에 적응하는 법을 배우려면 기숙사 생활은 기본으로 해야겠지만요.' 하면서 현서 엄마 특유의 콧소리로 말해주더라고."

세라는 턱에 흐르는 노른자를 손등으로 훑어내고는 소책자의 페이지를 차례로 넘겨보았다.

"예비신부들이 결혼을 준비하는 학교라고요? 근데 내게 이런 과정이 왜 필요해요? 난 신랑감도 없는데 대체 뭘 준비하라는 건데요?"

세라가 중얼거리자 이선화는 참고 있던 잔소리를 터트렸다.

"제발 그 긴 머리 좀 묶고, 맨발로 돌아다니지 말고. 젖은 수건 좀 침대 위에 놓지 말고. 눈 뜨자마자 또 커피냐? 제시간에 잠자고 일찍 좀 일어나라. 어른들께 아침 문안도 드리고 아빠 출근길에 내다보기도 하고!"

"엄만 나만 보면 시리즈로 잔소리야. 먹는 게 다 체하겠어. 흠, 작가란 원래 밤 시간에 활동한다고요. 특히 장르 작가들은 밤과 밤 사이, 어둠과 어둠 사이, 무질서와 혼돈 사이에서 영감을 얻거든."

이선화는 헛웃음만 나왔다.

"넌 전공을 정말로 바꿀 작정이냐? 네 할아버지와 아빠는 그 어려운 고등고시도 패스하셨어. 변호사 시험은 아주 식은 죽 먹기로 아시지."

이선화는 이 '시험'이란 말을 입 밖에 내고는 아차 싶었지만 쏘아진 화살이었다. 아무리 생각해도 이 년째 변호사 시험 합격자 명단에 딸의 이름이 없다는 게 믿기지 않았다. 하지만 지금은 그런 일을 채근할 단계가 아니었다. 이선화는 가까스로 목소리를 낮추었다.

"그런데 넌 왜 하필 추리소설 작가냐? 로맨스도 아니고."

"어릴 적부터 우리 집 서재에는 범죄에 관한 책들 뿐이었잖아요."

세라의 아랫입술이 서랍처럼 내밀어졌다.

"그래. 뭐든지 다 집안 탓이다!"

이선화가 자리에서 일어서려는데 세라가 소책자를 머리 위로 흔들어댔다.

"엄마, 엄마, 나, 이 차밍스쿨에 등록할래!"

"웬 호들갑이냐? 왜 갑자기 흥미가 생겼니?"

"높은 지붕 아래로 이어지는 긴 창문들, 반달 발코니가 달린 방들, 이런 곳에서 또래 숙녀들과 한 학기 동안 갇혀서 지낸다면 근사한 추리소설이 한 편 나오겠어요!"

딸의 승낙 조건이 꼭 이치에 맞지는 않았지만 아무튼 이선화는 반가웠다. 대학시절에 술을 사주겠다는 남자 선배를, 맥도날드에서 햄버거를 함께 먹고 돌려보냈다는 말을 듣고 난 후부터 이선화는 딸의 연애사에 어두운 그림자를 예감하고 있었다. 예비신부 교육과정이 생겼다는 말을 듣는 순간부터 이선화는 조바심이 났다. 세라에게 섣불리 제안했다가 거절당할까봐 아침 내내 할 말을 고르고 있던 참이었다. 이 결혼학교 과정만 수료한다면 딸, 윤세라의 연애 감각은 쑥쑥 자랄 것이다. 이제 윤판사 댁의 명운은 무남독녀 윤세라를 법관으로 만들기보다는 법관 사위를 맞는 일에 달려 있다! 이선화는 세라에게 번복할 틈을 주지 않으려고 재빨리 그 자리를 벗어났다.

"그런데 차밍스쿨은 최근에 지어진 새 건물이네? 수영장 타일도 선명하고 벽 페인트 냄새도 가시지 않았어. 이런 후레쉬한 곳에서 과연 추리소설이 구상될 수 있을까?"

세라는 뒤늦게 자신의 실책을 깨달았다.

"입학원서는 작성해서 메일로 보내겠습니다."

거실에서 통화를 하는 이선화의 목소리가 팡파르처럼 온 집 안에 울렸다.

'재바른 여사님이 벌써 일을 저질렀군. 이참에 잘난 윤판사 댁에서 탈출이나 해볼까? 사건 수첩과 노트북은 챙겨가야겠지.'

이 층 계단을 오르면서 세라는 양 손갈퀴를 집어넣어 머리를 맹렬히 긁어댔다.

3

햇살이 투명 창으로 들어와 랭가스 탁자 위에 금빛 냅킨을 펼쳤다. 아침 운동을 마친 송경희는 휘트니스 클럽 회원 전용 휴게실에서 엘레강스 잡지를 펼쳤다. 여느 때처럼 익숙한 명품 시계와 가방, 향수 광고들을 보면서 책장을 휙휙 넘기다가 한 페이지에서 멈추었다. 스페인식 기와지붕 아래 베이지색 벽으로 둘러진 커다란 건물이 잡지의 양면 광고에 나와 있었다. 그 건물 뒤로는 돔형 지붕의 체육관이 보이고 뒤편의 승마장의 트랙에는 검은 말 두 마리가 고개 숙이고 있었다. 부동산 광고로 보기에는 대지와 건물이 너무 크고 관공서 건물로는 개인적인 취향이 돋보이는 그 중간 어디쯤엔가 자리하고 있는 대저택이었다. 송경희는 사진 아래에 있는 광고 문구를 소리 내어 읽었다.

"차밍스쿨은 결혼 적령기의 여성들이 한 학기 동안 기숙사 생활을 하며 예절과 문화, 교양을 익히는 교육과정… 어머니들은 주말 어머니 교양 모임에 필히 참여해야 하는 모녀 교육 프로그램… 소수 인원을 선별 모집합니다.”

송경희는 광고 문구 중 ‘주말 어머니 교양 모임’이라는 문구에 소름이 돋았다. 백화점 문화강좌를 아무리 다녀봤지만 이것보다 더 자신이 원했던 과정은 이제껏 없었다. 차밍스쿨은 구절구절 송경희에게 필요한 보약만 골라 처방한 교육과정이었다. 송경희가 부족한 교양을 채우려고 지난 십여 년 동안 문화강좌를 얼마나 찾아다녔는지 그 피눈물 나는 여정은 남편 김병구만 알 것이다. 송경희 부부에게 필요한 것은 지식이었다. 전문 지식이 아니라 세상에 통용되는 얇은 지식들이었다. 그동안 그 작은 지식이 없어서 모임이 있는 자리마다 나서지 못하고 기가 죽었었다. 송경희는 차밍스쿨 홍보 문구만으로도 자존감이 커져가는 느낌을 받았다. 엘레강스 잡지를 에르메스 가든파티 백에 몰래 집어넣고는 서둘러 집으로 돌아왔다.

외동딸인 김보람은 송경희의 제안을 즉시 받아들였다. 오히려 보람은 어쩌면 엄마가 요즘 제 마음을 저렇게도 잘 알아맞출까 감탄할 정도였다. 보람은 초등학교 동창인 승우를 잡으려면 스스로 좀더 교양을 쌓아야 한다고 생각하고 있던 참이었다. 레지던트 이 년 차인 승우는 보람에게 거의 관심을 보이지 않았다. 그런 승우와는 상관없이 보람은 그의 주변을 수년째 맴돌고 있었다. 송경희도 딸과 함께 애를 태우는 중이었다. 주변에 처가 덕을 보려는 예비 의사들이야 줄을 서겠지만 무슨 수를 써서라도 딸이 연정을 품고 있는 승우만을 꼭 사위로 들이고 싶었다.

"겨우 한 학기 과정에 뭐 대단한 걸 가르치는 건 아닐 테고. 그렇지만 감은 잡을 수 있을 거야. 상류층의 교양 있는 사람들의 생활 습관이나 태도, 말투나 뭐 그런 거. 안 그래요, 여보?"

김병구는 아침 식탁에서 다그치는 아내 송경희의 목소리가 이젠 듣기 싫었다. 상대방에게 의견을 구하는 방식으로 제 의견을 공고히 하는 대화법에는 아주 넌더리가 났다. 재봉틀에 나란히 앉아서 가방을 박음질하던 시절에는 송경희의 달변이 반짝였었다. 함께 고생하는 아내가 고맙기도 했다. 그러나 김병구가 가방 테두리를 잇는 파이핑을 발명해 특허를 내고부터는 모든 게 달라졌다. 내수는 물론 해외로 수출이 시작되면서 사업체가 급성장하자 두 사람은 정신을 차릴 수가 없었다. 열 평 남짓한 작업장에서 수백 평의 공장을 지어 이전하고 해를 거듭하면서 주변의 땅을 사들여 증축을 했다. 김병구, 송경희 부부는 십오 년 동안 서울 근교에 크고 작은 빌딩을 다섯 개나 사들였다. 그중 하나는 딸의 이름을 따서 보람빌딩이라고 이름 붙였다.

4

"아직 많이 남았어요?"

윤영이 차창으로 이어지는 길을 보면서 백기사에게 물었다. 들판에는 완두콩고물 떡처럼 연두색 논들이 반듯하게 잘라져 있었다. 국도변의 코스모스는 자동차가 지나갈 때마다 흔들렸다가 먼지 속에서 다시 균형을 잡았다.

"조금만 더 가면 됩니다. 일요일 오후라서 차가 조금 막히네요. 다섯 시까지는 충분히 도착할 겁니다."

"강원도 원주시 군내리……."

윤영과 나란히 뒷좌석에 앉은 홍연숙은 입교 통지서를 꺼내 들고 학교 주소를 소리 내서 읽었다.

멜버른의 모나시대학에서 디자인 전공 학부를 마치고 돌아온 윤영은 차밍스쿨에 입교하라는 통보를 삼 일 전에 받았다.

"이번 주 일요일 오후 5시까지 기숙사 입실입니다. 이건 커리큘럼과 생활 일정표이고요."

권비서가 윤영에게 일정표를 내밀었다. 윤영이 낱장을 한 장씩 넘겨보다가 서 있는 권비서를 올려다보았다.

"이 차밍스쿨이란 곳은 어머니와 동반하는 모녀 교육과정인데 나보고 어쩌라고요?"

"회장님이 홍 여사님과 참여하라고 하십니다."

"방학 중에 하는 썸머스쿨도 아니고 이건 완전한 한 학기 과정인데요? 이런 교육과정이 내게 왜 필요해요? 당장 결혼할 것도 아닌데?"

머뭇거리는 권비서에게 윤영은 서둘러 마무리를 했다.

"아무튼 알겠어요. 아빠가 가라면 가야죠."

"회장님께는 그렇게 말씀드리겠습니다."

권비서가 문을 나가자 윤영은 일정표를 탁자 위에 내동댕이쳤다.

"기숙사 과정이라고? 멜버른에서 돌아온 지 열흘밖에 안 됐는데? 서울에서 한 시간 반이나 걸리는 지방에 날 또 가 있으라고요? 내가 이 집에 있는 꼴을 못 봐요. 아주!"

홍연숙은 윤영이 내던진 종잇장을 집어 들고는 눈에서 멀찌감치 떼어 보았다. 화를 내는 윤영의 얼굴을 마주보기도 민망해서지만 제 방에 돋보기안경을 두고 온 것이다.

5

"네가 학교에 휴직계를 내고 가야 할 만큼 참미스쿨인가 결혼학교 인가 하는 데가 그렇게 중요한 거냐?"

박명자는 딸의 결정에 불만이었다. 큰 딸인 허미리는 어릴 적부터 속이 깊었고 중고등학교 시절에도 줄곧 반장을 할 정도로 책임감이 강한 아이였다. 교대를 졸업하고 초등학교 선생으로 육 년 동안 근무를 잘하던 딸이 며칠 전에 갑자기 박명자에게 장거리 외출 준비를 시켰다.

"게다가 이 결혼학교 학비가 대체 얼마냐? 아무리 실습비와 기숙사비를 모두 포함한 비용이라지만 사립대 몇 년 치 등록금이야."

조수석이 어지럽다고 뒷자리로 옮겨 앉은 박명자는 차창 밖의 풍경과는 아랑곳없이 머릿속 풍경이 바뀔 때마다 한 마디씩 중얼거렸다.

"나이가 곧 서른인데 적금을 탔으면 혼수 준비나 할 것이지. 결혼에 대해 더 뭘 배울 게 있다고 그 돈을 낭비하려는 건지, 원. 우리들은 애 낳고 그저 살았다. 애들 기르다 보니 늙었고. 그게 결혼이고 인생이지. 요즘엔 웬 난리들이래."

전화국 외근 직원으로 근무한 남편 봉급으로 삼십 년 동안 살림을 하고 아이 둘을 키워 낸 박명자에겐 먹고사는 일이 가장 중요했다.

그 외의 일은 전부 호들갑이고 난리에 속했다. 딸이 초등학교 교사를 하는 동안에도 박명자의 근검한 생활방식에는 변함이 없었다. 김해 아울렛 덤핑 가판대에서 산 등산복을 입고 퇴직한 남편과 함께 인근 야산을 올랐고 손수 뜯어온 산나물과 텃밭의 채소로 소박한 밥상을 차렸다. 미리는 박명자의 말에 미동도 하지 않고 경주마처럼 앞만 보고 운전을 했다. 엄마처럼 그저 살아온, 그런 구태의 방식에서 벗어나려고 내가 이 차밍스쿨에 등록한 거라고요. 미리는 이 말을 입 밖으로 내지는 않았다.

허미리가 홍기수를 처음 만났을 때 그는 김해 을 국회의원 선거운동을 하는 아버지에게 잠시 들른, 당시 재수생이었다. 선거캠프에서 아르바이트를 하던 허미리가 그곳에서 두 살 연하인 홍기수를 만났다. 미리는 기수를 만나 일곱 번의 봄과 가을을 함께 보내고 올해 스물아홉 살이 되었다. 그를 군대에 보낸 것도 제대하는 그를 맞은 것도 허미리였다. 그런데도 미리는 기수와 교제하는 칠 년 동안 한 번도 그의 가족을 소개받지 못했다. 올해 초 기수가 대학을 졸업하고 세종시의 공기업에 취직을 하자, 기수에게 그동안 만나는 여자가 있었다니 한번 만나보자고 기수 엄마가 먼저 청해왔다. 일 차로 아들 주변 여자를 점검해보고 그다음 일을 도모하려는 의도로 보였다. 처음 만나는 자리에서 기수 엄마는 미리의 모녀를 거절한다는 의미를 온몸으로 전달하는 듯 했다. 무릎은 정면에서 바깥쪽으로 비켜 앉았고 턱을 치켜든 눈길은 맞은편에 앉은 두 모녀의 정수리를 향했다. 대화 도중 잠깐 웃음을 흘리다가도 급히 입술을 오므려 단호한 표정을 지었다. 외형은 예의를 갖추었으나 내용에는 조금의 배려도 없었다. 박명자는 말없이 고개를 끄덕이면서 미소만 짓고 앉아 있다가 과도하게 허리를 굽혀 작별인사를 했다. 돌아오는 길에 미리는 마음이 편치 않았다. 딱히 꼬집어 말할 수는 없지만 기수 엄마에게 홀대를 받았다는 느낌을 지울 수가 없었다. 박명자는 호텔 주차장에서부터 입을 꼭 다물고 있었다.

"엄마가 너무 저자세로 나오면 결혼해서도 내가 평생 주눅 들어 살아야 하잖아요."

운전을 하며 허미리가 무심코 한마디를 던졌다. 창밖만 보고 앉았던 박명자가 기다렸다는 듯이 흥, 하고 코웃음을 쳤다.

"말이 나와서 말인데, 너희 시어미 될 사람인가 하는 그 국회의원 각시는 콧대가 보통이 아니더라. 마주 앉았는데도 눈길 한 번을 내리고 맞추질 않아. 뭐가 그리 잘났다냐? 나도 내 딸, 열 달 배 아파서 낳았고 아쉬울 거 없이 키웠다. 거기에 여자가 교대 나와서 선생 하면 됐지. 서른 나이가 되도록 하나 버릴 게 없는 아이야. 저희 남편이 현역 국회의원이면 다냐? 지역구민들에게는 표 얻으려고 굽실렁거렸는가는 몰라도 내게는 차가운 뱀이더구나. 아주 오만기가 뚝뚝 흘렀어. 연배도 세 살 어린 여자한테 이유 없이 모욕당하는 기분이었어. 난 우리 딸한테 조금이라도 피해가 갈까봐 살얼음 딛듯 조심 또 조심한 죄밖에 없다."

박명자가 차 창문을 조금 열었다. 낫 모양으로 열린 창틈으로 들어온 바람이 그녀의 파마머리를 이마 위에 가시넝쿨로 뭉쳐놓았다.

"이런 말까지는 안 하려고 했는데……."

돌연 차창 쪽으로 고개를 돌리는 박명자의 목소리가 떨렸다.

"우리 딸, 마음 상할까봐……."

허미리는 몇 개월이 지난 지금에도 룸미러에 비친 엄마의 젖은 눈가와 목 메인 음성이 잊히지 않았다. 차는 중부고속도에서 영동선의 갈림길로 들어섰다.

6

"몇 층이 기숙사지? 여기 직원들은 다 어디 간 거야?"

차 트렁크를 열면서 장길녀가 주변을 둘러보았다. 장길녀는 광화문에서 중요한 오후 미팅이 잡혀 있어서 아침부터 서둘렀다. 모녀가 함께 잠을 자고 다음 날 입학식에 참여하는 프로그램을 이행하려면 차밍스쿨로 다시 돌아올 시간이 촉박해서였다. 그때 두 사람 앞으로 단발머리의 한 중년 여성이 다가왔다.

"차밍스쿨에 오신 것을 환영합니다. 게스트룸은 본관 삼 층에 있습니다. 건물 뒤편에 엘리베이터가 있어요."

삼 층에는 객실들이 양편으로 이어졌다. 지원은 두 팔 넓이의 복도를 두고 의장대처럼 서 있는 방들 사이로 캐리어를 밀고 갔다. 새벽에 대로를 걸을 때처럼 텅 빈 복도에 소리가 울렸다. 지원은 문 앞에 붙어 있는 교육생들의 이름을 차례로 읽으며 걸어갔다.

"윤세라, 김윤영, 유지원, 허미리, 김보람, 임슬기, 소시은."

오후 네 시가 넘어가자 기숙사 방에 하나둘 주인이 들어왔다. 현관 앞에 세워진 검은 승용차 트렁크에서는 한 교육생이 캐리어를 내리고 있고 또 한 대의 은회색 승용차가 잔디 광장을 끼고 들어오고 있었다.

"유지원이라고 해요. 옆방을 배정받았어요."

지원이 열린 방문 앞에서 인사를 하자 포니테일 머리의 교육생이 문 앞으로 튀어나왔다.

"아? 이웃이군요? 윤세라예요. 우리 앞으로 잘 지내요. 차에 가져올 가방들이 더 있어서 다시 내려가봐야 해요."

중앙 계단을 뛰어 내려가는 윤세라의 뒷모습을 지원은 서서 지켜보았다. 같이 가서 도와줄 수도 있지만 그렇게 하지 않았다.

'지원양, 멤버들에게 지나친 배려는 하지는 말아요. 친절도 적당히 주고받으라고. 여기 등록한 아가씨들은 보통 집안 출신들이 아니다 보니 자존감이 높을 뿐 아니라 일상의 겸손은 기본예절로 알아요. 그러나 선을 넘어 지나치게 친절하거나 친밀하게 굴면 경계부터 합니다. 우리 쪽에서도 그럴 이유가 전혀 없고. 새로운 환경 적응에 도움이 될까 해서 해주는 말이에요.'

장길녀가 지원에게 해준 충고였다. 여기 동료들은 고객이 아니다. 알바를 오래 해온 지원은 자신에게 엄중하게 일렀다. 혹시 저도 모르는 사이에 이들에게 억지 미소를 짓고 무릎을 살짝 낮추게 될까봐 걱정이었다.

검은 주물 대문을 통과하여 본관 건물 앞에 차를 세운 백기사는 캐리어와 화장품 가방과 모자 가방을 차례로 내려놓았다. 김윤영은 뒷걸음질을 쳐 거리를 확보한 뒤 골판지 모양의 길게 경사진 지붕을 올려다보았다. 누가 디자인한 거야? 꼭 중세 수도원 분위기인데? 브라운 계열은 너무 지적이고 정돈된 이미지야. 이곳은 마치 '정숙한 신부로 만들어줍니다.'라고 홍보를 하는 것 같군. 명분을 좋아하는 강남 엄마들은 이 결혼 예비학교 과정에 꽤나 열광하겠는데?

"우리 딸은 CA, 그러니까 차밍스쿨 애티튜드 과정을 이수했답니다. 댁의 따님은요? 아직도요? 아니 뭐, 요즘 서울 장안의 예비신부들에게는 이 과정이 필수라서요. 홍홍!"

윤영이 잘난 척 끝판왕인 제 숙모의 목소리를 흉내 내자 스테인드글라스 장식의 현관문으로 캐리어를 밀고 가던 홍연숙이 뒤돌아보면서 웃음을 터트렸다.

김보람의 눈에는 연못 중앙에 물 항아리를 어깨에 걸친 여인의 조각상이 가장 먼저 들어왔다. 편백나무 길과 푸들 강아지 모양의 향나무 정원을 지날 때에는 향을 맡으려고 콧날을 찡긋거려보았다. 차가 멈추자 보람은 차창 밖으로 목을 빼고 탄성을 질렀다.

"와우!"

송경희는 현관 출입구를 막고 있는 두 대의 승용차 뒤에 나란히 차를 세웠다. 브라운색 지붕 뒤편으로 홍시 빛 해가 기울고 있었다.

7

오정애는 심기가 불편했다. 첫 번째 관문에서부터 아는 사람을 만나다니. 여기 학부형들과는 처음부터 거리를 두고 싶었다. 자신의 신분이 노출되면 괜한 말들이 오갈 수 있었다. 그런데 커피 회사 창업자 부인을 여기서 만나게 될 줄이야! 정귀자 여사와는 봉사 모임에서 몇 번 만나 얼굴은 익힌 사이였다. 오십 대인 자신과 칠십 대의 정 여사와의 나이 차이는 무려 이십 년이고 서로 속사정을 알 정도의 친분은 아니어서 그나마 다행이었다.

오정애가 현관 입구에서 은색 커트 머리의 노부인과 이야기를 나누는 동안, 강보좌관은 두 개의 캐리어를 끌고 건물 뒤편의 엘리베이터로 갔다. 임슬기는 중앙계단을 오르다가 천장에서 쇠줄을 타고 내려온 왕관 모양의 샹들리에를 올려다 보았다. 왕관의 무게를 견딜 만한 사람을 발견하면 곧장 그 머리에 내려앉을 기세였다. 슬기는 침대 끝에 걸터앉을 때까지만 해도 별다른 생각이 없었다. 여기까지는 엄마가 하자는 대로 저항 없이 이끌려왔다. 그러나 혼자만의 시간을 갖게 되자 점차 눈길이 골똘해지고 양미간이 좁혀졌다. 가슴속에서 흑구렁이가 몸을 틀었다. 어디든 날 가두어보시지. 그런다고 내가 달라지나. 해남 외숙모집. 경주 할머니집. 이 차밍스쿨은 결혼 준비학교라지? 장소만 달랐지 목적은 똑같아. 외출금지. 남자 접촉 금지. 소문을 피해 근신할 것.

정귀자는 멀리서 주차를 할 때부터 오정애를 알아보고는 내심 반가웠다. '이게 누구야? 외교부 장관 사모 아니야? 아니 오 여사가 여기 웬일이래?' 스스로 학부형으로는 나이도 많고 멋쩍은 자리라고 생각했었는데 안면이 있는 오정애를 마침 잘 만났다 싶었다. '저이라도 만났으니 얼마나 다행이야.' 한 달 전 큰딸로부터 차밍스쿨 과정을 소개받고는 막내딸의 학부형으로 참석하게 되자 정귀자는 가슴이 다 설레었다. 차밍스쿨이라는 이 새로운 문을 열고 들어가기 전에 마침 누구에겐가 자신의 내력을 말하고 싶던 참이었다. 책도 내용을 펼치기 전에 먼저 목차를 보여주는 게 순서가 아닌가. 그런 차에 신기하게도 오정애가 눈앞에 나타난 것이다.

"우리 막내딸이 여기 차밍스쿨에 등록했답니다. 막내 시은이는 제가 마흔 살에 낳았어요. 여덟 번째 딸이고요."

왼발을 현관문을 향해 삐뚜름하게 놓은 오정애가 언제 가버릴지 몰라서 정귀자는 말을 빨리했다.

"막내가 서른네 살 먹도록 연애 한 번 안 하니, 우리 큰애가 불호령을 내려서 이 클래스에 등록시킨 거랍니다. 덕분에 이 어미도 주말 교외 나들이를 할 수 있으니 좋지 뭐요."

"아? 네에. 늦게 막내따님을 두셨군요."

오정애는 이 노부인이 학부형 자격으로 왔다는 말에 당황해서 짧게 응답했다.

"우리 딸은 먼저 도착해서 기숙사로 들어갔나 보네요. 시은이는 대전에 있는 대학에 출강하고 있답니다."

오정애는 정 여사의 말을 어디에서 자르고 자리를 피할까 궁리하느라고 내용은 하나도 머리에 들어오지 않았다. 마침 정귀자가 이마에 손을 얹어 커튼이 열리고 있는 삼 층 창문을 올려다볼 때 얼른 기회를 잡았다.

"저, 그럼, 먼저 가볼게요."

오정애가 옆얼굴로 인사를 하고는 재빨리 몸을 돌리는데도 정귀자는 남은 말들을 등 뒤에 마저 따라 보냈다.

"위로 딸 일곱은 모두 출가시켜서 외손자, 외손녀만 아홉 명을 두었다오."

이른바 목차 뒤에 빠질 수 없는 참고문헌이었다.

오정애는 알고 싶지도 듣고 싶지도 않은 노부인의 말을 주먹에 구겨 쥔 채 양팔을 휘저으며 현관문 안에 들어섰다. 중앙계단을 올라가 날개처럼 양편으로 이어지는 방들을 둘러보면서도 오정애는 조금 전 예상치 못한 만남이 영 불안했다. '젠장, 저 노인네를 여기서 만날 게 뭐람.'

오정애는 차밍스쿨에 등록할 때 단 한 가지가 걱정이었다.

"우리 신분을 숨길 수 있겠어?"

"사모님과 따님만 등록하는 거니까요, 숨기고 싶으시면 숨기실 수 있어요."

강보좌관은 오정애의 의중을 알고 있는 듯 정확히 짚어서 말했다.

"일부러 숨길 의도는 없지만 굳이 밝히지는 않겠다는 거지. 혹시 세간에 무슨 말이라도 날까봐… 하하 우리는 세상의 여론이 호랑이보다 더 무섭다."

강보좌관은 교육생 임슬기, 보호자 오정애라고만 적어 넣은 차밍스쿨 입학원서를 보여주었었다.

"슬기 방은 어디지?"

오정애는 복도 입구에서부터 방문 앞에 A4 용지에 붙은 이름을 확인하며 걸어가는 강보좌관에게로 다가갔다. 그때 고개를 기울인 채 문고리에 매달린 한 교육생이 먼저 대답했다.

"임슬기요? 바로 제 옆방이에요."

오정애는 찐빵처럼 희고 동그란 얼굴 앞에서 잠시 멈춰 섰다. 이 아가씨가 정귀자 여사의 막내딸일 것이다. 이름이 소시은이라 했던가.

허미리의 차가 원주 톨게이트에 들어선 시간은 거의 여섯 시에 가까웠다. 엄마, 박명자는 서울 이모에게 줄 유기농야채 박스를 현관에 두고 왔다면서 칠서 부근에서 차를 돌리게 했었다.

"그나저나 여기 결혼학교에서는 엄마들도 매주 금요일 오후 어머니 모임에 참석해야 한다는데 난 그런 모임도 불편하다. 돈 있는 서울 여자들은 좀 치장을 하고 나오겠냐. 난 명품백이라고는 달랑 느이 이모부가 외국 출장 다녀오면서 선물로 준 거 하나뿐인데 매번 그것만 들고 다닐 수도 없고. 여엉 신경 쓰인다. 구두도 그렇고 옷도 그렇고. 아무래도 느이 이모 걸 좀 빌려 입고 다녀야 쓰겠어. 앙앙 잔소리는 해대도 영희가 그런 데는 너그럽거든."

차 뒷자리에서 박명자는 구르는 실 뭉치처럼 혼잣말을 풀어냈다. 고속 도로변에, '차밍스쿨 700미터'라는 초록색 표지판이 보이자 허미리는 우회전을 해 국도에 접어들었다.

8

지원은 혼자 기숙사 방에 오도카니 앉아 있으려니 밖의 상황이 궁금했다. 오픈된 복도 거실에 앉아 새커리의『허영의 시장』을 읽다가 이따금씩 고개를 들어 입실하는 교육생들을 바라보았다. 그들은 얼굴 모양과 신체 움직임이 제 어머니와 꼭 닮아 있었다. 기숙사 방을 안내했던 단발머리의 진선미 선생은 교육생들을 복도 거실에 모이게 했다. 서로 인사를 나눈 여섯 명과 방금 도착해 숨 가쁘게 인사를 건넨 허미리까지 진선미 선생 주변을 둘러섰다.

"기숙사 생활 지도와 예절을 담당하고 있는 진선미 선생입니다. 삼 층 기숙사 맨 끝 방에 상주하고 있으니 언제든 무슨 일이든 문의하세요. 뒤채 별관 식당에서 저녁식사를 하고 배정받은 게스트룸에서 취침을 하시면 됩니다. 침대가 퀸사이즈라 어머니와 더욱 친밀한 밤을 보낼 수 있을 거예요."

유쾌하면서도 거침없는 태도로 말을 마친 진선미 선생이 손뼉을 두 번 쳐서 점호 해산을 알렸다.

"그럼, 내일 아침 열 시에 일 층 입학식장에서 만나요."

밤 9시경 장길녀는 양손에 쇼핑백을 두 개씩 겹쳐 들고 다시 기숙사로 돌아왔다.

"백화점에서 잠옷하고 실내복, 생활소품들, 화장품을 좀 사 왔어. 내일 아침부터는 지원이도 여기에서는 공주로 지내야 하니까."

장 여사는 목이 마른지 주둥이가 아래로 휘어진 은제 주전자에서 물을 따라 연거푸 두 잔을 마셨다. 지원은 집에서 가져온 보풀이 난 면 잠옷 바지와 티셔츠가 좀 신경 쓰이긴 했다. 실용적인 데는 문제가 없겠지만 품위와 우아함과는 거리가 멀었다.

"지원이가 여기 차밍스쿨에서 해줘야 할 일은 말이야."

문득 장여사가 지원에게 무릎을 바싹 당겨 앉아 탁자 위에 두툼한 가죽 수첩을 꺼내 책갈피 줄을 당겼다. 지원은 마음을 단단히 먹었음에도 장여사가 일 얘기부터 먼저 꺼내자, '나도 다른 교육생들처럼 엄마와 함께 이곳에 왔더라면…' 하는 서운한 생각이 잠깐 들었다. 장길녀는 다탁 위 스탠드 조명 아래 빼곡히 적은 수첩의 낱장을 펼쳤다.

"여기 교육생 중에 김윤영하고 윤세라를 주목해줘. 둘 다 스물여섯 동갑내기이고 상당한 명문가집 딸들이지."

"저랑 나이가 같네요?"

"애초에 지원양을 알바생으로 구한 이유도 이들과 나이가 같기 때문이었어. 지원양이 이 두 사람에 대해 사소한 에피소드서부터 대화, 교우 관계 등, 모든 사적인 근황을 세세하게 알려주면 내가 그분에게 보고하도록 하지."

"어느 분에게 보고를 해요?"

지원이 무심코 질문을 던졌다. 장여사가 잠시 말을 멈추었다가 하던 말을 이어갔다.

"아참 그리고, 여기 수강생인 임슬기와 소시은에 대해서도 알려줘야 해."

장길녀는 잊고 있던 물건이 생각난 것처럼 두 사람의 이름을 툭 던졌다.

"이들도 앞의 두 사람 버금가는 집안의 자녀들이지. 내 클라이언트의 요구는 아니지만 이들의 개인 신상은 내가 필요해서야. 진짜 상류들은 요즘 사적인 중매를 원해. 공적인 중매 기관들이 신뢰를 못 주기 때문이지. '낭랑 결혼정보회사'는 들어본 적이 있지?"

"아니요. 못 들어봤는데요. 저는 그런 데 아직 관심이 없어서요."

"그 유명한 낭랑의 커플 매니저, 이런 사람들 이름도 못 들어봤어? 그런 데는 커리어 좋은 남자나 여자 한 명을 계속 돌려막기로 여러 명에게 데이트를 시킨다잖아. 예약된 미팅 숫자를 맞추려고 이루어질 듯하다가 무슨 핑계를 대서라도 안 되도록 조정한다는 괴소문까지 돌아요. 그러니 어떻게 그런 델 믿고 내 자녀들을 내놓겠냐고. 상류층들은 공동 중매 시장에는 자식을 잘 내놓질 않아. 개인적인 친분이나 사적인 연결로 소개를 하는 거지. 그러다가 마음과 조건이 맞으면 결혼으로 이어지는 거고."

"아, 전혀 들어보지 못한 세계라서요. 신기해요."

지원은 스탠드의 동그란 빛 안에서 턱을 거두어들이며 말했다.

"그런 재벌가, 명문가들 자녀를 사적으로 연결해주는 게 바로 우리의 일이야."

장길녀는 지원에게 한마디로 답을 준 것에 만족한 표정을 지었다.

"그렇다고 너무 일에만 몰두하지 말고 지원양도 이 생활을 즐겨요. 돈 있는 집안 딸들이 수천만 원을 들여서 받는 과정을 지원양은 그냥 교육받을 수 있으니 좋은 거잖아. 그렇게 우리가 하는 일을 긍정적으로 생각하자고."

장길녀 여사가 따뜻한 눈빛을 보냈다.

"네."

지원은 곰 인형을 안았을 때처럼 마음이 편안해졌다.

"상류층인 그들에게서 다른 게 보이기 시작하면 지원양은 위화감으로 공격적이 되거나 초라해져서 주눅이 들거나 한다고. 무슨 말인지 알지? 그들의 위치를 인정하고 나면 오히려 내 위치가 당당해져. 그 지점에서 실제적인 내 일이 시작되는 거야. 그러니 이 상황을 있는 그대로 가감 없이 받아들여요. 우리 두 사람에게 이건 일이니까. 이 서울 장안의 상류 사회에서 내가 최고 매칭 마스터로 명성을 쌓아 온 노하우이기도 하지. 스스로 자존감 보호하기. 이 말, 지원양도 명심하라고."

두 팔로 목 뒤에 깍지를 끼고 소파 등받이에 기대어 앉아 있던 장길녀가 벌떡 일어나서는 실내복을 챙겨 욕실로 향했다.

"차차 더 이야기하기로 하고. 오늘 밤은 우리도 좀 편하게 쉬자고. 비즈니스가 연결되어 있으니 완전히 긴장이 풀리진 않겠지만 어쨌든 우리도 쉬어야 내일 일을 잘할 수 있지."

2장

1

    지원은 침대 귀퉁이에서 웅크린 채 눈을 떴다. 밤새 긴장했었는지 침대 시트에는 전혀 구김이 없었다. 발코니의 유리문을 통해 인디언 핑크빛의 새벽이 흘러들었다. 지원은 가운의 허리끈을 묶고 반원의 발코니로 나갔다. 잔디 광장 너머의 하늘은 남색 보자기에서 붉은 복숭아를 펼치고 있었다. 그 하늘 아래의 검은 주물 정문은 마치 안과 밖을 구분 짓는 무대의 막처럼 보였다. 어제 장길녀 여사의 승용차를 타고 저 길을 따라 들어올 때만 해도 지원은 마음이 다소 불편했었다. 아르바이트 일은 어렵지 않겠으나 돈 많은 사람들의 혼사 놀음에 낀 것 같아 썩 유쾌하진 않았다. 그런데 오늘 새벽 눈을 떴을 때는 기분이 달랐다. 우연히 주어진 이 역할극에 가슴이 설레기까지 했다. 지원은 원목 옷장에 달린 전신 거울 앞에 서보았다. 아직 막이 오르지 않은 무대처럼 새벽빛을 밟고 서 있는 자신의 실루엣이 검게 보였다.

'한 학기 동안 공연되는 이 연극에서 난 어느 재력가의 외동딸 역을 맡은 거야. 당분간 저 주물 정문 밖의 세상은 잊을 거야. 이 작위적인 세계에서 배정받은 새 역할로 위로를 받을 거야. 신데렐라처럼 자정이 되기 전까지 난 공주인 거지. 마법이 풀린 다음 편의점 알바생으로 돌아간들, 그게 뭐, 나쁠 건 없잖아?'

부푼 가슴을 손바닥으로 누르자 긴 숨이 터져 나왔다. 지원은 방 안을 소리 나지 않게 천천히 걸어보았다. 초록색 앵초 꽃문양의 양탄자가 실내화 밑에서 부드러운 눈처럼 밟혔다. 독일식 책상과 거울 달린 월넛 옷장을 지나 사주 침대 곁으로 다시 돌아와 섰다. 새벽녘에야 잠이 든 장길녀 여사는 시계 초침처럼 규칙적으로 코를 골고 있었다. 그녀는 첫날 밤을 딸과 함께 보내야 하는 차밍스쿨의 첫 미션을 수행중이었다. 지원은 샤워를 끝낸 후 조용히 방을 빠져나왔다.

입학식이 시작되려면 두 시간이나 남아서인지 별채 식당에는 지원이 혼자였다. 지원은 뚜껑달린 은식기에서 구운 감자와 달걀스크램블, 갓 구운 빵을 접시에 차례로 담아 식탁의 창가 자리에 앉았다. 물을 뺀 수영장 바닥의 푸른색 타일과 체육관의 은색 돔 지붕, 그 뒤편으로는 마사로 가는 노루색 오솔길이 보였다. 지원은 그곳까지 산책해보려고 자리에서 일어났다.

2

윤세라는 일 층 중앙계단의 안쪽에 있는 여닫이 문을 밀었다. 초록과 흰색 체스판 문양의 고무바닥에서부터 천장 높이까지 빼곡하게 책들로 채워진 서재에서는 가죽냄새와 종이냄새가 났다. 이선화는 닫힌 문마다 열어보는 세라의 팔을 잡아당겨 입학식이 열리는 커먼 룸으로 끌고 갔다. 앞줄에는 교육생들이 앉아 있고 그 뒤편으로 어제 오후부터 서로 얼굴을 익힌 어머니들이 두 겹의 반원으로 자리하고 있었다.

한 자리 건너의 오정애는 빨강과 파란색을 배색한 클래식 머플러를 두른 어깨를 곧추세우고 앉아 있었다. 정귀자는 정면에 있는 흰 백합의 아치형 꽃 기둥을 오정애와 똑같이 눈에 힘을 주어 바라보았다.

가운데 자리의 박명자는 양편에 앉은 학부형들의 차림새들을 곁눈으로 살펴보았다. 왼편에 앉은 장길녀는 감색 투피스에 쉬폰 흰색 머플러를 칼라 사이에 넣었고 오른 편의 이선화는 검정 원피스에 아이보리색 샤넬 트위드 재킷을 걸치고 있었다. 박명자는 슬며시 로고가 보이는 쪽으로 핸드백을 돌려 안고는 소매를 걷어 까르띠에 손목시계를 들여다보았다. 로마식 표기의 숫자가 열 시 오 분 전을 알리고 있었다.

3

도로시는 이 층 집무실에서 커먼 룸으로 이동하는 교육생들을 내려다보면서 차밍스쿨의 첫 씨앗이 뿌려진 그 시작을 떠올렸다.

열두 살에 한국을 떠나 미국으로 온 지 꼭 사십 년이 되던 해에 도로시는 아버지의 고문 변호사로부터 연락을 받았다. 서울에서 뇌졸

중으로 돌연사한 아버지의 부고였다. 아버지 장례식을 치르러 서울에 온 도로시는 제 몫의 유산에 적잖이 놀랐다. 뉴욕 롱아일랜드 집으로 돌아와서도 도로시는 두 팔로 무릎을 묶고 소파 위에 앉아서 생각했다. '십만 평이나 되는 부동산과 상속세를 제하고도 수백억의 동산으로 이제 뭘 한다지?' 도로시는 모로 누워서 생각했다. 침대 프레임에 등을 기댄 채 생각했다. 노란 인디언 러그 바닥에 앉아서 생각했다. 도로시는 여러 시간, 여러 날을 그 사용처를 찾아 골몰했다. 쉰살 중반이 되도록 이토록 오랫동안 무엇을 찾아 고뇌한 적이 없었다. 그러나 이번에는 이 기회를 간단히 흘려보내고 싶지 않았다. 늦은 감이 있지만 자신의 힘으로 세상을 위해 뭔가 해보고 싶었다. 도로시는 이번 일이 자신의 생애에 주어진 마지막 기회임을 직감했다. 고뇌를 거듭하던 새벽, 한 생각이 번개처럼 머리에 스쳤다.

"난 세상의 모든 커플들이 행복해지는 일을 하겠어!"

도로시는 스스로에게 놀라 두 눈이 번쩍 떠졌다. 그동안 머릿속에서 일던 먼지들이 소낙비가 온 뒤처럼 일시에 가라앉았다. 다리에 휘감긴 이불을 걷어차고 도로시는 여닫이 창문을 활짝 열었다. 온 들판이 순하고 풍요롭게 펼쳐져 있었다. 도로시는 땅속의 온갖 애벌레들에게도 젖을 물리고 싶은 심정이었다. 어제까지만 해도 상상하지 못한 큰 변화였다. 이제 모난 바위처럼 언덕 꼭대기에 홀로 서 있는 자신이 아니었다. 도로시는 그 아침에 새로 탄생한 자신에게 첫 호흡을 불어 넣고는 새로운 계획을 당장 실행에 옮겼다.

원주시 군내리의 임야, 십만 평 가운데 만 평의 평지를 골라서 그 한가운데에 먼저 본관 건물을 짓고 둘레에는 정원을 조성했다. 정원 중앙에 동그란 연못을 파고 주변의 땅에는 각종 나무들을 이식하고 뒤편 언덕에는 승마장과 마사를 그 오른편의 둔덕은 깎아 음악실과 체육관, 테니스장을 지었다. 본관 건물 뒤로는 수영장을, 옆의 단층 별관에는 식당과 세탁실, 고용인들의 거처를 마련했다. 이 년에 걸쳐 사택과 부속 건물, 시설 설비가 마무리되는 동안 도로시는 뉴욕대 박사 후 과정에 있던 황신이를 불러서 학교의 운영과 기획을 맡겼다. 내부 동력까지 얻게 되자 일은 일사천리로 진행되었다. 수강생을 모집하는 광고를 국내 보그지와 엘레강스지에 학교 사진과 함께 실어 홍보하고 황신이를 중심으로 교무 팀을 구성해 커리큘럼을 짜고 교육생들을 모집했다. 그중 단 일곱 팀만을 엄선해 차밍스쿨의 일 차 교육생으로 받았다. 오늘이 그 출발이었다.

"원장님, 입학식장으로 이동하실 시간입니다."

황신이 선생이 등 뒤로 다가와 말했다.

4

입학식을 기다리는 학생들과 어머니들은 기대에 찬 눈길로 출입문 쪽을 바라보았다. 회색 원피스 위에 핑크빛 재킷을 입고 웨이브 넣은 단발머리의 도로시 원장이 유리문을 밀고 들어섰다. 도로시 원장이 가운데 자리에 앉자 두 손을 모으고 지켜 서 있던 두 선생이 양편 의자에 갈라 앉았다. 단상을 두지 않은 입학식장은 둥글게 앉은 좌담회장 같았다.

"예비 신부님들 그리고 존경하는 어머님들, 차밍스쿨, 결혼학교에 오신 걸 환영합니다. 그럼 도로시 원장님의 입학 환영사가 있겠습니다."

황신이 선생이 진행 순서를 말하자 도로시 원장이 중앙으로 한걸음 나섰다.

"인생은 짧고 결혼은 깁니다!"

통통한 볼과 둥근 턱을 가진 온화한 도로시 원장이 단호한 첫마디를 냈다. 결혼보다야 인생이 더 길지 않을까. 지원은 문득 의아했지만 다른 이들은 일제히 의심 없는 눈길을 보내고 있었다.

"결혼이란 자신의 치수에 꼭 맞게 재단해 입어야 하는 옷과 같아요. 남들의 기준이나 공통 치수에 맞춘 옷은 불편합니다. 좀 남아도 좀 끼어도 대충 맞춰 입어야 하는 그런 공동 유니폼에는 자부심도 없을뿐더러 애착이 가질 않지요. 결혼은 평생 입어야 하는 일상복인 만큼 내게 꼭 맞아야 합니다. 안과 밖이 동일해야 오차가 없어요. 오차가 없어야 오류가 덜 생깁니다."

윤세라는 무심히 창밖을 보았다. 쏟아질 듯 파란 하늘이 창턱 가까이에 닿아 있었다.

"결혼은 두 사람의 몸과 감정의 교감, 결속 상태를 지속시켜주고 아이의 출생과 성장을 보호해줍니다."

김보람은 메모장에 꽃잎을 다섯 개째 그리고 있었다.

"결혼제도야말로 공동체를 유지시키는 사회적 토대죠. 현대에는 결혼제도에 준하는 여러 변형들이 있지만 그럼에도 결혼은 인간 사회에서 가장 오랫동안 중요한 제도로 자리매김하고 있는 건 분명합니다."

사회, 제도, 공동체는 또 뭐야? 무슨 사회시간도 아니고. 코칭 클래스라면 연애와 결혼을 코칭 해준다는 소문대로 어떻게 남자를 유혹하고 어떻게 잠자리를 하고 어떻게 바람기를 잡는지 이런 걸 알려줘야 하는 거 아니냐고. 보람은 볼펜으로 꽃잎들을 까맣게 덧칠해버렸다.

　"결혼은 개인의 행복과 사회적 역할을 동시에 만족시키는 바람직한 제도입니다. 인간 사회는 결혼이란 제도로 가족 단위를 결속시키고 또 통제해왔습니다."

　임슬기는 어깨를 움츠리고 실내화의 발등만 내려다보았다. 도로시 원장의 말은 하나도 귀에 들어오지 않았다. 초가을, 햇살 좋은 아침에 저런 노인네의 판에 박힌 소리를 들어야 하다니. 심기가 점차 불편해지고 있었다.

　"그런데 사회적, 법적, 종교적 토대로 견고했던 이 결혼제도가 작금의 시대에 큰 위기를 맞고 있습니다."

　슬기는 뒷줄 오른편에 앉은 엄마를 볼멘 표정으로 뒤돌아보았다. 오정애는 딸과 눈이 마주치자 턱을 치켜들어 그 눈길을 피해버렸다.

　"통계를 보면 절반 정도의 사회 구성원들이 비혼, 이혼, 졸혼, 별거, 동거 등으로 기존의 결혼제도에서 이탈하고 있습니다. 지켜지지 않는 규범과 제도는 이 시대의 흐름과는 맞지 않다는 반증입니다. 기존의 결혼 시스템만으로는 한계가 있다는 겁니다."

　슬기는 요즘 전과는 달리 만사가 시답지 않았다. 밤마다 클럽에 나가 데이트 상대를 갈아치우는 일도 시들해졌다. 엄마, 오정애와의 사이도 살얼음을 딛는 듯 위태했다. 두 모녀는 누가 먼저랄 것도 없이 말 한마디라도 꺼내면 벽에 던진 사기접시처럼 산산조각이 났다.

"이제 전통적 혼인 규범과 결혼제도를 재검토해야 할 때가 왔습니다. 관습적 결혼만을 강요할 게 아니라 이 시대에 걸맞은 새로운 규범이 필요한 때입니다. 더이상 구습으로 결혼제도를 방치한다면 이는 시대적 직무유기입니다!"

강보좌관이 차밍스쿨 입학 서류를 가지고 왔을 때 사실 슬기는 좀 어이가 없었다. '차밍스쿨', 뭐 결혼 학교라고? 나한테 결혼이 가당키나 한가? 엄마, 오정애 여사의 허영에나 필요하겠지. 만약 이 임슬기가 결혼을 한다면 그건 엄마의 최대의 사기극이야!

"남녀 결합 시스템에 새로운 방향을 제시하고 새 제도를 정립하는 것이 이 차밍스쿨의 목적이자 시대적 과제입니다."

여기서 도로시 원장이 잠시 멈추었다. 장내 분위기는 침 넘기는 소리가 들릴 정도로 팽팽해졌다. 허미리는 고인 침을 계속 입안에 머금고 있었다.

"새 시대에는 새 규범을!"

도로시 원장이 느낌표처럼 오똑 서면서 짧은 구호로 마무리를 했다.

황신이 선생은 패션과 매너 담당인 진선미 선생을 호명해 인사시키고 성 코치 조안나 선생은 바쁜 일정으로 참석하지 못했다는 것과 요리와 악기, 스포츠는 외부 초청 강사를 모신다는 교육안을 발표했다.

"차밍스쿨은 국내 최고의 강사진으로 구성되었습니다!"

뒷줄에서 졸고 있던 장길녀는 황신이 선생의 이 마지막 말만 온전히 알아듣고는 제 의견을 옆자리의 송경희에게 슬쩍 말해주었다.

"조안나 선생의 성 마스터클래스는 국내에서 전설이죠."

허미리는 진선미 선생을 따라 캠퍼스 투어를 나서면서 커먼룸 안쪽을 들여다보았다. 카멜색 반코트 차림의 엄마, 박명자는 낯을 가리는 송아지처럼 빙 둘러선 동그라미 안을 기웃거리고 있었다.

5

홍연숙은 일 층 창문 너머로 진선미 선생을 따라나서는 윤영의 뒷모습이 눈에 들어왔다. 캠퍼스 투어를 한 다음 게스트룸과 식당, 음악관 등의 건물 사용과 규칙 등을 알려주는 공간 오리엔테이션 시간을 가진다고 했다. 홍연숙은 어머니 모임이 끝나는 대로 바로 서울로 돌아가겠다고 윤영에게 미리 말해두었다. 윤영의 모친을 대신하는 이 어머니 모임도 소홀히 할 수 없었지만 서울 윤영의 집에도 할 일이 층층이 쌓여 있었다.

"제가 차밍스쿨 커리큘럼에 '어머니 모임'을 필수 과목으로 넣은 이유부터 말씀드리지요."

흙색을 그대로 구운 도자기 잔에는 국화차가 따라지고 마카롱이 담긴 디저트 접시가 다탁에 놓였다.

"딸들이란, 친정엄마의 인생 과정과 식견을 의식적이든 무의식적이든 팔십 프로는 반영하기 마련입니다. 태어나서 적어도 이십 년 이상을 어머니 품 안에서 호흡하고 자랐으니까요. 엄마 같은 인생은 살지 않겠다고 장담을 하던 딸들도 어느 날 문득 자신의 모습과 인생이 얼마나 제 엄마랑 흡사한가를 깨닫고는 놀랄 때가 많습니다. 이렇게 어머니와 딸의 관계는 깊고 치명적인 운명의 끈으로 연결되어 있답니다."

어머니 모임의 모두 발언을 한 후 도로시 원장이 찻잔을 들자 다른 어머니들도 일제히 차를 한 모금씩 마시기 시작했다. 창밖의 나뭇잎들이 유난히 반짝거리는 오전 열한 시였다. 도로시 원장이 말을 이어 갔다.

　"그 어머니의 어머니들에게서 같은 성별을 이어받은 우리 어머니들께서는 지금 제 말에 백번 공감하실 겁니다."

　"네!"

　송경희가 빠르게 추임새를 넣었다. 박병자는 손뼉을 치려다가 주변을 돌아보고는 두 손을 다시 포개 쥐었다.

　"자아, 그럼 편하게 차들 드시면서 인사들 나누시죠. 그러면 이쪽 어머님부터 본인 소개를 해주시겠어요?"

　도로시 원장이 마침 눈이 마주친 정귀자를 향해 목례를 하면서 정중히 부탁했다. 정귀자는 빈 찻잔을 탁자 위에 놓으면서 잔기침으로 목소리를 한 번 다듬었다.

　"먼저 도로시 원장님의 용기와 혜안에 존경과 찬사를 보내고 싶어요. 하고많은 세상일 중에서 유독 혼인 분야를 선택해서 교육과정으로까지 완성시키다니요!"

　정귀자는 잔에 다시 채워지는 투명한 노란 차와 도로시 원장의 얼굴을 번갈아 보며 말을 했다.

　"전 소시은의 엄마, 정귀자라고 합니다. 제가 마흔 살에 이 막내딸을 낳았답니다. 젊은 어머니들과 모임을 하게 되어 다시 젊어지는 것 같아요."

　소개는 앉은 자리에서 차례로 돌아가며 간단히 이루어졌다.

"전 김윤영의 보호자로 온 홍연숙이라 해요."

"전 유지원의 엄마, 장길녀라고 합니다."

"허미리의 엄마, 박명자입니다. 멀리 지방에서 왔습니다."

호칭 외에 다른 내용은 일절 덧붙이지 않았다. 차밍스쿨의 입학 요
강에는 부모 직업이나 재산 등의 집안 내력을 암시하는 어떤 말도 하
지 않는다는 금지 조항이 있었다. 다른 경로로 내력을 알게 되는 일
은 예외로 하더라도 공식적으로는 노출하지 않겠다는 뜻이었다. 어
머니들은 제 차례가 오면 간단한 소개말을 하고는 다시 손으로 찻잔
을 말아 쥐었다. 소개가 끝나자 도로시 원장은 찻주전자에 남은 차를
한 차례씩 더 따랐다.

"내 딸의 인생을 좌우하는 강력한 힘이 내 인격에서 나온다면 어머
니들도 자신의 생각과 판단에 아주 신중해지실 겁니다."

도로시 교장의 말에 박명자는, '그런가?' 하는 의혹이 생겼다. 딸,
허미리는 늘 자신보다 더 현명한 판단을 한다고 생각해왔었다.

"딸의 인생을 결정하는 데 내 자신의 의사가 아주 중요하다면, 딸
의 배우자 선택만이 아니라, 혼인 후 딸의 결혼 관계 유지에도 계속
중대한 영향을 친정엄마가 미친다면 더욱 정신을 차려야겠다는 생각
이 드실 겁니다. 내 인생 혹은 내 결혼, 혹은 내 연애는 실패였어, 그
러나 내 딸만은 나 같은 인생을 살게 하고 싶지 않아. 내 인생은 이
미 끝났고 난 내 자식의 미래만 바라고 살 거야, 이렇게 생각하시는
어머니들도 분명 있다면 당장 그런 생각부터 버리셔야 합니다. 왜냐
하면 친정엄마의 생각은 바로 딸의 미래와도 계속 연동되기 때문이
죠."

장길녀는 도로시 원장의 말 중 특히 이 부분이 흥미로웠다. 엄마 인생과 계속 연동되는 딸, 나와 꼭 빼닮은 딸이라. 아들만 하나 있는 장길녀가 고개를 절레절레 흔들다가 문득 비즈니스 파트너인 유지원이 떠올랐다. 지원인 중학 이학년 한창 사춘기 때부터 엄마 없이 혼자 성장하느라고 엄마 없이 혼자 판단하느라고 엄마 없이 혼자 견디느라고 힘들었겠어. 그러자 느닷없이 지원에게 모성애가 느껴졌다.

"자, 어머니들은 자신의 연애와 사랑, 결혼에 대해서 생각해보세요. 아니 떠올리고 싶지 않아도 떠올리셔야 합니다. 그래야 자신의 독단적이고 시대착오적인 견해를 피할 수 있습니다. 그래야 이 시대에 알맞은 합리적 방향으로 생각을 전환할 수 있습니다. 그래야 딸의 인생에 자신도 모르게 개입했을 때 오류가 덜한 결정을 하도록 딸을 도울 수가 있습니다."

순간 오정애는 딸 임슬기의 일탈이 얼핏 이해가 되었다. 아직 그 형태가 확연하게 잡히는 건 아니지만 검은 새 한 마리가 자신의 머릿속을 가로질러 획 하고 날아갔다. 그 작은 기척만으로도 자신의 완고함에 균열이 생긴 것 같았다.

"격주로 금요일 오전 시간에는 어머니 상담 시간도 마련했습니다. 어머님들도 인생에서 틈을 한번 내보세요. 먼저 명상과 쉼을 하면서 마음의 준비를 하신 다음 하고 싶은 이야기를 하시면 됩니다. 면담 일정은 황신이 선생에게 신청하세요."

"다음 주 금요일 오전에 제가 상담 신청해도 될까요?"

도로시 원장의 말이 떨어지자마자 손을 든 이는 의외로 이선화였다. 윤 대법관 댁의 며느리가? 정귀자는 의외였다. 가장 먼저 상담을 받아야 할 만큼 저 집안에 심각한 갈등이 있을까? 하긴 집안 문제는 아무도 모르는 법. 정귀자는 순번이 몇 차례 지난 후 면담 신청을 해야겠다고 생각했다. 지금 자신의 인생에는 막내딸의 혼사 외에는 그리 급한 일도 없었다.

"금요 어머니 모임에서는 사랑과 연애, 결혼에 관한 사회적인 이슈를 가지고 사안에 따라서 제가 어머니들과 함께 이야기를 하고 토론도 할 겁니다. 합리적인 답을 찾는 과정을 어머니들과 함께 가져볼 생각인데요, 이런 과정으로 어머니들은 놀라운 결과를 보시게 될 겁니다. 이 과정에 어머니들 한 분도 빠지지 않고 전원 참석하셔야 하는 중요한 이유가 있습니다."

어머니들은 귓바퀴를 모았다. 강한 호기심을 불러일으킨 도로시 원장이 당당히 선언했다.

"그건 바로 비싼 수강료입니다! 차밍스쿨 어머니 모임이 끝났을 때 어머니들은 깨닫게 되실 거예요. 수강료가 아까워서 매번 참석했더니 놀라운 기적을 경험했다고요. 결과는 제가 장담합니다!"

팽팽한 긴장감을 유쾌함으로 깨트린 도로시 원장의 얼굴은 자신감으로 빛났다. 송경희는 차밍스쿨 과정이 돈 들인 만큼 보람도 있을 거라는 말에 귀가 솔깃했다. 명품의 가치가 다른 사람들이 알아봐줄 때에 입증되는 것처럼 이곳 교육과정도 비싼 수업료만큼이나 가치가 있을 거라는 소리에 송경희는 갑자기 힘이 생겼다. 딸, 보람이 옆에 있었으면, '그것 보라고, 비싼 게 좋다는 내 말이 맞지?' 하고 서로를 찔러댔을 텐데 좀 아쉬웠다.

"저, 보람이 어머님은 어떻게 알고 여기 차밍스쿨에 지원하셨어요?"

잔디 광장의 오른편 끝에 있는 주차장으로 걸어가는 길에 이선화는 옆의 송경희에게 말을 걸었다.

"아, 저희 모녀는 엘레강스 지를 보고 지원했는데 운 좋게 당첨이 되었어요."

송경희는 모처럼 말을 걸어주는 사람이 반가워서 종종걸음으로 이선화에게 발을 맞추었다.

"우리 딸, 보람이는 제 남자친구와 진도가 안 나가서 마침 속을 끓이던 참이었거든요."

"아, 그러셨어요?"

이선화는 그저 무심히 물어본 말에 상세한 답변이 돌아오자 조금 당황했다. 송경희는 아랑곳하지 않고 은밀한 눈치로 이선화에게 어깨를 붙여오며 말했다.

"그런데 우리 피트니스클럽 회원들에게는 여기 차밍스쿨에 관한 소문이 벌써 다 났더라고요."

"무슨 소문이요?"

이선화도 송경희에게로 고개를 기울였다.

"차밍스쿨에서는 예비 신부들에게 결혼 후 가정을 완벽하게 지켜내는 방법을 가르쳐준대요. 그러니까 남편이 바람 피우지 않게 하는 사전 방법과 사후 대책까지 모두 알려준다네요. 여기 성 마스터클래스도 아주 유명하다더군요."

"영 헛소문은 아니지만 그렇다고 아주 정확한 것도 아니네요."

이선화는 차밍스쿨의 다른 커리큘럼을 머릿속에 떠올리면서 웃었다. 그러자 송경희는 제 말을 점검하듯 다시 말했다.

"그런데 오리엔테이션에 참석해 보니 잠자리에서 남자를 유혹하는 방법, 남편 바람기 잡는 방법보다 훨씬 더 많은 걸 우리 딸들이 배워 갈 수 있겠어요. 그렇지요?"

이선화는 송경희의 날 것의 표현에 얼굴이 달아올라 얼른 마무리를 했다.

"아? 네에."

송경희는 만족한 표정으로 목례를 하고는 차 키 버튼을 눌렀다. 눈앞의 검은색 마이바흐 벤츠에 붉은 라이트가 켜졌다. 이선화는 그 옆에 주차된 진회색 제네시스 차의 운전석에 앉아 안전벨트를 잡아당겼다. 네비게이션 화면에 도착지까지 107킬로미터, 라는 자막이 떴다.

이선화는 사랑의 감정, 그 격동을 한 번도 겪어보지 않고 오십 년을 살아온 자신의 인생을 돌이켜보았다. 남의 사랑 이야기를 들으면 따스한 벽난로 앞에 앉아 유리창 너머로 눈보라 치는 거친 들판을 건너다보는 느낌이었다. 이선화는 굳이 그런 험난한 들판에 나서고 싶지 않았다. 이슬이 영롱하고 햇살이 맑은 봄날을 골라서 외출하면 될 일이었다. '한바탕의 지나가는 폭풍우 속으로 위험을 무릅 쓰고 나설 필요가 있을까? 사랑? 그게 무어라고. 한바탕 지나가는 미친바람이지. 그런 광풍을 만났을 때는 남의 집 처마 밑에라도 얼른 피했다가 다시 길을 나서는 게 상책이야.' 이선화는 제 인생에는 한 번도 불어닥치지 않은 이 미친바람에 대해, 행운까지는 아니지만 아무튼 나쁘지는 않다고 생각했다. 그런데 요즘 들어 고교 동창 모임에 가면 지난 연애를 빛나는 훈장처럼 추억하는 오십 대의 친구들을 보면서 평이했던 자신의 지난날이 다소 아쉽기는 했다. 실은 맑음과 쾌청함을 유지하던 이선화의 하늘에도 알 수 없는 그리움으로 흐린 날들이 있었다. 사십 대 초반에는 곧 비라도 쏟아질 것 같은 뒤숭숭한 마음이 몇 번씩 들었다. 애타게 기다리던 데이트를 해본 적도 없고 가슴 무너지는 실연을 경험해본 적도 없었던 젊은 날들이 못내 서운했었다. 그러나 딸, 세라의 성장과 남편의 진급으로 생활이 바빠지자 그 흔들림의 시기는 아주 짧았고 언젠지 모르게 지나가버렸다. 이후 남편 윤형수에 대한 존경과 흠모의 감정은 더 굳건해졌고 한 치의 어긋남도 없었다. 집안끼리 중매로 결혼을 해서 이십팔 년을 살아오는 동안 남편의 동반자가 된 걸 늘 행운으로 여겼다. 큰 나무의 우람한 가지 아래서 이선화는 그를 내조하는 아내로, 종손 집안의 며느리로 잘 살아왔다는 자부심이 있었다. 아파트 주차장에 차가 들어서자 이선화는 육지에 도착한 듯 안도감이 느껴졌다.

6

아침에 눈을 떴을 때부터 진선미 선생의 매너 코칭이 시작되었다. 일어나면 먼저 침구를 정리하고 제 차림새부터 단정히 살펴야 한다는 등 가장 기초적이면서 일상적인 것부터 가르쳤다. 진선미 선생은 그동안 일상에서 잘못 들인 습관은 고쳐주고 새로운 규칙을 정해 반복 연습하도록 했다. '이건 뭐, 하루 종일 면접시험관 앞에 있는 것 같잖아.' 재바르게 지시하는 대로 행동에 옮기는 보람과는 달리 굼뜨고 느린 세라는 매 순간 긴장해서 몸에 쥐가 날 지경이었다. 귀에 못이 박히도록 듣던 엄마, 이선화 여사의 잔소리는 이에 비해 차라리 천국이었다. A조로 정해진 세라는 보람과 함께 둥근 다탁에 마주 앉았다.

"여성들은, 결혼 후 아침식사를 한 다음, 반드시 티타임, 삼십 분을 따로 떼어놓으세요. 하루의 생활 계획에서 티타임은 항상 별도로 마련해두는 게 좋습니다. 그러면 하루에 차례가 생기고 자신의 마음을 차분하게 가다듬게 됩니다. 여성들이 혼자 갖는 티타임이야말로 스물네 시간 중 가장 핵심적인 작전 본부, 하루의 베이스캠프라고 할 수 있죠. 자, 그럼, 두 사람 앉은 자세부터 좀 볼까요?"

진선미 선생은 세라와 보람이 의자에 앉아 있는 자세를 옆이나 뒤에서, 다시 앞으로 돌아가면서 자세히 살폈다.

"의자에 앉을 때는 허리를 세우고 바로 앉으세요."

보람의 양어깨를 잡아 의자 등받이 쪽으로 누르고는 진선미 선생이 말했다. 세라는 저절로 허리가 쭉 펴졌다.

"보람양, 다리를 꼬지 마세요."

보람이 얼른 다리를 풀고 가지런히 두 허벅지를 붙였다.

"무릎을 붙이고 앉는 자세를 습관 들이세요. 다리 꼬는 자세는 독립적으로 보이긴 하지만 상대에게 도전적으로도 보입니다. 습관이 되면 이 자세가 편할 겁니다."

이번에는 진선미 선생이 보람에게 찻잔을 들어보라고 했다. 보람이 얼른 받침접시를 찻잔 아래로 가져갔다.

"정면에서 시선의 45도 아래로 찻잔을 들어 올리고 차는 소리 나지 않게 마셔야 합니다."

세라는 초등생처럼 곁눈질하며 제 몫의 과제를 해내고 있었다.

"차를 마시며 상대방을 바라보는 눈길을 한 번 볼까요?"

진선미 선생의 시선이 다가오자 세라는 얼른 눈자위를 좌우로 굴려 눈 주위 근육을 풀었다.

"세라양의 눈길은 사물을 뚫어져라 보는 명철함이 있어요. 그러나 사람을 그렇게 분석하듯이 보는 건 예의가 아닙니다. 상대방을 볼 때에는 호의를 담아야 해요. 상대의 말에는 귀를 기울이고 마주 보는 눈길은 비키지 마세요. 상대의 눈을 마주 보되 온화함, 너그러움, 배려를 담아야 합니다."

세라는 눈빛에 어떤 걸 담고 어떤 걸 버려야 하는지 어떤 빛을 죽이고 어떤 빛을 살려야 하는지가 아직 가늠이 되지는 않았지만 그 뜻은 알 것 같았다. 진선미 선생 말대로 시간을 두고 연습이 필요한 일이었다.

"보람양의 눈길에는 오만함이 있어요. 턱을 높게 들지 마세요. 약간 당기는 느낌으로 내려 보세요."

진선미 선생이 보람에게로 시선이 옮기자 보람은 턱을 목 안으로 깊이 당겼다.

"아니, 아니지요. 보람양 시선을 더 내리면 흘깃거리는 눈길이 되어 비굴하게 보입니다. 자, 두 눈을 수평에 맞추세요."

보람이 눈길을 올리면서 동시에 아랫입술을 내밀자 양미간에 주름이 잡혔다.

"사람들은 눈빛만 보고도 느낍니다. 오만한지 겸손한지 긍정적인지 부정적인지 호감을 갖는지 거부하는지를요."

진선미 선생은 보람의 구겨진 표정을 마주 보며 웃었다.

"우리 차밍스쿨에서는 예절을 두 가지의 방식으로 가르칩니다. 하나는 스스로를 지켜야 하는 예절이고 다른 하나는 다른 사람을 배려하는 예절입니다. 남을 배려하는 예절에서는 고용자와 피고용자와의 관계에 대한 예절을 배울 겁니다. 우리 차밍스쿨에서는 관계에 대한 예절, 그중에서도 고용자가 갖추어야 할 필수 덕목을 중요하게 생각합니다. 고용자, 즉 오너의 필수 덕목은 겸손 또 겸손, 배려, 또 배려입니다. 피고용자나 그에 준하는 사람들에게 오만하게 구는 자들은 그들을 고용할 자격도 없을 뿐 아니라 자신의 천박한 인격을 만천하에 공개하고 다니는 겁니다."

진선미 선생은 두 손으로 탁자를 짚고 두 사람 사이에 얼굴을 들이밀고는 마무리를 했다.

"자, 숙녀 두 분, 어느 분야에서든 오너, 혹은 오너의 파트너가 되려면 오늘 배운 부분을 반복 연습하세요. 습관이 일상이 됩니다. 일상이 바로 그 사람의 격입니다."

진선미 선생이 다른 조들의 코칭을 위해 서둘러 방을 나가자 세라는 맨손 체조로 경직된 팔다리를 풀었다. 보람은 첼로 악보집을 챙겨 별관 음악실로 가버렸다. 화요일은 교육생 전원이 각자의 악기에 대해 방문 레슨을 받는 날이어서 세라도 정원의 뒷길로 나섰다. 늦여름의 마지막 녹음이 찬연했다. 기다랗고 뾰족한 이팝나무 잎들이 바람결에 이파리 끝을 치켜들고 있었다.

"턱을 안으로 당겨요. 오만하게 보이잖아."

세라는 진선미 선생의 목소리를 흉내 내며 음악실 복도에 들어섰다. 제 1 피아노 방에서는 지원이 연습하는 모차르트의 피아노 소나타 16번 소리가 들렸다. 세라는 그 옆의 제 2 피아노 방에 들어가 피아노 뚜껑을 열었다.

7

밤 아홉 시인데 벌써 본관 건물 전체가 거대한 상자 속처럼 조용했다. 아침부터 시작된 개별 매너 코칭과 오후 악기 실습 등으로 타이트한 일정을 마친 교육생들은 각기 제 방에서 쉬고 있었다. 지원은 발코니로 나가 밤하늘을 쳐다보았다. 서늘한 바람이 편백나무 우듬지들을 징검다리로 밟고 건너와 지원의 얼굴에 맞닿았다. 오렌지 주스 잔처럼 흔들리는 노란 달빛을 올려다보면서 지원은 한참 동안 발코니에 서 있었다. 황금색과 남색으로 직조된 하늘에 걸린 태피스트리가 지원을 아득히 먼 곳으로 불러냈다. 엄마. 난 잘 있어요. 지원은 정원 둘레에 일정한 간격으로 설치된 정원등을 내려다보았다. 동생 경원과 아버지도 잘 지내는지. 그때 주차장 외등 갓 아래에 어슬렁거리는 한 그림자가 보였다. 포니테일 머리 모양으로 보아 윤세라였다. 지원은 방을 빠져나와 발끝으로 중앙계단을 미끄러지듯 내달렸다. 실내등만 켜진 일 층 리빙룸에는 통유리 벽으로 들어온 달빛이 푸른 해안선을 만들었다.

지원은 겨드랑이에 수첩을 끼고 다니면서 늘 메모를 하는 세라가 흥미로웠다. 골똘히 생각하며 걷다가 걸려 넘어지고 벽에 부딪히고

하는 세라를 보면 겉모습만 자란 아이 같았다. '어깨는 반듯이, 눈은 정면으로, 걸음은 나비처럼' 하는 진선미 선생의 매너 교육이 가장 먹히지 않는 교육생이었다. 세라는 어깨를 나방처럼 접고 목은 자라처럼 넣고, 눈길은 헤드라이트처럼 사방을 탐색했다. 게다가 누구에게든 접근해서 무작정 귀를 들이대는가 하면 맥락 없이 남의 대화에 끼어들기도 했다. 세라의 관찰 대상은 처음에는 교육생들뿐이었으나 점차 학교 내에서 일하는 구성원들까지로 확대되었다. 정원사 아저씨, 경비실 아저씨, 식당 도우미 아주머니들에게도 친근하게 말을 붙이고 손수레를 밀고 다니는가 하면 허드렛일을 돕기도 해서 몇 번이나 진선미 선생에게 지적을 받았다.

"세라양, 각자 맡은 일이 정해져 있는 거예요. 그 직업을 가진 분 입장에서는 도움이 아니라 침범이고 간섭인 거죠. 자신의 프레임 안에서 그분들에게 정중히 대하도록. 그게 공정하고 인간적인 매너입니다."

사실 세라는 지독한 근시였다. 뭐든지 가까이서 들여다보려는 세라에게서 동료들은 한 발씩 물러나곤 했다. 세라는 하루 일정이 끝난 밤 시간에는 검은 뿔테 안경을 착용했는데 그 안경테 때문에 일본 만화 속 탐정 캐릭터처럼 보였다. 지원은 주차장 건너편의 미모사 나무 뒤에 서 있다가 달빛 아래를 홀로 걷고 있는 세라의 등 뒤로 조용히 다가갔다.

"이 야심한 시간에 뭘 하는 거요?"

"악! 놀랐잖아!"

세라가 치켜뜬 눈으로 큰 숨을 토해냈다. 서늘한 밤바람이 목덜미를 지나갔다.

"세라양! 안경을 착용하면 관계의 정서, 특히 남녀 관계에서 치명적인 정서 단절을 가져온다고 말했을 텐데요? 안경을 쓰고 남자를 만나는 건 유리창을 사이에 두고 마주하는 것과 같다는 내 강의를 새겨듣질 않았군요?"

지원이 진선미 선생의 말투를 흉내 내어 말했다.

"안경을 입술에 쓰는 것도 아니고 가슴에 쓰는 것도 아닌데 왜 성적 매력이 왜 줄어드냐고요! 지원 아씨야말로 이 야심한 시간에 웬 밤마실이오? 어서 가서 십자수나 놓으시오."

세라는 사극풍으로 말하다가 진지한 목소리로 전환했다.

"난 추리소설을 구상하고 있는 중이야."

점점 알 수 없는 친구였다. 하필 행복을 설계하는 결혼학교에서 추리소설을 구상하다니. 그러자 지원은 그동안 세라의 수상한 행동들이 곧바로 이해되었다.

"세라, 넌 뭘 전공했는데?"

"법."

세라가 짧게 말하고는 멋쩍은 웃음을 지었다.

"범인이 대상이라는 점에서 법관과 탐정은 공통점이 있긴 하네."

이런 순수한 유치함이 이 친구의 매력이었다.

"난 여기 교육생들의 성격이나 환경, 남자관계, 가족관계 등을 기록하고 있어. 실제 인물에서 캐릭터를 좀 빌리려는 거지. 등장인물의 전기적 사실이야말로 소설의 중요한 토대가 되거든."

세라는 겨드랑이에 낀 수첩을 펼쳤다가 귀뚜라미라도 튀어나올 듯

급히 닫았다.

본관 건물 내부는 깃을 접고 잠든 새처럼 조용했다. 중앙계단을 앞서 오르던 지원이 중간에 멈춰 서서 세라를 돌아보았다.

"근데 탐정사무실 이름은 뭐니?"

작은 소리도 샹들리에 아래, 허공을 타고 일 층으로 울려 퍼졌다.

"오즈 사설 탐정소."

세라는 두 손을 등 뒤로 잡고는 의심이 가득 찬 눈꼬리를 늘였다.

"오즈가 마법사에서 직업을 전환했군."

지원이 충계 난간에 배를 꺾고 목을 늘어뜨려서 세라에게 속삭였다. 취침 점호 시간 십 분 전이었다.

밤 열 시, 점호 이후에는 주변이 고요했다. 교육생들은 각자의 방에서 협탁 등을 켜놓고 책을 읽거나 밀린 카톡을 하거나 음악을 듣고 있을 것이다. 허미리는 복도로 잠시 나왔다가 거실 소파 안에 깊게 파묻혀 있는 슬기를 발견했다.

"슬기씨, 차 한 잔 줄까? 카모마일이 향이 좋아, 밤늦게 마시기에도 좋고."

미리가 차 포트를 들고 와 다탁 위에 놓았다. 찻잔 달그락거리는 소리, 잔바람이 창문을 흔드는 소리, 복도 가까운 방에서는 〈한여름 밤의 꿈〉의 녹턴 음악이 이슬비처럼 가늘게 들려왔다.

"미리샘이 날 따뜻하게 대해주는 건 고마운데, 내게 어떤 이야기도 들으려고 하진 말아요"

슬기는 마주 앉아 차를 따르는 미리를 반대편으로 비켜 앉으면서 말했다.

"난 악마예요. 파괴 욕구가 가득하죠."

슬기의 입에서 위태로운 말들이 거친 숨결과 함께 옥수수 낱알처럼 바닥으로 쏟아졌다.

"무엇을 파괴하고자 하는데?"

미리가 놀란 눈을 치뜬 채 물었다.

"세상의 허위들, 주변에 굴러다니는 위선 덩어리들, 특히 우리 엄마가 세운 기만의 높은 성채와 그 아래 조종당하는 존재들을 파괴하고 싶죠. 내 가상의 적들을 짐작할 수 있겠어요?"

갑자기 주변 공기가 양 끝으로 팽팽하게 당겨졌다.

"언제부터, 왜 그런 생각을 했어요? 스물여섯, 한창인 나이에, 희망이 충만하고 행복한 생각만으로도 벅찬데, 슬기씨는 왜 그렇게 힘들어해요?"

"그건 알 수 없죠."

슬기가 미리의 관심을 털어내려는 듯 무릎을 털고는 일어섰다.

"그동안 내가 볼 때 슬기씨 어머니는 딸에게 누구보다도 관심이 많고 애정이 넘치던데요? 세상에 엄마하고 딸만큼 가까운 사이가 또 있을까? 무슨 일인지는 몰라도 곧 화해하게 될 거예요."

제 방으로 돌아가는 슬기에게 미리가 말해주었다. 혼자 남겨진 미리는 복도 유리 창 앞에서 양팔을 머리 위로 뻗어보았다. 잔디 광장의 단단해진 어둠이 유리창의 안쪽 광경을 되비치고 있었다.

"우리가 이 계절에 여기 차밍스쿨에 모여 있는 것도 큰 인연인 것 같아. 여기 동료들 한 명씩에게 모두 정이 가."

달빛이 환한 검노랑의 하늘을 올려다보면서 허미리가 혼잣말을 했다.

"시원한 밤이네, 달도 크고."

밤하늘의 노란 별들은 수업 시간에 앉아 있는 초등학생들의 눈망울 같았다. 학교에 두고 온 아이들이 보고 싶었다.

"모두 잘 자렴!"

미리는 가까이는 동료들에게, 멀리로는 초등생 제자들에게 동시에 밤 인사를 했다. '네에'하고 길게 빼는 대답과 당근요, 선생님도요, 야, 밀치지 마, 하는 시끄러운 아이들의 소리가 들려왔다. 미리는 기억의 화면과 복도 등을 끄고는 방으로 들어갔다.

8

오늘은 도로시 원장과의 첫 오찬이 있는 날로 정장을 갖추어 입어야 했다. 진선미 선생은, '패션은 바로 문화의 얼굴'이고 중요한 생활 범절로 운동, 요리뿐 아니라 산책 시간에도 기능성 유니폼으로 갈아 입어야 한다고 강조했다.

"스커트 정장을 입는 것까지는 괜찮은데 하이힐은 적응이 안 돼."

지원은 하이힐 구두를 신은 게 차밍스쿨에서 처음이었다. 장길녀 여사가 지미추 구두 두 켤레를 내밀었을 때 지원은 가격표를 보고 깜짝 놀랐다. 이제까지 성인이 된 지 몇 년 동안 지원이 쓴 신발값을 전부 합한 것보다 비쌌다. 지원은 그동안 운동화나 단화를 덤핑 세일에서, 그것도 균일가 재고처리에서만 구입했다. 백화점 본 매장에 진열된 갖가지 유행하는 구두에는 관심도 없었고 더욱이 명품 구두의 가격은 확인해본 적도 없었다. 장길녀 여사는 이쁜 아니라 정장 세 벌, 젊은 사람들의 취향인 명품 핸드백 두 개와 파티용 크러치백, 잠옷과 가운 나이트캡, 와코루 속옷을 준비해주었다. 차밍스쿨 커리큘럼에 예정되어 있는 졸업 만찬과 파티를 위한 드레스는 백화점 내 드레스 대여점인 '살롱 드 살롯'에서 대여하기로 했다.

지원은 윤영의 방 앞에서 남색 정장 치마의 맞주름을 폈다. 윤영은 거울 앞에서 향수로 패션을 완성한 뒤 옷장 위 칸에서 핸드백을 꺼내 들었다. 지원은 그제야 자신의 빈손을 발견했다.

"아, 참, 나도 핸드백! 시간 다 됐니?"

지원이 핸드백을 휘돌리며 돌아오자 윤영이 호흡을 조절하여 진선미 선생의 말투로 말했다.

"슬로우, 슬로우! 숙녀는 절대 뛰어선 안 돼요. 조금 늦어서 초대자에게 사과를 하는 한이 있더라도 말이죠."

지원은 어깨를 펴고 눈길은 키 두 배만큼의 앞에 두고 왼발, 오른발을 번갈아 중심선을 밟듯 걸었다. '옷이 사람을 만든다. 형식이 내용을 완성한다'는 진선미 선생의 지론처럼 지원은 정장을 입으니 그야말로 자아가 반듯하게 펴지는 느낌이었다. 중앙계단을 차례로 내려가는 슬기와 보람, 미리 언니가 보였다. 마치 외부 레스토랑으로 외출을 하는 것처럼 모두들 구두에서 핸드백, 장식품까지 모두 완벽한 차림으로 일 층 다이닝룸으로 향하고 있었다. 입구에서 기다리고 있던 진선미 선생은 도착한 대로 한 명씩 옷차림을 점검하고 입장을 시켰다.

"자기의 이름이 쓰인 좌석에 의자의 왼편으로 들어가서 앉으세요.

파트너가 있을 땐 의자를 빼줄 때까지 기다려야 합니다. 시중을 받을 때는 의연하게, 그리고 가벼운 목례로 감사함을 표현하세요."

제자리를 찾아 차례로 앉고 있는 학생들에게 진선미 선생이 반복해서 말했다.

상석의 도로시 여사 자리로부터 첫 번째 좌석은 우 보람, 좌 시은이었다. 지원은 그다음 자리에 윤영을 마주 보고 앉았다. 오찬 때마다 좌석 배치가 다르고, 담화의 주제에 따라 자리가 교체되었다.

"핸드백을 클락 룸에 맡기지 않을 때는 등 위에 놓아요. 테이블 위에 핸드백이 오르면 안 됩니다. 냅킨은 무릎에, 접은 선이 안쪽으로 가도록 놓아요."

진선미 선생은 '문화적 습관 굳히기'를 반복해서 연습시키고 있었다.

"핑거볼이 오면 손가락 끝만 적셔서 살짝 씻는 거예요. 냅킨을 사용할 때는 한쪽 끝을 사용하는 거 알죠? 손수건처럼 펼쳐서 중앙을 사용하는 게 아닙니다."

도로시 원장이 입장하기 전 오 분 동안 스피디로 예절 교육을 하고는 진선미 선생은 총알같이 문 뒤로 사라졌다. 도로시 원장과 정식 만찬장으로 사용하는 다이닝룸에서 한 달에 한 번 오찬을 하며 교육생들과 담소를 나누는 메인 교육과정이었다. 지원은 그 첫 만남이 기대되었다. 옆 마당을 면한 미닫이 유리문에는 아이보리색 커튼이 귀퉁이로 밀어져 있고 담장 아래 모과나무에는 잎 사이로 연두색 모과가 익어가고 있었다.

상차림은 정식 풀코스, 런천으로 서빙할 메이드 두 사람이 트레이에 은빛 쟁반들을 올려놓고 기다리고 있었다. 도로시 원장이 호스트 자리에 착석하자 초청된 일곱 명이 냅킨을 무릎에 펼쳤다. 까만 H형 투피스 정장을 입은 사십대 여성이 도로시 원장의 테이블 오른편에 서서 인사를 했다.

"대한민국 대표 소믈리에 송상아입니다. 여기, 끌로 뒤 발 까베르네 쇼비뇽은 대통령 이취임식할 때 쓰는 와인으로도 유명합니다. 풍부한 아로마와 단단한 구조감이 특징이죠."

그녀는 은색 얼음 통에 담아 온 와인을 딴 후 도로시 원장의 잔에 먼저 따르고 옆에 서서 잠시 기다렸다. 시음을 한 도로시 원장이 만족한 사인을 보내자 소믈리에 송은 테이블의 나머지 잔들에 차례로 와인을 따라주고는 물러갔다. 음식 서빙이 시작되었다. 에피타이저로 샤워크림 안에 싸인 캐비어 철갑상어 알이 나오고 곧이어 수프가 배달되었다. 먼저 메뉴를 전달하고 와서인지 수프 종류가 주문자 자리에 정확히 놓였다. 지원이 포타주로 걸쭉한 크림 수프를 비우고 나자 빵이 접시에 놓아졌다. 도로시 원장이 말문을 열었다.

"기계의 대체 등으로 사람들은 일상에서 생활 노동이나 직업 노동을 제하고도 여분의 시간을 갖게 되었습니다. 이러한 여가시간을 잘 활용하고 유용하게 보내려면 어느 때보다도 지적 능력이 필요한 시대가 되었죠."

사적이고 미시적인 주제로 대화할 줄 알았는데 거시적인 주제를 던져서 지원은 살짝 실망했다. 차례로 돌아오는 핑거볼에 손끝을 씻은 후 빵을 한 줌 뜯어 먹어보았다. 솜사탕처럼 부드러운 맛에 빵을 더 먹고 싶었지만, '빵은 요리가 바뀌어 나올 때마다 입가심을 하는

64

겁니다. 먼저 다 먹어치우면 안 돼요', 하는 진선미 선생의 말이 생각나서 손길을 멈췄다.

"연애에서든 결혼에서든 파트너와 질 높은 대화로 교제를 하면서 한평생을 보내려면 예술 감각뿐 아니라 지적, 문화적 역량을 길러야 합니다. 우리 차밍스쿨에서 교양 수업을 중요하게 여기는 이유입니다. 교육생 여러분은 황신이 선생이 마련한 교양 프로그램에 따라 좋은 결과를 얻길 바랍니다."

교양 프로그램에는 열 권의 선정 도서를 읽고 에세이 한 편 쓰는 것도 포함되어 있었다. 생선 요리가 나오자 도로시 원장은 생선살을 발라 접시 앞쪽에 놓느라고 잠시 말을 중단했다. 지원도 뼈를 발라낸 생선살을 잘랐다.

"교육생 여러분들이 미래의 사회적 위치와 역할을 계획하려면 우선 우리가 몸담고 있는 사회 구조부터 알아야 합니다."

도로시 원장은 다음 순서로 나온 박하향 셔벗으로 입안을 가시고는 의자를 당겨 앉았다.

"자, 인간 사회에는 세 종류의 자본이 있습니다. 경제적 자본과 문화적 자본, 사회적 자본입니다."

오찬을 들며 듣기에는 상세하고 보다 전문적인 내용이었다. 지원은 메모장을 가져오지 않아서 아쉬웠다.

"여기서 경제적 자본은 말 그대로 돈, 재화입니다. 다른 건 갖지 못하고 특히 재화만 축적한 이들을 뉴 리치, 흔히 졸부라고 부르지요?"

도로시 원장이 심층적으로, 이론적으로 접근하자 모두 손을 멈추고 집중했다.

"두 번째, 문화적 자본은 예술품과 문화적인 태도를 말합니다. 문화적 자본에는 미술품 수집 등 물질적인 것도 포함되지만 대체로 체화된 문화적인 습관이 가장 중요합니다. 잠재적으로 체화된 사회적 문화적 습관을, 부르디외는 '아비투스'라고 했고요."

이 정도는 보드에 마킹펜으로 필기를 하면서 강의해야 하는 내용 아닌가 싶었다. 앞으로 계속 주기적으로 가질 오찬 시간에 계속 이런 비중 있는 주제로 우리의 섭식을 방해할 건지. 지원은 옆자리의 세라를 슬쩍 돌아보았다. 세라는 셔벗을 숟가락으로 떠먹으며 도로시 원장의 말에 귀 기울이고 있었다.

"문화적 자본을 가진 이들은 대체로 올드 리치, 세습 귀족들입니다. 반면에 문화적 자본만 가진 이들도 있습니다. 경제적 재화는 없는데 문화적 습관은 여전히 지니고 있는 사람들, 예를 들자면 몰락한 명문 귀족의 자손들이죠."

순간, 지원은 속마음이라도 들킨 것처럼 흠칫했다. 문화적 관습만 기억하는 빈한한 사람들, 자신과 같이 몰락한 양반가의 자손들이 여기에 속할 것이다.

"세 번째, 사회적 자본은 사회적인 네트워크를 말합니다. 사회적 인맥이나 지위, 학벌 등이 모두 사회적 자본입니다. 당연히 결혼도 사회적 자본에 속합니다. 한마디로 앞의 세 가지를 경제적 자본은 돈, 사회적 자본은 명예, 문화적 자본은 교양이라고 합시다. 대체로 이 세 가지의 자본을 모두 갖춘 사람들을 상류층이라고 하는데요, 자본주의 사회에서 사람들은 돈과 명예와 교양을 모두 갖추기를 원합니다. 왜냐하면 인간의 본성은 상류를 지향하기 때문이에요."

그때 메인 요리로 스테이크가 배달되었다. 도로시 원장은 말을 멈추고 와인잔을 한 번 들어 올려 모두의 식사를 독려한 후 포크와 나이프를 직각으로 세워 능숙하게 스테이크를 잘랐다. 잠시 후 고개를 든 도로시 원장이 한마디로 요약했다.

"여러분들이 여기 차밍스쿨에 온 이유도 결혼이라는 사회적 자본을 갖기 위해서입니다. 교양과 예절이라는 문화적 자본을 보충하러 온 것이기도 하고요."

대체로 긍정하는 눈빛들이었다. 지원은 접시에 남은 고기 토막을 마저 입안에 넣고 오래 씹었다.

"귀한 사람의 됨됨이는 출신이나 유전자에서 오는 게 아닙니다. 교양과 품위는 개개인의 감성의 문제이죠. 그래서 차밍스쿨의 교양 수업이 중요합니다!"

도로시 원장은 오찬을 시작할 때보다 더욱 기운에 차서 말했다.

"사회적 리더란 무리 앞에서 지휘하는 사람일까요? 아닙니다. 맨 뒤에 서는 자가 리더입니다. 다른 이들에게 먼저 강을 건너게 하고 마지막으로 강을 건너는 자가 진정한 리더죠. 영국 옥스퍼드대 졸업생들이 왜 존경받나요? 한국식으로 말하면 숙제를 잘해서요? 입시용 암기를 잘해서인가요? 오, 과연 그럴까요?"

도로시 원장은 지금부터가 중요하다는 듯 목소리에 힘을 주었다.

"한국의 대학은 미래를 준비하는 플랫폼이나 방향 제시가 아니라 입학시험이 곧바로 결과입니다. 대학 합격이 바로 소년등과이고 벼슬이지요. 인생의 성장 트랙이 딱 거기에서 멈춥니다. 어느 하버드대 교수가 말하더군요. 한국 대학은 중매결혼과 같고 미국 대학은 연애 결혼과 같다고요. 한국 대학은 들어가서 멈추고 미국 대학은 들어가서 성장한다고 말이지요. 한국은 대학만 들어가면 끝, 그 입시 결과를 평생 자신의 최고치라고 여깁니다. 관습적인 결혼도 이와 마찬가지입니다. 결혼식만 하면 끝. 그걸 인생의 완성이라고 생각하죠. 이처럼 동시대의 사회 제도는 동일한 패턴으로 연동됩니다."

샐러드가 나오고 종류별로 담은 조각 치즈가 곁들여졌다.

"영국의 상류층이 사회적으로 존중받는 건 국가에 전쟁이 나면 가장 먼저 달려가 참전을 하는 등의 사회적 의무와 책임을 실천하기 때문입니다. 진정한 상류란 노블리스 오블리제를 실천하는 사람들이지요. 차밍스쿨의 여러분들도 상류층으로 혹은 앞으로 상류층의 배우자로 살아가려면 이 사회적, 도덕적 책임과 기여를 뼛속 깊이 새겨두어야 합니다."

식사 순서가 간이역을 모조리 지나고 이제 디저트라는 종착역만 남아 있었다. 디저트로는 체리 케이크와 멜론과 망고 그리고 커피가 나왔다.

"이제 디저트를 하죠. 디저트는 '데쎄르', 불어로 '정리하다'라는 말입니다. 그럼 우리도 강의 내용을 한번 정리해볼까요?"

한 번도 서지 않고 달려온 도로시 원장이 속도를 줄이고 마무리를 했다.

"인생에서 돈이란 일회용 식사 쿠폰과도 같습니다. 쿠폰이란 식사 시간이 지나면 모두 폐기되죠. 다음 기회에는 써먹을 수는 없어요. 그렇다면 남는 쿠폰을 쿠폰이 없는 사람과 나누어서 함께 식사를 하는 게 더 현명하지 않겠어요? 어차피 이번 생이 지나가면 남은 쿠폰은 사용할 수 없으니까요. 상류사회를 지향하는 차밍스쿨의 교육생들은 이러한 나눔과 봉사의 정신으로 이 사회의 진정한 리더 혹은 리더의 파트너가 되길 바랍니다."

도로시 원장이 냅킨을 탁자 위에 놓고 일어섰다. 전원이 스스로 기립하여 원장이 자리를 떠날 때까지 박수를 쳤다. 이로써 도로시 원장과의 첫 오찬 모임이 끝났다. 피드백으로 서로 소통하면서 대화하지 못한 점은 아쉬웠지만 도로시 원장에게서 전달받은 지식에는 만족했다. 지원은, 차밍스쿨이 이런 교육의 장이구나, 하는 첫 빛살을 본 느낌이었다. 오늘, 까망베르, 흰곰팡이 치즈와 고르곤졸라 푸른곰팡이 치즈가 특별히 맛있었다. 아마 인생도 그럴 것이다.

9

시은은 푸른 새벽에 눈이 떠졌다. 대전 아파트에서는 항상 새벽 5시에 일어나 논문을 정리하고 참고도서도 읽으면서 아침나절을 보냈다. 그러나 차밍스쿨에는 개인이 소지한 책은 세 권으로 제한하며 그외에는 반입을 금지한다는 규칙이 있었다. 종교 센터처럼 이곳 생활에만 집중하고 체험하라는 뜻일 것이다. 시은은 사실 이런 신부 예비 과정에 들어온 자체가 마치 수능 시험을 치르려고 다시 고등학교로 돌아온 것처럼 멋쩍었다. 나이가 서른넷이 되도록 연애해본 적이 없는 시은을 주변에서는 모태솔로라고 했다. 큰언니 영은이 '너, 이번에 거기 가서 결혼 준비와 각오를 단단히 하고 돌아와! 그렇지 않음 다신 안 볼 줄 알아!', 전화로 빽빽 소리를 지르고는 차밍스쿨 프로

그림을 이메일로 보내왔다. 시은은 차밍스쿨의 커리큘럼에 처음부터 흥미를 가졌다. 한 학기 기숙 과정이라고? 이건 뭐 알콜 중독 치료도 아니고 기숙까지 해야 하나? 처음엔 그랬다. 교육시설에 대한 의혹과 불신, 반강제적인 집안의 압력까지 썩 내키지는 않았었다. 그런데 기숙사에 입실을 하고 몇 개의 교육과정에 직접 참여해본 지금에는 잘 왔다는 생각이 들었다. 시은이 흔히 사람들이 말하는 제대로 된 연애를 해보지 않은 건 사실이었다. 그러나 작년 봄에 김진욱을 만나지 않았더라면 이 차밍스쿨 과정에 등록조차 하지 않았을 것이다. 아무리 맏언니의 압력과 엄마의 회유가 있다 하더라도 시은의 사전에는 어림없는 일이었다.

시은은 차밍스쿨에 입교하기 전 주말에 베프인 혜연을 운동주문학관 옆에 있는 부암동 찻집에서 만났다. 도로 건너편 건물 이 층, '살롱 무지끄'에서 그랜드 피아노 주변에 앉아 스무 명 정도의 젊은이들과 첼로 연주를 듣고 방금 건너온 참이었다. 통유리 벽을 통해 도로를 건너다보고 있는 시은 앞에 혜연은 머그컵 두 개를 놓고는 창문을 가리고 앉았다.

"차밍스쿨 과정에 입교한다고? 시은이 너에겐 꼭 필요한 과정이다야! 우리 혼기 때는 없었구만 언제 예비신부학교라는 게 다 생겼대? 어, 미안, 혼기야말로 각기 다르니까."

혜연은 의자를 바짝 당겨 앉아 중식당에서 중국식 볶음면을 먹으면서 시은이 언급한 차밍스쿨 이야기를 이제 본격적으로 꺼냈다.

"영은 언니가 꼭 너처럼 말하면서 날 반강제로 거기에 등록시킨 거야. 어쩌겠냐. 노모도 원하고 한 학기 과정이라니 한 번 가보려고."

시은이 두 손바닥으로 머그컵을 감싸 쥐니 따스한 열기가 전달되었다. 하얀 도자기 컵 속에서 카페 에스프레소 브랜드 커피가 까만 눈동자처럼 일렁거렸다. 그때 시은은 육 개월 전 진욱이 한 말이 불현듯 떠올랐다.

'시은씨도 다이어트 하시죠? 간헐적 단식으로 다이어트를 하시는 분들은 아침에 에스프레소 커피에 버터를 한 조각 넣어 마시면 공복감이 덜어지고 좋아요. 그걸 요즘 방탄커피라고들 해요.'

진욱은 고개를 왼 어깨 뒤로 젖히며 두 입술은 떼지 않고 끝을 올려서 웃었다. 몇 달 동안, 아니 한 계절 동안 조심했던 시은의 마음에 잔물결이 일자 엷은 통증이 느껴졌다. 시은은 당시 다이어트를 하지 않고 있었다. 시은은 갑오징어처럼 등과 허리에 살이 올라 있었고 얼굴형도 복숭아처럼 둥글었다. 복스럽다, 후덕한 인상이다, 라는 말은 들었지만 스스로도 세련미는 없는 외모라고 생각했다.

"근데 차밍스쿨 학비가 너무 비싼 거 아니니? 하긴 뭐, 생활 범절, 악기, 운동, 요리, 또 뭐라나, 섹스 스킬인가 뭔가, 아무튼 원 코스라니까 내가 봐준다. 더구나 보딩스쿨이고 하니 비용도 그 정도는 들겠어."

혜연이 뜨거운 커피를 후르륵 소리 나게 마시면서 빈정거렸다. 혜연의 말을 중단시키고 싶었다. 시은이 고개를 들지 않고 원목 탁자 무늬에 시선을 멈춘 채 몇 분이 지나갔다. 이런 시은의 속마음을 감지했는지 혜연이 과장된 목소리로 화제를 전환했다.

"여기 부암동에는 우리 얼마 만이지? 시은아, 우리 대학 졸업하고 그 겨울에 저기 계열사 통닭집에서 우리 남편이랑 같이 맥주 마셨던

거 기억나니? 십 년 만이네."

창문 아래 이어지는 상가 중에서 구석진 치킨집을 가리키며 혜연이 시은을 쳐다보았다. 그러자 시은은 상처 없이 마음이 평온했던 그 시절이 떠올라서 그만 눈물이 차올랐다.

"어머머, 시은아, 아직도 못 벗어난 거야? 그만 잊어라. 잊는 것도 맘대로 되는 건 아니지만. 사랑은 거절당하면서 성숙하는 거란다."

혜연은 탁자 대각선 끝에 있는 티슈 통을 야구선수 도루하듯 휘잡으며 호들갑을 떨었다.

"실연은 무슨, 나만의 짝사랑이었지."

시은은 혜연이 집어 준 티슈로 콧물까지 닦고 나니 속이 좀 후련해졌다.

"그렇긴 해. 시은이, 넌 어장 속 물고기도 아니고 어항 속의 관상용 피쉬였지."

혜연은 시은의 마음을 달래준답시고 입을 떼었지만 더욱 시은을 자극하는 말로 이어졌다.

"어장녀는 망만 걷어주면 저가 알아서 바다로 나가는데 이 어항의 물고기는 유리병 속에서 말귀도 못 알아들어요. 어항을 깨트릴 수도 없고 하니 그냥 어항 채 길 밖에 내놓은 거지. 아무튼 여자는 일단 센스가 있어야 하고 그다음으로 남자를 고르는 안목이 필요해."

나름 연애박사인 혜연은 시은의 허망한 짝사랑을 다시 분석하면서 말했다.

"네가 소개했잖아. 진욱씨가 먼저 날 소개해달라고 했다면서?"

시은이 진실을 내질렀다.

"세 번째로 남자를 다루는 기술이 필요하고."

혜연은 고개를 가로저으며 제 할 말만 했다.

"그렇담 네가 말하는 고수들의 연애 밀당 속에는 진심이라고는 없는 거냐?"

시은이 한숨을 섞어 퉁명하게 물었다.

"얘 봐라, 그 진심과 진실을 알아가는 과정에서 그 모든 착오가 일어나는 거야. 연애 시장에 사건 사고가 왜 일어나겠니? 진심과 진실을 알아가고 제 짝을 찾아가는 과정에서 그 모든 분란과 사고가 있는 거예요. 그중에는 순수한 목적 외에 사기도 있기 마련이어서 여자는 자고로 그 진위를 가려낼 줄 아는 지혜가 필요한 거고."

시은은 다른 일 같으면 한마디로 혜연의 입을 막아주겠지만 연애에 관해서만은 달랐다.

"어이 모쏠, 이제 겨우 일 라운드 뛰어보셨어? 십오 라운드까지 갈 것 없이 초반에 케이오 승을 거두려면 좀더 훈련된 고도의 기술이 필요하거든. 너처럼 노장 선수는 끝까지 뛸 체력도 시간도 없으니까 초반에 승부를 거머쥘 전략을 구상해야겠지."

혜연은 제 무대를 만난 춤꾼처럼 날뛰었다. 돌이켜보면 혜연의 말이 백번 맞는 말이기는 했다. 시은은 진욱이 보내는 신호를 전혀 해독하지 못했다. 그가 보내는 거절의 전조와 징후를 눈치채지 못할 만큼 시은은 연애에 무지했다. 아니, 시은은 연애가 그런 건 줄 몰랐다. 내 마음만 주면 되는 줄 알았다. 마음이 진심이면 이루어지는 줄 알았다. 정귀자의 막내딸로, 전근대적인 사고방식을 습득하면서 성장한 시은으로서는 이런 시대착오적인 판단이 오히려 마땅했다.

"챔피언 벨트를 거머쥐어도 절대 긴장을 놓지 말아야 한다, 너? 의무 방어전을 계속 치러야 하니까."

혜연은 일어서서 두 손을 허리에 얹고 잘록하도록 발끝으로 오뚝 서는 시늉을 했다. 결혼생활을 하면서도 몸매관리와 다이어트를 잊지 않겠다는 의지의 표시였다.

"연애가 무슨 시합이니?"

"애 봐라, 인생 자체가 시합인 거 몰라?"

"그래, 난 몰라."

시은은 은근히 어깃장을 놓았다. 시은은 연애의 밀당 따위는 애당초 체질에 맞지 않았다. 사냥도 해본 놈이 한다. 혜연이 말하는 연애 정글에서 시은은 그저, '날 잡아가시오.' 하고 길가에 나앉은 토끼였다. 흰털에 빨간 눈을 가진 순하디순한 먹잇감이었다. 시은은 이런 경쟁적이고 투쟁적인 연애 바닥에 다시는 나가고 싶지 않았다.

"여기 커피 참 맛있네. 여기가 커피 프린스 드라마를 찍은 곳이니?"

"아니, 거기는 저 뒤쪽이고."

에스프레소 커피숍을 나오면서 혜연이 말했다. 시은이 신호등 앞에서 돌아서서 그림엽서처럼 줄지어 있는 카페와 음식점 골목길을 잠시 둘러보는 동안 혜연은 먼저 도로 건너편에 가 있었다.

"시은아! 여, 소시은! 결혼학교 잘 다녀와라!"

혜연이 건너편 도로에서 입 나팔을 하고 소리쳤다.

"시은이가 연애의 신으로 돌아오면 너희들은 이제 다 죽었스."

이번에는 오른 손날로 제 목을 치는 시늉을 하면서 세상의 죄진 남자들을 향해 큰소리로 외쳤다. 시은은 누가 들을까봐 얼른 주위를 살폈다.

시은은 지난겨울 연애가 끝났을 때, 아니 짝사랑을 그만두었을 때, 완벽하게 혼자가 되었고 독립적으로 홀로 설 수 있었다. 어떤 존재로 인해 마음이 영향받지 않을 때, 아, 이것도 또 다른 자유구나, 하는 생각이 들었다. 열린 감각들이 다시 닫히면서 스스로를 정돈하고 있는 중이었다. 그때 맏언니가 차밍스쿨에 입학할 것을 종용했고 시은도 결혼학교 과정에 마음이 끌렸다. 시은의 속마음을 모르는 가족들은 차례로 전화를 해서 차밍스쿨 입학을 강요했다. 시은은 우스울 지경이었다. 내가 가고 싶어 가는 거야. 나도 이 과정에 흥미 있어. 왜 사람들이 다 하는 연애를 나만 못하는지를 알고 싶다고! 하지만 시은은 내색하지 않고 고스란히 형제 부모의 협박을 들어주는 척 떠밀려 차밍스쿨에 입학하는 것처럼 행동했다. 지난주 시은이 옷가지를 챙기러 서울 집에 들렀을 때 엄마, 정귀자 여사는 외출 중이었다.

─엄마, 저는 대전에서 바로 갈게요. 다음 주 일요일에 차밍스쿨에서 만나요.

시은은 검은 새벽빛이 들어오는 반원형 테라스로 걸어 나갔다. 모두가 새벽 단잠에 빠져 있을 이 시간에 창 아래를 지나가는 한 그림자가 보였다. 머리 모양과 체형의 뒷모습을 보니 임슬기였다. 시은이 임슬기에게서 받은 첫인상은 '곱다'였다. 그런데 슬기의 눈빛에서 끊임없이 일렁이는 반항과 충동의 물결은, 막 당겨진 그물 속에서 버둥거리는 물고기를 연상시켰다. 턱 아래로 흐르는 냉소적인 웃음과 고개 숙이며 빗겨가는 슬기의 곁눈길에는 언제나 한 줄기의 깊은 슬픔이 매달려 있었다.

10

임슬기는 새벽에 조깅복으로 갈아입고 허미리와 소시은의 방을 차례로 지나 복도를 나왔다. 나이가 저보다 세 살에서 일곱 살이나 더 많은 여자들이었다. 소시은은 이마와 입매무새가 단정해서 후덕한 인상이었고 허미리는 침착하고 현명해 보이는 인상이었다. 슬기는 발끝으로 어둑한 중앙계단을 소리 나지 않게 내려왔다. 현관문을 나서자 한낮의 더위와는 다르게 초가을의 서늘한 기운이 검푸른 새벽길 위에 내려와 있었다. 이슬의 찬 기운이 발끝에 느껴졌다. 맑은 공기가 투명한 잉크처럼 상쾌한 향기를 냈다. 연못 중앙의 여인 조각상은 새벽빛 아래 허벅지를 허옇게 드러내놓고 있었다. 슬기는 입학식 날 눈여겨보아 두었던 언덕 아래의 체육관 오솔길을 따라 승마장 트랙까지 뛰어가보기로 했다. 콘크리트 건물인 마사를 지나다가 슬기는 문득 마사 벽 아래 놓인 벽돌을 딛고 키 높이에 있는 창을 들여다보았다. 흰말 한 마리가 슬기를 보며 두 눈을 끔뻑였다. 다음 칸에 검은 말 두 마리가 더 서 있을 뿐 다른 칸들은 텅 비어 있었다. 마사의 지붕 끝에 켜진 백열전구가 먼동으로 점점 흐린 빛을 띠어갔다. 그때 마사 휴게실에 불이 켜지고 '텅' 소리를 내며 출입문이 열렸다. 갑작스러운 일이라 두 개로 겹쳐놓은 발아래의 벽돌이 어긋나면서 슬기는 그만 흙바닥으로 넘어졌다. 팔꿈치와 무릎이 아렸지만 벽을 붙잡고 일어서기에는 별 문제가 없는 듯했다.

"어디 다치지는 않았나요?"

슬기 앞으로 한 청년이 다가와 섰다. 청년의 등 뒤로 노란 햇살이 터지고 있었다.

"벽돌 위에서 미끄러졌어요."

슬기는 황급히 옷을 털고는 바닥에 떨어진 머플러를 움켜쥐었다.

"저기, 무릎에 피가 배어 나오는 것 같은데요? 안에 응급 약품들이 있어요. 저를 따라오세요."

슬기가 그제야 보니 아이보리색 레깅스 무릎 부근에 붉은 피가 배어 나오고 있었다. 휴게실을 향해 앞장서는 청년의 뒤를 따라갔다. 실내 벽에는 안장과 채찍, 헬멧과 승마조끼 들이 걸려 있고 청년은 의무실이라는 푯말이 붙은 방에서 의약품 상자를 들고나왔다.

"여기서 사세요?"

소파에 한쪽 다리를 길게 뻗고 앉아 슬기가 물었다.

"네, 여기서 지내요. 승마 코치 겸 마필 관리를 하는 김장수라고 합니다."

슬기의 무릎을 소독하고 붕대를 감아주면서 청년이 턱으로 싱크대가 있는 안쪽 방을 가리켰다.

슬기가 마장 휴게실 문을 나설 때는 김장수의 얼굴을 상세히 볼 수 있을 만큼 날이 밝아 있었다.

"내일 새로 드레싱을 해드리겠습니다. 연락처를 주세요. 항생제를 주문하는 대로 바로 연락드릴게요."

콧날이 오뚝하고 눈썹이 짙은, 그을린 얼굴색을 한 김장수가 문 앞에서 한 손을 흔들었다. 슬기는 짧게 답례를 한 뒤 앞만 보고 한 발자국씩 옮겨놓았다. 발을 디딜 때마다 무릎이 쓰렸다. 김장수의 긴 눈길이 뒤통수에 느껴졌다.

김장수는 방금 떠난 여자가 자꾸 눈에 남았다. 그녀가 휴게실에 들어왔을 때 실내 온기로 볼이 자두처럼 빨갰다. 소파 끝에 상처 난 다리를 뻗고 앉은 그녀에게서는 상쾌하게 튀어 오르는 테니스공 소리가 들렸다. 며칠 전 테니스장에서 짧은 치마 테니스복을 입고 흰나비처럼 날던 교육생이 바로 그녀였다. 분무기에서 뿜어진 것처럼 신비로운 향기가 온통 휴게실 안으로 퍼져 있었다. 장수는 그녀가 앉았다가 간 소파 아래에서 무언가를 발견하였다. 그녀의 목에 감겼던 분홍색 쉬폰 머플러였다. 장수는 소중한 보물을 얻은 듯 머플러를 두 손 안에 꼭 움켜쥐었다가 코에 대었다가 다시 품 안에 안아보았다. 가슴이 뛰었다.

김장수는 군대를 다녀온 뒤 구직 기간 동안 아르바이트 자리를 구하는 중이었다. 중고등학교 동창이며 어릴 적 동네 친구이기도 한 제훈에게서 이곳 차밍스쿨에서 마장관리사를 구한다는 정보를 들었을 때 그는 단 일 초도 망설이지 않았다.

"야, 관우, 이거 고급 정보다! 지인을 통한 은밀한 구인광고라고. 말에 관해서라면 정통인 네가 딱 떠올라서 바로 추천한 거야. 당연히 혼기가 찬 명문 규수들의 교육 현장이다 보니 구인조건도 까다롭겠지. 근데 이 정제훈이 보증을 한다니까 교무부장이 바로 면접 보러 오라잖아."

한껏 생색을 내던 그가 이번에는 목소리를 출렁이며 조롱을 했다.

"야, 임마, 넌 익은 호박밭으로 그냥 텀블링해 들어가는 거야. 오, 김장수, 가시넝쿨뿐인 네 인생도 이제 마침표를 찍으려나 보다. 나도 거기서 할 만한 일은 뭐 좀 없을까?"

"말 분뇨 때문에 꽃향기가 맡아지려나? 근데 자리는 욕심나네. 보수도 후할 것 같고."

장수는 미적지근하게 대꾸했지만 즉시 컴퓨터를 켜고 이력서를 작성했다. 나이는 스물아홉 살이며 군필이고 코스모스로 농대 조경학과를 졸업했다고 빈칸을 하나씩 메워갔다. 마장관리직인데도 서류 심사와 인성 검사, 면접시험까지 절차가 엄격했다.

장수는 어릴 때부터 별명이 관우였다. 키가 185센티이고 몸도 마른 편은 아니었지만 서른 즈음에 그런 별명은 좀 멋쩍었다. 그러나 어릴 적 살던 연희동 친구라고는 하나 남은 정제훈이 그 별명을 불러줄 때면 알라딘 램프의 연기처럼 아이 적의 행복감이 솟아났다. 장수는 초등학교 오학년 때부터 어머니의 승용차를 타고 과천 승마장으로 말을 타러 다녔다. 중학 이학년 때 마상 경기에 나가 전국 청소년부 금상을 타자 아버지는 장수에게 말을 사주고 관리를 맡겼다. 장수는 주말마다 승마장으로 가서 말을 탄 후 직접 목욕을 시키고 마장청소까지 마치고 돌아오곤 했다. 코끝과 네 발목에 하얀 줄이 있는 자마, '장군'이에 대한 애정으로 그때는 그 일이 힘든지도 몰랐다. 고등학교 때 아버지의 사업 실패로 '장군'이는 다른 주인에게 넘어갔고 이후 김장수는 수년 동안 승마장 근처에도 가지 않았다. 그럼에도 그때의 수상 경력과 마사 관리 경험으로 차밍스쿨의 승마 코치 겸 마필 관리사로 채용되었다.

김장수가 머플러를 남기고 간 교육생에 대해 제훈에게 문자로 알리자 답 문자가 왔다.

—공주와 마구간 지기의 사랑이라? 완전 서동요네!

제훈의 너스레에 김장수는 더이상 답을 하지 않았다. 자신의 처지에서는 어떤 연애의 가능성도 희박하다는 걸 잘 알고 있었다.

기숙사 방에 돌아온 슬기는 김장수에게서 온 문자를 보고는 좀 어이가 없었다. 머플러 사진을 첨부하고는 잘 보관하고 있으니 드레싱도 다시 할 겸 직접 들르라는 내용이었다. 슬기는 답 문자를 보내지 않았다. 명백한 작업 멘트였다. 머플러가 무슨 중요한 미끼라고 저리도 흔들어대는지. 슬기는 그의 순진함이 가소로웠다.

11

보람은 윤세라를 처음 보았을 때 원인 모를 부아가 치밀었다. 아직 교육생들과는 서먹한 사이였지만 겉모습으로 볼 때 그중 윤세라가 제일 볼품이 없었다. 단추를 목까지 꼭 채운 체크남방에 머리는 뒤로 질끈 묶고 검은 백팩을 둘러멘 색 바랜 청바지 차림이었다.

"개척할 땅이 많은 학생이라 흥미롭군요."

입학식 날 진선미 선생이 황신이 선생에게 하는 귀엣말을 엿들은 후로 윤세라에게는 더욱 정나미가 떨어졌다. 저렇게 관리가 안 돼서야. 보람은 외모 관리에 게으른 사람들을 증오했다. 보람 자신은 무엇보다 일등 신붓감으로 자신의 안팎을 변신시키는 데 자부심을 가지고 있었다. 구체적으로 승우의 신붓감으로 자격을 갖춰나가는 중이었다. 그중 외모는 가장 중요한 종목이었다. 보람의 중고등학교 동창들은 이제 거리에서 만나면 보람을 얼른 알아보지 못했다. 고등학교 일학년 겨울 방학에 쌍꺼풀 수술을 시작으로 보람의 재건축 리모델링은 계속 진행되어 스물세 살 무렵에 얼추 완성이 되었다. 두 눈은 앞트임, 뒤트임으로 길이를 늘리고 쌍꺼풀로 높이를 올리고 마무리에는 정원의 나무를 이식하듯 속눈썹을 심어 마치 웅크린 고슴도치 같은 모양이 되었다. 코는 첫 수술에서 콧구멍을 이등변 삼각형으로 높여 마치 젓가락 통을 눕힌 형상이었으나 다시 재수술을 받아 버선코 모양으로 코끝을 둥글렸다. 이마에는 지방 이식을 하고 양미간에는 필러를 맞고 가슴은 크게 부풀리고 종아리에서는 알을 뺐다. 보람의 생애에서 칠팔 년 동안은 한국 도로공사처럼 늘 수리 보수 중이었다. 보람은 이제 완성된 성형 인형으로 강남역, 압구정동, 청담동 거리를 보란 듯이 누비고 다녔다. 거리에서 마주치는 성형 마네킹들은 눈, 코, 입, 턱이 어디에서 제조된 제품인지 서로를 짐작하였다. 그러나 상관없었다. 모두가 남자라는 종에게 잘 보이기 위한 스킨의 변형이니 같은 변종들끼리는 그 수작을 알아본 들, 그래서 뭐? 라는 심사였다.

차밍스쿨 기숙사에 들어 온 후 보람은 첫 방문으로 옆방의 소시은을 택했다.

"언니가 처음부터 마음에 들더라고요. 여기는 연령대가 다른 언니들과 함께 있어서 더 좋은 것 같아요. 이제껏 학교에서나 어디서나 전부 제 또래들하고만 지냈었거든요. 김보람이라고 해요. 우리 잘 지내요."

열린 서랍 위에 옷을 잔뜩 걸쳐놓고 옷 정리를 하는 시은에게 보람은 방을 휘둘러보며 말했다.

"아, 반가워요? 소시은이에요."

출입문을 막고 서 있는 보람을 비켜나게 하면서 시은이 말했다.

"몇 가지 물건들을 더 옮겨와야 해서요."

시은이 복도 엘리베이터 쪽으로 사라지자 보람은 제 방으로 돌아왔다.

'뭐야? 호빵맨처럼 생겨가지곤. 저렇게 관리가 안 되니 서른네 살까지 초이스가 안 됐지.' 살짝 기분이 나빠진 보람이 속으로 냅다 욕을 해댔다. '하지만 또래들처럼 내게 지나친 관심을 보이지 않으니 됐고, 특히 외모나 몸매가 내 경쟁심을 자극하지 않아서 좋아. 여기서 적어도 한 사람하고 친하게 지내야 한다면 아무튼 소시은, 이 노땅이 제일 낫겠어.'

보람이 제 마음을 정리하고 보니 소시은도 큰 문제가 없는 사람으로 여겨졌다. 보람은 침대 헤드에 등을 대고 차밍스쿨 필독서 목록 중 한 권인 『그리스 로마 신화』를 펼쳤다. 차밍스쿨의 과정 중 '교양 쌓기' 과제였다. 집에서는 스마트폰과 컴퓨터에만 붙어 있다가 아주 오랜만에 활자로 된 종이책을 잡으니 눈앞이 막막했다. 머릿속은 가로등이 아직 켜지지 않은 도로처럼 어둑진했다. 보람은 두 눈을 꾹 감았다가 다시 뜨고 책장을 넘기며 몇 장씩 건너뛰었다. 제우스가 백조로 변신해서 레다를 범하는 장에서부터 읽기 시작했다. '오호, 신들도 바람을 피우는구나. 꽤 인간적인걸?' 보람은 목을 구부려 책 속의 안갯길을 더듬어갔다.

3장

1

   황신이는 복도를 걸으면서 도로시 원장에게 방금 보고한 '사랑학' 강의를 한 줄로 요약해보았다.

   "'사랑학'은 '결혼이란 제도 안에서 검은 머리가 파뿌리 될 때까지 두 사람의 관계를 어떻게 조화롭게 지속할 것인가'에 대한 강의입니다."

   도로시 원장과 근래에 머리를 맞대고 연애, 결혼에 대해 자주 토론을 하다 보니 '파뿌리' 같은 관습적인 표현이 자연스레 끼어들었다. 황신이는 강의 노트를 창턱에 걸치고 '검은 머리가 파뿌리 될 때까지'의 문구 위에 금을 그었다. 도로시 원장의 연륜과 지혜는 받아들이겠지만 구태의 언어는 경계해야 했다. 서울로 오기 전 지난 학기까지 뉴욕 대학의 휴머니티 센터에서 '사랑학' 강의를 오 학기나 했음에도 첫 수업은 여전히 긴장이 되었다. 입안이 말라왔다. 아이스커피를 담은 텀블러를 연구실에 두고 나온 것이 생각났다.

"여러분에게 '사랑학'을 강의할 황신이라고 합니다."

보드 중앙에 '사랑학'을 쓰고 돌아선 황신이 선생은 과녁에 다트를 던질 듯한 교육생들의 과도한 집중력을 브레이크하려고 활짝 웃어 보였다. 선생의 아이보리 블라우스에 받쳐 입은 검은색 에치 형 치마는 테이크아웃 잔의 종이 띠처럼 끼어 있었다.

"여러분은 인생의 중요한 통과의례 중 하나인 결혼에 대해 좀더 알고자 이곳 차밍스쿨 과정을 선택했습니다. 결혼에 대한 합리적인 청사진을, 정확한 설계도를, 마법의 레시피를 얻으려고 말이죠."

오전 열 시이고 창밖에는 청명한 가을 하늘이 드높았다. 푸른 하늘을 가로지른 구름은 면사포 자락처럼 눈이 부셨다.

"그럼 연애와 결혼에서 가장 중요한 요소인 사랑에 대해 먼저 알아보죠."

가운데 자리의 허미리는 고개를 숙이고 오른편 끝자리의 윤세라는 펜을 돌리면서 별 감동 없이 듣고 있었다.

"그렇다면 도대체 사랑이란 뭔가요?"

왕잠자리 두 마리가 이 층 창문 높이까지 원을 그리며 오르다가 연못의 조각상 주변으로 날아가버렸다. 창밖에 무심히 시선을 두고 있던 지원은 자세를 안쪽으로 고쳐 앉았다.

"누구나 알고 있지만 막상 물으면 말하기가 어려운 게 사랑인가요?"

황신이 선생이 철학적 농담을 다시 던졌지만 서로 옆 사람의 반응을 살필 뿐 아무도 선뜻 대답하질 않았다.

"그럼 좀더 구체적으로 묻겠어요. 연애할 때 느낌이 어땠나요? 여기 허미리양부터 차례로 이야기를 해볼까요?"

"음…… 제가 처음 연애를 할 때는,"

미리는 손등 위에 잠시 눈길을 두었다가 고개를 들고는 말했다.

"바이킹이나 롤러코스터를 타는 것처럼 수직 상승 혹은 수직 하강하는 느낌이 들었어요. 마음이 가득 차올랐다가 텅 비곤 했어요. 바다의 밀물과 썰물처럼 상반된 감정이 주기적으로 교차했습니다."

첫 발언인데도 미리는 초등학교 교사답게 답변을 잘 해냈다. 순서는 오른편 자리의 슬기로 이어졌다.

"연애하는 내내 구름 위를 걷는 것처럼 붕 떠서 지낸 것 같아요."

차례가 되자 지원도 말했다.

"일정한 간격으로 가슴속에서 북소리가 들리는 것 같았어요. 지금까지와는 다른 박자와 리듬으로 계속 행진하도록요."

"한마디로 제정신은 아니었어요."

시은이 말했다.

"흔들리는 배를 타고 있는 듯 계속 속이 울렁거렸어요."

맨 끝자리의 윤영도 제 의견을 보탰다.

"사랑, 그거 생사람 잡는 거예요!"

마지막 보람의 말에는 모두 웃음을 터트렸다.

"자, 그럼 우리 함께 이 '사랑'이라고 부르는 감정을 더 자세히 들여다보기로 하죠."

황신이 선생이 주의를 집중시켰다.

"'사랑'이란 말에는 다양한 감정의 스펙트럼이 있습니다. 그런데 저는 이 사랑을 운명적 사랑, 짝짓기 사랑, 동반자적 사랑의 세 가지로 분류하겠어요."

황신이 선생은 보드에, '운명적 사랑', '짝짓기 사랑', '동반자적 사랑'이라는 키워드를 마킹 펜으로 적어나갔다. 미국식 토론 수업을 기대하던 세라는 선생의 등을 턱으로 가리키며 지원에게 눈짓을 했다.

"사랑에는 말 그대로 목숨을 거는 운명적 사랑과 호르몬 작용의 짝짓기 사랑, 신뢰를 바탕으로 하는 동반자적 사랑이 있습니다. 이 세 가지 경우를 통칭 사랑이라고 부르지만 속 내용에는 현저한 차별성이 있지요."

허미리는 엎드려서 토씨 하나 빼놓지 않고 필기를 하고 있었다.

"그럼, '운명적 사랑'에 대해 먼저 알아볼까요?"

황신이 선생은 허미리가 허리를 펼 때까지 기다렸다가 강의를 이어갔다.

"운명적 사랑은 무의식이 하는 일입니다. 자신도 모르는 사이에 사랑이 들어옵니다. 직감이, 제 가슴이 먼저 사랑을 알아보는 거죠. 그래서 운명적 사랑은 연역이지 귀납이 아닙니다. 이러한 사람이어서 사랑한 게 아니라 사랑하고 보니 이러한 사람인 겁니다. 한마디로 운명적 사랑은 주어지는 것입니다. 말 그대로 랜덤이죠."

황신이 선생은 거침없이 말을 쏟아냈다.

"운명적 사랑은 화살처럼 빛의 속도로 가슴을 관통합니다. 사랑이 오는 순간은 알 수도 있고 모를 수도 있어요. 소리 없이 가슴에 박히니까요. 오래 알고 지내다 보니 사랑하게 되었다고 하는 말은 운명적 사랑에서는 있을 수 없습니다. 남녀가 함께 긴 시간을 두고 지내면 정서적으로 친밀해지거나 정은 들 수 있겠지요. 그러나 그건 운명적 사랑하고는 다른 감정입니다. 진짜 사랑은 시간과 비례하지 않습니다. 만약 오래 알고 지낸 후 사랑에 빠졌다면 그것은 제 가슴을 관통한 운명의 화살을 처음에는 알지 못했다가 어느 순간 사랑임을 깨닫게 된 경우뿐입니다. 그러니까, 운명적 사랑은 반드시 사랑의 씨앗이 뿌려져야 한다는 말입니다. 사랑의 화살이 박혀야만 운명적 사랑은 시작되는 겁니다."

지원은 이제야 숲 한가운데에서 각 나무들을 구별하여 보게 된 느낌이었다.

"이처럼 운명적 사랑의 특징은 무의식의 영역이고 주어지는 것이며 무작위입니다."

황신이 선생은 여기서 잠시 멈추고 더 깊은 곳을 잠수하려는 듯 길게 숨을 들이마셨다.

"그럼에도 운명적 사랑은 결실을 맺기가 쉽지 않습니다. 사랑은 개별적인 감정이지만 두 사람이 함께하는 일이기 때문이죠. '사랑은 오직 사랑하고만 교환할 수 있다. 너의 사랑이 사랑으로서 그에 화답하는 사랑을 탄생시키지 못한다면 너의 사랑은 무력하고 불행한 것이다.'라는 말은, 운명적 사랑은 오직 운명적 사랑으로만 교류하고 응답할 수 있다는 겁니다. 즉, 운명적 사랑을 하려면 상대도 운명적 사랑에 빠져야 한다는 말이죠. 그렇지 않으면 그 관계는 불행하다는 명쾌한 논리인데요, 그럼, 이 말은 누가 했을까요?"

어디서 들어보지 못한 사랑 분석이어서 어리둥절해 있을 때 황신이 선생이 스스로 답변을 했다.

"세상에서 가장 계산이 빠른 남자, 마르크스의 말입니다. 사랑조차도 교환과 거래로 정의하다니 과연 마르크스답지요?"

이 놀라운 사랑에 건조한 거래 이론을 붙이다니. 오지랖 넓은 남자여, 경제에나 신경 쓰세요. 지원은 마르크스를 멀리 쫓아내버렸다. 황신이 선생의 강의는 계속 이어졌다.

"운명적 사랑은 고상한 정신병이라고까지 불리죠. 문학과 음악, 미술, 연극 등 인류의 전 예술에 묘사되는 사랑이 바로 운명적 사랑입니다. 첫눈에 반하고 목숨을 걸죠. 어떤 누구와도 대체되지 않고요. 두 눈을 감고 사랑에 풍덩 빠집니다. 트리스탄과 이졸데, 로미오와 줄리엣, 베르테르와 로테, 랜슬럿과 기네비어, 아벨라르와 엘로이즈, 이런 대표적 인물들이 바로 운명적 사랑의 주인공들입니다."

보람은 해바라기를 그리고 씨앗 하나하나를 색칠하다가 로미오와 줄리엣이란 귀에 익은 이름이 나오자 고개를 번쩍 들었다.

"이십 세기 초, '어떻게 사랑이 두 번일 수 있나요?'라는 롱 펠로우의 시구는 전 세계 연인들의 좌우명이었어요. 이십 세기 백 년 동안은 인생에서 두 번 사랑한 사람은 모두 죄인이었고요."

"우우!"

세라가 엄지손가락을 아래로 꺾으면서 지루한 이십 세기에게 조롱을 보냈다. 마침 이론으로만 이어지는 강의가 지루하던 참이었다.

"운명적 사랑의 특징은 감정의 폭발, 발화, 전소로 진행됩니다. 온 감정을 한데 모아 불타오르게 하죠. 요동치고 격동하는 감정의 파동은 두 사람을 여기가 아닌 다른 곳으로 데리고 갑니다. 독점적이며 배타적이고 극단으로 치닫고 그 극단에 가서는 절벽으로 뛰어내립니다. 위험하고 치명적이죠."

황신이 선생은 잔기침으로 들뜬 목소리를 가라앉히고는 다소 차분해져서 말했다.

"사랑은 시적 영감처럼 옵니다. 보르헤스는 시적 영감을 경험한 시인들은 시적 영감이 존재하는지를 안다고 했어요. 커피를 맛보지 못한 사람에게 커피 맛이란 언어는 사용할 수가 없다고도 했고요. 그건 경험하지 않으면 공감할 수도 없다는 말이지요."

황신이 선생은 손뼉을 두 번 치면서 강의를 마무리했다.

"사랑도 마찬가지입니다. 시적 영감을 경험하지 못한 사람들이 영감을 신비주의적 망상이라고 폄하하듯 운명적 사랑을 경험해보지 못한 사람들은 사랑을 정신병적 망상이라고 폄하합니다. 시적 영감은 시인들이 증거하고 운명적 사랑은 연인들이 증거합니다. 위대한 시인이 불멸의 시를 쓰듯 위대한 연인들은 운명적인 사랑을 합니다!"

박수가 절로 쳐졌다.

"위대한 사랑을 위하여!"

세라가 자리에서 일어나 한 박자씩 느리게 박수를 치자 강의실을 나가던 황신이 선생이 어깨 뒤로 한 손을 흔들어 이에 화답해주었다.

2

컨퍼런스 룸의 타원형 탁자에 찻잔을 세팅해놓고 진선미 선생이 물러갔다.

"이번 모임에서는 한 연애사건을 예로 들면서 어머니들과 의견을 나누어볼까 해요."

도로시 원장이 빙 둘러진 패브릭 소파에 앉은 어머니들을 둘러보면서 말했다.

열린 창문으로 들어온 햇빛이 고양이처럼 꼬리를 말고 구석에 앉았다. 음악실에서 나는 악기 소리들이 바람결에 실려 왔다.

"매스컴에서 떠들썩했던 일입니다. 국내 탑배우이고 나이가 마흔살인 이 남자배우는 미국 LA를 드나들면서 스물한 살인 교포 여자와 연애를 했습니다. 교제한 지 이 년 후 이 배우는 어린 교포 여자에게 이별을 통보합니다."

도로시 원장의 목소리가 나른한 공기 속에 느리게 흘러 다녔다. 홍연숙은 졸음이 왔다. 집에서라면 어김없이 잠깐 눈을 붙이는 오후 세시였다.

"여기까지는 보통 연인들의 만남과 이별이지요. 그런데 이 교포 여성의 어머니는 그 남자배우를 혼인빙자 간음죄로 고소를 합니다.

"혼빙죄는 없어졌는데요?"

이선화는 불쑥 말해놓고 곧바로 후회를 했다. 곁눈으로 주변을 둘러보니 아무도 자신의 해박한 법 지식에는 신경 쓰지 않는 것 같았다.

"네. 세라 어머니의 말이 맞습니다. 혼빙죄는 몇 년 전에 없어졌어요. 사회는 급변하는데 법 개정은 거북이걸음이지요? 느리더라도 법이 공정한 방향으로 진행되어서 다행입니다만."

도로시 원장은 출입문에서 가장 가까운 자리에 앉아 있는 박명자를 가리켰다.

"이 연애 사건에 대해 미리 어머니의 개인적인 의견을 말씀해보시 겠어요?"

박명자는 처음 지명을 당했을 때는 머릿속이 하얘져 아무 생각이 나지 않았었다. 그러나 동네 계모임에 왔다고 생각을 고쳐먹은 후로 는 이 자리가 편해졌다.

"딸 가진 어미 속이 어디 제 속이었겠습니까? 말이 총각이지 마흔 이 다 된 늙은 남자에게 어린 내 딸이 농락당하고 차였는데 세상 어느 부모가 가만히 있겠어요? 법을 빌려서라도 벌을 주고 싶었겠지요. 그러라고 법은 있는 거니까요."

박명자는 속이 후련했다. 제법 두서 있게 말을 잘한 것도 같았다. 내 딸 허미리가 그런 파렴치한에게 걸려들지 않은 게 천만다행이었 다. 박명자는 곁눈으로 홍연숙의 끄덕임과 정귀자의 미소를 보고는 자신과 명백한 의견일치로 생각했다.

"따지고 보면 여자 측 어머니는 억울했겠지요."

그때 장길녀가 문득 입을 열었다.

"당연히 들어갈 줄 알았던 결혼의 입구에서 남자가 '노'를 선언했 으니까요. 남자와 잠자리만 하면 결혼식장으로 직행하는 줄로 믿었 던 친정 엄마와 그 딸에게는 마른하늘에 날벼락이었을 겁니다."

그러자 이선화는 메모한 수첩을 들여다보면서 정리한 의견을 침착 하게 말했다.

"지혜로운 엄마라면 딸이 연애를 시작할 때 나이 차이가 많이 나는 남자를 만날 시 기대하고 착각하는 문제에 대해 조언을 해줄 겁니다.

첫째, 그 남자의 마음보다 사회적으로 얻은 지위와 안정감과 부가 먼저 보일 수 있고 둘째는 상대 남자의 나이 대에 맞추는 연애를 하면 제 연령대가 겪는 세상사의 과정을 놓칠 수도 있다는 점 등, 뭐 그런 부정적인 면을 먼저 경고해주어야 합니다."

"아유, 그게 소용이 있나요? 당장 눈이 맞아서 둘이 죽고 못 사는데요?"

송경희가 답답한 나머지 얼결에 제 의견을 툭 뱉어냈다.

"딸이 제 감정과 제 판단으로 연애를 시작했다면 그건 두 사람의 일입니다. 두 사람이 결별하면 흔히 세상에서 말하는 '한 번의 연애' 였던 거고요."

이선화가 단호하게 마무리를 했다.

"남녀 연애는 당사자가 아니면 누구라도 개입할 문제는 아니라고 봐요. 아무리 부모라도 말이에요."

얼른 장길녀가 덧붙였다. 이런 일들은 주변에 넘쳐났다. 생각이 꽉 막힌 엄마들이 딸의 연애뿐 아니라 혼사 이후까지 개입해서 상을 뒤엎어버리는 일은 비일비재했다. 먹고살 만하고 알 만한 여자들이 더 그랬다. 장길녀가 다년간 수십 쌍을 연결해주면서 현장에서 얻은 경험이었다.

"딸이 연인과 결별한 후 여자의 엄마가 고소를 했다고요? 남녀의 만남과 이별이 어디 사회적, 법적으로 타인에게 판단받을 일인가요?"

장길녀의 말에 이선화는 고개를 길게 빼고 동의한다는 눈빛을 보냈다.

"이 재판의 결과, 판사는 남자배우의 손을 들어주었습니다. 결별은 두 사람의 관계에서 그들의 몫이라는 겁니다."

도로시 원장이 재판의 결과를 말했다. 박명자는 입술을 뾰족이 내밀어 당혹감을 나타내며 주변을 돌아보았다.

"이 재판 과정에서 교포 여성은 신상이 모두 공개되었고 매스컴도 이를 대대적으로 보도했습니다. 그럼 이 교포 여성의 어머니는 무엇을 잘못 판단했을까요? 여기에 주목해볼까요?"

도로시 원장이 토론의 방향을 제시했다.

"딸 가진 엄마의 시대착오적인 생각이죠."

이제껏 허리를 꼿꼿이 세우고 앉아 있던 오정애가 말했다.

"여자들은 하룻밤만 자고 나면 마누라처럼 군다잖아요?"

송경희가 불쑥 끼어들었다. 남편 김병구에게서 들은 말이었다. 어머니들의 냉랭한 눈길이 자신에게 쏠렸다가 말없이 되돌아가자 송경희는 얼른 입을 다물었다. 정귀자는 웃음이 터지는 걸 간신히 참아냈다. 지루한 토론 중에 송경희의 말 한마디는 한여름의 청량한 빗줄기였다.

"예전의 어머니들은 마땅히 그랬지요. 내 딸의 정절을 보상하라고 상대 남자에게 달려들었어요. 남자의 변심으로 버림받은 비련의 여주인공들이 소설이나 드라마에 넘쳐나던 시절이었지요. 실연과 배신은 신파극의 중요한 테마였고요."

오정애가 입가 한쪽에 냉랭한 웃음을 베어 물고는 말을 이어갔다.

"그런데 지금은 어떻습니까? 시대의 애정 풍속도가 바뀌었습니다. 여자만 이별 당합니까? 남자도 이별 당합니다. 만남과 결별에도 남녀는 동등하지요. 연인들의 만남과 이별은 두 사람의 일이고 두 사람만의 결정입니다. 두 사람이 관계를 지속하기가, 애정을 유지하기가, 미래를 함께하기가 더이상 어렵다면 연인들은 숙고 끝에 이별을 결정하는 겁니다."

오정애의 논리 정연함에 모두 의외라는 반응을 보였다.

"물론 두 사람이 똑같은 마음일 수는 없겠지요. 어느 한 사람은 애정이나 미련이 남는 경우도 있으니까요. 사람마다 여러 가지 다른 이유가 있겠지만 중요한 사실은 '관계가 끝났다'는 겁니다. 이후 상처와 치유는 각자들의 몫이고요. 이 시대에 상식 있는 연인들이라면 이런 명백한 사실을 조건 없이 받아들입니다."

오정애가 한 번 더 자신의 이론을 공고히 했다.

"그럼 늙은 남자에게 내 딸이 버림받았는데 가만있으란 말인가요?"

참다못한 박명자가 급기야 소리를 질렀다.

"딸의 불행을 강 건너 불구경하듯 그냥 바라보고만 있는 부모가 있나요?"

박명자가 오정애를 향해 얼굴을 붉히며 항변했다.

"이별이 어디 내 딸만의 불행이겠습니까? 저 집 아들의 불행이기도 하지요. 양편의 입장은 똑같습니다. 두 사람의 동등한 만남이고 두 사람의 동등한 이별이니까요."

오정애는 인상 하나 변하지 않고 대응했다. 이때 도로시 원장이 결론을 내주었다.

"이전의 연애는 결혼이 최종 목적지였어요. 결혼에만 골인하면 남은 인생은 철밥통처럼 그대로 이어진다고 생각했으니까요. 그러나 요즘 시대에는 결혼 후의 과정을 더 중요하게 생각합니다. 결혼을 결정하기 전에 그 중요한 과정을 함께할 파트너를 고르는 데 신중하려면 만남과 이별은 몇 번이고 할 수 있는 일이 되었습니다."

이제 도로시 원장이 모임을 마무리했다.

"자자, 오늘 어머니들이 토론으로 좋은 지혜를 모아주셨는데요. 토론은 누가 옳은가가 아니라 무엇이 옳은가를 찾아가는 과정입니다. 그럼 다른 주제를 가지고 다음 주에 또 뵙도록 하겠습니다."

모두 흩어져 주차장으로 나갈 때에도 박명자의 분노는 가라앉질 않았다. 제 의견에 소극적인 태도를 보인 홍연숙과 정귀자에게도 이유 없이 화가 치밀었다. 박명자는 자리에서 선뜻 일어나지도 못했다.

3

금요일 어머니 모임을 마치고 장길녀는 서울로 돌아오는 길에 지원을 구리시까지 태워주었다. 지원에게는 한 달 만의 첫 외출이었다.

"세라가 아니었으면 저는 여기 교육생들의 신상에 대해 아무것도 알아내지 못했을 거예요. 제가 그런 일에 워낙 서툴기도 해서요."

지원이 두 손을 무릎 위에 반듯하게 놓고 뒷좌석에 앉아서 말했다.

"앞으로도 세라의 도움이 클 것 같아요. 그 친구는 아예 파일 정리를 해가며 교육생들의 행동과 말투 등을 살피거든요."

차분하면서도 열의를 갖고 말하던 지원이 얼굴을 붉히면서 입술을 깨물었다. 장길녀는 백미러에서 눈길을 비켜주었다.

휘트니스 클럽 프론트에서 예약 안내를 받은 장길녀는 컨퍼런스 룸의 유리문을 밀고 들어섰다. 초록색 패브릭 소파에 깊게 묻혀있던 이수정 여사가 허리를 곧추세워 앉으며 그녀를 맞았다.

"어서 오세요, 장실장님. 여름에 뵙고는 처음이네요."

장길녀는 주춤하고 그 앞에 그대로 서 있었다.

"그동안 일은 잘 진행되는지요?"

이수정 여사가 호기심이 가득한 두 눈을 반짝거렸다.

"이런! 오시자마자 워낙 궁금했던 터라. 앉아서 숨부터 돌리시고 천천히 이야기를 듣지요."

앞자리를 가리키며 웃는 이수정의 눈가에 간격 고른 주름이 잔물결처럼 퍼져 나갔다. 장길녀는 이수정 여사를 만나면 언제나 흰 모래알이 들여다보이는 맑은 물가에 선 느낌이었다. 재계 십 위 안에 랭크되는 대기업 사모님의 겸손한 태도는 늘 감동을 주었다.

이수정은 올해 초 아들이 미국 유학을 마치고 돌아왔을 때부터 며느릿감 물색에 적극적으로 나섰다. 서울 장안의 중매인을 물색하던 중 지인에게서 장길녀를 추천받았다. 장길녀는 이수정과 첫 만남 자리에서 곧 개교하게 될, '차밍스쿨' 이야기를 꺼냈다.

"차밍스쿨에서는 혼기의 여성들이 신부수업을 받는 동안 기숙사 생활해야 한다고 하니 성격이나 인품을 알 수 있는 기회가 이보다 더 좋을 수는 없다고 생각합니다. 교육비가 비싼 데다가 일정 기간 시간도 내야 해서 여유가 있는 집안의 자녀가 아니고서는 엄두도 못 낼 곳이지요. 이 결혼 예비학교를 이용해 며느릿감을 심층적으로 물색해보는 것도 좋은 방법이라고 생각합니다. 혹 여사님께서 마음에 둔 어느 집안의 규수가 있으시다면 제가 최선을 다해 연결해 드리지요."

이수정이 생각에 잠긴 듯 눈길이 깊어졌다가 다시 장길녀를 향했다.

"아니, 아직 마음에 두고 있는 규수는 없습니다. 어느 집안의 어느 자식이 어디에서 교육받았다는 정도는 서로 대충들 알고 있답니다. 유치원 초등학교를 우리 애들과 함께 다닌 집안의 딸들도 여럿 있고요. 그냥 겉모습만 서로 알고 있는 정도지요. 그 여자아이가 얼마나 지혜로운지 얼마나 따듯한 심성을 가졌는지 포용력이 있는지는 알지 못하죠. 속마음을 알 수 있는 기회도, 방법도 없었고요."

"아? 사모님이 원하는 자부상은 지혜롭고 따뜻한, 한마디로 덕이 있는 여성이군요?"

"요즘 젊은 애들이 어디 어른 말을 듣나요? 장실장님도 알다시피 명문가 자제들이 한순간 감정만으로 일반인이나 연예인을 배우자로 들였다가 낭패를 본 사연들이 어디 한둘입니까? 장 실장님, 난 그런 건 못 봅니다. 아들이 두 명 있는 것도 아니고요."

이수정은, 장길녀에게 센스 있고 융통성 있는 여자라는 신뢰가 생기자 한결 편하게 대했다.

"장 실장님이 추천하신 이 차밍스쿨에 강한 흥미가 생기네요. 모든 비용은 제가 부담할 테니 그곳에서 훌륭한 규수 한 명을 골라주세요. 장 실장님이 진행 보고까지 해주시면 더 고맙고요."

이수정은 찻잔을 옆으로 밀고 장길녀가 내민 차밍스쿨의 브로슈어를 꼼꼼히 들여다보았다.

　장길녀는 차를 한 모금 마시고는 장부처럼 두툼한 노트를 꺼내 차밍스쿨의 챕터를 펼쳤다. 인적 정보가 아직은 초기여서 미진하지만 앞으로의 많은 에피소드를 통해 교육생들의 인격과 성향을 알아낼 수 있을 것이라고 먼저 설명했다.

　"지금 차밍스쿨에는 일곱 명의 여성들이 교육받고 있습니다. 그냥 교육생들이라고 편하게 말하겠습니다. 그 교육생들의 나이 대는 스물여섯 살에서부터 서른네 살까지 입니다. 그중에 윤세라는 삼 대째 법관 집안인 윤 법관 댁 따님이고요, 또 김윤영은 신영그룹 따님이고요. 소시은이라고 동양 커피 회사 막내딸도 등록을 했더군요. 그리고 현직 장관의 딸인 임슬기도 있고 허미리는 초등학교 선생이고 김보람은 모 중소기업의 외동딸인 모양입니다. 그 교육생들은 어머니들과 일곱 팀으로 멤버가 짜여 있습니다. 그중 한 팀이 우리 아르바이트생과 저이고요."

　빈칸을 달고 화물 열차처럼 이어진 여섯 명의 교육생들 이름을 들여다보던 이수정이 한 이름을 손끝으로 짚었다.

　"신영그룹의 딸, 김윤영이는 잘 알고 있습니다. 모계를 닮아 미모가 상당하다는 이야기는 들은 적이 있어요. 물론 그 어머니에 대한 추문도 알고 있고요."

　이수정 여사도 서울 장안에서 한 채널은 가지고 있었다. 장길녀는, 사람들의 관계망이란 예상치 못할 정도까지 서로 깊이 연결되어 있다고 느꼈다.

"여기 윤판사 댁은 조부가 대법관을 했는데 이어서 삼대가 판검사를 지낸 유명한 법관 집안이죠. 윤세라가 그 댁 외동 따님이라고요? 법관 집안이라서 성격이 너무 경직되지 않을까 하는 선입견이 있는데, 장실장님 의견은 어떠세요?"

장길녀는 가슴을 내밀고 달리기를 하듯 교내를 걸어 다니는 윤세라를 생각하자 웃음부터 나왔다. 차밍스쿨에서 몇 번 마주친 윤세라에게서는 정직성과 투명한 활기, 올곧은 열정이 뿜어져 나왔다. '지원이 어머니, 안녕하세요?', 매번 큰 소리로 외치는 인사말에서 생기와 낙천성이 그대로 전해졌다.

"제가 본 윤세라 양은 유쾌하고 유연한 마음가짐을 가졌더군요. 오히려 그 융통성의 범위가 지나치게 넓어 여성스럽지 않다는 게 흠이지 않을까 싶습니다. 결혼할 상대가 아니라 좋은 친구를 소개하라면 이 윤세라양을 적극 추천하겠습니다만."

장길녀는 이 직업의 경험상, 여성에게 여성성은, 극단적으로 말해, 성적 매력은 치명적으로 중요한 문제라는 걸 알고 있었다. 이수정 여사가 이 부분을 놓칠 리가 없었다.

"중요한 건 남자의 사랑을 지속적으로 받을 수 있는 고유한 여성성이 있어야 한다는 점 아니겠어요?"

날카로운 지적이었다. 이수정 여사는 노트 목록에서 이번에는 '소시은, 정귀자'의 이름을 약지로 짚고는 말했다.

"이 형님은 요즘 뭘 하고 계시나 했더니, 막내 교육장에 출입하시는 게요."

"그 댁 따님은 소시은이라는 서른네 살의 아가씨인데 통통한 몸매에 귀염성을 가진 얼굴이었습니다. 뭐랄까 전체적으로는 귀태가 났어요."

장길녀가 얼른 말을 보탰다.

"알아요, 알아. 그 댁 따님들이 워낙 많다 보니 재계 정계에 하나씩은 다 걸쳐 있답니다. 모친을 닮아서 인정 있고 품이 넓다고 들었어요. 그런데 난 이런 여성상은 배우자로서는 썩 내키지 않아요. 어머니라는 이름에만 적합한 여성들은 필수 과목 점수만 높은 모범생 같거든."

이수정은 낙엽 우린 색의 엷은 콜롬비아산 커피를 마시면서 잔 너머로 장길녀를 쳐다보았다.

"여성에게는 현명함과 지혜는 필수요건이지만 그것만 가지고선 부족하다고 생각해요. 뭐랄까, 여성적 매력이란 플러스알파가 있어야 한다는 게 내 생각인데요. 남편의 사랑을 지속적으로 받는 여자가 가정을 잘 지키고 가문을 잘 보존하는 겁니다. 그 여성성의 매력이 지금 저와 장 실장님이 찾고 있는 이 프로젝트의 변수가 아닐까요?"

"아? 예예!"

장길녀는 이수정의 안목에 다시 한번 놀랐다.

호텔 현관 앞에 대기하고 있는 승용차 뒷자리에 탄 이수정이 창문을 열고 장길녀에게 물었다.

"참, 우리 아르바이트생, 이름이 뭐라고 했지요?"

"지원이라고 합니다. 유지원."

장길녀가 무릎을 낮추며 대답했다. 두 시간 남짓 차밍스쿨에 대해 이 여사와 이야기를 나누면서도 정작 문건을 작성해준 유지원에 대해서는 한마디도 하지 않았다.

"유지원 양에게 일이 쉽지 않을 텐데 고맙다고 전해줘요, 그리고 차밍스쿨 생활도 즐기며 일하라고 하세요. 한창 젊잖아요? 청춘이야말로 보배죠. 그럼, 장 실장님, 또 뵈어요."

장길녀는 조팝꽃뭉치들 사이로 난 남산의 비탈길을 걸어서 내려왔다. 오전에 접촉사고로 정비소에 맡긴 자신의 에스유브이 차를 생각하니 다시금 화가 치밀었다. 복구해놓는다고 원래대로가 되냔 말이야. 차선을 저가 밀고 들어와놓고는 미안하다는 말도 없이 오히려 거들먹대며 보험회사에 전화부터 걸던 청년이 생각났다. 하여튼 요즘 젊은것들이란!

4

지원은 진선미 선생의 오전 강의가 있는 컨퍼런스 룸으로 향했다. 차밍스쿨에서는 눈뜨면서부터 잠자리에 들 때까지 일상생활을 진선미 선생의 코칭을 받았다. 식사 예절, 대화법, 일상의 태도, 심지어는 휴식시간의 자세까지 모든 일상을 코칭받은 대로 반복 연습해야 했다.

"숙녀란 모든 육체적이고 물리적인 본능에 대해 절제를 해야 합니다. 원색적인 행위 표출은 금지예요. 하품, 트림, 여기에 덧붙여 웃음과 울음도 절제해야 합니다. 숙녀에게 품위 있는 태도는 평생 동안, 일상에서도 유지해야 하고요."

진선미 선생이 멈춰서더니, "슬기양, 한번 웃어보세요." 했다. 느닷없는 주문에 슬기는 한 손으로 입을 가리고는 웃었다.

"웃을 때 손으로 입을 가리는 건 좋지 않아요. 수줍은 성격을 감안하더라도 이건 배타적인 행동이죠. 여럿 가운데 귓속말을 하는 것만큼이나 의심스러운 행동입니다. 울음도 마찬가지입니다. 통곡을 하거나 큰 소리로 울부짖지는 말아야 합니다. 감정을 최대치로 드러내는 건 품격 있는 행동이 아닙니다."

진선미 선생이 열변을 토하고는 보드 앞으로 가서 섰다.

"육체적인 본능을 절제하지 않고 마음껏 발산하는 건 유아기적인 퇴행적 행동입니다. 자, 여길 보세요!"

진선미 선생이 시선을 집중시키고는 재차 강조를 했다.

"하품, 트림, 코 풀기 등의 본능적 행동들은 숙녀들이 평생 동안 경계해야 할 위험한 친구들입니다. 상황에 맞게 절제하고 우아하게 행동하세요. 가까운 부부 사이, 연인 사이일수록 신비감을 유지하는 게 중요합니다."

그때 윤세라가 번쩍 손을 들었다.

"그런데요, 질문 있습니다. 지금 배우는 내용들은 너무나 상식적인 게 아닌가요? 누구나 다 알고 있는 기초적인 건데요? 특별한 교육을 표방한 이 차밍스쿨에서 굳이 이런 사소한 것까지 배울 이유가 있을까요?"

"세라양, 상식은 지식이 아닙니다. 아는 것하고 몸으로 습득하는 것하고는 큰 차이가 있어요. 상식이 곧 인생입니다. 상식을 습관화하고 체화하는 게 차밍스쿨 교육 과정이고요."

진선미 선생은 정색을 하고 말하고는 병에서 남은 물을 마저 따르듯 강의를 이어갔다.

"상식을 공기처럼 호흡하는 것, 말하자면 상식의 일상화, 습관화, 체화가 우리 교육의 실현이에요. 모든 문화의 기본은 상식, 에티켓에서 출발하는 것이니까요."

진선미 선생이 눈길을 잠시 창밖에 두었다가 무언가를 결정한 듯 다시 또렷한 눈으로 정면으로 돌아왔다.

"오늘날 대한민국에는 정해진 계급은 없어요. 그러나 품격의 차이는 있죠. '인간은 평등합니다. 그러나 인격은 차등하죠.' 그럼 여러분에게 묻겠어요. 도대체 급과 격, 레벨은 뭡니까? 명품 브랜드를 말하나요?"

"아니요!"

이럴 때는 무조건 한 목소리를 냈다.

"고급과 저급의 차이가 엄청난 데서 오는 거라고 생각하나요? 노노! 그 차이는 사소한 습관에 있습니다. 사소한 식습관, 언어습관, 생활습관, 소비습관, 마음습관까지 사소하고 작은 습관의 차이가 사람의 격을 결정합니다."

진선미 선생이 강의실을 나가자 세라는 긴 날숨으로 제 숨통을 한 번 틔우고는 햄릿처럼 비장한 소리로 말했다.

"아, 고단한 인생, 우리는 언제 다시, 본능의 친구들과 마음껏 뛰놀던 대자연으로 돌아갈 수 있으리오?"

한 달 동안 세라의 너스레에 익숙해진 교육생들은 이에 반응하지 않고 묵묵히 식당으로 향했다.

5

지난밤의 소낙비로 하늘은 유리처럼 투명했다. 회전 유리문이 열린 듯 주홍색 햇살이 잔디 정원으로 왈칵 쏟아져 내렸다. 마사의 오솔길에 떨어진 노란 은행잎들이 신발 바닥에 자꾸 달라붙었다. 승마 코치 김장수는 지난 밤 폭우에 넘어진 플라스틱 가드레일들을 마장의 트랙을 따라가며 차례로 일으켜 세우고 있었다.

"상쾌한 아침이지요?"

김장수가 등을 펴고 제 2 승마장으로 다가오는 지원과 윤영에게 인사를 건넸다.

"비 온 뒤라서 공기가 청정해요."

윤영이 턱을 치켜들고 공기를 깊게 들이마셨다.

"이런 날이 말을 타기에 최적입니다. 말이야 진창을 걷겠지만 말 등의 기수는 최상의 공기 속을 달리니까요."

"상급반으로 어서 진급해서 이런 바람을 가르며 말을 한번 달려보고 싶어요."

지원이 진심으로 말했다.

그때 제 1 승마장에서 날카로운 소리가 들렸다. 보람의 목소리였다.

"어머 어떡해! 신경질 나게! 아니, 이 옷이 얼만 줄 알아요?"

윤영과 지원, 김장수가 동시에 뒤를 돌아보았다. 흰색 승마 바지에 검은색 승마 자켓을 갖춰 입은 보람이 마사에서 일하는 강씨 아저씨를 질책하고 있었다. 제 1 마장으로 김장수가 즉시 달려갔다. 윤영과 지원도 그 뒤를 따라 뛰었다. 빗물이 고인 트랙 웅덩이에 모래를 붓

다가 지나가는 보람의 흰 바지에 흙탕물이 튀었나 보았다. 보람의 흰 바지는 붉은 흙물로 얼룩져 있었다.

"아, 그, 저, 지나가는 줄 모르고, 빨리 메워야지 하고 서두르다 보니, 미안합니다. 미안합니다."

강씨 아저씨가 연신 허리를 굽히며 거듭 사과를 하다가 삽을 내던지고 얼결에 보람의 바지 얼룩에 손을 대려고 했다.

"이 아저씨가 어디다 손을 대요? 짜증나서, 정말! 이제 이걸 어떡할 거예요!"

보람은 한 걸음 비켜서더니 점프까지 하면서 새된 소리를 계속 질러댔다. 검게 그을린 강씨 아저씨 이마에 땀이 맺히기 시작했다. 자신의 실수에 용서를 구하고는 있지만 모레 수레 옆에 둘러선 어린 여자들 앞에서 모욕을 당하고 있다는 당혹감이 역력했다. 사태를 한눈에 파악한 김장수가 다급하게 강씨 아저씨 앞을 막아섰다.

"아저씨는 지금 마사로 가셔서 말 두 마리를 제 2 마장으로 끌고 와 주세요."

강씨를 그 자리에서 떠나보낸 김장수는 보람의 바지 얼룩을 노려보면서 말했다.

"승마 바지 한 벌이 더 있지요? 휴게실에서 갈아입고 지금 입은 바지는 세탁소에 맡길 테니 개인 사물함 앞에 내놓아요."

보람은 흥분한 얼굴색을 감추지 못한 채 이내 마사 휴게실 쪽으로 걸어갔다.

"아이참, 아침부터 재수 없게!"

보람의 혼잣말이 뒤에 남은 사람들에게 또렷이 들렸다.

제 2 마장의 트랙 안에서 초보자인 허미리와 임슬기가 말을 타고 몇 바퀴째 돌고 있었다. 김장수는 트랙 안으로 들어가 임슬기의 말을 멈추고 두 손으로 그녀의 허리를 잡아 자세를 교정해주었다. 그 뒤에 멈추어선 말 위에서 미리가 고삐를 쥐고 남은 한 손을 흔들었다. 다음 기승 차례를 기다리고 있던 윤영이 머리 위로 두 손을 흔들어 화답해주었다. 평소에는 조용하던 윤영이 바람 속에서는 휘어지는 버드나무처럼 활기에 차 있었다.

지원은 하루 종일 김보람의 파일에 기록할 문구를 생각했다. 김보람은 사람을 함부로 대하고 천박한 언어를 일상적으로 사용한다? 고용인들을 무시하고 감정을 원색적으로 표출한다? 상대의 처지나 심정에는 전혀 공감하지 못하고 자신의 감정만 중요시한다? 그럴까? 과연 이런 것들이 김보람의 인성의 전부일까? 지원은 남을 판단하는 문장을 쓴다는 게 이토록 어려운 일인지 몰랐다. 도로시 원장의 첫 오찬에서 들은 말을 상기하면서 자신의 판단을 다시 점검해 보았다.

'천성이 고귀한 사람들은 편견이 없고 정중하며 겸손함이 몸에 배어 있습니다. 그건 누가 일부러 가르쳐준 것이 아니라 우수한 혈통의 특성입니다. 고귀함은 탄생 이전의 유전자가 전달되었을 수도 있고 탄생 이후 집안의 고귀한 가풍이 저절로 습득된 것일 수도 있습니다.'

고귀함이란 선천적 혈통의 특성일 수도 있지만 후천적 환경일 수도 있다는 도로시 원장의 말이었다. 김보람의 말투대로 하자면, '재수 없게'도 보람은 혈통도, 환경도 그런 고귀함과는 거리가 먼 사람인 듯했다.

6

도로시는 방금 낮잠에서 깨어났다. 요즘 들어서는 정원에서 넝쿨 장미를 손질하고 들어와 오후 세 시가 되면 어김없이 졸음이 왔다. 낮잠은 배불리 젖을 먹고 엄마 품에 안긴 아기와 같은 행복감을 주 었다. 그러나 오늘 낮잠은 도로시를 평온하게 두지 않았다. 꿈속에서 도로시는 아이 때의 황윤이로 돌아와 있었다. 도로시는 다시 눈을 감 고 다정한 이들이 모여 있는 그 꿈속으로 돌아가고 싶었다.

도로시, 황윤이가 태어난 달은 일월이었다. 온돌방 아랫목에서 잠 이 깨면 방을 가로질러 빨랫줄에 널린 흰 가제 기저귀들 뒤에서 여 자들의 목소리가 들렸다. 여자들은 바닥이 한 칸 높은 건너편 마루방 에 앉아 있었다. 쇠 난로 위에 놓인 양은 대야에서는 하얀 수증기가 피어올랐다. 파우더 냄새와 빨간 머큐로크롬 약 냄새가 창호지를 통 해 들어오는 노란 햇살 속에 섞여들었다. 엄마는 윤이에게 젖을 물리 면서 쭈쭈 혓소리를 냈다. 코가 눌린 채 윤이가 두 눈을 뜨면 파란 핏 줄이 도드라진 엄마의 젖무덤이 보였다. 잠이 쏟아지고 여자들의 목 소리가 아득해지면서 온몸이 따스한 물에 잠기는 느낌이 들었다. 여 자들은 레이스 뜨기나 조각보 잇기 등 잔손이 많이 가는 일감을 들고 와서 툇마루에 해가 비치는 동안 소일하다가 마당가 먼발치로 해가 물러나면 각자의 집으로 돌아갔다. 윤이 엄마는 옷본 책을 보고 서양 식 조끼 원피스와 볼레로 재킷을 만들어 자라는 윤이에게 입혔다. 입 학식 때 입고 간 홍콩제 모직 외투는 삼학년이 되었을 때야 접었던 소매를 풀고 외투 길이가 무릎에 와서 닿았다. 긴 겨울방학이 끝나고

개학날에는 겨우내 아랫목에서 뜨개질해 준 머플러와 벙어리장갑을 끼고 학교 운동장의 녹은 눈 위를 입김을 내며 뛰어다녔다.

초등학교 삼학년 봄방학에, 늦은 밤 안방 이불 속에서 윤이는 엄마와 아빠가 이혼한다는 이야기를 들었다. 엄마가 펴놓은 풀 먹인 광목 이부자리 속에서 아버지를 기다리다가 윤이는 그만 잠이 들었다. 접시가 깨지는 듯한 소리가 들렸을 때 윤이는 놀라서 잠을 깼다. 그런 큰 소리는 한 번뿐이었고 다시 두 사람은 목소리를 낮추어 오랫동안 대화를 했다. 임신한 다른 여자가 있다는 이야기, 그 처녀 집안에서 출산 전에 정식으로 혼인을 요구한다는 내용이었다. 윤이는 자신의 탄식 소리가 밖으로 들릴까봐 솜이불을 입안 한가득 물고 있었다. 첫딸 윤이를 낳은 후 십 년 동안 산기가 없는 엄마에게 아들을 원하는 아버지의 간절한 설득이 전해졌고 엄마의 흐느낌이 얼핏 들렸으나 이내 잠잠해졌다. 윤이는 두 사람의 이야기를 못 듣는 체하려고 이불 속에 고개를 말아 넣고 발꿈치를 움직여 이불깃을 여몄다. 솜이불 중앙에 웅크린 도로시는 마치 뱀의 배 속에 들어간 들쥐처럼 절망감을 느꼈다. 전등 빛이 새어들지 않던 그날 이불 속 어둠은 도로시가 성장하는 내내 터널처럼 이어졌다. 스무 살, 서른 살, 마흔 살에도 어둡거나 흐리거나 사물을 분별할 정도의 조금 밝은 날들이었다. 그날 이후로 아버지의 귀가를 기다리는 음식냄새와 마당가에 내려오는 저녁 어스름이 포근하게 느껴지던 때가 다시 또 있었던가?

열두 살인 해 가을, 황윤이는 엄마 손을 잡고 김포공항에서 뉴저지에 사는 외삼촌 집으로 떠나왔다. 공항의 긴 대합실을 걸어올 때 윤이는 벌들이 일제히 날갯짓하는 소리와 노란빛 속을 부유하던 아득한 깃털들의 모습을 기억했다. 공항의 창 너머에는 검은 고래들처럼 시커먼 비행기들이 줄지어 있었다. 이후부터 어디가 아픈지 그 상처 부위는 뚜렷지 않지만 윤이는 온몸 전체에 수백 개의 바늘이 꽂힌 듯 따끔거렸다. 그날의 아련함과 아릿함은 서울 가회동 집 정원의 수국처럼 황윤이의 몸 안에 푸른 멍으로 남았다.

서울을 떠나온 윤이 엄마는 미국에 와서 외삼촌 부부가 하는 슈퍼 일을 도우며 오로지 황윤이만을 키웠다. 윤이는 처음에는 인터내셔널 공립학교에 다니면서 유색인종이며 이민자로 적응을 잘하지 못하다가 어느 때부턴가 토론 동아리를 이끄는가 하면 학교 신문 편집장을 맡고 급기야는 명문 대학의 합격증을 받아냈다. 언제부터인지 도로시 황, 윤이는 제 어미의 자부심이고 이민 온 친척들의 자랑거리였다.

미국에 온 지 이십 년이 지난 2000년 여름에 우연히 서울 큰고모와 국제통화를 한 후 윤이 엄마는 딸 도로시에게 좀처럼 드러내지 않던 속내를 말했다.

"우리가 미국 온 후 윤이, 네 아비가 딸을 낳았다더구나. 그 여자 배 속의 아이가 아들이 아니었나봐. 아들이 없는 팔자는 무슨 수를 써도 안 된다더니 네 아비가 바로 그렇구나."

도로시는 아버지의 소식을 근 이십 년 만에 들어서인지 가슴이 마구 뛰었다. 아버지라는 이름은 도로시에게 그리움이면서 동시에 깊은 상처였다.

"새 여자도 딸아이를 하나를 낳고는 더이상 아이가 들어서지 않았다잖아. 참 이상도 하지. 네 고모가 그러네. '윤이 애미, 자네가 그대로 있었으면 좋았을걸. 다 운명이라고 생각하게. 윤이가 미국인도 들어가기 어렵다는 좋은 대학에 들어갔다니 정말 고맙지 뭔가. 자네가 고생 많았어. 여기 서울에서 윤이 아범의 식품 유통 사업은 날로 번창한다네. 저 돈 다 누굴 주고 가려는지 원. 자네나 어여 건강하고 행복하게. 이전 일은 다 잊고 보란 듯이 잘 살아!' 그 서슬 퍼렇던 네 큰고모가 내게 그런 소리를 다 하더라."

2010년 봄, 십 년 만에 걸려온 서울 큰고모의 전화는 롱아일랜드의 집에서 도로시가 직접 받았다. 도로시의 엄마가 위암으로 사망한 지 석 달 만이었다.

"아이구, 윤이 애미가, 그 착하고 순한 어멈이 별세를 했어? 왜 서울 친척들에게는 알리지 않았냐. 윤이야, 너는 여기 서울에 네 핏줄이 있다는 걸 절대 잊지 마라. 이 황씨 집안엔 네가 장손이야. 그렇고말고!"

쿨럭대는 기침 끝에 큰고모는 전화를 건 용건을 말했다.

"서울서 네 동생, 황신이가 너한테 갈 거야. 신이 엄마가 사망한 건 알고 있지? 몰랐어? 신이가 중학생일 때의 일이니 벌써 오래되었지. 에고, 불쌍한 내 동생은 처복도 없지."

큰고모는 징징대다가 도로시가 아무 반응이 없자 목소리를 새로이 고쳐서 말했다.

"윤이야, 앞으로 세상에 남는 건 너희 자매 둘뿐일 테니 잘 지내길 바란다."

그러던 노인네가 너울거리는 기억 속에서 또 뭘 건져냈는지 중얼거렸다.

"네 아비는 첫 자식이라서 그런지 윤이 널 많이 보고 싶어해. 널 키울 때 예닐곱 살이 되도록 품 안에서 널 내려놓지도 않았었어."

도로시는 큰고모의 고향 말투가 좋아서 전화기를 붙잡고 가만히 귀를 기울였다. 고모는 잠시 눈물을 흘렸는지 젖은 목소리로 몇 마디를 더 중얼거렸다.

"불쌍한 내 동생, 남들 다 있는 아들도 하나 없고."

그러더니 뚝 통화가 끊겼다. 다시 연결되지 않았다. 팔순 노인이 침침한 눈으로 버튼을 잘못 눌렀을 것이다. 도로시는 삼십 년 만에, 마흔 중반의 나이가 되어서야 아버지의 인생이 조금 이해가 되었다.

도로시는 케네디 공항 로비에서 그 많은 탑승객들 중에 황신이를 곧바로 알아보았다. 아버지의 턱 윤곽과 짙은 눈썹이 닮아 있었다. 롱아일랜드의 도로시 집에 도착한 황신이는 한국 대학에서 심리학을 전공한 후 뉴욕대 대학원에 '성·젠더 사회학'을 더 공부하러 왔다고 했다. 침착하게 자신의 의견을 말하고 도로시의 말을 경청하는 황신이는 영리하고 다부진 젊은이로 보였다. 그녀는 무릎을 붙이고 바싹 다가앉아 심리학을 전공한 이복자매, 황윤이에게서 어떤 조언이라도 듣고 싶어했다. 도로시는 이런 황신이에게 처음부터 호감이 갔지만 겉으로 내색은 하지는 않았다.

노크 소리가 도로시의 회상을 깨웠다. 황신이 선생이 옆에 파일을 낀 채 문을 들어섰다. 티타임에서 도로시는 교내 상황과 학생들의 일상에 대해 상세히 들었다. 그것을 토대로 개별적으로 교육생들의 특성을 파악하고 각자에 맞는 교육 방식을 구상해왔다. 황신이 선생은 오늘 오전에 승마장에서 있었던 일을 김장수 코치에게서 들은 대로 도로시에게 보고하고는 한 가지 의문이 있다고 했다.

"원장님은 김보람을 왜 교육생으로 받으셨어요? 서류 전형 때 좀 우려하셨잖아요. 뉴 리치, 졸부에, 게다가 외동딸은 최악의 조건이라고요."

도로시가 웃었다.

"집안에서 잘 다듬어진 교육생들만 받는다면 우리 차밍스쿨의 교육 효능은 어떻게 입증할 수 있겠어? 난 김보람 양을 제로 디그리에서부터 한번 시작해볼 생각이었지."

"아, 네."

"그런데 그게, 교육이란 게 황 선생도 알다시피 살과 피가 될 수는 없지 않아? 적어도 보람 양은 이 차밍스쿨에서 품격의 방향은 배워갈 거라고 생각해요. 보람 양이 부단히 걸음을 반복하다 보면 고급문화가 일상복처럼 익숙해질 테고 다음 2세들은 그 어미의 풍요로운 문화적 품 안에서 성장하게 될 거라고 기대하네."

도로시의 해법은 명쾌했다.

"아, 네."

황신이 선생은 덧붙일 말이 없어 똑같은 대답만 반복했다.

7

황신이 선생은 강의실에 들어오자마자 프린트한 A4 용지 두 장을 높이 치켜들었다.

"자, 이건 〈안토니우스와 클레오파트라〉라는 셰익스피어 희곡을 부분 발췌해온 거예요." 하고는 왼편 끝에 나란히 앉은 세라와 윤영에게 한 장씩 주었다.

"여기 운명적 사랑에 빠진 연인들의 명대사가 있어요."

황신이 선생은 자리에서 일어나려는 세라를 어깨를 눌러 앉히고는 창가로 비켜섰다.

"세라 양, 한 번 낭독해보세요. 먼저 안토니우스 대사부터 하죠."

세라가 목청을 다듬고 먼저 선창을 했다.

"오, 사랑하는 나의 여왕, 클레오파트라! 난 당신과 사랑의 영토, 그 끝까지 갈 거요!"

"사랑하는 나의 영웅, 안토니우스! 당신이 사랑의 영토 끝에 도착한다면 난 그 영토를 더 개척하겠어요!"

윤영이 고음으로 클레오파트라 부분을 낭독했다. 마치 세기적 사랑이 도래한 듯 강의실 안이 숙연해졌다. 주변의 공기가 조밀해지고 긴장감이 차올랐다.

"두 사람이 막상막하죠?"

창가에 서 있던 황신이 선생이 한 걸음 다가와 침묵을 깨자 모두는 참고 있던 숨을 조용히 내뱉었다.

"오, 클레오파트라가 한 수 위인데요? 사랑의 영토를 더 개척해서 넓힐 생각을 다 하다니요!"

인문학 전공자인 소시은이 감탄을 했다.

"사랑이란 감정을 영토라는 물질로 발상을 전환한 건 안토니우스가 먼저인데요?"

예비 작가인 세라가 이에 맞섰다.

"자, 그럼 여기에서 질문 하나를 하겠어요. 인생에서 안토니우스와 클레오파트라처럼 사랑하는 사람은 몇 퍼센트나 될까요? 한마디로 운명적 사랑에 빠질 확률은?"

황신이 선생이 분위기를 전환했다.

"오십 프로요?"

보람이 눈과 입을 일부러 동그랗게 만들며 말하자 황신이 선생이 고개를 가로저었다.

"내 친구들은 하나같이 자신이 사랑에 빠졌다고 주장하는데요? 적어도 열 명에 다섯 명은 될걸요?"

보람이 반박했다.

"만약 보람 양 말대로 세상사람 중 절반이나 운명적 사랑에 빠진다면 그야말로 세상은 온통 혼란에 빠지겠죠? 감정 제어가 안 되는 많은 사람들로 사회 질서는 위협받을 테고요."

황신이 선생이 합리적인 설명을 덧붙였다.

"그럼 이십 프로요?"

이번엔 좀더 신중한 허미리였다. 그러자 황신이 선생은 곧바로 정답을 털어놓았다.

"통계에 따르면 운명적 사랑에 빠지는 사람은 오 프로 정도입니다. 그러니까 운명적 사랑, 진짜 사랑을 하는 사람은 열에 한 명이 채 안 되는 거죠."

"그렇게 적어요?"

소시은이 놀란 표정으로 고개를 끄덕였다.

"세상 사람들 대부분이 사랑에 빠진다는 건 젊은이들의 착각입니다. 청춘의 특권이기도 하지요. 인생 절기가 봄철인 젊은이들은 자연의 힘이 보태져서 보다 확장된 감정을 갖게 되는 겁니다. 이런 인생의 절기에 가지는 사랑의 감정이 짝짓기 사랑입니다. 그리스의 에로스적 사랑도 이 짝짓기 사랑에 속하는 것이고요."

이번에는 황신이 선생이 무릎을 낮춰 보람에게 눈길을 맞추었다.

"인생의 봄철인 짝짓기 기간에는 자연이 보너스를 주는 겁니다. 15세에서 25세의 청년들은 테스토스테론이라는 호르몬의 성적 공격성 하나로 생존한다고 해도 과언이 아닙니다. 설레는 감정, 들뜬 감정에 유효기간이 있는 것도 이런 짝짓기 호르몬의 작용 때문입니다."

아, 사랑에도 유효기간이 있다는 말이 그 말이었구나. 지원의 머릿속에 반짝 불이 켜졌다.

"짝짓기 사랑도 처음에는 증상이 운명적 사랑과 아주 흡사합니다. 설레고 들뜨고 저 아니면 못 살 것 같죠. 그러나 짝짓기 사랑은 한 철 기다려 봐야 합니다. 봄날이 지난 후에도 그 감정이 남아 있는지 그 다음에 오는 혹독한 계절들도 함께 견디고 싶어하는지를 알아봐야 합니다. 그래서 짝짓기 사랑에는 유효기간이 있다고 하죠."

운명적 사랑이 그리 흔한 일이 아니구나. 나에게만 오지 않은 게 아니구나. 지원은 저도 모르게 안도의 숨을 쉬어졌다.

"인류 모두가 너도 나도 사랑타령을 하는 데 비해 운명적 사랑을 경험하는 이가 매우 적다는 사실은 놀랍죠? 작가 미셸 우엘벡도, '사랑은 드문 겁니다. 모르셨어요? 누가 말해주지 않던가요?'라고 했어요. 그렇담 제가 지금 여러분에게 말해주겠어요. 사랑은 흔하지 않습니다! 세상에 소문만 무성할 뿐 운명적 사랑은 드문 겁니다!"

황신이 선생의 말이 해일처럼 지원의 머릿속을 휩쓸고 지나갔다.

"여러분은 여태껏 운명적 사랑을 기다리고 있나요?"

황신이 선생은 교단 위로 가슴을 내밀고는 가까이서 물었다.

"목숨 건 사랑, 생애 단 한 번인 사랑, 상사병 사랑, 운명적 사랑에 빠지기를 원하고 있습니까?"

선생은 대답을 기다리지 않고 그대로 이어갔다.

"그러나 원한다고 되는 게 아니죠. 사랑은 의지와는 상관없이 일어납니다. 사랑은 무의식이 하는 일이니까요. 시오노 나나미의 말대로 사랑은 교통사고입니다. 운명적 사랑은 사고인 동시에 사건이죠."

동력을 얻은 황신이 호가 힘차게 내달리자 뱃머리 양편으로 거친 물살이 튀었다.

"비도 오고 눈도 오고 사랑도 옵니다!"

지원은 얼른 메모를 했다. 비도 오고 눈도 오고 사랑도 온다? 비처럼 눈처럼 가슴을 적시는 말이었다.

"사랑은 비와 눈처럼 인간의 의지와는 상관없이 옵니다. 하늘 아래서 우리는 그저 비와 눈과 사랑을 맞을 뿐이지요. 이처럼 운명적 사랑은 천재지변처럼 피해 갈 수가 없습니다."

잠시 후 황신이 선생은 연금술사처럼 눈을 길게 늘이고 목소리를 낮추어 말했다.

"운명적 사랑에 빠지면 남녀는 두 사람만의 특별한 세계로 이동합니다. 그런데 그곳은 공동체나 사회적 관계망이 아닌, 이 지상이 아닌, 다른 어떤 곳이죠."

교육생들은 황신이 선생이 피워 올린 푸르스름하고 신비한 연기 속에 어렴풋하게 드러나는 그 어떤 곳을 엿보았다. 선생이 수업 종료를 알릴 때까지 모두 주술에 걸린 듯 움직이지 않았다. 황신이 선생이 강의실을 나가고 한참 동안 아무도 제자리에서 일어나지 않았다. '난 운명적 사랑에 빠진 적이 있나?' 하고 각자 스스로에게 묻고 있는 중이었다. 소문만 무성하던 운명적 사랑, 그 전설적인 사랑의 실체가 이제 죽은 고래처럼 해변으로 끌어내져 해부되고 있었다.

지원도 골똘히 생각해보았다. 하늘이 기우뚱할 정도로 전 존재가 흔들리고 물결처럼 가득 마음을 설레게 한 사람이 있었나? '그'에게만 눈길이 따라다니고 어디서든 '그'와 닮은 수많은 사람들을 보았으며 '그'의 부재를 확인하고는 몹시 실망했던 적이 있었나? 느닷없이 그가 가슴에 들어와 통증으로 거리에 주저앉았던 적은? 꼭 '그'라야 하고 어느 누구와도 대체가 안 되는 사람은? 지원은 이윽고 결론을 내렸다. 아니, 내 사전에 그런 일은 없었다. 대체할 수 없는 '그'만을 향한 감정이 아니라면 그건 운명적 사랑이 아닌 것이다. 일정 기간 동안의 감정이라면 짝짓기 사랑일 가능성이 높다. 짝짓는 시기에는 나비가 절로 꽃을 향하듯 넘치는 호르몬이 어떤 대상에게든 투사되기 마련이니까.

"자, 숙녀 분들, 조리실로 이동하실까요?"

소시은이 다음 수업이 요리 실습인 걸 알리자 그제야 교육생들은 천천히 자리에서 일어났다.

"에이씨, 바람은 왜 또 불고 지랄이야."

회랑을 걸어 나오던 중 긴 머리카락이 날려 양 볼에 엉겨들자 보람은 불쑥 혼잣말을 내뱉었다. 엄마, 송경희 같으면, '우라질 놈의 바람, 아주 나무 모가지들을 뿌러버릴라고 막 불어제끼네!'라고 말했을 것이다. 엄마 목소리의 고저와 리듬이 떠오르자 보람은 구수한 음식 냄새를 맡듯 입안에 군침이 돌았다. 그러던 보람은 흠칫 놀라 주변을 둘러보았다. 듣는 이가 없는데도 이젠 조심성이 몸에 배어 있었다. 지난주부터 보람은 언어교정 개인교습을 별도로 받는 중이었다. 진선미 선생은 보람의 말투는 교정을 한다고 해도 품위 있는 언어상용이 가능할지는 의문이라고 했다.

"보람양이 교육생들과의 대화를 녹음한 걸 가지고 분석해봤어요. 코칭에 앞서 원 자료 분석은 필수 과정이니까요. 보람양에게는 언어의 뿌리를 하나하나 이식을 해야겠더군요. 내 수업에서는 상용어의 사용과 대화법부터 트레이닝할 겁니다. 그러려면 우선 보람양의 일상에서 부정적인 언어와 거친 상투어부터 걷어내야 하겠죠."

진선미 선생이 코칭 첫 시간에 튼 녹음을 듣고 보람 자신도 얼굴이 붉어졌다. '시벌, 졸라, 개고생, 재수 털려, 쌉 가능, 킹 받아' 등등 그렇게 많은 욕설과 유행어가 자신의 입속에서 튀어나오는 줄은 몰랐다.

"앞으로 시적인 언어를 가지고 일상 언어를 연습할 거예요. 먼저 사물을 긍정적인 시각으로 바라보는 습관을 가져야 합니다. 사람은 본 대로 말하게 되니까요. 자, 보람양, 지금부터 애정을 가지고 선한 마음으로 세상을 바라보는 관점의 전환으로부터 언어 코칭을 시작하죠."

까다롭고도 지난한 보람의 언어 교정 실습이 시작되었다. 다른 이들은 몇 가지 문제점으로 집중 훈련에 들어가면 교정된다고 하는데 보람의 언어는 그게 안 될 정도로 심각하다고 했다. 그 이유가 뭔지 스스로도 궁금했다.

보람은 언제부터인지 외부의 시선에 민감해졌다. 성형한 후 처음에는 누가 어떤 반응을 보이든 별 신경을 쓰지 않았다. 그런데 점차 홍대 앞이나 강남역 앞거리를 지날 때면 뒤돌아보거나 옆 사람과 자신의 외모에 대해 수근거리는 사람이 있다는 걸 알았다. 왕방울만 한 두 눈과 종처럼 붉거진 코와 살찐 누에가 누워 있는 입술, 진주처럼 빛나는 피부를 한 번 본 사람은 고개를 돌려, 곁눈에 걸려 든 보람의 얼굴을 다시 확인하고 싶어했다.

승우는 보람의 얼굴이 몰라보게 달라진 후에는 더욱 만남을 꺼려 했다. 어쩌다 보람과 나란히 거리를 걸을 때면 고개를 숙인 채 땅만 보고 걸었다. 보람이 집에 돌아오면 그런 머뭇거리는 승우의 태도에 분통을 터트렸다. 그런 만남도 근래에는 거의 없었다. 봄에 신촌 카페에서 한 번 만난 이후 벌써 서너 달이 지났다. 승우는 보람의 메시지에 즉시 답하지 않고 한꺼번에 몰아서 문자를 했다. 못 봤네. 잘 지내지? 바빠서 이만 가봐야 해. 세 마디면 그만이었다. 그것도 초등교 동창이고 한 동네에서 살았던 보람을 단칼에 끊을 수 없는 그의 성격 탓일 것이다. 이 정도가 되면 장안의 연애 디렉터들은 썸도 아니

고 어장도 아닌 낫씽니스, 그냥 무라고 할 것이다. 더 들이대면 스토
커로 취급을 받는다고 보람에게 행동을 자제하라고 충고할지도 모른
다. 보람의 상심은 점점 커져갔다. 보람은 제 감정을 어떻게 처리해
야 할지 갈피를 잡을 수가 없었다. 승우는 성격이 소심해. 아니 모호
해. 그의 어정쩡한 행동은 두 여자 사이에서 저울질하느라고 그런 건
지도 몰라. 어장관리 중인지도 모르고. 보람의 의심은 꼬리에 꼬리를
물고 이어졌다. 상상의 꼬리가 길어질수록 가상의 상대 여자들이 늘
어갔다. 마침내 보람이 확산되는 상상을 멈추자 최종에는 한 여자와
단둘이 남았다. 한 명은 자신이고 다른 한 명의 여자는 보람과는 전
혀 다른 조건을 가진, 지성과 내츄럴한 외모에 혼자 경제적 자립을
한 여자였다. 학구적이고 내성적인 승우의 취향에는 그 여자가 자신
보다 더 우위에 위치할 것 같았다. 특히 지성적, 독립적, 자연 미인의
조건들이 그랬다. 그러자 보람은 견딜 수가 없었다.

"승우는 내 거야!"

내뱉어진 목소리는 확신 없는 메아리가 되어 자신에게 미약하게
되돌아왔다. 그렇지 않음 승우는 누구 거란 말인가? 그년 것?

"미친년, 내 신랑 건드리기만 해봐!"

보람은 알지도 보지도 못하고 실재에 존재하지도 않는 상상의 여
자에게 냅다 욕을 퍼부었다. 그러자 속이 다 후련했다.

"다 가랑이를 쭉 잡아 찢어놓아야 해."

엄마 송경희가 아빠 김병구의 외도 상대 여자들에게 자주 하는 혼
잣말이었다.

"엄만 누굴 그렇게 욕해?" 물으면,

"그런 잡년들이 있어!" 하고 송경희는 보이지 않는 대상들을 향해 강렬한 증오의 눈빛을 쏘아댔었다. 그럴 때면 보람은 엄마 말이 우스워 깔깔댔었는데 이제 엄마의 속앓이를 알 것 같았다.

보람은 세팅한 머리가 마음에 들지 않아 고대기로 풀고 말고 하다가 오 분 전에야 완성했다. 복도에는 다른 교육생들이 한 명도 보이지 않았다. 보람은 하이힐을 벗어 들고 도로시 원장과 오찬이 있는 다이닝룸으로 뛰기 시작했다.

9

차밍스쿨은 프로그램 오 주째부터는 개별 코칭에 들어갔다. 도로시는 교육생들의 성향 분석 의견서를 작성하느라고 지난밤 늦게까지 서재에서 보냈다. 오늘 오찬에서 개별적으로 코멘트 해줄 예정이었다. 도로시는 긴 복도를 걸어가면서 체스판 문양의 고무 장판을 딛을 때마다 코칭 때 주의할 점 한 가지씩을 되새겨보았다. 한 발이 초록색 문양을 밟을 때는, 추상적인 표현은 하지 말 것, 뒤이은 발이 흰색 문양을 딛을 때는, 구체적일 것, 다시 한 발이 초록색 네모 칸 안에 놓이자, 통계와 수치는 최소한으로 줄일 것, 하고 중얼거렸다. 문양의 경계선을 밟지 않으려고 주의해서인지 다이닝룸에 들어설 때에는 목덜미가 뻣뻣하였다. 창밖을 보니 가을 햇살이 수천 개의 금속 바늘로 중앙 잔디밭에 쏟아지고 있었다.

도로시 원장은 입구에 서 있는 메이드 두 사람의 인사에 목례로 답하면서 다이닝룸에 들어섰다.

"오늘 오찬은 도로시 원장님이 연애와 결혼에 대해 개별적인 도움말을 주시는 시간입니다. 식사를 하면서 편안한 마음으로 경청하세요."

황신이 선생이 오늘 오찬에 대한 소개말을 하자 실내는 궁금증과 호기심의 효모로 부풀어 올랐다. 상석에 자리한 도로시 원장이 교육생들을 둘러보며 말문을 열었다.

"여러분들은 어린 소녀였던 자신이 어어, 하는 사이에 어느새 여성이 되어버렸을 겁니다. 여성이라는 성문을 어떻게 입성해야 되는지 또 성안에 들어가서는 어떻게 행동해야 하는지 누구에게 제대로 된 가르침을 받아본 적이 없이 말이에요."

아아, 도로시 원장은 이렇게 직설로 시작하는구나. 지원은 한 편으로 놀라웠다.

"성을 잘못 인지한 대부분 여성들은 성안에 들어가자마자 감성이 망가지거나 성적 권리를 단념하기도 합니다. 그리고는 성적 트라우마를 안고 성문 밖을 평생 배회하지요. 카프카의 K처럼 말이죠?"

교육생들은 식사 매너에 주의를 기울이느라고 도로시 원장의 유머에는 제대로 호응하지 못했다.

"여러분은 결혼 적령기의 성숙한 숙녀들로 기초적인 성 입문에서는 벗어난 것처럼 착각하지만 성적으로 무지하기는 어린 소녀들과 마찬가지입니다. 한국 사회에서는 성에 대해 제대로 들어본 적도, 드러내서 논의해본 적도 없으니까요."

식탁 앞자리에서 도로시 원장과 가까이에 앉은 윤세라는 아예 포크를 공중에 멈추고 집중하고 있었다. 지원도 차밍스쿨에서 이제까지의 교육은 겉치레이고 지금부터가 핵심이라는 생각에 허리를 세워 앉았다.

"그렇다면 여성의 상대인 남성들은 또 어떤가요? 그들은 좀 나을까요? 짐작한 대로 성에 무지하기는 남성도 마찬가지입니다. 아무도 남성이라는 성문을 통과하는 방법에 대해 그리고 그 성문 안의 성 생활과 성 예절에 대해 체계적으로 배운 적이 없으니까요. 게다가 남성들은 어릴 때부터 본능을 조작하는 속설에 무작위로 노출됩니다. 심지어 남성들은 남성성을 마초적이고 가부장적인 것으로 대부분 잘못 인식하기도 합니다. 그런 관습적인 습관들이 남녀의 성적 교류에서 남성에게는 죄의식을, 여성에게는 심리적 박탈감을 갖게 합니다."

지원은 갑자기 갈증을 느껴 오른쪽에 놓인 물 잔을 집어 들었다.

"남성에 대해서는 앞으로 여성에게 필요한 부분만 거론하겠어요. 기회가 되면 차밍스쿨에서 신사 교육 프로그램도 진행할 계획이지만 지금으로서는 무엇보다도 사회의 모체인 숙녀들의 교육이 시급하답니다."

도로시 원장이 여지를 두었다.

"여기 차밍스쿨에서는 지구상의 수많은 성 이론을 모두 가르치려는 건 아니고 각기 한 사람 한 사람에게 맞는 맞춤식 코칭을 할 겁니다. 더 구체적인 사안에 대해서는 조안나 선생과 의논하도록."

메이드가 왼편으로 찻잔과 디저트 접시를 차례로 날랐다. 도로시 원장은 손안에 쥔 교육생 신상 카드 일곱 장을 흔들고는 랜덤으로 그

중 한 장을 뽑아 쥐었다.

"김보람 양!"

"네?"

금빛 별 모양으로 네일아트를 한 손톱을 살짝 들어 보이며 보람이 앞 뒤트임을 한 반달모양의 두 눈을 치켜떴다. 도로시는 손에 든 신상 카드와 보람의 얼굴을 번갈아 보았다.

"보람양은 외모가 눈에 띄고 화려합니다. 성향도 해바라기처럼 밝고 긍정적이고요. 보람양의 좋은 면이죠."

도로시는 여기서 잠시 멈추고는 휴지를 두었다가 이어갔다.

"반면에 이런 느낌은 상대 이성에게 단순하게 보일 수도 있어요. 큰 꽃송이를 지탱하려면 튼실한 줄기와 뿌리가 있어야 하듯 김보람 양은 자신의 명랑한 기질과 화려한 외모를 지탱할 지성적인 내면을 길러야 합니다. 남녀관계에서 백치미는 상대 남성에게 가볍게 생각할 여지를 줍니다. 단기적인 성관계를 원하는 남성들의 유혹에 쉽게 노출될 수도 있고요."

도로시 원장은 판결문을 읽듯 냉혹하게 말했다. 누구도 도로시 원장이 이렇게 한 번에 직설적으로 치고 들어올 줄은 예상하지 못했다. 교육생들은 자신이 앞으로 지적받을 문제점을 생각하자 아찔한 기분이 들었다. 눈길을 어디에 두어야 할지 몰라하는 보람을 옆자리의 미리가 손을 잡아주었다.

"진선미 선생의 매너 수업과 황신이 선생의 교양 수업을 통해 도움을 받도록. 보람 양, 차밍스쿨 코칭 팀을 믿으세요. 문제가 개선될 겁니다. 다음은 허미리양!"

도로시 원장은 손을 든 카드와 허미리의 얼굴을 확인한 다음 눈을 맞추었다.

"음, 미리양의 성정은 따뜻하고 반듯하며 배려심이 있습니다. 인간적이고 포용력을 가진 여성은 장기적인 관계, 즉 지속적인 결혼 생활에 바람직합니다. 인간적인 다정함이야말로 여성성의 베이스캠프이니까요."

도로시 원장이 여기서 말을 멈추고 교육생들을 한 번 둘러보았다. 도로시 원장의 입에서 어떤 개선점이 지적될지 실내에 긴장감이 돌았다.

"그런데 이런 모성적인 너그러움이 오히려 남녀관계에서 성적인 면은 희석시킵니다. 어느 남자고 친숙한 가족 같은 느낌을 성생활에서도 계속 이어가고 싶어하지는 않겠지요? 다시 말하자면 미리양의 파트너는 다른 기질의 이성을 잠재적이든 실제적이든 욕구할 수 있다는 거죠. 파트너가 외도할 가능성이 높다는 겁니다. 따라서 미리양은 여성으로서의 자신만의 성적 매력을 가지는 게 중요합니다. 예를 들자면 일상의 익숙함에서 낯설기를 시도해보는 것도 한 방법이 되겠지요? 그러니까, 흠."

도로시 원장은 이 부분에서 할 말을 골랐다.

"이건 평화를 지키기 위해서 무기를 구입하는 것과 같은 이치예요. 구체적인 방법에 대해서는 성 코치인 조안나 선생과 의논하도록."

"쉬운 과제는 아니지만 노력해보겠습니다."

미리는 콧등 위로 두 손바닥 끝을 붙이고 있다가 안도의 숨을 내쉬었다.

"여기서 우리가 한 가지 짚고 넘어갈 호칭이 있어요."

도로시 원장이 한 생각이 떠올랐다는 듯 눈을 동그랗게 모으면서 말했다.

"미래의 잠정적인, 혹은 현재 교제 중인 상대 남성을 '남편'이라고 부르지 않고 섹슈얼 파트너, 혹은 파트너라고 호칭하겠어요. 근래에 유방암을 설명하는 의학 교재에도 '허즈번드'라는 호칭을 '섹슈얼 파트너'라고 개정했다고 하죠. 시대적인 흐름에 따라 의학계와 마찬가지로 우리도 좀더 광범위한 호칭을 쓰기로 하죠."

"'섹슈얼 파트너' 안에는 남편도 포함되는 건가요?"

세라가 가만있을 리가 없었다.

"당연히. 가장 비중 있는 인물이겠죠?"

도로시 여사의 농담에 모처럼 웃음이 터졌다.

"윤세라양!"

도로시 원장이 다음 신상 카드를 들여다보고는 세라를 정면으로 쳐다보았다.

"세라양은 유머감각이 뛰어납니다. 자신은 항상 유쾌하지요. 주변을 유쾌하게 만들고요. 유쾌함과 유머는 인간관계에서 가장 좋은 도구이자 능력입니다. 유머 있는 사람이 성격 좋은 사람이고 그런 성향은 인간관계를 두루 원만하게 만듭니다. 사회적 동물인 인간에게 유머는 큰 장점이죠. 그런데 말입니다. 세라양!"

세라는 그 와중에도 지원을 향해 웃어 보였다. '그런데 말입니다'는 한 TV 시사 프로의 사회자가 쓰는 유행어였다.

"유머는 성적인 분위기를 진행시키는 데에는 치명적인 단점이 될 수 있어요. 세칭 성적 진도를 나가는 데 방해가 된다는 말이지요. 성관계 시 유머는 금물입니다. 웃음의 속성은 터트리는 것이고 성적 속성은 집중하는 것이기 때문이죠. 유머는 몰입을 방해해요. 말하자면 발기를 중단시킬 위험이 있죠."

"그럼 도중에 어떻게 해야 하나요?"

세라가 즉시 질문을 하자 모두 웃음이 터졌다. 웃음이 가라앉을 때까지 도로시 원장이 잠시 기다려주었다.

"성적으로 몰입하도록 분위기를 만들어야 합니다. 언어는 관심을 분산시키므로 성관계 시에는 침묵하는 게 좋습니다. 섹스는 어디에 도착하는 게 목적이 아닙니다. 여행의 가치가 여정에 있듯이 섹스의 진정한 가치도 과정에 있습니다. 섹스야말로 애정, 신뢰, 호감이 한데 모여서 서로를 칵테일 하는 과정, 한 컵에 빨대를 꽂아 충만한 행복감을 나누어 마시는 과정입니다. 정서적인 교감과 더 커진 자아를 받아들이는 과정이기도 하고요. 두 사람의 호흡을 모아서 풍선을 부는 도중에 유머로 그 풍선을 터트리는 일은 경계해야겠지요, 세라 양?"

세라는 어떤 깨달음이 왔는지 고개를 크게 끄덕거렸다. 교육생들은 서툴고 불안정한 자신을 완성하기 위해 도로시 원장의 개별 조언을 적극적으로 받아들였다. 잘 알지 못했던 자신의 성적 성향에 대해 알아가는 중이었다.

"유지원 양!"

도로시 원장이 부르는 소리에 지원은 얼결에 목을 뽑아 올렸다. 첫 데이트처럼 가슴이 마구 뛰었다. 지원의 얼굴과 신상카드를 번갈아

살편 뒤 도로시 원장이 입을 열었다.

"지원양은 지성적이고 침착한 성격으로 보입니다. 지혜로움과 현명함이야말로 여성에게 가치 있는 덕목입니다. 지성적인 여자는 남성의 지적 호감을 끊임없이 길어 올릴 수 있는 샘과 같죠. 남성들은 지성적인 대화로 정신적인 균형을 갖기를 원할 뿐 아니라 그런 여성과는 전 인생에 걸쳐 긴 공감대를 나누고 싶어 합니다."

지원은 새로운 영역을 탐험해가는 개척자가 된 기분이 들었다. 도로시 원장은 천천히 다음 말을 이어갔다.

"프랑스 베르사유 궁전을 짓고 예술을 장려했던 태양왕 루이 14세에 대해서는 누구나 한 번쯤은 들어봤을 거예요. 절대 권력과 여성편력의 중심에 있던 프랑스 군주의 여성 선택에 대해 한 가지 주목해야 할 부분이 있어요. 루이 14세가 이십대 후반에 만나 십수 년을 살았던 정부, 몽테스팡 부인은 미모가 빼어나고 수완이 좋았어요. 그러나 루이 14세는 남자의 완숙한 나이, 마흔 살에 몽테스팡 부인과는 결별하고 평범한 외모에 현명하고 지혜로운 여성, 맹트농 부인을 연인으로 선택했답니다. 참고로 맹트농 부인의 외모는 너무나 수수해서 왕에게 구애하는 여자들이 조금도 경계하지 않았다고 해요."

긴장감 속에서 듣는 프랑스 왕실 이야기가 새삼 흥미롭게 들렸다.

"어쨌거나 루이왕은 남은 인생 삼십 년 동안 그 외모는 전혀 볼 것이 없는 맹트농 부인이랑 함께 지냈어요. 두 사람은 나란히 무릎 담요를 덮고 책을 읽거나 산책을 하면서 지적인 토론을 즐겼답니다. 맹트농 부인의 안정된 인격과 지성이 루이 14세에게 정서적 안식과 평온을 준 것이죠. 결혼 및 연애에 남성과 장기적인 관계를 유지하고자 하는 여성들이 참고해야 할 중요한 대목입니다. 그러나!"

도로시 원장은 숙연해진 분위기를 단호하게 잘라서 급 반전시켰다.

"남녀관계에 있어서 지성이 언제나 주인은 아닙니다. 지성이란 하나의 취향일 뿐이죠. 지성도 성적인 관계에 있어서는 그저 한 종류의 향기에 지나지 않습니다. 지성은 남성을 끄는 은은한 향취이지만 남녀의 성관계에서 주체는 아니라는 겁니다. 오히려 지나친 진지함과 진중함, 지성적인 총명함은 성적인 매력을 죽일 수가 있어요. 그러니까 지원양은 성적인 관계에서만큼은 덜 지성적이고 덜 진지한 모드로 자신의 성적 기호를 부각시키는 게 중요합니다. 지원양에게는 부드러움, 자연스러움, 목욕물 같은 따스함 등을 지닐 것을 권합니다. 성이야말로 포옹이죠. 남녀교합, 섹스는 문자 이전, 언어 이전, 지성 이전부터 존재한 자연의 교합 방식이고 고향이며 안식처입니다. 조안나 선생과 함께 방법을 모색해보도록."

지원은 원장의 말을 빠르게 메모했다. 생애 이런 조언을 받아보는 것도 처음이었지만 놀랄 만큼 정확한 지적이었다. 결혼 중이든 연애 중이든 평생 곁에 두고 쓸 유용한 자료였다.

"원장님, 좀 쉬었다가 하시죠."

탁자 끝자리에서 노트북 자판을 두드리고 있던 황신이 선생이 휴지를 요청했다.

십 분 휴식시간이 지난 후 도로시 원장의 코칭은 다시 이어졌다. 전원은 시험 기간의 학생들처럼 서로에게 말도 걸지 않고 조용히 제자리에만 앉아 있었다. 커피향이 노란 햇살에 섞여 랭가스 목 탁자 위를 시냇물처럼 흘러 다녔다. 도로시 여사는 타로점을 치듯 남은 교육생 신상 카드를 뽑아 다음 순서를 지목했다.

"소시은 양!"

"네."

시은은 두 손을 무릎 위에 모은 채 보름달처럼 환한 얼굴로 대답했다. 도로시 원장은 바로 코칭에 들어갔다.

"시은 양의 종교는 무엇인지 모르겠으나 시은양에게서는 먼저 수녀 같은 첫인상을 받아요. 시은양은 순결과 정조가 인상에 두드러진 나머지 성적으로 거부하는 느낌마저 줍니다. 그러면 상대 남성이 무서워서 도망가겠죠. '수도원 산책'이란 책에 보면 재미있는 문장이 있어요. '그 여자 앞에 서면 내 페니스가 참회하기 시작한다!'"

세라를 시작으로 짧은 웃음이 일자 시은의 얼굴이 붉어졌다.

"시은 양 앞에서 남자의 무기가 참회를 하고 싸우려들지 않는다면 성관계는 애초에 성립되지 않겠죠. 남녀교합에 대해, 섹스에 대해, 시은양은 좀더 익숙해질 필요가 있어요, 시은 양의 내면에는 섹스에 대해 자신도 모르는 잠재적인 거부감이 있는지도 모릅니다. 그런 무의식이 표면으로, 인상으로, 전체적인 분위기로 나타나는 것이니까요. 시은양은 섹스에, 음양의 교합에 긍정적이고 온화한 마음을 가져야 합니다. 꽃이 피는 것, 새가 알에서 깨어나는 것, 열매가 달리는 것, 이 모두가 암수의 결합이고 음양의 조화입니다. 섹스야말로 자연의 근원이고 아름다움이죠. 자, 시은 양, '섹스는 아름답다!'고 자신에게 마인드컨트롤을 해보세요. 이 또한 조안나 선생에게 문의하도록."

"네."

시은의 목소리가 단정한 입술 사이로 연기처럼 새어 나왔다.

"다음은 임슬기 양!"

도로시 원장의 호명에 슬기가 한 손을 번쩍 들었다. 슬기의 눈동자가 골똘해졌다.

"임슬기 양은 불만이 가득 담겨서 막 넘치려는 유리잔과 같아요. 날카롭죠. 그리고 공격적이에요. 그런 슬기양의 기질은 어떤 남성들에게는 치명적인 유혹을 줄 수 있습니다. 그러나 슬기양과의 관계를 장기적으로 유지하려는 남성은 드물 겁니다. 슬기양의 꽃 위에 한 번 앉아본 나비들은 다른 편안한 꽃자리를 위해 다들 떠나가려 할 겁니다. 왜냐하면 날카로운 가시 위에 계속 앉아 있으려면 찔리고 불편하니까요."

도로시 원장의 거침없는 말이 쏟아졌다.

"슬기 양, 그러니 일단 인상을 펴요. 중국의 미녀 서시는 찌푸린 인상이 매력이었는데 그 이유는 간단합니다. 모든 여자들을 지배할 수 있는 중국 왕에게는 살짝 거부하는 듯한 서시의 인상이 묘한 끌림을 주었을 거예요. 그러나 진정성을 가진 대부분의 남성들은 순한 바람 속에 돛을 펼치고 여성의 바다를 순항하길 원합니다. 역풍처럼 여성의 까칠하고 변덕스러운 심성은 인생의 긴 항해를 힘들게 만드니까요. 슬기 양은 심성과 인상을 밝게 전환하는 방법을 찾아보도록 하세요. 황신이 선생과 조안나 선생이 도와줄 겁니다."

슬기는 두 손바닥을 세워 입을 가리고는 옆 눈으로 다른 이들을 슬쩍 돌아보았다. 눈길이 마주친 지원은 슬기에게 따뜻한 눈빛을 보내주었다.

"자, 마지막 카드네요. 김윤영 양?"

도로시 원장이 한 장 남은 카드를 부채처럼 흔들며 윤영에게 눈길을 주었다.

"김윤영양은 보기 드문 미인이에요. 지금까지 윤영양은 자신이 빼어난 미인이라는 걸 주변 남성들이 대하는 태도를 통해 일찌감치 감지했을 텐데요."

윤영의 양 볼이 홍옥처럼 빛났다. 미리는 윤영의 얼굴을 자세히 보려고 목을 길게 뺐다.

"그런데 윤영양의 장점인 동시에 단점은 바로 남들이 갖지 못한 그 빼어난 미모입니다. 모든 남성들은 윤영양의 미모에 즉시 현혹됩니다. 윤영양의 장점을 발견하거나 윤영양을 향한 사랑의 감정이 절실해질 겨를도 없이 말이에요. 그렇게 다가온 남성들은 윤영양의 외모에 대한 호감이 닳아지면 곧 그 곁을 떠나게 됩니다. 왜냐하면 윤영양의 치명적인 미모 때문에 윤영양을 향한 제 감정의 흐름을 제대로 파악하지 못하고 관계부터 시작했기 때문이에요. 고금을 막론하고 미인이야말로 많은 실연을 당하고 불행한 연애사를 겪는가 하면 어쩌다 제 곁에 남게 된 남성과 결혼을 하게 됩니다. 미인이 외형으로 보나 사회적으로 보나 다소 능력이 떨어지는 남편을 얻는 경우가 많은 이유도 이런 이유 때문입니다. 그러니 오히려 윤영양은 본인의 최대 장점인 미색을 평생 주의해야 합니다. 자신의 미색에만 현혹되지 않고 진정한 마음으로 다가오는 남자를 가려낼 줄 아는 혜안이 필요하죠. 미인일수록 그러한 현명함이 절실히 요구됩니다. 조안나 선생과 상의하도록.”

도로시 원장이 코칭을 마치고 강의실을 나가자 황신이 선생은 노트북을 챙겨들고 곧바로 뒤따라 나갔다. 그러자 세라가 개인 코칭 결과에 대해 거칠게 반발했다.

“도로시 원장의 원 코칭은 날카롭고도 정확한 면은 있지만 한 사람을 한 개의 카테고리에만 묶는 우를 범할 수도 있다고! 나, 윤세라는 유머! 김윤영은 미모! 유지원은 지성! 소시은은 성녀!”

각자 자리에서 일어서면서 아무도 대응을 하지 않았다. 세라는 줄줄이 엮어내던 말을 멈추고 묵묵히 다이닝룸 문을 나섰다.

“그런데, 성 코치 조안나 선생은 언제 온다는 거야?”

회랑을 따라 줄지어 본관으로 돌아오면서 김보람이 짜증을 섞어 말했다. 그제야 이제껏 조안나 선생이 오지 않은 사실에 고개가 끄덕여졌다. 교육과정이 벌써 몇 주째 진행되고 있는데도 조안나 선생은 소문만 무성할 뿐 정작 나타나지는 않았다. 어쩌면 ‘조안나’란 도로시 원장이 만들어낸 허상인지도 몰랐다. 그 수를 대입하면 연애 방정식이 풀리는 허수일지도.

10

백칠십 센티가 넘는 장신에 브이넥 검은 원피스를 입은 조안나 선생이 강의실에 들어섰다. 그녀는 교단에서 허리를 골키퍼처럼 굽히고 교육생들을 훑어보더니 곧추 몸을 세우고는 엄지손가락으로 제 가슴골을 찌르며 말했다.

"대한민국 성 코치, 조안납니다!"

당당함이 강력한 스프레이처럼 강의실 구석구석까지 쏘아졌다.

"이곳 차밍스쿨에서 예비 신부들에게 강의를 하게 돼서 개인적으로 몹시 기쁘게 생각해요. 이 조안나는 이십 년 동안 성 생활을 연구해왔고 십 년째 성에 관한 강의와 방송 일을 하고 있습니다. 여러분도 조, 안, 나, 이름 석 자 정도는 들어보았을 텐데요?"

조안나 선생은 화려한 옷차림과는 달리 솟은 광대뼈와 쌍꺼풀 없이 두툼한 눈매를 가진 북방 아시아 형 얼굴이었다.

"티브이에서 내 심야 프로를 본 사람?"

조안나 선생이 기대하는 눈으로 교육생들을 차례로 살펴보았다. 지원은 자정부터 30분간 전화 상담으로 진행하는 〈궁금한 성 물어보세요〉 티브이 교양 프로를 본 적이 있다. '성 상담은 어떻게 하게 되었나요?'라는 한 시청자 질문에, '세상이 겉보기에는 도덕과 규범이라는 견고한 얼음판 같지만 그 아래에는 여전히 따스한 물이 흐르고 온갖 물고기들이 헤엄치고 있죠. 저는 그 아래 세상을 제대로 보여주고 알려주고 싶답니다. 누군가는 해야 할 일이기도 하고요.' 하는 답변에 깊은 인상을 받았었다. 이제 보니 덤불 같은 파마머리에 팬더 곰처럼 눈 화장을 한 그 성상담자가 조안나 선생이었다. 강의실 안은 숨소리조차 들리지 않았다. 지원도 심호흡을 해서 부푼 기대감을 눌렀다.

"지금부터 여러분들은 이 조안나에게 개별 성 코칭을 받는 겁니다. 대한민국에서 최고의 행운아들이라고 할 수 있죠."

과도한 자신감을 보인 조안나 선생은 '유혹'이라고 보드에 썼다.

"자연을 한 번 들여다보세요. 꽃은 향기로 나비와 벌을 유인하여 수정으로 이어지고 열매는 달콤한 과육으로 새를 유혹합니다. 공작새는 깃털로, 사자는 갈기로 상대를 유혹하고요. 이처럼 유혹은 자연의 이치입니다. 자연의 질서죠. 여러분도 기꺼이 유혹하고 유혹 당하세요!"

조안나 선생은 사십대 초반의 나이에 걸맞지 않게 우렁찬 목소리였다. 은밀하고 섹시한 외양과 목소리를 기대했던 환상 두 가지가 모두 깨져버렸다.

"자, 그런데 이 유혹이라는 자연스러운 인간의 본능에 종교적 극단주의자들과 도덕적 국수주의자들은 죄의식을 덧씌웁니다. 왜? 너무 치명적이니까! 너무 위험하니까! 지금부터 여러분들은 이 조안나 강의 시간에 이토록 위험하고 이토록 치명적인 유혹에 대해서 배울 겁니다."

조안나 선생은 기침으로 목청을 조율하고는 목소리를 한껏 낮추었다.

"남자는 여자를 처음 만났을 때 '저 여자랑 언제 잠을 자게 될까'를 생각하고 여자는 '언제 저 남자의 마음을 사로잡아 가둘까'를 생각한다고 하죠. 그렇다고 남성에겐 성욕만 중요하고 여자에겐 소유욕만 중요하다는 말은 아닙니다. 같은 크기의 애정을 품었더라도 남성과 여성은 본래적인 성향이 이렇게 다르다는 걸 말하는 겁니다."

조안나 선생은 열정을 토하고는 잠시 쉼을 주었다. 교육생들에게 마음을 추스르고 생각이 따라올 시간을 주려는 것이다.

"왜 자꾸 남성을 이야기하냐고요? 오, 여러분의 상대는 남성입니다! 여성은 남성과 만나서 연애를 합니다. 남성을 만나서 결혼을 합니다. 여성은 남성의 특성을 잘 연구해야 합니다. 지피지기가 백년해로죠. 지속적이고 장기적인 남녀의 결속과 행복이 우리의 최종 목적이니까요."

조안나 선생은 혼자 질문을 던지고 혼자 받는 저글링에 능란했다.

"성은 요리와 마찬가지로 문화적이고 단계적으로 발전해왔어요. 인류는 배고픔을 채우기 위해 즉시 행동하는 원시인에서부터 그 몇천 년 동안 다양한 요리법과 식사 예절을 만들었습니다. 오늘날의 식문화죠. 인류의 성도 마찬가지입니다. 원시적인 성충동에서부터 다양한 스킨십과 침실 매너인 성문화로까지 발전하게 되었습니다. 인간은 종족 보존을 위한 성관계 이외에도 쾌락이라는 중요한 감정을 발견했고 이로써 번식 본능만 있는 동물과는 차별성 있는 인간 고유한 성문화를 갖게 된 겁니다."

수천 년 동안의 성의 발전사를 한 장으로 펼쳐 보인 후 조안나 선생은 진보한 세계로 나아가듯 한 발자국 앞으로 다가섰다.

"예비 신부들이 결혼 준비하려면 가장 먼저 무엇부터 해야 할까요?"

허미리를 향해 묻자,

"요리 학원에 등록해요."

보람이 먼저 대답했다.

"결혼 준비를 하려면 가장 먼저 이 조안나에게 성 코칭을 받아야 합니다. 음식 레시피보다 성 레시피를 알아야 하니까요."

"왜요?"

보람의 반문에 조안나 선생은 반가운 기색이었다.

"결혼에는 식탁보다 침대가 중요하기 때문이죠."

조안나 선생은 제자리에서 가볍게 점프를 하며 덧붙였다.

"외식은 불법이 아니지만 외도는 불법입니다!"

열정적으로 강의를 하던 조안나 선생이 문득 구부린 허미리의 등을 가리켰다.

"지금 이 말을 적고 밑줄까지 긋고 있는 바람직한 학생이 있군요."

지원이 참고 있던 웃음을 터트렸다.

"그럼, 이제 정리해보죠. 무엇이 문화적이고 무엇이 원시적입니까? 무엇이 고상하고 무엇이 천박합니까? 인간이란 종을, 동물과는 다른, 문화인으로 만드는 그 기준이 뭘까요?"

조안나 선생은 혼자 묻고 혼자 대답했다.

"문화의 기준은 바로 절차와 형식입니다!"

조안나 선생은 공을 치듯 한 팔로 부드럽게 공기를 밀어내면서 말했다.

"본능의 욕구와 충족 사이에 있는 과정의 단계가 문화적 형식입니다. 문화인은 점진적인 단계로 나아갈 줄 알고 기다릴 줄 알고 절제할 줄 압니다. 욕구와 충족 그 사이의 단계가 문화의 기준입니다. 식문화도 성문화도 마찬가지죠."

교육생들이 조용히 고개를 끄덕거리는 모습에 지원은 뒤뚱거리는 서툰 걸음으로 어른 거위를 따르는 아기 거위 떼가 떠올랐다.

"자아, 그런 의미에서 전희와 후희, 전후의 단계, 따뜻한 포옹이 없는 성관계는 전채와 디저트가 없는 요리와 같습니다. 패스트푸드, 정크푸드죠."

너무 많은 킬 포인트로 지쳐서인지 아무도 웃지 않았다. 조안나 선생 식으로 말한다면 배가 부른데 맛있는 요리가 자꾸 차려지는 형국이었다. 별 반응이 없자 조안나 선생은 극단적인 예를 들어 마무리를 했다.

"전후 애무가 없는 섹스는 원시인이 날것의 고깃덩이를 맨 이빨로 뜯어 먹는 것과 같다고욧! 오늘은 여기까지."

조안나 선생이 킬힐을 휘청거리며 강의실을 나가자 보람은 손안에 쥐고 있던 콤팩트 퍼프로 양 볼을 두드려댔다.

"운동하러 갈 건데 뭘 또 발라?"

시은이 보람의 어깨를 가볍게 치고는 등 뒤로 지나갔다.

"근데 조안나 선생은 결혼했을까?"

미리는 제 소중한 필기노트를 가슴에 붙인 채 고개를 갸웃거렸다. 혼을 뺀 듯 꼼짝 않고 앉아 있던 슬기가 두 팔을 올려 기지개를 켜면서 대꾸했다.

"난 조안나 선생이 독신이라는 데 한 표!"

조안나 선생이 나간 유리문을 뚫어지게 바라보던 세라가 마침내 단언했다.

"어쨌거나 조안나는 진짜야! 소문의 조안나네!"

강의실 문을 나서는 윤영도 엄지를 치켜 올리며 말했다.

"레전드야!"

격주로 운동 코치들의 코칭을 받는 날이라서 펜싱 수업이 있는 세라는 실내 체육관으로 가버렸다. 허미리와 임슬기는 테니스 실력은 선수급이었다. 두 사람이 테니스복을 입고 녹색 펜스의 테니스장을 누비는 걸 보면 교차 날기를 하는 흰나비들처럼 눈부셨다. 김윤영과 소시은의 승마 실력 또한 수준급이었다. 질주할 때의 속도감과 역동적인 움직임, 말과 교감하는 섬세한 몸짓 등에서 실력이 돋보였다. 지원은 초등학교 때 교습을 받았던 수영을 스포츠 주 종목으로 선택했다. 지원 정도의 수영 실력은 이곳 멤버들은 모두 갖추고 있었다.

11

"한영그룹의 자녀 김유미씨가 어젯밤 뉴욕 맨하튼의 한 아파트에서 숨진 채 발견되었습니다. 스물여덟 살인 김씨는 그동안 교제를 반대해온 부모님과의 불화로 잠적한 지 보름 만에 극단적인 선택을 한 것으로 보입니다. 김유미씨는 대학에서 경영학을 공부한 재원으로 한영그룹의 계열사에서 차기 후계자 수업을 받을 것으로 예정되어 있었습니다. 한영그룹 측에서는 오늘 오후 자체 인원을 급파해 자세한 경위를 조사하고 있습니다. 다음은 날씹니다."

"아이구, 이를 어째!"

식당에서 한 시 뉴스 화면을 보고 박명자는 저절로 탄식이 나왔다. 핸드백을 챙겨 들고는 멈칫 주변을 둘러보았다. 다행히 다른 여자들은 어머니 모임을 위해 먼저 큰푸른룸인지 뭔지로 갔는지 보이지 않았다. 그런데 단 한 사람, 홍연숙이 문을 밀고 나가려다 말고 화면에서 눈을 떼지 못했다.

"자식 연애를 섣불리 반대하면 저런 험한 꼴을 당하지 뭐예요? 그동안 얼마나 애지중지 길렀을꼬!"

박명자는 홍연숙이라면 자신의 언행이 책잡힐 일은 없겠다 싶어 말을 걸었다. 일곱 명의 어머니들 중에서 눈길과 표정에 위세나 차별이 없고 옷차림새도 수수한 홍연숙에게 가장 정이 갔다. 홍연숙은 황급히 식당 문을 빠져나갔다. 일 층 로비에서 두 눈을 부릅뜬 채 벽을 향하고 있는 그녀를 지나가면서 박명자는 한동네 여자 같으면 무슨 일이 있냐고, 정신 차리라고 어깨를 흔들어주고 싶었다.

김윤영은 초중학교 시절까지 배웠던 바이올린을 차밍스쿨에 와서 다시 꺼냈다. 손에서 바이올린을 놓은 지 팔 년 만이었다. 차밍스쿨에서는 격주로 시 교향악단에 있는 바이올리스트를 초빙해 레슨을 받게 했다. 윤영은 자신의 바이올린 현에서 나오는 소리를 들으니 기억 한 가닥을 되찾은 느낌이었다.

"윤영씨, 어머님이 일 층에서 기다린다고 전해달래."

악기연습실 문을 열고는 지원이 말을 전했다.

윤영과 육촌인 김유미를 홍연숙은 어릴 적부터 보아왔다. 티브이 뉴스를 본 후 홍연숙은 머릿 속이 하얘지고 다리가 후들거려서 일 층 로비까지 어떻게 이동한지도 모를 지경이었다.

"유미 언니가요?"

윤영은 그 자리에 주저앉을 뻔하였다. 우선 홍 여사를 벽 쪽의 장의자에 앉히고 그 끝에 걸터앉아 한동안 밖을 내다보았다. 푸른 하늘은 투명하게 빛나고 오후의 햇살은 깊게 들어와 발아래서 일렁거렸다. 윤영은 유미언니가 가 있을 저편의 어둠을 생각하자 오소소 소름이 돋았다.

윤영은 육촌 언니인 김유미와 어릴 때부터 친하게 지냈다. 둘 다 외동딸에다가 두 살 차이였다. 특히 윤영이 유미를 따랐다. 초등학교 때부터 공부 잘하고 성격 좋은 유미는 윤영의 롤모델이었다. 어린이 치과를 함께 다녔고 유미가 한 치아교정기를 보고 졸라서 윤영도 교정기를 같은 시기에 꼈다. 바비 인형을 모으고 용돈을 저축해 수제 인형을 산 것도 유미를 따라서 한 일이었다. 윤영은 명절이나 제삿날 큰집에 가면 유미를 따라다니면서 궁금했던 질문을 하곤 했다. 언니는 언제 공부해? 무슨 책을 읽어? 뭘 수집해? 어릴 때는 이 년 차이인데도 양의 내장처럼 길게 느껴졌다. 그러다가 윤영이 중학 이학년부터는 집안 간의 교류가 뜸해졌다. 명절이나 제삿날에는 아버지만 큰집을 다녀왔다. 이후 윤영은 큰집 유미가 어느 학교에 들어갔다더라, 미국으로 유학을 갔다더라 하는 이야기만 전해 들었다. 삼 년 전 유미가 뉴욕에서 돌아와 국내에 있다는 소식을 듣고 윤영이 먼저 전화를 했다. 윤영이 호주의 모나시 대학에서 입학허가서를 받고 출국하기 일주일 전이었다.

"윤영아, 너무 오랜만이다! 그동안 나도 보고 싶었지. 그러지 말고 우리 집으로 올래? 그럼, 옛날 집 그대로지. 찾아올 수 있겠어?"

윤영은 대문 앞의 돌계단을 오를 때 주변을 둘러보았다. 붉은 벽돌담을 따라 단풍나무와 모과나무, 만리향나무, 미모사 들이 짙은 그늘을 거느리고 서 있었다. 현관문까지 흑요석으로 깔려 있는 길 양옆으로 양탄자처럼 펼쳐진 잔디가 초록 솔을 빛내고 있었다. 연못가에서 탁자처럼 평평한 돌을 다시 보니 반가웠다. 유미와 그 위에서 소꿉놀이를 하다가 엄마들이 차를 마시며 유리벽으로 내다보는 일 층 거실로 불려가곤 했었다. 윤영은 이 층 유미 방으로 오르면서 일 층에 있는 큰할머니 방문을 건너다보았다. 그러자 마음 한 곳이 아련히 아려왔다. 유미네 큰할머니는 삼 년 전에 노환으로 돌아가셨다. 윤영은 큰댁 할머니가 그리 인정 있는 사람은 아니었던, 한 기억이 떠올랐다.

윤영의 엄마가 가출을 하고 집안이 온통 난리가 났을 때 윤영은 중학교 이학년 겨울 방학을 보내고 있었다. 윤영의 할머니는 당시 사춘기의 손녀가 걱정이 되었는지 윤영에게 며칠 가고 싶은 곳이 있으면 가 있어도 좋다는 허락을 했다. 윤영이 선택한 집이 유미네 큰댁이었다. 윤영은 유미 언니의 곁에 있으면 불안감이 덜할 것 같았다. 유미는 피신 온 윤영을 잘 대해주었다. 며칠 동안 윤영은 유미와 함께 지내면서 마음속의 불안을 정면으로 마주하지 않을 수 있었다. 삼 일째 되는 오후에 유미가 잠깐 방을 비운 사이였다. 윤영이 유미의 침대에서 만화책을 읽고 뒹굴고 있을 때 방문이 벌컥 열렸다. 유미네 큰할머니가 친구 두 분과 함께 방문 앞에서 방안을 들여다보았다. 아니 세 사람 모두 목을 빼고는 윤영을 꼼꼼히 훑어보았다. 큰할머니는, 윤영이 인사를 하는 것에도 아랑곳하지 않고 친구들에게 상황을 설명하고 있었다.

"쟤네 어미가 엊그제 남정네랑 도망쳤다네. 글쎄 어떤 남자인지는 아직은 모르지. 원 세상에, 아무리 시절이 변해도 그렇지 여편네가 자식을 두고 도망을 가다니 망측한 일이지 뭔가!"

큰댁 할머니는 마치 두터운 유리가 막고 있어서 윤영에게는 자신의 말이 들리지 않는 것처럼 행동했다. 한 친구분과 큰할머니가 말을 주고받는 사이 그중 한 친구분은 윤영과 눈길이 마주치자 민망해하는 기색이 역력했다. 윤영은 순간 어찌해야 할 바를 몰랐다. 동물원 원숭이처럼 구경거리가 되다니. 보호받을 줄 알았던 집에서 방문이 무방비로 열리고 정면에서 이런 모욕을 당하다니. 큰댁 할머니는 윤영과 눈길 한 번 마주치지 않고는 곧 아무 설명도 없이 방문을 닫았다. 복도에서 층계로 내려가는 소리가 울려왔다. 큰할머니는 방문한 친구들에게 작은댁 며느리가 도망간 사건을 이야기했고 마침 화제의 주인공의 딸이 와 있으니 보여주겠다고 했을 것이다. 윤영은 사람들에게서 차별과 소외를 처음으로 경험했다. 겨우 십오 년을 살았지만 집안에서 큰소리로 야단 한 번 맞지 않고 자랐다. 윤영은 베개에 얼굴을 묻고는 터져 나오는 울음을 막았다. 삼십 분 후 유미가 방안에 들어왔을 때 윤영은 일상의 표정으로 돌아와 있었다. 유미에게 조금 전의 일을 털어놓지 않았다. 이제 세상은 자신과 한편이 아니었다. '다른 남자와 도망친 어미의 딸'로 세상에 가면 써야 한다는 걸 윤영은 어렴풋하게 깨달았다.

그 열다섯 살 이후 어른이 된 뒤 처음 만났는데도 유미는 거의 변함이 없었다. 어릴 때나 지금이나 챙겨주고 질문해주고 공감해주는 배려가 항상 몸에 배어 있었다. 이 층 유미의 방도 침대와 커튼이 바뀐 것, 책장과 책상이 커진 것 외에는 칠 년 전과 달라진 것이 거의 없었다.

"오늘 우리 밤새 이야기를 하자. 그동안 어떻게 지냈니?"

윤영은 유미가 내준 편한 옷으로 갈아입고 오랜만에 함께 밤을 보내려니 마음이 따뜻해졌다. 유미가 와인 한 방울을 떨어뜨린 뜨거운

우유 컵을 양손에 들고 들어왔다. 187센티미터 길이의 실내용 그랜드 피아노 옆에 선 스탠드의 노란 불빛이 아늑함을 더해주었다. 윤영은 창가의 티테이블 소파에 앉아서 침대 프레임에 등을 대고 앉아 있는 유미를 내려다보았다.

"꼬맹이가 많이 컸네. 네 이야기는 가끔 들었어. 디자인을 전공한다는 정도, 큰 문제 일으키지 않고 사춘기를 잘 보냈다는 정도?"

유미가 윤영의 얼굴을 들여다보며 친근하게 말했다.

"우리 중학교 방학 때 만나면, 학교 남자애들을 각자 취향에 따라 분류하고 그러면서 밤 샜던 거 기억나니?"

유미와 윤영은 남녀공학 같은 중학교를 다녔었다.

"그러던 우리가 십 년 만에 이 방에서 다시 뭉쳤다 야. 참 그런데 사람은 잘 변하진 않아. 외형과 크기는 달라졌는데 윤영이 넌 얼굴 인상이나 표정은 똑같네. 어릴 땐 네가 좀 내성적이잖아? 세상 고민을 혼자 다 안은 것처럼 새침했었지."

유미는 폴짝 제 침대 위로 올라와 윤영의 옆에 엎드리더니 턱에 팔을 괴고는 물었다.

"그런데 윤영이 넌 남자친구 있니? 연애는 해봤어?"

"아니. 그럼 언니는?"

윤영은 침을 삼키며 유미 쪽으로 무릎을 돌렸다.

"맞춰봐."

유미가 양 볼을 부풀리며 빙글거렸다.

"어? 보니까 언니는 애인이 있네! 있어! 어떤 사람이야? 나도 아는 사람?"

"야! 꼬맹이, 네가 세상 남자들을 어떻게 다 알아?"

유미가 윤영의 이마를 손가락으로 찔렀고 윤영은 침대 뒤로 나뒹굴어졌다. 그러자 옛 감정들이 되살아났고 철없던 시간들이 고스란히 느껴졌다. 괜히 목이 메었다.

김환기는 윤영도 잘 아는 사람이었다. 중학교 때 회장을 한 선배로 유미랑은 동기생이었다. 유난히 단단해 보이고 밤톨처럼 빛났던 기억이 있다. 장대같이 자란 남자 중학생들 사이에서 자그마한 키의 사람이 중심을 이뤄 부채꼴 모양으로 친구들을 몰고 다니는 걸 교정에서 몇 번 본 적이 있었다.

"그 선배는 좀 자랐어?"

그러자 유미는 배를 잡고 웃어댔다.

"야, 그 사람이 무슨 잭의 콩나무니? 얼마나 자랐냐고? 그래, 많이 자라지는 못했다. 하늘에 닿을 정도는 아니야!"

유미는 고개를 뒤로 젖히고는 큰소리로 다시 웃어댔다. 그 사람을 이야기하는 것만으로도 아주 행복한, 더없이 기쁘다는 표정이었다. 유미의 몸짓에서 햇빛 아래 사방으로 뿜어지는 분수 물을 보는 것 같았다. 그 환희가 눈이 부실 정도였다. 사랑을 하는구나!

윤영은 중학 시절에 들었던 기억을 하나씩 떠올렸다. 김환기는 일부러 학군 때문에 이사를 온다는 명문 학교에 집이 근처라서 그 학교에 다닌다고 했다. 학교에서는 사회 유력 인사의 아들을 전교회장으로 시키려고 했지만 김환기가 워낙 학생들에게 독보적인 지지를 받기 때문에 할 수 없이 회장을 시켰다는 소문이 돌았었다. 그 후 김환기가 법대를 졸업한 것까지는 들었는데, 그렇다면 왜? 일이 이렇게까지 되었을까?

"뭐 전해 들은 말은 없어요?"

홍연숙은 큰집 양주댁과는 지난달에 통화를 했다고 했다. 양주댁은 윤영의 집에서 주방 일을 하던 사람으로 큰댁 할머니의 요청으로 유미네 집으로 옮겨간 사람이었다.

"얼마 전에 유미의 남자친구가 인사를 하러 회장실로 직접 찾아갔던 모양이야. 교제를 허락받든가 아니면 결혼을 승낙받으려고 갔었겠지."

한마디를 하고 홍연숙은 말을 멈추었다. 아니 알맞은 말을 고르느라고 모색 중이었다. 윤영은 매번 홍여사의 느린 말투에 답답한 심정이었지만 이런 때는 더욱 조급증이 났다.

"삼성동 빌딩으로요?"

"그래. 비서가 매번 바쁘다고 일정을 잡아주지 않다가 어느 날 회장실로 들어가게 됐나봐. 그런데 면전에서 자기소개를 하는 그 청년에게 회장님은 고개만 한 번 까딱하고는 문을 나서더라는 거야. 전용 엘리베이터를 타고 함께 내려오는 회장님이 청년 쪽으로는 고개를 한 번도 돌리지 않고 내려서는 그냥 가버렸다잖아. 나도 전해 들었어. 유미가 양주댁에게 그 당시의 일을 털어놨었나봐. 양주댁과는 친하게 지냈나 보더라고."

"그래서요? 당숙부님께서 그 남자를 냉대한 이유가 뭐래요?"

"글쎄, 속사정은 잘 모르겠지만 남자의 집안 때문이 아닌가 싶어. 나도 양주댁에게 전해 들은 이야기라 자세히는 몰라."

"그게 뭐요? 그게 반대할 이유가 되나요? 그게 면전에서 한 젊은 이가 그렇게까지 모욕당할 이유가 되냐구요? 사람 하나 훌륭하면 됐지."

윤영이 분개해서 말했다.

"유미 아버지를 만나고 와서는 그 청년이 먼저 유미에게 헤어지자고 했다잖아. 자기는 유미를 사랑하지만 이 결혼은 할 수 없다고 했대. 팔 년을 사귀었다는데 자존심이 대단한 청년이야. 그 이야기를 들은 게 바로 한 달 전인데, 아이고, 이게 무슨 변고라니."

홍연숙이 다시 손수건으로 눈가를 찍어냈다.

"함께 극복할 일이지 도대체, 왜?"

윤영도 마침내 눈물을 쏟았다.

12

"짝짓기 사랑은 유효기간이 십팔 개월인데 비해 운명적 사랑은 유효기간이 없습니다."

황신이 선생은 지난 강의 내용을 복기하며 강의를 시작했다.

"운명적 사랑은 먼저 가슴이 반응하고 나중에 두뇌가 인지합니다. 이 사랑은 아주 특별하고 인간종만의 고유한 증상이며 사랑증후군, 고상한 정신병, 상사병이라고도 부릅니다."

창밖의 미모사 가지에서 철 지난 매미 소리가 처량하게 들려왔다.

"또한 운명적 사랑은 랜덤으로 조건과 예측이 소용없는 생태계의 돌연변이입니다. 공주와 목동의 사랑, 왕자와 시녀의 사랑, 귀족과 여급이 사랑한 예는 어느 나라, 어느 시대에든 존재합니다. 이런 면에서 운명적 사랑은 인간종의 견고한 계급을 해체하고 진화를 가속화시키는 신의 비밀 병기라고도 할 수 있지요."

그렇게까지? 내용을 확장해 극단으로 몰아붙이는 과격함에 비해 황신이 선생의 어조가 너무 부드러워서 지원은 웃음이 나왔다.

"오늘 강의는, '운명적 사랑은 결혼과 어떻게 관계하는가'에 대해서입니다."

황신이 선생이 강의 주제를 옷깃을 여미듯 신중하게 내놓았다.

"결혼의 형태는 다양합니다. 사랑으로 결혼하는 사람, 호감으로 결혼하는 사람, 상황에 밀려 결혼하는 사람 등 요즘 말대로 케바케, 사바사지요."

다른 교육생들은 상상 속에서 몇 번이나 결혼과 마주했는지는 모르지만 지원은 한 번도 결혼을 구체적으로 생각해보지 않았다.

"결혼의 패턴을 운명적 사랑을 중심으로 세 가지로 나눠보겠어요. 운명적 사랑을 해서 결혼하는 경우와 결혼 후에 다른 운명적 사랑을 만나는 경우, 결혼 전, 결혼 후에도 평생 운명적 사랑을 만나지 못하는 경우입니다."

"그럼 첫 번째 경우만 사랑으로 결혼한 거네요?"

유심히 새겨들은 세라가 요점을 환기시켰다.

"그런 셈이죠. 자, 그렇다면 여기 세 종류의 결혼 패턴 중에서 가장 평화롭고 안정된 결혼은 몇 번째일까요?"

"세 번째요. 평생 동안 한 번도 운명적 사랑을 만나지 못하는 경우입니다!"

세라의 답변에는 거침이 없었다. 자신의 부모, 이선화, 윤형수 부부를 떠올리자 정답이 곧바로 튀어나왔다. 두 사람은 열렬하게 사랑하지도 격렬하게 싸우지도 않았다. 그들은 뛰지도 않았고 멈추지도 않았다. 그저 나란히 평온하게 걸어왔다.

"그렇습니다. 죽을 때까지 각각 운명적인 사랑을 만나지 못한 커플이 가장 평온하고 안정된 결혼 생활을 합니다. 결론부터 말해, 결혼은 사랑으로 하는 게 아닙니다!"

황신이 선생이 보람에게 눈을 맞추고는, "아이러니죠?" 하고 말하자, "그럼 결혼은 돈으로 하나요?" 하고 보람도 즉시 반응해주었다.

"운명적 사랑은 결혼이라는 그릇에 적합하지 않아요. 사랑의 속성 자체가 결혼제도와는 맞지 않습니다. 과유불급, 투 마치죠. 결혼의 조건에는 호감이나 이끌림 정도면 충분합니다. 인생의 긴 여정에서 보면 넘치는 것보다는 적당한 감정이 오래 지속됩니다."

이건 또 뭔 소리? 지원은 뒤통수를 얻어맞은 것처럼 정신이 번쩍 들었다. 동서고금을 막론하고 인생이란, 사랑으로 결혼해서 사랑으로 살다가 사랑으로 죽는 게 아니었던가?

"우리가 운명적 사랑이라고 말하는 진짜 사랑은 결혼에 반드시 필요한 조건은 아니라는 겁니다. 사람들은 사랑해서 결혼한다고 말하지만 또는 사랑해야 결혼한다고 말하지만 그건 꼭 운명적 사랑을 말하는 건 아닙니다. 세상의 대부분의 커플들이 운명적 사랑을 해서 결혼하는 건 아니라는 거죠."

황신이 선생은 이어서 설명을 덧붙였다.

"아니, 오히려 운명적 사랑은 결혼의 천적이라고도 할 수 있습니다. 결혼이 해체되는 원인도 바로 이 운명적 사랑이니까요!"

황신이 선생은 보드에, '사랑은 결혼의 천적이다!'라고 쓰고는 통쾌한 웃음을 터트렸다.

"놀라운 반전이죠? 그럼 왜 사랑이 결혼에 천적인지를 세 가지로 예를 들어보겠어요."

강의 내용이 점점 흥미 있게 전개되자 팽팽한 긴장이 돌았다.

"첫 번째, 몇 년 동안이나 연애하던 커플 중 한 명이 결혼을 앞두고 파트너가 아닌 다른 운명적 사랑을 만납니다. 두 번째, 결혼식 도중 옆자리의 배우자가 아닌 다른 상대가 운명적 사랑임을 깨닫습니다. 세 번째, 결혼 생활을 하는 기혼자가 혼인 생활 도중 운명적 사랑을 만나게 됩니다."

황신이 선생은 운명적 사랑으로 결혼 계약이 깨지는 시기를, '연애 중, 결혼식 도중, 혼인 중'으로 분류했다.

"이렇게 느닷없이 운명적 사랑에 빠진다면 이 세 사람은 다음에는 어떻게 행동을 할까요?"

지원은 의자를 바싹 앞으로 끌어당겨 앉았다. 세라도 실험동물을 관찰하듯 두 팔꿈치를 책상에 붙인 채 앞쪽을 노려보고 있었다.

"첫 번째 사람은 결혼이라는 확실한 비전과 견고한 발판을 걷어차고 운명의 연인을 택합니다. 두 번째 경우도 결혼식장을 박차고 사랑하는 이에게로 달려갑니다. 면사포를 휘날리며 운명적 연인에게로 뛰어가는 장면이 영화, 〈졸업〉에서 압권이었지요? 세 번째, 기혼자가 운명적 사랑에 빠졌을 때 그 결혼 생활의 신뢰와 결속은 거기에서 끝이 납니다. 쇼윈도 부부로 유지되든 이혼으로 결별하든 아무튼 그 혼인관계는 회복되지 않습니다."

"아!"

허미리의 입술 사이로 감탄과 탄식이 동시에 흘렀다.

"이처럼 운명적 사랑은 불가항력입니다. 인간의 의지로는 막을 수 없는 일이죠. 이런 운명적 사랑이야말로 결혼제도를 파괴하는 천적이라고 할 수 있습니다."

황신이 선생은 어깨를 펴고 '사랑은 결혼의 천적이다!'라는 명제를 증명한 자신감을 보였다. 지휘봉 한 번에 관현악을 끝낸 지휘자의 표정이었다.

"그럼 결혼을 위해서는 심장에 비트 치는 사람은 일부러 피해야 하나요?"

세라가 재빨리 질문을 던졌다.

"오, 세라양, 좋은 지적이에요."

황신이 선생은 적극적인 피드백에 반가움을 표시하고는 클라이맥스에 훅 들어오는 광고처럼 물컵을 집어들고 말했다.

"잠시 쉬었다 하죠."

문밖에 나갔던 슬기와 시은이 들어오고 자리가 정돈되자 황신이 선생의 강의가 다시 이어졌다.

"물론 대부분의 커플들은 호감이 가고 강하게 끌리는 사람과 연애를 하고 결혼을 합니다. 끌림, 호감, 설렘이 있어야 남녀관계가 이루어지고 당연히 그런 감정들이 있어야 남녀 교제가 가능하니까요."

강의는 이제 물살이 휘돌 만큼 깊지는 않고 발 담근 개울물처럼 잔잔하게 흘러갔다.

"그러나 그런 강력한 이끌림이 모두 운명적 사랑은 아니라는 겁니다. 사랑과 비슷한 증상이지만 시간이 지나면 운명적 사랑과는 다른 감정이라는 걸 알게 됩니다. 내 강의에서는 이런 유사 감정을 편의상 '동반자적 사랑'이라고 부르겠어요."

황신 선생이 보드에 '동반자적 사랑'이라고 새로운 키워드를 쓰고는 돌아섰다.

"동반자적 사랑은 한곳으로 열기를 몰지 않습니다. 고르게 배분되어 배려하고 보살핍니다. 폭발하지 않아요. 격동하지 않고요. 감정이 수평으로 유지됩니다. 뜨겁더라도 태울 정도의 발화점에는 도달하지 않아요. 배경이 될 줄 알고 물러설 줄 알며 베풀 줄 압니다. 이런 동반자적 사랑과 가장 흡사한 감정으로는 우정을 들 수 있겠는데요."

이번에는 '동반자적 사랑' 옆에 '우정'을 쓰고 강의를 이어갔다.

"우정은 지속적인 신뢰를 공유하는 감정입니다. 볼테르도 '세상에서 가장 가치 있는 열매는 우정'이라고 했는데, 동반자적 사랑은 이런 우정과 감정의 흐름이 흡사합니다."

황신이 선생은 잠시 생각을 모으고는 말했다.

"결혼에 필요한 건 불변하고 지속되는 감정입니다. 그래서 동반자적 사랑이 결혼제도에는 아주 적합한 감정의 유형이라고 할 수 있습니다. 동반자적 사랑은 감정의 홍수로 강둑을 무너뜨리지 않습니다. 협업과 헌신으로 적정 수위를 유지하고 산란한 새끼들을 키워 둥근 바다로 내보냅니다. 결혼은 신뢰와 믿음, 존중과 배려, 그리고 깊은 유대감을 필요로 하지요."

"그런데, 선생님, 운명적 사랑이 우정으로 전환될 수 있나요? 혹은 우정으로 시작하여 운명적 사랑으로도 발전될 수 있나요?"

조용히 앉아있던 소시은이 질문을 했다.

"아니죠. 운명적 사랑과 우정은 출발과 생성이 다릅니다. 그 질료가 인간의 감정이라는 것은 같지만 사랑은 씨앗이 뿌려지지 않으면 애초에 싹이 나지 않습니다. 팥 심은 데 팥 나고 콩 심은 데 콩 나고 안 심은 데 안 나지요. 사랑과 우정은 그 씨앗이 다른 감정입니다."

지원은 그동안 자신이 가졌던 생각을 쟁기로 모조리 뒤엎어서 새롭게 밭갈이를 하는 기분이었다.

"결론은 여러분이 동경해 마지않는 운명적 사랑은 필수 혼수 품목은 아니라는 겁니다. 운명적 사랑은 결혼제도 같은 공동체 사회에는 적합하지 않은 개별적인 감정입니다."

뒤늦게 허미리가 폰을 꺼내 녹음 버튼을 눌렀다.

"운명적 사랑은 개별적이고 특별한 감정이죠. 깊고 치명적이고 혹독한 통과 의례고요."

황신이 선생은 이제 운명적 사랑을 위험한 짐승을 다루듯 철창에 도로 가두었다.

"그러니 여러분은 운명적 사랑을 기다리지 말라는 겁니다. 운명적 사랑은 인생의 절기에 때맞춰 찾아오지 않습니다. 느닷없이 쏟아지는 소낙비와 같죠. 그런 돌발 사태에 맞춰 인생 농사를 계획하지 마세요. 한창 꽃피우고 열매를 맺을 시기에 농사철을 놓치지 말아야죠."

모두 숙연하게 이 말을 운명처럼 받아들이고 있었다. 황신이 선생은 다시 강조해서 목청을 높였다.

"운명적 사랑을 한없이 기다리는 건 인생 낭비이자 청춘 낭비입니다. 대부분의 사람들에게 운명적 사랑은 한 평생 단 한 번도 오지 않을 수 있으니까요!"

"안 기다려요. 안 기다려."

보람이 혼잣말로 중얼거렸지만 그 소리는 각자의 마음속에 크게 울렸다.

"사랑은 선택할 수는 없습니다. 하지만 결혼은 선택할 수 있습니다. 여러분들이 차밍스쿨, 예비 신부 과정을 선택한 것도 일단 자신의 인생 사이클에 결혼제도를 받아들이기로 결정한 것이고요."

통유리를 통해 들어온 오후의 햇살이 벽에 호박빛으로 어른거렸다. 지원은 그동안 머금고 있던 침을 넘겼다. 통칭 사랑이라고 불리는 감정들에 대해 어쩌면 저리도 명쾌하게 규정할 수 있는지.

"제 강의에서는 운명적 사랑은 다루지 않겠습니다. 일반적이고 보편적인 감정이 아니라서요. 앞으로는 저는 짝짓기의 사랑과 동반자적 사랑에 관해서만 강의하겠습니다. 유효기간이 있는 짝짓기 사랑이 어떻게 동반자적 사랑으로 전환되어 행복한 결혼생활을 지속할 수 있는가에 관한 내용이 주가 될 겁니다."

황신이 선생은 강의 자료를 챙기면서 진지한 표정의 교육생들을 향해 웃어 보였다. 지원은 그제야 몸을 돌려 강의 시간 내내 긴장했던 목과 어깨를 풀었다. 사랑과 결혼! 그동안 목마르게 알고 싶었던 주제였다. 그 어디에나 있지만 그 누구도 알려주지 않은 흔해빠진 비밀을 드디어 알 기회가 온 것이다.

13

슬기가 베개를 들고 방문을 두드린 건 취침점호를 마치고 난 십 분 뒤였다. 세라인 줄 알고 문을 열었다가 지원은 좀 놀랐다. 슬기가 나를 다 찾아오다니!

"지원씨랑 이야기하고 싶어서……."

슬기는 복도 끝 진선미 선생 방을 힐끗 돌아보면서 발끝을 세워 지원의 방으로 들어섰다.

지원이 슬기를 처음 대한 건 입학식 날이었다. 마침 앞으로 지나가는 슬기에게 빈자리를 권하자, "그 자리에 꼭 앉지 않아도 되잖아요?" 하고는 맨 끝자리로 가버렸다. 이에 지원은 적잖이 당황했다. 아무리 사소한 배려라지만 답례 없이 거절의 말을 면전에서 즉시 내뱉다니. 슬기는 가시 줄기들이 제멋대로 엉켜버린 넝쿨 같았다. 세상에 대한 조롱과 비아냥거림, 냉소적인 광기가 슬기를 온통 지배했다. 슬기에게 세상은 대항하거나 보복하는 대상이고 그것은 슬기의 공격적인 언사나 행동으로 고스란히 드러났다. 슬기는 가시를 잔뜩 세우고 주변의 공기를 할퀴며 돌아다녔다. 붙임성 좋은 윤세라는 물론이고 친절한 허미리, 말없는 긍정의 아이콘 소시은까지도 슬기를 곁에 붙이지 못했다. 보람은 슬기가 하는 그대로 공격적인 대거리를 돌려주곤 했지만 슬기에게 보람 따위는 티끌에 불과했다. 지원은 그동안 슬기의 불신과 혐오, 악에 받친 공격성을 그저 바라만 보고 있었다.

지난 화요일, 테니스장으로 걸어가는 슬기를 발견한 지원은 큰 걸음으로 그녀의 걸음을 따라잡아 나란히 걸었다.

"슬기씨는 조안나 선생님의 첫 강의가 어땠어요? 뭐랄까, 새로운 문이 열렸다고 할까, 아무튼 난 좋았거든요."

그러자 슬기는 아무 대꾸 없이 앞만 보며 걸어갔다. 지원은 슬기의 빠른 보폭에 발을 맞추면서 화제를 전환했다.

"슬기씨는 언제부터 테니스를 했어요?"

그제야 슬기는 바싹 따라붙은 지원의 어깨를 힐끗 쳐다보았다.

"오학년 때부터요. 학교 대표 선수도 했어요."

"슬기씨가 테니스복을 입고 사각코트를 가로지를 때 정말 멋있어요. 나비처럼 날아서 벌처럼 쏜다?"

"하하"

기분이 좋아졌는지 슬기가 짧게 웃었다.

"공을 칠 때 스트레스가 풀리긴 하죠. 테니스는 다른 운동보다 역동적이니까요."

"지금 난 수영장으로 가고 있어요. 수영 코치가 오는 날이라서요."

지원이 얼른 대화를 이어갔다.

"아? 수영."

슬기가 햇살에 눈을 찡그리더니 지원을 향해 멋쩍은 표정을 지었다.

"난 수영은 안 해요. 차밍스쿨에 들어올 때 미리 말했어요. 물을 무서워한다고요."

"그래서인지 수영 시간에 슬기씨는 안보이더라고요."

지원은 시간이 좀 남아서 슬기를 따라 테니스장 앞까지 더 걸었다. 그때 슬기가 난데없이 불쑥 말했다.

"사실 난 물을 두려워서가 아니라 너무 좋아해서 피하는 거예요. 물속에만 들어가면 나오기 싫거든. 스스로를 익사시키고 싶어져요."

지원은 놀란 표정을 드러내지 않으려고 고개를 세차게 끄덕였다.

"난 학대받는 걸 좋아해요. 벌을 받아야 한다고 생각하죠. 내가 존중받는 관계는 견딜 수 없어요. 연애도 그렇고요."

무슨 까닭에선지 슬기가 자신의 이야기를 술술 풀어놓았다.

"앗, 그런 연애는 위험해요. 그런데 슬기씨는 왜 자신이 벌을 받아야 한다고 생각해요?"

"자신을 용서할 수 없어서요."

슬기가 입술을 꼭 깨물었다. 더이상 대화하고 싶지 않다는 표시였다. 지원은 한 손을 들어 인사를 하고 수영장을 향해 가면서 슬기의 냉혹한 말투에 소름이 돋았다. 자신을 익사시키고 싶다니!

어제저녁에는 다소 친근해진 슬기와 식사를 마친 후 산책을 했다. 지원은 자신의 동창 친구와의 사소한 오해로 빚어진 한 에피소드를 들려주었다. 그러자 슬기는 지원의 말을 도중에 끊고는 의심스러운 표정으로 쳐다보았다.

"지원씨 이야기만 듣고 알 수가 있나요? 상대방 이야기도 들어봐야지요."

지원은 얼굴이 확 달아올랐다. 선의를 거절당했을 때처럼 당황스러웠다. 슬기와의 첫 대화에서, '그런 이야길 왜 나한테 해요?'하며 정색하던 것보다는 좀더 발전했지만 그럼에도 지원은 그녀의 냉소적 반응에는 좀처럼 익숙해지질 않았다. '대화는 공감의 도구이지 판단의 도구가 아니야. 옳고 그른지 판단하고 분별해달라고 자신의 이야기를 하는 게 아니라고. 신이 그 상황 전체를 스캔한다고 해도 완벽하게 공정할 수가 있을까? 누군가에게 이야기를 할 때는 관심을 가져달라는 신호이고 내 편이 되어서 공감해달라는 초대야. 존재들 간의 연결고리가 바로 공감이니까.' 지원은 슬기에게 언젠가 이 말을 꼭 해줄 참이었다. 그러던 지원은 슬기가 노트에 펜으로 매일 일기를 쓴다는 것을 우연히 알게 되었다. SNS에만 의존하는 요즘 젊은이들과는 다른 그녀의 모습이 의외였다. 반항적이고 적대적이며 공격적인 슬기의 내면에 고요한 무풍지대가 있다니. 슬기는 어쩌면 쑥대밭이 되어버린 자신의 정원을 일기 쓰기로 조금씩 복구하는지도 몰랐다. 폭우 속에서 절규하는 걸 인상과는 전혀 다른 슬기의 내면에 지원은 호기심이 생겼다. 그 슬기가 오늘 밤, 지원의 방문을 두드린 것이다.

외무부 공무원이었던 슬기 아버지가 미국 워싱턴으로 발령이 나자 대학입시를 코앞에 둔 슬기는 서울에 남기로 했다. 대학 입학 후 슬기는 머물고 있던 분당 고모 집을 떠나 학교 근처의 소형 아파트로 거처를 옮겼다. 영규를 만난 건 대학 도서관에서였다. 슬기는 영규와 고교 동창이었다. 개인적으로 대화를 나눈 적은 없지만 둘 다 문과반이어서 활동 영역이 겹칠 때가 많았다. 영어 등급별 이동 수업 때도 같은 반이었고 국어 교과서에 실린 작품 토론 동아리도 함께 했었다. 슬기는 고교 졸업식 때 영규와는 같은 대학 합격자 명단에 들어있는 걸 알았어도 대수롭지 않게 여길 정도로 영규에게 관심이 없었다. 그런 슬기가 대학 일학년 가을 학기에 영규를 다시 만났을 때는 좀 달랐다.

슬기가 책을 고르느라고 서가를 옮겨가는 동안 누군가 창가에 서서 자신을 뒤따르는 눈길이 느껴졌다. 슬기가 슬쩍 고개를 빼서 그가 영규임을 알아보았을 때 가슴이 후다닥 뛰었다. 자신도 알 수 없는 반응이었다. 영규는 어설픈 고삐리에서 성큼 자란 청년이 되어 있었다.

"왜 나를 계속 쳐다보는데?"

영규에게 다가가 반가운 눈인사를 한 슬기가 속삭이며 물었다.

"예뻐서."

영규는 슬기의 귓가에 대고 짧게 말하고는 얼굴이 붉어졌다. 그의 진심이 고스란히 전해졌다. 슬기는 그런 영규가 단박에 맘에 들었다.

두 사람은 이 년 동안 캠퍼스에서 붙어 다녔다. 단 하루도 만나지 않는 날이 없었다. 하루 열 시간이나 함께 있는데도 헤어질 때는 그와 영원히 이별이라도 할 것처럼 가슴에 통증이 느껴졌다. 돌아서 가는 영규의 등을 향해 달려가고 싶었다. 그럴 때마다 아파트의 화단 턱에 앉아 슬기는 조금 울었다. 오 층 계단을 오르면서 어서 밤이 지나고 아침이 오기를, 그를 빨리 다시 볼 수 있기를 바라고 또 바랐다. 슬기는 사랑에 빠지자 그동안 지켜왔던 내면의 규칙들이 폭우에 휩쓸린 방죽처럼 한순간에 무너져 내렸다. 함께 있고 싶은 마음에 영규를 집으로 보내지 않는 날이 많아졌다. 슬기는 자신의 흔적과 경계조차 지워내고 영규와 합일하고 싶었다. 그가 종이라면 태워 마시고 싶고 그가 연기라면 함께 어디론가 사라지고 싶었다. 혼자였던 이전의 시간들은 온전한 제 인생이 아니었다. 영규를 만난 후 슬기는 다른 물질로 전환되었고 다시는 돌이킬 수 없을 것 같았다. 미국에 있는 엄마 오정애가 이런 슬기의 변화를 안다면 미친 듯 고래고래 소리를 지를 것이다. 오물을 씻는다고 세상을 구겨 잡고 빨래를 하려들지도 모른다. 슬기는 그런 엄마의 극단적인 성격을 떠올릴 때마다 바윗덩이를 얹은 듯 마음이 무거웠다.

겨울이 지나고 삼학년의 새 학기가 시작되었다. 삼월의 밤바람이 봄외투 깃 안으로 들어와 몸을 움츠리게 했다. 인문대 도서관을 함께 나오다가 슬기는, 자신이 아이를 임신했다고 영규에게 말했다. 그러자 영규는 벚나무 아래에서 슬기의 어깨를 돌려 세우고 안아주었다. 동그란 가로등 불빛 안으로 벚꽃들이 분분히 날렸다. 슬기는 그의 품 안에서 지금 이 순간이 영원히 멈추었으면 하고 바랐다. 하지만 그 염원은 슬기의 기억 속에 다른 흔적으로 남게 된다.

슬기는 영규에게 자신은 아이를 낳아 기르겠다고 했다. 유월 말, 슬기의 부모가 미국에서 돌아올 즈음에 슬기는 가출을 결심했다. 영규와 함께 남쪽 소도시에 도착했을 때 두 사람은 사실 막막했다. 슬기의 통장에 있던 돈으로 함께 두 달을 지냈다. 그러나 단 하루도 행복한 날이 없었다. 현재의 생활이 불안했고 배 속에서 자라고 있는 아이의 미래는 공포로 다가왔다. 낮에는 손을 잡고 마트에서 장을 보는 등 일상생활을 하다가도 밤이 되면 어김없는 불안이 엄습했다. 그들은 싱크대가 놓인 좁은 복도를 지나서 들어가는 원룸에 등을 돌리고 누워 서로의 마음을 감추었다. 생활비가 거의 떨어져가자 영규는 일자리를 구했다. 거처와 신원을 드러낼 수 없는 그가 구한 일자리는 불법 외국인 노동자들을 고용하는 가구 제조업체였다. 별 기술이 없던 영규는 공장 내 거친 가구장이들 틈에서 심부름을 도맡았다. 이 주일이 지난 후 영규는 비로소 현실을 냉정하게 돌아보게 되었다. 이렇게 사는 건 미래가 없다고 영규는 슬기에게 용기를 내서 말했다. 우리 두 사람을 위해서도 그렇고 아이를 위해서라면 더욱더. 그러자 슬기는 그 속뜻을 백번 짐작하면서도 영규에게 책임감도 생활력도 없는 남자라고 맞받아쳤다. 매번 얼버무리는 말투와 난처한 낯빛이 이를 증명한다며 슬기는 분통을 터트렸다. 두 사람은 악을 쓰며 서로의 단점을 공격했다. 마침내 그들 사이에는 강이 생겨났고 서로에 대한 원망과 두려움으로 그 강폭은 점점 넓어졌다. 건너지 못할 강 건너에서 영규는 눈물을 머금고 돌아섰다. 그날 밤 영규는 슬기가 있는 원룸으로 돌아오지 않았다.

오정애가 슬기를 찾아온 건 다음 날 오전 열한 시경이었다. 오정애는 문간에 들어서면서 새벽에 영규의 전화를 받고 왔다고 말했다. 밤새 잠을 못 자고 기다리고 있던 슬기는 배신에 몸을 떨었다. 오정애는 그동안 사방팔방으로 슬기를 찾았으나 막상 딸의 소식을 들었을 때는 반갑지만은 않았다. 아니 오히려 슬기의 행실에 분노하여 머리끝까지 독이 차올랐다. 유월 말, 일 학기 종강을 끝으로 사라진 딸의 소식을 오정애는 한국에 도착해서 알았다. 대학에 합격한 그해 겨울 한 달 동안 워싱턴에서 지내고 간 이후로 슬기는 미국에 다시 오지 않았었다. 학교 일이 바쁘다는 핑계로 전화 연락도 점차 뜸해졌다. 분당 고모는 슬기가 착실하고 자립심이 강한 아이라고 칭찬을 늘어놓은 뒤 저가 예금해둔 돈으로 유럽 여행을 떠났을 거라고 말했다. 그러나 방학이 다 끝나도록 슬기와 연락이 닿질 않자 오정애는 겁이 덜컥 났다. 실종 신고라도 해야 하는지 하루하루를 초조하게 보내던 중이었다. 장관 임용을 앞둔 남편에게 피해가 갈까봐 한 달이 넘도록 공개적으로는 어떤 조치도 취하지 않고 있었다. 그때 한 청년의 전화를 받았다. 청년은 슬기와는 고교 동창이며 같은 대학을 다니는 남자 친구라고 자신을 소개했다. 그리고 곧이어 슬기가 처한 상황과 거처를 알려왔다. 청년의 목소리는 덫에 걸린 짐승처럼 다급하게 들렸다.

오정애는 딸의 의견 같은 건 묻지도 않았다. 오정애가 운전한 차로 소도시에서 삼십 분쯤 달려와 울산의 뒷골목에 위치한 한 병원에 도착했다. 슬기는 부모에 대한 죄송함과 영규에 대한 분노로 배 속 아이에 대한 책임은 잠시 잊고 있었다. 두 시간은 슬기가 정서적 균형을 잡고 옳은 판단을 하기에는 짧은 시간이었다. 육 개월에 접어든 태아는 중절이 위험하다는 의사의 경고에도 오정애는 모든 책임을 지겠다는 보호자 난에 사인을 했다. 마취대에 누웠을 때야 비로소 슬기는 뭔가 잘못되었다는 생각이 들었다. 그러나 이미 때는 늦었다. 가슴이 먹먹해져왔다. 마취약 기운이 온몸에 퍼질 때 슬기는 아뜩해지면서 목울대로 울음이 가득 차올랐다. 이대로 같이 죽어버렸으면. 아가, 우릴 절대 용서하지 마라.

몇 달 후 이 소식을 전해 들은 영규는 망연자실했다. 곧바로 아기를 없애버리다니. 단지 도움을 요청했을 뿐인데. 넘어진 사람이 일으켜달라고 했더니 다시는 넘어질 수 없도록 다리를 잘라버린 꼴이었다. 이후 두 사람은 다시 연결되지 않았다. 슬기는 다음 학기 휴학계를 냈고 영규는 그해 겨울 공군에 지원했다. 둘 다 스물두 살이었다.

14

지원은 조안나 선생 강의를 일주일 내내 기다렸다. 그래서인지 시작 직전에는 첫 날기를 하는 새처럼 가슴이 다 떨렸다.

"요즘 서울 장안에서 가장 바쁜 사람이 바로 이 조안나입니다. 한국 역사상 성코칭에 대한 수요가 이렇게 폭발적이던 때는 없었어요. 그만큼 사람들이 성에 대한 관심이 높아졌고 알고자 하는 욕구가 절실해졌다는 증거입니다."

조안나 선생은 당당함으로 긴장의 살얼음을 깨면서 강의를 시작했다. 흰 롱재킷과 흰 바지 정장 한 벌을 입고 투블럭 커트 머리를 한 조안나 선생은 여배우 틸다 스윈턴처럼 카리스마가 넘쳤다.

"그동안 우리 국민의 정서상, 성이란 드러내지 않고 이불 속에서 어물쩍 두 사람이 해결해야 하는 일이었습니다. 그런데!"

조안나는 두 팔을 크게 벌려 심벌즈를 치는 동작을 하면서 말했다.

"지금 대한민국 이불 속은 안녕하십니까?"

즉시 스스로 답변했다.

"안녕하지 못합니다. 이부자리가 '이브 자리'로 반 토막이 났지요."

그러고는 바로 코앞에 앉아 있는 세라에게 다시 물었다.

"아담이 떠나가고 이브만 남은 자리를 뭐라고 하죠?"

"이브 자리요."

세라는 이미 나온 답을 심드렁하게 대꾸해주었다.

"그런데 말이죠, 속설에 '놀던 여자가 시집 잘 간다'라는 말이 있습니다. '남자를 여럿 사귀어본 여자가 남자를 잘 고른다'는 말이지요?"

조안나 선생은 교탁으로 돌아가 목을 쑥 뽑아 올리고는 교육생들의 반응을 살폈다. 별 반응이 없자 이번에는 혼자 벽 모서리를 쏘아보며 말을 이어갔다.

"이 말의 이치는 백화점에서 옷을 구매하는 것과 같습니다. 옷도 여러 벌 입어본 사람이 잘 고릅니다. 백화점 전 층을 둘러보고 여러 브랜드의 옷을 입어본 사람이 자기에게 꼭 맞는 옷을 선택할 수 있습니다. 첫 번째 들른 매장에서 얼결에 옷을 구매한 사람이 다른 층을 둘러보다가 더 마음에 드는, 제게 더 알맞은 옷을 발견한다면 먼저 구입한 옷을 바꾸려고 할 겁니다. 교환하거나 환불하고 싶겠지요? 그런데 만약에 교환이 안 된다면, 환불 절차가 어렵다면 어떻게 될까요?"

조안나 선생이 고개를 숙이고 있는 윤영을 지적하면서 재차 물었다.

"윤영양, 교환, 환불, 애프터 서비스가 되지 않은 백화점에는 어떤 일이 벌어질까요?"

"물건을 사러 가지 않아요."

"그렇습니다. 실수와 실패를 만회할 기회가 없는 사회에서는 구매가 위축됩니다."

조안나 선생은 탁자 끝에 걸터앉으며 흔들린 몸의 균형을 잡으려는 듯 목소리 톤을 높였다.

"환불이 안 되면 재구매할 의욕도 없고 돈도 없어요! 미스 초이스한 물건에는 애착 관계도 형성되지 않습니다!"

조안나 선생은 제 속이 탄다는 듯 페트병을 열어 물 한 모금을 마신 뒤 이번에는 미리에게 눈을 맞추었다.

"그렇다면 반품하지 못한 옷들은 어디로 갈까요?"

"장롱 속에 넣어두어요."

미리가 답했다.

"재활용품 수거함에 넣어요."

보람이 얼른 덧붙였다. 두 사람의 적극적인 피드백으로 조안나 선생은 힘이 난 모양으로 큰 소리로 외쳤다.

"그렇습니다! 쳐박아두거나!"

"버리거나!"

"성당의 구호품으로 보내게 됩니다아!"

조안나 선생은 말 한마디마다 손날 배트로 스윙을 하다가, 마지막 말은 안타를 치듯 길게 팔을 뻗었다.

"그래서 성당에는 수많은 외로운 여자들이 묵주기도로 잉여의 세월을 보내고 있는 겁니다아!"

세라는 날이면 날마다 성당에 가 있는 할머니가 떠올랐다. 할머니는 하느님과 잉여의 시간을 보내러 성당에 가는 게 아니라 하느님에게 적극적인 구애를 하러 성당에 가는 분이었다. 조안나 선생의 강의가 이어졌다.

"실패를 허용하지 않는 사회, 그래서 더 나은 선택을 방해하는 사회는 바람직한 공동체가 아닙니다. 반대급부의 장치가 확립되어야 비로소 완성된 사회입니다. 아무리 성능이 좋고 외양이 고급인 벤츠라도 브레이크가 없다면 아무도 타려고 하지 않겠지요. 반대급부의 제동장치가 없는 사회는 치명적인 결함을 가진 사회입니다. 어이가 없는, 위험한 시스템이지요. 충분히 숙고해서 배우자를 선택하지만 그럼에도 잘못한 선택에는 교환, 환불을 순순히 허용하는 사회가 완성된 사회입니다아!"

조안나 선생이 두 손바닥을 빗금으로 탁탁 두 번 쳤다. 그녀가 결론을 내릴 때 하는 동작이었다. 그녀는 잠시 쉬었다가 다음 질문을 던졌다.

"당연히 브레이크가 있는 사회, 애프터 서비스가 잘되는 백화점이 장사가 잘됩니다. 그런데 지금 대한민국은 어떻습니까?"

소리를 질러서인지 선생의 목소리가 갈라져 있었다.

"대한민국이란 백화점은 교환, 반품, 환불이 어렵습니다. 그래서 고객들이 상품을 사러 가지 않아요. 장롱에 박아두거나 버려지는 옷들이 너무 많죠. 사회적으로도 엄청난 손실이고요."

조안나 제자리에서 점프를 하더니 느낌표처럼 오똑 서면서 호소를 했다.

"대한민국은 이래서 장사가 안 되는 겁니다! 성혼율이 낮아요. 출산율은 세계 최저입니다! 이혼 잠복율이야말로 상상 그 이상입니다!"

지원은 이제껏 저 혼인율, 저 출산율은 경제적인 원인으로만 생각해왔다. 청년 일자리의 불균형한 수급이 가정을 이룰 경제적 토대를 만들지 못하기 때문이라고. 오호, 낮은 성혼률, 최악의 출산율의 원인이 애프터 서비스가 활성화되지 않은 혼인제도 때문이라니. 참신한 견해였다.

"사람들은 정말 원해서 선택한 것에 애착을 가집니다. 그러니 결혼을 결제하기 전에 충분히 생각하세요. 이 결혼이 나에게 맞는지, 내가 원하는 건지, 장기간 행복할 수 있는지를 입어보고 맞춰보고 재봐야 합니다. 그래야 자신의 구매에 애착과 책임을 갖게 됩니다."

강의는 급물살을 지나 평지에 이르러 완만하게 흘러가고 있었다.

"주례는 결혼식에서 반드시 물어야 합니다. 꼭 맞습니까? 충분합니까? 정말로 원합니까?"

"네!"

지루했던 보람이 온몸을 뒤틀며 답변했다.

"그러면 제발 교환, 환불하러들 오지 마세요!"

조안나가 손등으로 공을 쳐 네트로 넘기자 보람은 재빨리 윗몸을 숙여 공을 피했다. 유쾌한 피드백이었다. 조안나는 탁자에 놓인 맹물로 다시 입가심을 하고는 말했다.

"내 수업 시간에는 바나나우유를 준비해줘요. 식당 아주머니에게 말하면 줄 거예요. 아주머니가 내 심야 프로의 열성팬이더라고. 이 조안나가 바나나우유만 마시는 줄 알아. 그런데 반장이, 유지원양?"

조안나 선생은 오른편 끝자리에 앉은 지원에게 다가와 귓가에 대고 말했다.

"다음 시간부터는 학생들에게 질문지를 받겠어요. 경험하고 싶은 성, 실전에서 안 풀린 성, 망설이다가 시기를 놓친 성, 상상하는 성, 배우고 싶은 성, 각종 성 매너, 성 기술까지 어떤 질문을 해도 좋아요. 여러분이 질문하는 사례를 가지고 수업을 진행하겠어요."

조안나 선생의 귓속말은 목청 그대로여서 교육생들을 더욱 귀 기울이게 하려는 의도로 보였다.

"오늘은 여기까지."

두 번째로 듣는 마무리 멘트였다.

15

경비실에서 처음 연락을 받았을 때 윤영은 의아했다. 아무리 생각해도 홍연숙 여사 외에 차밍스쿨로 자신을 찾아올 사람은 없었다. 이어서 방문자 이름이 '김환기'라는 소리를 들었을 때는 더욱 놀라서 뒤로 자빠질 뻔하였다.

일 층 로비에 들어서자 창 앞에 서 있던 김환기가 기척을 듣고는 뒤돌아섰다. 윤영은 너무 뜻밖의 만남이라 얼굴이 확 달아올랐다. 김환기가 입은 그레이색 정장 슈트는 고급 포장지처럼 그의 단단한 몸집을 돋보이게 했다. 저 사람이 저렇게 성장했구나, 윤영은 중학 시절의 어렴풋한 기억을 떠올리며 눈앞의 김환기를 찬찬히 바라보았다. 십여 년 전의 눈매와 입 언저리의 인상이 산맥의 능선처럼 희미하게 남아 있었다.

"우선 좀 앉으세요."

로비 소파의 맞은편에 윤영이 앉자 김환기는 파리한 입술로 무슨 말을 하려다가 곧 그만두었다. 붉어진 눈으로 그가 고개를 숙였다. 윤영은 그가 울음이라도 터트릴까봐 마음을 졸았다.

"많이 힘드시죠? 제가 듣기로는 두 분이 고등학교 때부터 사귀었다고… 유미언니에게서 이야기 들었어요……."

가슴 벅차서 사랑 이야기를 쏟아내던 유미의 생전 모습이 떠오르
자 윤영도 눈시울이 뜨거워졌다. 유리벽으로 들어온 햇살이 눈물 젖
은 두 사람의 눈동자를 모과색으로 물들였다. 세상이 멈춘 듯 사방이
고요했다.

"나가서 산책 좀 하실래요? 단풍이 들기 시작하는 이곳 오솔길이
제법 운치가 있어요."

윤영의 제안에 김환기가 비로소 고개를 들었다.

앞 정원은 여름 동안 한껏 푸르렀을 나뭇잎들이 다음 계절의 옷으
로 갈아입는 중이었다. 두 사람은 본관 건물 오른편을 돌아 수영장
옆길을 지났다. 빈 수영장의 파란 타일 바닥 네 귀퉁이에는 갈색 낙
엽들이 뭉쳐있었다. 승마장에서 언덕 아래로 이어지는 은행나무 길
에서 윤영은 목을 꺾어 하늘을 올려다보았다. 노란 잎들이 푸른 하
늘에 던져진 금화들처럼 반짝거렸다. 김환기는 주변 풍경을 한 번 힐
끗 둘러본 후 제 발끝만 보며 걸었다. 발밑에서는 낙엽 밟히는 소리
가 규칙적으로 들려왔다. 그의 검은 구두코에는 흙먼지가 묻어 있었
다. 두 사람은 한 마디의 말도 나누지 않고 걸었다. 윤영은 마사 뒤의
작은 언덕 위에서 걸음을 멈추었다. 체육관의 둥근 지붕과 승마장 트
랙, 테니스장과 수영장이 훤히 내려다보였다.

"윤영씨를 보러 제가 다시 방문해도 될까요?"

김환기가 컴퍼스처럼 한 발을 비탈 아래에 버틴 채 윤영을 올려다
보았다. 윤영은 그의 눈을 들여다보는 순간 무엇에 감전되는 것 같았
다. 세상이 한 번 출렁 하고 움직였다. 어디에선가 강력한 어떤 기운
이 윤영의 가슴속으로 들어왔다. 온몸을 떨렸다. 윤영은 자신이 달라

졌음을 알았다. 조금 전까지 오솔길을 걷던 그 김윤영은 분명 아니었다. 그를 만나기 전과 후가 바다를 사이에 둔 것처럼 확연히 갈라져 있었다. 수천 년을 함께 지내 온 것처럼 그가 친근하게 느껴졌다. 그가 눈앞에서 사라진다면. 윤영은 눈을 한 번 감았다가 떠보았다. 초조한 눈빛의 김환기가 윤영의 눈앞에 그대로 서 있었다. 윤영은 이제 김환기가 자신을 다시 방문하는 일이 당연하게 여겨졌다. 윤영이 천천히 고개를 끄덕였다. 김환기의 두 눈이 기쁨으로 확장되었다. 단한 시간 전만 해도 알지 못했던 두 사람이 마치 전생의 짝처럼 서로를 원하고 있었다. 불가사의한 일이었다. 정문의 주물 창살 안과 밖에서 윤영과 김환기가 마주 섰을 때 두 사람은 누구라고 할 것도 없이 동시에 창살 사이로 두 손을 맞잡고는 서로에게서 눈길을 떼지 못했다. 이대로 멈춰 있고 싶었다. 이 시간이 지나가면 모든 마법이 사라질 것 같았다. 김환기가 정문에서 몇 발자국 뒤로 물러서 손을 흔들고는 돌아서 갔다. 윤영은 넝쿨 문양의 검은 주물 장식 사이로 그에게서 눈을 떼지 못했다. 김환기의 모습이 시야에서 완전히 사라졌을 때 윤영의 가슴에는 큰 구멍이 뚫린 듯했다. 해가 있는 오후인데도 사위가 흑백 사진처럼 어둑해지고 사방에 구슬픈 바람이 불었다. 윤영은 삼층 제 방으로 뛰어 올라가 창문 너머로 김환기가 돌아간 길을 내려다보았다. 가슴은 계속 줄넘기를 하고 있었다. 누군가 옆에 있었으면 지금의 속내를 털어놓았을 텐데 아쉬웠다. 지원은 주말 외출을 나가고 없었다.

월요일 아침 식당으로 함께 가면서부터 지원은 윤영이 토로하는 격정을 모조리 들어주어야 했다.

"세상에나! 이럴 수도 있는 거니?"

윤영은 어제 자신에게 일어난 천지개벽과도 같은 일에 대해 두서 없이 반복해서 늘어놓았다. 마주 앉아 식사를 하면서도 윤영은 소리 죽여 지원에게 재차 물었다. 이런 일이 있을 수 있다고 생각해? 지원 은 그럴 수 있다고, 그게 사랑이라고, 몇 번이고 말해주었다. 윤영은 지원에게서 그 말을 반복해서 듣기를 원했다.

"그 사람이 글쎄 갑자기, 윤영씨, 다시 방문해도 될까요? 라고 말한 이유는 뭘까? 그때 난 심장이 멈추는 줄 알았어. 그 사람을 본 지 한 시간도 안 됐는데 뭔가 중요한 인연이 될 것 같다는 예감이 들었지 뭐야. 지원씨도 그런 적이 있어?"

윤영이 하고 또 했던 말이었다. 열두 번을 반복해도 충분하지가 않 았다. 김환기는 아무리 퍼 올려도 끊임없이 솟아나는 샘과 같았다.

"우린 십몇 년 만에 처음 만났단 말이야. 그럼, 중학교 시절 선배로 보고는 이번이 처음이지. 근데 또 신기한 건 그 사람을 만나고 나서 는 유미언니에 대한 슬픔도 사라졌다는 거야."

음악실로 함께 나가면서 윤영은 어깨를 바싹 붙이고는 지원에게 속삭였다.

"유미언니는 어디에 있든 분명 우리의 만남을 축복해줄 거야. 꼬맹 이, 드뎌 사랑에 빠졌구나! 할 거라고."

"내 생각도 그래. 유미언니라는 분도 이 연애를 나쁘게 생각하지는 않을 것 같아."

지원은 윤영의 백 마디에 한 마디 정도 반응해주었다.

"환기씨는 내 이상형은 아니야. 키도 작지, 얼굴도 크지. 난 얼굴이 작은 공유를 좋아한단 말이야. 그 사람은 늘 의무감에 사로잡혀 있어. 강하늘처럼 너무 웃지는 않더라도 근사한 미소쯤은 지을 수 있잖아? 그런데 전혀!"

윤영은 혼자 웃다가 같은 대상을 두고 같은 말을 자꾸 반복했다.

"이상형이란 소녀적 표현이고 사랑에 빠진 대상이 이상형인 거야."

지원은 이 한마디만 내뱉고는 계속 고개를 끄덕여주었다.

윤영은 사랑병 증상을 보이고 있었다. 허공을 걷는 것 같은 들뜬 기분과 상대와 연결되는 사소한 일에까지 의미를 두고 소환하는 것, 누군가에게 자신의 감정 변화를 반복해서 말하는 것이 그 증상이다. 다음으로는 상대의 환상을 보게 될 것이다. 현실과는 다른, 과장된 모습을 보면서 천국에서 온 구원자라는 착각에 빠질 것이다.

"사랑병은 특별히 치료할 일은 없습니다. 그대로 지켜봐주는 것, 비판 없이 들어주는 것, 환상을 깨지 말고 공감해주는 것입니다. 사랑병은 일정 기간이 지나봐야 그 진위를 알 수 있습니다. 유사 사랑병이면 그 증상은 저절로 사라질 것이지만 진짜 사랑병은 고혈압이나 당뇨처럼 평생 고치지 못할 지병입니다. 운명적 사랑은 동서고금에 걸쳐 결코 완치된 적이 없습니다."

지원은 황신이 선생의 강의를 상기하고는 자신에게 오고 있을 미지의 사랑을 향해 미소를 보냈다. 윤영씨, 언젠가 내가 사랑 병에 걸린다면 지금 내가 하는 역할을 네가 맡아줘. 사람 일은 알 수 없는 거잖아?

16

"오늘은 어머니들의 경험을 서로 이야기해보는 건 어떨까요? 연애든 결혼이든 구체적인 사례들 말이에요. 결혼을 앞둔 딸들에게 도움을 주는 게 이 모임의 목적인 만큼 그것도 의미가 있을 것 같은데요?"

도로시 원장이 발제를 하고는 어머니들이 둘러앉은 원탁에서 사과 꼭지처럼 비켜나 앉았다.

"자신의 경험도 좋고 주변의 이야기도 괜찮지 않을까요?"

이선화가 덧붙였다. 창밖으로 지나가는 바람에 햇살이 모빌처럼 흔들렸다. 눈길을 제각각 비키고 있는 어머니들의 표정이 골똘했다. 도로시 원장의 가벼운 제안과는 달리 어머니들의 침묵은 점점 무거워졌다. 아무도 먼저 입을 열려고 하지 않았다.

"제가 먼저 이야기를 해도 될까요?"

뜻밖에도 정귀자였다.

"저는 소시은의 어미, 정귀자라고 해요. 올해 나이 칠십셋이죠. 저희 집안을 아시는 분도 계시겠지만 소문대로 저는 슬하에 딸을 여덟이나 두었답니다. 지금 차밍스쿨에 온 시은이가 제 막내딸이에요. 아직도 제가 누구의 학부형으로 불리는 게 아주 기분이 좋군요."

정귀자는 검은 아메바 무늬가 있는 자주색 바탕 숄을 어깨 위로 치켜올리며 무릎을 바싹 당겨 앉았다.

"우리 시아버지 이야기부터 해볼게요."

정귀자는 갓 결혼한 새댁 시절에 요절한 시아버지의 이야기를 전설처럼 전해 들었다. 시어머니가 며느리를 정식으로 불러서 들려준 가문의 내력은 아니고 먼 친척이 제사 상차림을 돕다가 무심코 흘린 말을 채근해서 들은 것이었다.

소씨 집안은 집성촌으로 방어산 산자락의 한 골짜기에 모여 살았다. 그 종갓집 종손인 소회장의 아버지는 열여섯 살에 뒷산 너머 동네의 열여덟 살 김씨 처녀에게 장가를 들었다. 그분이 바로 진주 지방 열녀문의 주인공 독야청청 김인형 여사이시다. 체모가 크고 우람했으며 혈기가 왕성한 청년인 새신랑은 새색시와의 잠자리를 시도 때도 없이 원했다. 그러나 순진하고 고루한 새색시는 시부모의 합방 허락이 있을 때만 몸을 허락했다. 더욱이 새색시는 신랑의 잔 손길을 피해 시부모의 시하에서만 하루 종일 맴돌았다. 그해 추수를 끝낸 어느 날 부모에게서 합방 명령이 내려지고 두 사람은 드디어 잠자리에 들었다. 그날 밤 새신랑은 참고 눌렀던 기운이 용출하는 걸 이기지 못해 그만 복상사를 하고 말았다. 여기까지가 금산댁의 전언이다. 그러니까 소회장은 어머니 배 속에서 생기는 동시에 아버지를 잃은 유복자였다. 아들이 그렇게 허망하게 죽은 뒤로 소회장의 할머니는 매년 큰무당을 불러서 굿을 했다. 무당이 댓가지를 흔들며 혼절 직전에 하는 주문은, '달라거든 얼른 줘라'였다. 앞마당에 모여 섰거나 앉아서 하루 종일 굿 구경을 하던 인근 동네 사람들에게 그 말이 가슴에 와서 박혔다. 추수가 끝나면 산 아래 솥단지 모양의 골짜기 안집에서 굿을 하면서 무당이 내지르는 고성을 그 동네를 비롯한 인근 마을 사람들은 아이 어른 할 것 없이 무슨 교훈인 양 새겨들었다. 그러나 그 말은 사람마다 자신의 입장에 따라 조금씩 달랐다. 젊은 아낙들에게는 '달랄 땐 얼른 줘라'로, 동네 청년들에게는 '참으면 죽는다'로, 장성한 아들을 가진 엄마들에게는 '아끼는 년 서방 잡는다'로 들렸다.

박명자는 참았던 침을 꼴깍 삼켰다. 벌어졌던 입가를 정돈을 하고 주변을 슬쩍 돌아보니 다른 어머니들도 어깨를 모아 집중하고 있었다. 그 호기심의 눈총들은 어떤 방패라도 뚫을 듯했다.

"저는 진주사범학교에 진학을 했지만 구한말 선비이신 아버지께서는 양반집 여자는 직업을 갖지 않는다는 이유를 들어 집안에 들어앉혔지요. 때맞춰 들어온 혼사로 저는 진주 지방 지주 아들인 소회장과 중매결혼을 했어요. 제가 혼인할 당시, 그러니까 60년대의 결혼 풍속도는 중매와 연애의 반반이었는데 대부분 혼기가 찬 남녀들은 부모가 정해주는 집안의 배우자와 순순히 결혼에 응했답니다. 결혼 전에는 손을 잡는 것도 드문 일이고 어떤 신체 접촉도 천벌받을 짓으로 여기던 시절이었어요."

정귀자는 망설이다가 떼어놓는 발걸음처럼 눈길을 공중에 잠시 멈추었다가 다시 말을 이어갔다.

"저는 결혼 후 당차고 에너지가 유별난 남편에게 점차 신뢰와 애정을 가지게 되었어요. 그런데 줄줄이 딸만 넷을 낳는 겁니다. 시어머니는 이대 독자인 집안에 더도 바라지 않을 테니 손자 하나만 낳자고 저를 계속 채근하셨어요. 나이 서른에 다섯째 딸을 낳고 누워 있자니 제 처지가 하도 처량하여 눈물이 나더군요. 결국은 여덟째 딸 시은이까지 낳고서야 단산을 했어요. 그러고도 혹시 아홉째는 아들이 아니었을까 하는 미련이 남아 있었답니다."

정귀자는 차를 한 모금 마시고는 이어서 말했다.

"다섯째 딸을 낳고는 소회장이 젊은 여자와 바람이 났는데 시어머니가 남편의 외도를 말리기는커녕 독려한다는 느낌이 들었어요. 저 자신도 아들을 낳지 못한 죄인이란 생각에 소극적이 되었고요."

"그런데 남편께선 밖에서 아들을 낳아오기는 하셨나요?"

돌연, 질문을 던진 이는 송경희였다. 모두가 궁금하지만 차마 묻지 못하는 말이었다.

"아니요. 사람의 의지와는 달리 운명의 뜻이란 게 있더군요. 그러고 보면 남편도 관습의 피해자였던 거죠. 소회장님은 말년 이십 년 동안 제 곁에서 평온한 시간을 보내다가 이 년 전에 작고하셨답니다."

이야기를 듣고 있던 어머니들이 작은 안도의 한숨을 쉬었다. 그때 오정애가 손을 번쩍 들어 올렸다.

"저, 결례가 안 된다면 부군께서 외도를 하시는 동안 여사님께서는 어떻게 마음을 다스렸는지, 어떻게 대처를 했는지…… 그러니까 한 마디로 그 기간을 어떻게 가정을 지켜내셨는지 들려주실 수는 있는지요?"

분위기가 숙연해졌다. 하늘에 먹구름이 지나가는지 탁자 위의 햇빛이 갑자기 잿빛 그림자로 변했다.

"세상의 모든 아내가 그렇듯 당연히 저도 마음에 깊은 상처를 받았죠. 일상생활을 할 수가 없을 정도로요. 겨우 열두 살 난 큰애가 아래 두 동생들을 챙기고 더 어린 아이들은 일하는 여자의 도움을 받아야 했으니까요. 저는 그 당시 남편의 외도를 어떻게 받아들여야 할지 어떻게 수습해야 할지 이럴 때 본처가 할 일이 무엇인지 도무지 알 수가 없었답니다. 점잖은 집안이라 고모들이든, 이모들이든 누구 한 사람에게라도 물어볼 수가 없었어요."

창밖으로 망연히 시선을 돌렸다가 돌아온 정귀자의 얼굴은 빈 자루처럼 홀쭉했다.

"한동안 저는 남편에게 버림받은 여자, 남편에게 거절당한 여자로 그늘의 식물처럼 시들어갔어요. 넋이 나갔다고 해야 하나요? 근 십 년 동안을 그렇게 살았어요. 그럼에도 그동안 딸 셋을 더 낳았답니다. 아들만 낳으면 남편의 외도를 잡을 수 있다는 일념에, 남편이 다른 여자에게서 아들을 낳아오면 제 딸들이 소씨 집안에서 밀려난다는 생각에 오기를 부린 겁니다. 지금 생각하면 미련한 대응이었어요."

정귀자는 자신에게 쏠린 어머니들의 과도한 눈길을 둘러보면서 마무리를 했다.

"다시 태어난다면 제 인생을 그렇게 허비하진 않겠어요."

비가 온다는 아침의 일기예보대로 청명하던 하늘이 흙빛으로 바뀌어 있었다. 습한 바람에 나뭇잎들이 저녁 종처럼 분주해지고 가지들은 휘어졌다. 굵은 빗방울 한두 개가 원목의 데크 안으로 떨어졌다. 정귀자는 식은 녹차 맛이 떫게 느껴졌다.

굵은 빗방울들이 물소 떼처럼 몰려와 차창 앞 유리를 내리쳤다. 어머니 모임을 마칠 무렵부터 쏟아지기 시작한 장대비였다. 아차산 워커힐 호텔 아래를 차를 몰고 가면서 정귀자는 조금 전 어머니 모임을 곱씹어보았다. 오정애가 그런 당돌한 질문을 할 줄은 몰랐다. 얼결에 대답을 하고 당시 느낀 대로 이야기를 풀어놓았지만 생각해보니 오정애야말로 웃기는 여자였다. 남편이 외도할 때의 심경이 어땠냐고? 저가 알아서 뭘 어쩌려고? 그러자 정귀자는 쫓기는 사슴처럼 가슴이 뛰었다. 아득히 먼 것 같기도 하고 바로 옆인 것 같기도 한 지난 일들이 정면으로 달려들었다. 물이 차오르듯 통증이 점점 불어나서 가슴을 압박했다. 남편 소회장이 외도를 했던 그때의 심정이 그대로 전해졌다.

남편 소회장의 외도는 다섯째 딸아이를 낳고 몸도 추스르지 않았을 때였다. 산파는 첫울음이 터진 아기를 말없이 산바라지하는 용희 어멈에게 건네주었다. 뜨거운 수증기와 피비린내, 소독약 냄새와 땀띠분 냄새가 어우러지는 방에서 정귀자는 삼 일을 천장만 보고 누워 있었다. 귓전으로 아기 목욕시키는 물소리와 울음소리, 융 이불 속에서 잠자는 젖먹이의 옹알거리는 소리가 들려왔다. 긴 장마처럼 그쳤다가 다시 흐르는 정귀자의 눈물이 옥양목 흰 베갯잇으로 스며들었다.

"재은아, 주은아, 저 방에 동생이 태어났거든. 아줌마가 아직 엄마 방에 들어오면 안 됐어."

툇마루에서 아홉 살, 여섯 살, 세 살 먹은 동생들을 달래서 가는 큰딸 영은의 목소리가 들렸다. 그때까지도 영은 아범은 산모 방에는 발걸음도 하지 않았다. 삼 일째인 아침에 마지못해 들여다본 시어머니가 말했다.

"넌 참 심지도 좋구나. 딸 다섯 낳고도 그렇게 누워 있고 싶니? 애비가 엊저녁에도 술 먹고 늦게 와서 안채에서 잠들었더라. 저도 심정이 오죽하면 그러겠냐. 어서 털고 일어나 애비 술국이라도 직접 챙겨주든지 하렴."

산바라지하러 온 용희 어멈이 산모의 가슴을 눌러 도로 자리에 눕히지 않았더라면 정귀자는 맨발로 마당가로 뛰쳐나갈 뻔했다. 그러지 않아도 서운함과 분노가 용암처럼 들끓던 참이었다. 검은 밧줄 같은 주름 사이로 움푹 들어간 용희 어멈의 두 눈에 눈물이 그렁하게 매달렸다.

"새댁! 뭔 고생하려고 그라요? 산후 몸조리 잘못하면 큰일 나요. 평생 뼛속에 바람이 부는 것 매로 오만 삭신이 다 쑤신다니까요. 딱 삼칠일 동안은 죽은디끼 누워 있으시오."

용희 어멈은 방안의 빨랫감을 주섬주섬 걷어 나가면서 벽을 보고 돌아누운 정귀자 등 뒤에서 큰 소리로 말했다.

"아따, 시엄씨가 고로코롬 말씀하면 며느리가 섭섭하제. 새댁, 너무 맘 쓰지 마시오. 거, 노래에도 왜 안 있소? 여자의 운명!"

다섯째 딸을 낳은 이후부터 소회장의 사업은 날로 번창하여 커피 업계에서 최상위 브랜드가 되었다. 좁은 창신동 집을 팔고 연희동의 넓은 주택으로 이사를 한 그해에 막내딸 소시은이 태어났다. 엄마의 이어지는 출산에 짜증을 내는 고등학생, 중학생인 다른 딸들과는 달리 대학생이던 큰딸 영은은 엄마의 침상 곁에서 오래 머물러 있었다. 노 산모는 몸이 녹아내리는 것 같아서 열흘이 넘도록 자리에서 일어나 앉지도 못했다. 여덟 번째의 딸 출산에 주변 친척들은 무슨 위로의 말을 할지 몰라 숨소리도 조심하고 다녔다. 일인 병실의 라디에이터 소리만 성이 난 듯 쉭쉭거렸다. 정귀자는 그때서야 반복되는 임신과 출산의 긴 트랙에서 벗어나야겠다고 결심했다. 힘겹고 모욕적인 시간들이었다.

17

황신이 선생이 검은색 베라왕 바지 정장 차림으로 강의실에 들어섰다.

"와, 베라왕이다."

보람이 촛불을 불 듯 입술을 오므리며 선생의 옷차림을 보고 감탄했다. 노칼라 검은 재킷에 아이보리색 블라우스를 받쳐 입은 황신이 선생은 검은 가지에 꽃을 피운 백목련처럼 우아했다. 뜰 앞의 석류나무의 붉은 열매들은 두꺼운 껍질로 찌를 듯한 가을 햇살을 막아내고 있었다.

"연애와 결혼은 다릅니다. 사랑과 결혼도 물론 다르지요. 자, 그럼 오늘은 사랑과 결혼이 왜 다른지에 대해 이야기해보죠."

"또?"

지원이 세라를 향해 눈짓을 했다. 연애철학 시간도 아니고 언제까지 황신이 선생은 연애와 결혼을 분석만 하려는 건지. 몇 주째 계속되는 이론 강의로 교육생들은 연애나 사랑, 결혼이 주는 호기심마저 사라질 정도였다.

"제도란 무엇입니까? 공동체에 피해를 주지 않고 질서를 유지하기 위해 만든 겁니다. 또한 통제 가능한 것도 제도이죠."

보람도 인상을 쓰고 앉아 있었다.

"또한 제도는 소유를 전제하지요. 먼저 각 개인들이 제 영역에 타인이 침범하지 못하도록 공동체의 규칙을 만들고 서로 상충할 경우를 대비해 법을 만든 거니까요."

이런 거부의 분위기에도 아랑곳하지 않고 황신이 선생은 굳건히 강의를 이어나갔다.

"제도와 법은 개인의 소유권 보호와 공동체의 질서를 위해 만들어진 것이라는 거죠. 결국 결혼제도도 소유와 질서로 귀결됩니다. 다시 말해 결혼은 공동체의 질서를 위해 법을 준수합니다."

황신이 선생은 세라에게 질문했다.

"윤세라양은 법 공부를 했다고 들었는데 지금 하는 내 말이 맞나요?"

가운데 앉은 윤세라는 평소의 제 지론을 거침없이 말했다.

"흔히들 법은 천부적이고 절대적이라고들 생각하는데요, 법이야말로 상대적이며 편의적이죠. 시대에 따라 상황에 따라 달라지는 게 법입니다. 마땅히 그래야 공정하고요."

이번에는 황신이 선생의 눈길이 지원에게 멈추었다.

"자, 그러면 공동체의 결혼제도와 개인적이고 사적인 사랑은 서로 잘 맞을까요?"

"아니요!"

지원이 대신 보람이 물총을 쏘듯 즉답을 했다. 황신이 선생은 보람의 과장된 리액션에서 지루함의 뜻을 알아챘지만, 강의는 그대로 이어나갔다. 너희들이 지겨워하는 건 알아. 그러나 중요한 걸 얻으려면 참을 줄도 알아야 해.

"사랑은 단독자의 감정과 행동입니다. 한 개인이 다른 개인에게 보내는 마음의 신호, 파장에 다름 아닙니다. 그래서 시오노 나나미는 사랑은 교통사고와 같다고 했지요?"

"네!"

이번에는 전체가 합창을 하며 고함을 내질렀다. 한마음으로 견고한 분위기에 균열을 내고 싶었다.

"이 말에 따르면 결혼은 교통 규칙을 지키며 무사히 도로를 주행해 가는 일입니다."

실내 분위기를 간파해서인지 황신이 선생의 말이 빨라졌다.

"사랑은 시공을 초월해서 변함이 없으나 결혼제도는 시대에 따라 장소에 따라 변합니다. 이처럼 근원적 감정인 사랑과 사회적 제도인 결혼은 성격과 방향부터가 완전히 다릅니다. 그렇다면 사랑과 결혼이 함께해야 할 바람직한 방향은 무엇일까요?"

황신이 선생은 질문을 던지고는 스스로 받아냈다.

"개인의 사적인 감정을 공적인 파트너십으로 전환하는 것이죠. 결혼이야말로 개인의 행복과 사회적 역할을 동시에 만족시키는 제도니까요."

이건 뭐 주민센터 민원실에서 주민 교육을 받는 느낌이야. 지원은 자신은 인문학 전공이라 이론 강의가 익숙하지만 다른 교육생들은 다소 걱정이 되었다.

"여자들은 나쁜 남자에게 본능적으로 끌립니다!"

보드를 모조리 지운 황신이 선생이 돌아서더니 느닷없이 강의 주제를 전환했다. 윗몸을 비틀고 손목의 관절꺾기를 하던 보람이 깜짝 놀라 자세를 고쳐 앉았다.

"이 '나쁜 남자'에 대해, 어떤 정의를 내리는지 여러분들의 의견부터 한번 들어볼까요?"

지원이 잔기침으로 목청을 다듬고는 먼저 말했다.

"나쁜 남자란 진심을 갖지 않고 자신의 의도대로 여성을 조종하는 사람입니다. 제멋대로 결별을 하고 그러니까…… 한마디로 만남에 진정성을 갖지 못하는 사람이라고 할 수 있습니다."

지원이 정확한 비유를 찾지 못해 대충 얼버무리자 맞은편에 앉은 세라가 덧붙였다.

"나쁜 남자는 여성을 속이고 마음을 훔치는 교묘한 기술만 알고 있는 남자입니다. 감정이나 육체의 교류나 소통방식이 정당하지 않고 부정한 반칙을 일삼는 연애계의 치한이라고 할까요?"

세라가 지원을 향해 눈웃음을 보냈다.

"나쁜 남자는 폭력적이예요. 자기한테만 맞추도록 협박하고 구속하고 제 의도대로 되지 않았을 때는 화를 내죠. 성질도 더럽고요."

보람도 오랜만에 당당히 제 의견을 말했다.

"언어적, 심리적, 정신적 폭력을 하는 것도 나쁜 남자입니다. 배려가 부족하고 이기적이죠."

미리가 덧붙였다.

"그런데 여성들은 이런 나쁜 남자에게 끌린 적이 있거나 상처 입고 좌절했던 경험이 적어도 한 번씩은 있을 겁니다. 그러면서 더 분별 있는 여성으로 성장했을 테고요."

황신이 선생은 더 격한 표현을 원했는지 교육생들의 미미한 반응에, "왜? 나쁜 남자를 떠올리니 밥맛이 떨어졌나요?" 하고 혼자 웃음을 터트리고는 강의를 이어갔다.

"나쁜 남자들에게는 축적된 문명의 질서가 내면화되어 있지 않습니다. 그들의 사고는 규격이 없고 보편적인 윤리에도 길들여 있지 않아요. 늘 먹잇감 사냥으로 털은 곤두섰고 거칠고 방종합니다. 즉흥적이며 파편적이고요. 욕망의 날것만 살아 있어 교양인, 문명인으로서의 절제력이 부족합니다."

공감의 침묵이 이어졌다. 다소 추상적이기는 하지만 황신이 선생은 꽤나 정확하게 짚어내고 있었다. 슬기는 다른 때와는 달리 두 손 사이에 턱을 괴고 집중하고 있었다.

"그런 나쁜 남자들의 날것의 원시성이 어떤 여성들에게는 왜 매력으로 다가올까요?"

슬기의 한쪽 입술이 삐뚜름하게 위로 올라갔다.

"연애를 경험해보지 않은 순한 양들이 이런 나쁜 남자를 울타리 안에 들인다면 자신의 중요한 것들을 차례로 내주어야 합니다. 마침내 자신의 붉은 심장을 먹잇감으로 내주기까지도 얼마 걸리지 않을 테고요."

황신이 선생의 말에 슬기는 눈을 감고 처음 자신의 심장을 훔쳐 간 남자를 떠올렸다. 그다음부터 내 심장은 모두 가짜였어. 텅 빈 내 심실에 붉은 피가 다시 차오르기까지는 많은 시간이 걸렸지.

"사랑에 빠진 짧은 기간을 제외한 나머지 긴 인생 여정을 심장 없이 살고자 한다면, 영혼 없는 지옥의 삶을 살고자 한다면, 이런 나쁜 남자를 선택하세요!"

황신이 선생은 잠시 교육생들의 반응을 살피고는 덧붙였다.

"다 알고 있다는 표정들을 짓는군요? 너무 흔한 이야기라는?"

보람은 멋쩍게 웃고 슬기는 감은 눈을 뜨지 않았다.

"자, 이론적으로는 사실을 다 알고 있는 여성들도 나쁜 남자 앞에서는 분별력을 잃는 경우가 많습니다. 아는 것과 경험하는 것의 큰 차이죠. 그래서 차밍스쿨에서는 경험치에 근접할 때까지 반복 트레이닝을 시키는 겁니다!"

황신이 선생은 물 한 모금으로 입안을 가신 후 강의를 이어갔다.

"고금을 막론하고 지금 이 시간에도 나쁜 남자와의 관계로 고통받는 여자들의 속울음 소리가 쟁쟁합니다."

보람은 나쁜 남자인 줄 알면서 벗어나지 못하는 주변의 친구들을 떠올렸다.

"누구라도 나쁜 남자에게 걸려들 수 있어요. 나쁜 남자는 겉으로 드러난 표징이 없거든요. 학력이 높다고 인상이 순하다고 매너가 좋다고 해서 나쁜 남자가 아니라고 단정할 수가 없습니다. 그렇기에 여성들은 끊임없는 주의력을 가지고 이를 분별해내야 합니다."

연애에도 그런 맨홀들이 잠복해 있다니. 윤영은 머리를 흔들어 그런 어두운 생각들을 털어냈다.

"데이트 상대에게서 나쁜 남자의 징후를 발견했을 때는 단호하게 관계를 끊으세요. 물리적 폭력만이 폭력이 아닙니다. 강요, 세뇌, 지배, 정신적 폭력은 더 무서운 족쇄죠."

황신이 선생의 강의는 이제 하구에 이른 듯 폭이 넓어지고 물살은 느려졌다.

"한 가지 진리는, 사람은 절대 달라지지 않는다는 겁니다. 내가 잘하면 상대가 변하겠지 하는 생각은 헛된 망상입니다. '사람은 고쳐 쓰지 않는다'는 옛말이 있지요? 고치지 말고 교체하세요!"

명쾌한 강의였다. '고치지 말고 교체할 것' 허미리는 손아귀에 힘을 주면서 노트에 꾹꾹 눌러 적었다.

18

시은은 하루 일정을 끝내고 취침 점호를 마친 후에야 혼자만의 시간을 가졌다.

〈청둥오리가 태어날 때 본 눈앞의 풍경에 평생 애착을 갖듯 사랑이 탄생하는 순간 오감이 우주를 향해 열립니다. 대략 삼 초 만에 사랑은 마음을 통과합니다.〉

황신이 선생의 '사랑학' 강의 노트를 펼치자 애써 눌러두었던 한 사람이 떠올랐다. 그러자 숨을 쉬지 못할 정도로 가슴이 미어졌다. 그 가시밭길 속을 붉은 맨발인 채로 왜 걸으려고 하는지. 시은은 입술을 깨물고 매몰차게 그 사람의 생각을 내몰아보았다. 소용이 없었다.

'침묵이 가장 명확하다. 마크 로스코.'

예술의 전당, 한가람미술관에 들어섰을 때 입구에 적힌 이 문구가 시은의 시선을 붙잡았다. 시은은 그 문장을 스마트폰으로 찍었다. 침묵이 폰 안으로 들어와 명확하게 자리를 잡았다. 그는 검은 사각형 색 면 아래 노란 사각형 색 면이 그려진 마크 로스코 선전 출사지 앞에 바싹 붙어 서 있었다. 그는 회색과 검은 색실이 빗금으로 직조된 헤링본 외투를 입고 전시회 팸플릿을 둥글게 말아 손안에 쥐고 있었다. 시은은 그를 향해 걸어갔다. 그는 삼십 대 후반인데도 마치 사십

대 중반으로 보였는데 눈 아래 검은 반원을 매달고 있어서인지 코밑에 텃밭 수염을 길러서인지 근대 문인처럼 동그란 안경을 쓴 탓인지 당시에는 그 이유를 알아차리지 못했다. 그는 소개자인 친구에게 첩보영화에서처럼 팸플릿을 말아 쥐고 출사지 앞에 서 있겠다고 했다는데 여름이었으면 부채를 들고 서 있겠다고 했을 평범한 발상이었다. 시은은 그의 얼굴 윤곽을 알아볼 수 있는 가까운 거리까지 갔을 때 문득 그의 코가 유난히 길다고 생각했다. 그의 높고 긴 코는 마치 그의 얼굴을 두 면으로 갈라놓은 파티션 칸막이 같았다. 완고하게 오른편과 왼편 얼굴이 제 범위를 고집하다가 그 아래를 가로지르는 두툼한 입술에서 휴지기를 갖는 듯했다. 키가 큰 그는 몽골인처럼 찢어진 두 눈으로 미술관 로비를 오가는 사람들의 거의 모든 정수리들을 내려다보고 있었다. 그의 둥근 턱선 밑에서 걸음을 멈췄을 때 시은은 마치 오랜 시간 걸어서 도착한 해변처럼 안도감이 느껴졌다. 시은은 머리에 동백꽃 송이만 한 붉은 리본 핀을 꽂았고 그걸 알아본 그의 두 눈이 순간 위아래로 확장되었다. 시은과 그의 눈이 마주쳤을 때 그는 얼른 미소를 지었는데 요 근래에는 한 번도 웃어보지 않아 굳은 근육들이 게으르게 움직이는 그런 주춤거림이 엿보였다. 이내 그는 시은의 오른편으로 성큼 다가서더니 꾸벅 인사를 했다.

"안녕하세요? 혜연씨 친구분?"

시은이 고개를 끄덕이자 그는 미술관 로비가 복잡하니 베란다에 있는 카페로 나가자면서 한 걸음 앞서 걸어갔다. 시은은 미술관 정원으로 나 있는 창가 자리에 그와 마주 앉자마자 붉은 리본 핀을 머리에서 빼내어 핸드백에 넣었다.

"김진욱입니다."

진욱은 이번에는 이를 모두 드러내고 활짝 웃었다. 그는 장갑을 만지작거리며 소심하게 차를 주문하고 시은에게도 차종을 권했다. 시은은 그의 그런 행동이 원래 그의 성격 때문인지 아니면 마음에 꼭 드는 여자를 만났을 때의 떨림인지를 구별해내려고 주의를 기울였다. 시은은 그의 진심과 말이 얼마나 일치하는지가 미래의 관계를 예측할 수 있다는 생각에 그의 말투와 표정을 세심하게 살폈다. 진욱은 직접 표현을 하지 않고, 시은씨는 분위기가 예술적입니다, 글을 쓰시는 분이라 그런지 열정이 있어 보입니다, 스카프가 베이지색 블라우스에 잘 어울리는군요, 하면서 대상을 비추는 간접 조명처럼 말했다. 그건 자극적이고 강한 향기보다는 은은한 향기를 선호하는 그의 성숙한 취향을 말해주었다. 시은이 탁자 앞으로 의자를 당겨 앉아 턱을 괸 얼굴을 그의 턱 밑으로 바짝 들이밀자 그의 눈동자가 흔들렸다. 그때, 그 찰나에 시은의 심장은 선반 위의 쇠망치처럼 쿵 하고 떨어지더니 마구 요동치기 시작했다. 처음 있는 일이었다. 시은은 얼굴이 달아올라 얼른 고개를 숙였다가 진욱이 제 심장 소리를 행여 듣지나 않았나 하여 해돋이처럼 천천히 눈을 들어보았다. 그는 어떤 것도 눈치를 못 챈 듯 둔각으로 등을 휘어 창밖에 시선을 두고 있었다. 그러고는 혼잣말로 중얼거렸는데, '시은씨는 연애를 한 번도 해보지 않은 사람 같지가 않아요.' 하는 대충 그런 말이었다. 시은은 앞의 연심과는 다른, 이번에는 부끄러움으로 두 번째로 얼굴이 붉어졌다. 물론 짐작이 가는 바가 있었다. 혜연이 시은을 소개할 때 사실대로 말한답시고, '내 친구는 모태솔로'라고 했음이 틀림없다. 그 말은 사실이기도 했다. 시은은 사실 서른네 살이 될 때까지 한 번도 남자와 진지한 연애를 해본 적이 없었다. 아니, 이성과 둘만의 만남을 애초에 가져본 적도 없었다. '꽃잎이 휘날리는 그 수많은 봄밤을, 분탕하게 흐르는 그 청춘의 피를 그동안 어떻게 흘려보냈니?' 일찍 결혼해서 아이를 둘 낳은 친구들이 놀릴 때에도 시은에게는 애달픔, 들뜸, 설렘은 마음에 와닿지 않는 공허한 말들이었다.

시은은 이십 대를 지나면서도 봄밤에 들뜬 적도, 장마철의 황톳물처럼 둑을 범람한 적도 없었으니 뭔가 문제가 있기는 했다. 이런 시은의 태도에는 어머니, 정귀자 여사의 영향이 컸다. 엄마의 결벽증은 어린 시은을 세뇌시키기에도 지나칠 정도였다. 시은이 어릴 때부터 엄마에게 가장 빈번하게 들었던 말은, '더럽다'였다. 그건 금욕이나 청결을 넘어 불결한 세상에 향한 분노였고 거부였다. 시은의 어머니는 견고한 성벽을 쌓고 아무도 오를 수 없는 높은 탑 속에 자신과 딸들을 가두었다. 시은의 자매들은 긴 머리를 내려뜨린 라푼젤처럼 지상의 먼지와는 동떨어진 높은 탑 위에서 성장했다.

이번에 소개해주려는 내 친구 시은이는요, 태어나서 한 번도 연애를 해보지 않은 모태솔로예요. 정말이라니깐요? 둥근 눈을 더 동그랗게 뜨고 그녀의 버릇대로 코끝을 찡긋거리면서 혜연은 분명 그렇게 말했을 거다. 쓸데없이. 시대에 맞지 않는 소개를! 그래, 순결이 교훈인 여학교 출신이고 순결이 가훈인 열녀문 집안 출신이다. 그래서 뭐? 차라리 나를 주원산 오리라고 소개하지 그랬냐. 기름기가 없어요, 느끼하지 않아요. 성적 매력은 죄악으로 알아요. 시은은 제 입에서 줄줄이 이어지는 혜연의 말을 멈추려고 제 혀를 꼭 깨물었다. 그러고 보니 모두 자신을 지칭하는 말이었다. 시은은 고개를 흔들어 그런 연애에 대한 불경한 생각들을 몰아냈다. 시은은 지금 자신에게 배당된 진욱과의 이 시간을 깨물어 한 번에 삼키지 않고 혀끝으로 천천히 녹여 먹고 싶었다. 오후의 햇살이 카페 창문으로 비껴 들어와 두 사람의 구두 끝에 맴돌았다. 두 시간이 지나 있었다. 이제 진욱과의 시간은 초승달만 남아 샐쭉한 모양이 되었다. 어느 과자인들 달콤한 시간의 침에 녹지 않을 수 있으랴.

시은은 진욱 앞에서 연애를 많이 해본 여자가 되고 싶었다. 교태를 능치며 오늘 당장 그에게 안겨도 무리가 없을 만큼 능숙하고 농염한 여자가 되고 싶었다. 이전처럼 '연애를 한 번도 해보지 않은 여자' 라는 말은 자신을 지칭하는 게 아니고 이 순간부터는 저와 다른 부류, 하늘인지 뭔지를 향해 금욕을 밤낮 맹세하는 수도자의 무리처럼 낯설게 여겨졌다. '해보지 않은'이라는 말이 특히 그랬다. 그 말에서는 향기도 없고 꽃도 피우지 않는 수도원의 뜰에 높게 선 전나무가 연상되었다. 이제 시은은 그들과는 다른 종류였다. 그런 무채색의 세계에서 햇빛 찬란하고 형형색색의 꽃들이 활짝 핀 들판으로 갑자기 이동한 느낌이었다. 제 안에 있는 금기와 이성을 불살라버리자 무한한 해방감이 느껴졌다. 이성을 태우는 마지막 불길로 자신의 얼굴이 그토록 뜨거웠나 보았다. 이것이야말로 고삐를 틀어쥔, 보이지 않는 손이 거두어지고 질긴 관습의 그물이 벗겨진 무애한 느낌, 바로 해탈이었다.

시은은 요의를 느껴 자리에서 오똑 일어섰다. 앞자리의 진욱에게 목례를 하고 화장실을 향해 하이힐로 바닥을 콕콕 찌르며 걸음을 옮겨놓았다. 진욱의 눈길이 접시만 한 눈을 가진 시츄 강아지처럼 제

꼬리뼈를 뒤따르는 것 같았다. 화장실 거울 앞에서 시은은 블라우스 윗 단추 하나를 더 풀었다. 오목한 목우물 아래로 목선이 더 드러났다. 돌아가서 시은은 그곳에 그의 눈길을 담을 작정이었다.

일주일 전에 혜연이 시은에게 남자를 소개하겠다고 했을 때 시은은 늘 그렇듯 심드렁하게 대꾸했다. 혜연은 몇 번 어이없는 무산으로 다시는 시은에게 남자를 소개하지 않으리라 맹세했지만 이번은 좀 다르다고 했다. 제 남편의 고교동창인 이 남자가 시은의 백지 이력을 듣더니 강한 호기심을 보이더라는 거였다. 아니 시은을 만나게 해달라고 졸랐다고 했다.

시은이 자리로 돌아오자 진욱은 커피로 얼룩진 잔 받침 위에 손으로 비튼 종이 냅킨을 굴리고 있었다. 시은은 목이 좀 말라 주전자에서 물을 따라 마시느라고 진욱이 건네는 말을 미처 듣지 못했다.

"강의하는 분들에겐 방학이 끝나가서 아쉽겠습니다. 다음 주 개강으로 바쁘실 텐데 오늘은 이만, 가시죠."

"네?"

시은이 고개를 들었을 때 진욱은 벌써 탁자 밑으로 의자를 밀어넣고 백팩을 맨 채 서 있었다.

"오페라하우스 주차장에 주차하셨어요? 그럼 전 이만 가보겠습니다."

진욱이 인사말을 하고 돌아섰을 때야 상황을 짐작한 시은은 얼굴이 붉어졌다. 그런 줄도 모르고 그와 한없이 있고 싶어했던 속마음을 들켜버린 것 같았다. 시은에게 오늘은 각기 다른 이유로 세 번이나 얼굴이 붉어진 특이한 날이었다.

다음 날 아침 시은이 가장 먼저 한 일은 진욱의 명함에서 전화번호를 확인해 제 폰에 입력하는 일이었다. 카카오 대화 창이 열렸다.

-안녕하세요. 소시은입니다.

시은은 삼십사 년의 생에서 이성에게 먼저 인사를 건네기는 처음이었다. 한참 만에 숫자 1이 없어지고,

-어제는 잘 들어가셨어요?

라는 답이 떴다.

-네.

그다음 할 말이 생각나지 않았다.

시은은 달랑 세 개의 말풍선 아래 텅 빈 푸른 화면을 하루 종일, 자꾸 들여다보았다. 시은은 아무것도 손에 잡히지 않았다. 일상생활을 할 수 없을 지경이었다. 하루 종일 진욱의 생각이 떠나지 않았다. 시은의 머릿속은 진욱이 주인공인 영화가 하루 종일 상영되는 영화관 같았다.

한 달 후 시은은 진욱을 만나려고 모든 SNS를 통해 정보를 알아내고 그저 우연인 것처럼 가장하여 그 자리에 나타났다. 작은 음악회 로비에 도착했을 때 사람들과 이야기를 나누는 진욱의 등이 보였다. 그의 모습만 환하게 빛이 났다.

"저는 낮에는 종합병원에서 내과의로, 밤에는 클래식 음악해설가를 하고 있는 김진욱이라고 합니다."

진욱은 곧바로 무대로 나서서 본인 소개를 했다. 작은 무대를 둘러앉은 삼십여 명의 관객들은 서로 잘 아는 사이인지 진욱이 이야기를

할 때 간간이 터지는 웃음소리와 손뼉 치는 소리가 들렸다.

"사람의 뇌는 삼 층으로 되어 있습니다. 뇌의 일 층에는 신체적 감각인 오감이 살고 있고 뇌의 이 층에는 감정이 살고 있습니다. 삼 층의 주인은 이성으로 늘 판단을 합니다. 음악은 뇌의 현관에 들어서자마자 이 층으로 곧바로 올라가시면 됩니다. 음악은 감정으로 그대로 느끼는 것이지 판단하는 것이 아니니까요. 여러분, 사랑 해보셨지요? 사랑도 뇌의 이 층으로 바로 갑니다. 음악과 사랑은 감정의 손님들이죠. 자, 지금부터 음악을 그대로 느껴보겠습니다."

진욱은 발목이 좁은 청바지에 남색 재킷, 검은 로퍼 신발을 신고 있었다. 시은은 진욱이 무대에서 움직일 때의 걸음걸이와 미닫이문을 열 때의 뒷모습, 연주자들을 소개할 때 굽히는 신체의 곡선 들을 유심히 살펴보았다. 시은이 처음 보는 진욱의 동작들이었다. 긴 팔과 긴 다리, 유인원처럼 굽은 어깨와 목선이 시은에게 올올이 새겨졌다. 진욱이 오프닝 멘트를 마치고 미닫이문을 통해 무대를 나가자 옆 대기실에서 대기하고 있던 제 1 바이올린과 제 2 바이올린 연주자, 첼로, 비올라 연주자가 입장했다. 연주자들은 피아노를 등 뒤에 두고 앉아 잠시 현을 고르다가 연주를 바로 시작했다. 베토벤 현악 4중주 4번곡에 이어서 슈베르트의 피아노 트리오 2번곡이 익숙하고 경쾌한 현악기의 선율로 작은 실내를 가득 채웠다. 음악회가 끝나고 시은이 로비로 나올 때 보니 진욱은 무대 피아노 앞에서 연주자들과 사진 촬영을 하고 있었다. 시은은 로비의 우산꽂이 옆에서 잠시 진욱을 기다렸다. 연주장 문을 나온 진욱은 두리번거리다가 시은을 발견하고는 다가왔다.

"아? 오셨군요?"

진욱이 남색 재킷 위로 백팩 양쪽 끈을 올리며 시은에게 말을 걸어오는 순간 시은은, 그가 찾는 사람이 자신이 아니라는 걸 알았다.

"멤버들이랑 같이 움직이실 거죠?"

미리 약속을 한 만남이 아니어서 꾸중 들은 것처럼 시은의 목소리가 작아졌다.

"아니 저는 멤버가 없는데요?"

그가 무심코 말하면서 로비 안의 사람들을 향해 둥글게 다시 눈길을 돌렸다.

"그럼 저랑 같이 나가시든지요? 식사는 하셨어요?"

시은은 용기를 내어 제안하자 진욱은 흠칫 놀라 한 발을 물러서더니 뒤편의 무대 공간을 턱으로 가리켰다.

"스텝 분들하고 이야기를 좀 나누고 가야 해서요."

"그러세요. 그럼 저는 먼저 가보겠습니다."

시은이 마른침을 삼켰다.

"제가 배웅해드리죠."

진욱은 시은의 얼굴도 쳐다보지 않고 다른 곳을 둘러보면서 습관처럼 말했다. 시은은 계단을 내려와 진욱과 도로변에 나란히 섰다. 건널목 양편으로 두 눈에 노란 불을 켠 자동차들이 줄지어 신호를 기다리고 있었다.

"그만 가볼게요."

시은이 그를 돌아보았다. 비자나무 가로수에서 내려온 초여름 바람이 그의 머리카락을 헝클이고 있었다.

"어떻게 가시려고요?"

"지하철 타죠 뭐."

시은은 단호히 뒤돌아서서 큰 걸음으로 건널목을 건넜다. 타려던 지하철역의 다음 역, 그다음 역을 지날 때까지 무작정 걸었다. 스웨덴 민요, '날이 저문다'를 폰에 이어폰을 연결해 계속 들었더니 다섯 번째 역에서부터 마음이 더이상 격동하지 않고 조용히 물러가는 일몰이 느껴졌다. 밤 시간이 늦었는지 지하철 안은 빈자리가 절반이나 되었다. 음량이 소거된 휴대폰을 꺼내자 30분 전에 도착한 진욱의 카톡 문자가 보였다.

—양재까지 먼 걸음 오셨는데 시간을 같이하지 못해서 아쉽습니다. 조심해 들어가세요.

—작은 실내 콘서트가 마치 하우스파티 같아서 아주 좋았습니다. 진욱씨 음악해설로 더 좋았고요.

문자에 답을 보내고 나자 조금 위로가 되었다. 벗어놓은 옷에 다시 팔이 끼워진 느낌이었다.

시은은 이후부터 진욱이 나타나는 장소에 직접 찾아가지 않고 대신 그의 SNS를 방문했다. 그즈음 시은에겐 모든 대중가요가 자신의 심정을 대변하는 것 같았다. 마침 진욱이 제 진료실 검은 등의자에 앉아 직접 부른 가요 동영상을 일주일에 한 번씩 제 블로그에 올리기 시작했다. 진욱의 기교 없는 정직한 목소리에 반해 시은은 그 동영상 파일을 하루 열 번 이상 들었다. 그의 목젖의 떨림과 저음의 음성이 피부에 와 닿는 바람결같이 생생했다. 블로그는 좋아요와 하트에 클

릭만 하면 호감 표시가 되는, 한마디로 세상 사람들한테 랜덤으로 쏘는 공개 매체임에도 시은의 생각은 달랐다. 진욱이 저만을 위한 일련의 사랑 노래를 단계적으로 블로그에 올린다고 생각했다. '만약에'에서는 시은에게 고백하지 못하는 자신의 심정을, '취중진담'에서는 시은에게 사랑고백을, '메리 미'에서는 시은과 더 긴 인연을 원한다는 의중을 드러내는 것이라고 점점 확신하게 되었다. 노래 동영상을 볼 때마다 시은의 감정은 극에 달했다. 심장이 자주 불타올라 검게 그을려질 지경이었다. 진욱이 부르는 노랫가락이 시은의 온몸 구석구석으로 달콤하게 흘러들었다.

시은은 광화문 교보빌딩 23층에서 하는 인문학 가을 학회를 오전에만 참석하고 근처에 사는 혜연을 일 층 베이커리로 불러냈다. 진욱을 소개받은 이후 혜연과는 처음 마주 앉는 자리였다.

"진욱씨는 너에게 별 관심이 없는 것 같아."

한참 동안 시은에게서 전후 이야기를 듣던 혜연이 레모네이드가 담긴 길쭉한 유리잔을 들어 정면의 눈길을 피하면서 말했다.

"왜? 무슨 근거로?"

시은이 따져 물었다.

"일반적으로 볼 때 진욱씨의 반응은 여자에게 애정을 품은 남자의 행동은 아니거든."

혜연은 어물쩍 말을 흘렸다.

"사랑과 연애에 평균적, 보편적, 일반적이라는 게 어딨냐? 모든 사랑은 케바케이고 개별적이라고."

곧 유치원 스쿨버스가 도착할 시간이라며 자리에서 발딱 일어서는 혜연에게 시은이 다급하게 받아쳤다.

"진욱씨는 그런 일반적인 사람이 아니야. 사랑은 일인칭 단수로 써야 한다고 줄리아 크리스테바도 말했잖니."

시은은 뛰다시피 문을 나서는 혜연의 등 뒤에 제 주장을 한 번 더 공고히 했지만 왠지 헛헛했다.

벌써 11월이 되어 잔디가 누런 캠퍼스 위로 노트 낱장 같은 플라타너스 낙엽들이 굴러다녔다. 시은은 인문학 교양 강의를 끝낸 후 이어폰으로 진욱이 부르는 가요를 들으며 인문대학 광장을 가로질러 걷고 있었다. 바비킴의 노래, '사랑.. 그놈'을 진욱이 어찌나 애절하게 부르는지 가슴의 솔기가 다 터져나갈 지경이었다. 태양의 노래, '눈, 코, 입'을 들을 때는 이별을 앞당겨 경험이나 한 듯 폭풍 눈물이 쏟아졌다. 윤종신의 '좋니'를 들을 때면 이별이 기정사실화된 것처럼 가슴이 아팠다. 올해 봄 학기 개강 일주일 전에 진욱을 처음 만났으니 그와는 봄, 여름, 가을이 지나고 초겨울을 함께 보내는 중이었다. 시은은 그동안 진욱과 둘만 따로 시간을 가진 적도 마주 앉아 이야기를 나눈 적도 없었다. 별 의미가 없는 카톡 안부 문자만 한 번씩 주고받았을 뿐인데도 둘 사이에는 어떤 내적인 강이 흐르고 있다고 시은은 굳게 믿고 있었다.

진욱에게서 금요일 저녁에 연극관람을 함께 하지 않겠냐는 카톡이 도착했을 때 시은은 수많은 학생들이 지나다니는 캠퍼스 내 광장임에도 아랑곳하지 않고 공중 점프를 했다. 진욱을 만난 지 팔 개월 만에 처음 받는 데이트 제안이었다. 스타트 총이 쏘아지자 시은의 상상력은 성급히 그 경계를 뛰어넘었다. 붉은 장미다발을 든 진욱이 무릎을 꿇고 프러포즈를 하는 모습이 떠올랐다. 연극관람은 그가 정식 프러포즈를 하기 위한 핑계일 뿐이야. 아님 말고. 어쨌거나. 시은은 황새의 등을 타고 높은 창공을 오르는 것처럼 가슴이 벅차올랐다. 그런 중에도 시은은 제 마음을 다잡았다. 자신의 과도한 감정이 혹여 해일처럼 그와의 만남을 해치게 될까봐 답 문자 하나에도 신중했다.

－네, 시간을 내보겠습니다

썼다가 지우고는,

－제 일정을 보고 다시 연락하겠습니다

라고 보냈다.

－이번 시즌의 마지막 공연이라서요

그가 바싹 다그쳤다.

－그럼 다른 약속을 취소하더라도 꼭 가겠습니다

시은이 약속을 봉합했다. 됐다. 이제 진욱씨랑 만나는 거다! 그에게 고백도 듣고 프러포즈도 받을 것이다. 시은은 지난 몇 달 동안 상상했던 일들이 고스란히 현실이 되는 광경을 눈앞에 그려보았다.

연극은 1897년 프랑스 원작으로 〈시라노 드 베르주라크〉의 번역극이었다. 록산느를 사랑하는 크리스티앙을 대신해 시라노는 연애편지를 써준다. 록산느는 크리스티앙의 외모를 보고 처음에는 사랑에 빠지지만 그의 영혼이 시라노의 것임을 나중에 알게 되어 시라노와 다시 진정한 사랑에 빠진다는 내용이었다. 연극이 끝나고 진욱은 연극 주인공 여자 배우와 친분이 있는지 그녀가 분장을 지우고 의상을 갈아입는 동안 배우 분장실 앞에서 잠시 기다렸다가 그녀와 동행하자고 했다. 마지막 공연이었고 스텝들과 뒤풀이 장소로 가는 도중 여배우는 잠시 진욱을 위해 시간을 내주었다. 시은은 진욱과 록산느역 배우와 소극장 바로 옆의 찻집으로 옮겨 갔다. 서른 후반인 여배우는 차를 마시면서 진욱에게 이번 공연 중 세 번이나 찾아준 것에 대한 감사의 말을 전했다. 진욱은 그녀에게, 아름다우십니다, 라는 말을 대화의 맥락과는 상관없이 몇 번이고 했다. 시은도 마지못해 록산느 배역이 그녀의 아름다운 외모와 풍부한 성량에 꼭 알맞았다는 칭찬을 해주었다. 여배우가 자리를 먼저 떠나자 마치 그녀가 등불을 들고 나간 것처럼 진욱의 환했던 표정은 일상으로 돌아왔다. 잠시 침묵이 흐른 후 진욱은 조금 전에 본 연극 이야기를 하면서 은연중에 자신은 시은의 연애 상대가 아님을 내비쳤다. '마음이 열리지 않아서' 혹은, '두 사람 중 한 사람은 마음이 다르니까', 하는 말을 독백처럼 흘렸다. 시은은, 그만하면 알아들었어! 하고 외치고 싶을 정도였다. 여배우가 자리를 뜬 지 삼십 분 만에 두 사람은 각자 지하철역 방향으로 어색하게 헤어졌다. 집으로 돌아오는 길에 시은은 진욱이 자신의 신상에 관해서는 한마디도 묻지 않았음을 쓸쓸히 되새겼다.

　시은은 패브릭 소파 끝에 앉아서 협탁 조명등 밖의 어두운 벽지 한 곳을 골똘히 바라보았다. 이제 끝났다. 아니 시작도 없었으니 끝날 것도 없지. 그와는 처음부터 아무런 관계가 아니었던 거다. 그런데 몇 가지 의혹은 남았다. 그럼 진욱씨는 왜 나를 오늘 연극에 불렀을까? 여배우가 말하길 그는 공연 기간 중에 이 연극을 세 번이나 보러 왔다고 했다. 나를 불러 제 감정 상태를 알려주려고? 내가 거절의 뜻을 알아채지 못하니 저가 좋아하는 여배우 앞에서 '시은씨는 제 타입이 아닐 뿐 아니라 시은씨와 연애를 할 생각도 없습니다.'를 확실히 알려주려고 했을까? 진욱은 나를 그동안 궁휼히 여겨왔음이 틀림없다. 내 면전에서 관계 정리를 확실히 해주어야 한다는 사명감이 있었을 것이다. 희망고문을 멈추고 다른 희망을 갖도록 나에게 기회를 주려고 한 배려일 것이다. 그러자 생살이 찢기는 아픔이 느껴졌다. 시은은 오랜만에 송파 엄마에게 전화를 걸고 싶었다. 웬일이냐. 이 밤중에. 무슨 일 있니? 무슨 일은? 엄마 잔소리가 듣고 싶어서. 단추, 목까지 꼬옥 채워라아. 목소리를 흉내 내자 엄마가 큰 소리로 웃었다. 내가 그랬니? 시은은 통화 종료 버튼을 눌렀다. 목울대로 울음이 가득 차올랐다.

다음 날 오전 전화 통화에서 혜연의 생각은 달랐다.

"돌직구를 날려. 난 당신을 좋아하는데 당신은 내가 어떤가요? 직접 물어보라고."

혜연은 상대에게 솔직하게 마음을 털어놓고 거절당하려면 확실하게 거절당하라는 것이다. 남녀관계는 최선을 다해보고 그만둬야 시간이 지나도 미련이 남지 않는다고 했다. 자칭 연애박사의 말에 용기를 얻은 시은은 진욱에게 카톡을 보냈다.

─낮에 친구들을 기다리느라고
  반디앤루니스 서점 앞에 30분 먼저 나가 기다리고 있었어요.
─그런데요?
─무슨 일이 있었던 건 아니고 갑자기 가슴이 저려왔어요.
  애달픈 통증이 가슴 전체로 퍼져 나갔고요.

그 자리에 주저앉고 싶었죠.

그런데 친구들이 와서 함께 이야기를 하다 보니 좀 괜찮아졌어요.

―아, 그러셨어요? 다행입니다.

그건 소화기 쪽일 수도 있고 심장 쪽일 수도 있어요.

갑자기 그런 일이 생겼다면 심장 쪽일 가능성이 많아서

지금 무척 위험한 상황이거든요.

―제 심장은 질환 쪽이 아니고 감정 쪽인 것 같은데요?

선생님에게 제 감정 상태를 안 알려줘도 되지만 알려줘도 되죠.

친구들한테 이 이야기를 해줘야겠어요.

내 애달픈 가슴 통증을 말했더니,

소화기 쪽요? 심장 쪽요? 하고 묻더라고

아마 모두들 박장대소할 걸요?

―아, 그런가요?

―〈이보다 더 좋을 순 없다〉, 영화 보셨어요?

잭 니콜슨이 가슴이 아파서 병원에 실려 가잖아요

선생님, 이건 심장질환이 아니고 감정의 문제인데요

의사가 말하자, 그제야 잭은 자신이 사랑에 빠졌음을 알았다는

영화적인 설정이기는 하지만 사실이기도 하죠

―암튼 감정의 문제라니 한시름 놓았습니다.

보통 가슴이 아파, 이런 말을 들었을 때

그럼 술 마셔, 이러잖아요

그랬다가는 다음 날 죽는 거예요

―왜요?

－심근경색 전조증상이었던 거죠
－앞으로 제가 가슴이 아프다고 말하면
　심장질환이 아니고 감정 문제인 걸로
－그럼 걍 걱정 안 하는 걸로^^

　요점을 잘도 비켜가는 진욱의 반응이 씁쓸했다. 이런 미온적인 그의 태도만으로는 결별을 결정할 수 없었다. 시은은 제 마음 상태를 더 직접적으로 알려보기로 했다.

－어제는, 제가 어쩌자고 고백을 했나
　하는 생각으로 시간을 보냈습니다
　제 가슴이 뇌에 보내온 신호를
　인생 일대의 이 중대한 사건을
　그냥 흘려보내면
　두고두고 후회할 것 같아서요
　제 심경을 그대로 선생님에게 알렸죠

　세 시간이 지나서야 진욱에게서 답 문자가 왔다.

－아... 저는 그런 경험이 별로 없어서요
　저는 소시은씨를 여자로 본 적이 없습니다
　일종의 제 직업의 버릇이죠
　환자가 모두 여자로 보이면 큰일이니까요

제가 뭐 도와드릴 수 있는 방법은 없을까요?

이로써 시은은 완벽하게 거절당했음을 확인했다. 가슴이 저리다 못해 갈기갈기 찢어졌다. 유행가 가사대로 그야말로 가슴이 총 맞은 것처럼 흘러내렸다. 그럼에도 제 심경을 고백하기는 잘한 것 같았다. 이별에도 어떤 형식이 필요했다. '소시은씨를 여자로 본 적이 없습니다.' 종료의 형식인 그의 문자가 이별을 완결시켜주고 그간의 기억을 정리해줄 것이었다. 시은은 진욱에게 더이상 카톡으로 연락하지 않았고 그의 모든 SNS도 일체 연결하지 않았다. 그렇게 한 계절을 보냈을 때에야 겨우 진욱의 실체를 받아들였다. 그는 내 운명이 아니었던 거야.

그런데 느닷없이 오늘 황신이 선생의 강의 시간에 왜 진욱씨가 생각났을까? 시은은 협탁 조명을 끄고 뒤로 벌렁 누워 이불을 머리끝까지 뒤집어썼다. 어서 잠들어서 자꾸 되풀이되는 이 애달픔에서 벗어나고 싶었다.

19

"사랑과 결혼은 등가가 아닙니다."
황신이 선생은 지난주의 주제를 한 문장으로 복기하면서 강의를 시작했다.
"국내의 한 여류 작가가 소리쳤다지요. '그 굉장하고 기적 같은 사랑을 하고 난 결과가 이깟 결혼이란 말이야? 이런 하찮은 결혼을 하려고 그런 목숨 건 사랑을 했단 말이야? 말도 안 돼!'라고요"

황신이 선생의 눈길이 노란빛이 어른거리는 천장으로 올라갔다가 천천히 흰 벽을 따라 내려왔다.

"우선, 문화의 최첨단에 있는 예술가가, '결혼과 사랑'에 대해서 이런 관습적인 사고를 가졌다는 게 놀랍습니다."

한 줄기 신선한 바람이 지원의 머릿속을 물뱀처럼 빠르게 지나갔다. 흥미로운 지적인데?

"이 소설가는 목숨 건 사랑을 하고 보니 무의미한 결혼에 도착해 있더라는 건데요. 일단 각기 차원이 다른, 사랑과 결혼을 동일선상에서 비교했다는 것부터 오류입니다. 그렇죠?."

황신이 선생이 눈길을 맞추자 시은이 당황하여 얼른 고개를 숙였다.

"작가님은 구시대의 방식으로 사고하고 절규하고 있는 겁니다!"

황신이 선생은 어딘가에서 분노했을 여류 작가를 향해 손날로 허공을 가르며 단호히 말했다.

"사랑은 후회 없이 목숨을 거는 거고 결혼은 후회하며 목숨을 이어가는 겁니다!"

지원은 황신이 선생의 이런 해학이 좋았다.

"자, 그럼 오늘 수업에서는 구시대의 결혼 개념부터 말해볼까요?"

황신이 선생이 목소리 톤을 바꾸었다.

"전 시대에는 결혼이 연애의 종착지였습니다."

"전 시대에는 결혼만 하면 만사가 끝이었습니다."

"전 시대의 결혼은 되돌아갈 수 없는 강이었습니다."

황신이 선생이 리듬을 넣자 문장들이 파도처럼 움직였다. 그럼에도 지원은 그 내용만으로 전시대의 코르셋을 입은 것처럼 가슴이 답답해졌다.

"상대를 유혹해 결혼이라는 선만 넘어가면 만사가 끝났던 시절이 있었습니다. 예식장에서 신랑 혹은 신부의 과거와 결점이 들통날까봐 전전긍긍하는 부모들도 있었어요. 결혼식만 끝나면 죽을 때까지이 혼인은 되돌릴 수 없을 테니까, 이 결혼식만 무사히 치르면 상대는 영원히 도망갈 수 없을 테니까요. 마치 덫처럼 결혼으로 배우자를 포획하던 시절이었지요."

"아……."

몇 명의 입에서 한탄이 나왔다. 포획이라… 무슬림도 아니고 우리 문화에도 그런 원시적이고 미개한 시절이 있었구나. 90년대에 태어난 교육생들은 철이 들면서부터 아니 이성에 눈뜨면서부터 그런 관습적인 결혼 이야기는 전설처럼 들어왔다. 족두리를 쓴 어린 신부가 가마를 타고 시집가서는 열녀비로 마무리되는 구전 설화나 초례를 치르지 않은 신부가 도망간 신랑을 평생 기다리다가 문고리를 잡은채 재가 되었다는 전통시를 통해서였다. '결혼에 붙잡힌다'는 말은 '전쟁의 볼모로 붙잡힌다'는 말처럼 이 시대에는 도무지 현실감이 없는 말이었다.

"그럼에도 사랑은 축복입니다아!"

황신이 선생은 말끝을 부메랑처럼 올려서 내용을 전환했다.

"사랑은 그 자체가 목적이고 현재진행형입니다. 사랑은 설레는 파동입니다. 사랑은 미래를 향하는 것이 아니라 현재를 밀고 가서 미래가 되는 것입니다. 사랑은 또한 생물입니다. 사랑은 보관용, 저장용이 아닙니다. 사랑은 늘 생생하게 살아 있습니다. 생피 흐르는 날것이죠."

여기서 황신이 선생은 잠시 멈추고 보람의 말투를 흉내 내며 종알거렸다.

"어머, 그 사람과 결혼할 거니? 결혼도 하지 않을 거면 왜 만나? 영양가 없는 연애는 왜 하니? 열정과 시간만 손해라고!"

"왜 저만 가지고 그러세요?"

보람이 어깨를 뒤로 비키다가 저도 그만 웃어버렸다. 강의의 물결은 다시 이어졌다.

"시간은 다시 돌아오지 않습니다. 인생, 그 빛나는 기간 중에 어느 시기인들 중요하지 않은 때가 있을까요? 사랑이 찾아오면 언제든 사랑을 하세요! 만남이든 이별이든 환희든 고통이든 사랑은 인생의 빛나는 사건이며 특별한 이벤트입니다! 한 시기에 한 사람과 감정을 교류하는 자체가 축복이죠. 인생이 축복이듯이! 존재가 축복이듯이!"

황신이 선생은 중요한 말에는 예우를 갖추어야 한다는 듯 신중하고 느리게 말했다.

"최선을 다해, 열정을 다해 한 시기에, 한 사람과 생을 함께한다는 것은 중요하고 가치 있는 일이죠. 결과가 결혼이니 결과가 임종이니 하는 건 이 찬란하고 단 한 번뿐인 인생에 비해 얼마나 초라하고 덧없는 말입니까?"

그때 느닷없이 세라가 주섬주섬 자리에서 일어나 두 팔을 넓히고 보스처럼 느리게 박수를 쳤다.

"우!"

지원은 낮은 환호성으로 세라를 호응해주었다.

"세라 땜에 웃는다."

윤영이 어이없다는 듯 짧은 웃음을 터트렸다. 언제부턴가 수업 도중 이런 피드백이 일상이 되었다. 이런 적극적인 반응이 강의에 생기를 불어넣었다.

"문명의 배가 각기 다양함을 담고 한 방향, 한 물결에 실려 가는 것처럼 인간의 본성인 사랑과 이별에도 감정의 공통 패턴이 있습니다."

십 분 동안 휴식을 가진 뒤 황신이 선생은 비로소 오늘의 주제인 '개 같은 연애'의 서문을 열었다.

"멀어지면 붙잡고 가까이 가면 달아나는 관계는 나쁜 연애 중의 하나입니다. 일관된 태도와 감정의 흐름을 오래 유지하지 못하는 사람들은 한마디로 사회적으로 관계를 맺을 준비가 덜 된 겁니다. 한 존재를 받아들여 더 큰 존재로 나아가는 능력이 부족한 거지요."

황신이 선생이 인간의 총체적인 관계 성향에 대해 운을 뗐다.

"그렇담 그는 언제 관계의 준비가 될까요? 그는 언제 다른 존재를 받아들일 수 있을까요? 그는 언제 성숙한 연애를 하게 될까요?"

공중에 던져진 질문들이 놀란 듯 그대로 멈춰 섰다. 황신이 선생이 한꺼번에 답을 했다.

"사람은 변하지 않습니다. 그런 이들은 평생 반쪽으로 지낼지도 모릅니다. 기대하지 않는 게 좋습니다."

각자 머릿속에 떠올린 대상에 집중하는 듯 진지한 표정을 짓고 있었다.

"한마디로 사랑은 광합성입니다. 사랑은 빛을 주고받아서 합일과 생성을 합니다."

황신이 선생의 목소리가 가라앉은 걸 보아 강의 시간이 꽤 지나 있었다.

"그러나 빛을 도로 반사만 하는 사람은 광합성이 어렵습니다. 받은 빛을 그대로 상대에게 되돌려주는 사람은 존재를 변환시키지 못합니다. 그는 평생 밤낮으로 빛을 받아도 부화되지 않는 무정란으로 남습니다. 그러니 여러분은 애초에 구별하여 그런 사람에게 열정과 청춘을 허비하지 마십시오!"

세라는 새처럼 입을 뾰족이 내밀고는 그 끝에 생각을 모으고 있었다.

"다행히도 그런 무정란은 자기 쪽에서 먼저 빛을 거부합니다. 존재의 확장을 경험하지 못한 이들은 두 사람이 함께하는 시간을 다른 에너지로 전환시키지도 못합니다. 반복되는 일상과 사랑의 행위에 싫증을 내고 지루해하죠. 어떤 미련도 제 마음의 부식 속도를 이기지 못합니다. 연인의 만남과 교류를 그저 반복으로만 인식하니까요. 그는 마침내 녹슨 권태를 버리고 새로운 빛을 유희해보고 싶은 욕구가 생깁니다. 그래서 먼저 냉혹한 이별을 요구하는 겁니다."

그동안 대충 감은 잡고 있었지만 분명하지 않았던 관계의 실체가 눈앞에 드러났다.

"이런 사람을 만나면 만난 지 몇 개월이든 몇 년이든 상대가 이별을 고할 때까지 험난한 과정을 고스란히 경험합니다. 처음에는 애가 타다가 점차 자존감이 하향곡선을 그리고 마침내는 바닥을 칩니다.

게다가 일방적인 이별까지 당하게 되죠."

허미리는 황신이 선생의 말 한마디 한마디가 제 가슴 속의 현을 잡아 뜯는 것 같았다. 저릿한 통증이 몸 전체로 퍼져 나갔다.

"이 말은 한 평생 단 한 사람하고만 연애해야 한다는 말은 아닙니다. 인간은 인생 주기에서 두세 사람의 상대와 연애 감정에 빠질 수는 있습니다. 그럼에도 대부분 사람들은 평생 동안 한 사람과 연애 감정에 빠지고 그 감정을 죽을 때까지 지속합니다. 놀랍겠지만 사실이기도 합니다. 인간은 적어도 한 가지에 애착 관계를 필요로 하는 애착성향의 동물입니다. 그 대상이 한 번 정해지면 지속하고자 하는 것 또한 인간의 관성적인 성격이고요. 그러니까, 한 사람의 애착 대상이 정해진 후에도 다른 상대를 늘 원한다는 생각은 일반적인 오류인 거죠."

허미리는 여기서부터 다른 소리는 들리지 않았다. 황신이 선생의 강의가 음이 소거된 동작으로만 보였다.

"세상에 한 번도 진짜 사랑에 빠져보지 않은 사람이 의외로 많다는 걸 알면 놀랄 겁니다. 평생 동안 한 사람이 사랑에 빠지는 횟수야말로 어느 종교적인 근거도 없고 법률적 근거도 없는 개개인의 타고난 운명이죠. 도덕이니 윤리니 관습이니 종교적 계율과는 관계없이 사랑이야말로 단독자의 운명입니다!"

지원은 맞은편 미리의 목이 시든 꽃 대궁처럼 아래로 굽어지는 걸 눈여겨보았다.

"사랑은 비교하지 마십시오. 평균치란 얼마나 비인본적이며 몰인격적인 말입니까. 인간은 모두 개체적이며 개별적입니다. 무엇에도 불구하고 각자의 단 한 번의 인생은 특별하고 소중합니다. 그중에 사랑이 으뜸이죠."

허미리의 눈가가 붉어졌다. 지원은 무슨 일인지는 모르지만 괜찮다고, 사람 일은 그럴 수 있다고 말해주고 싶었다.

"여러분 중에 만약 공감과 배려, 마음의 여지가 없는 사람에게 빛을 보내고 있다면 지금 당장 그만두세요! 그런 개 같은 연애에는 물리지 마세요!"

황신이 선생이 단호한 선언을 끝으로 강의를 마쳤다. 지원은 골똘히 앉아 있는 허미리의 등 뒤를 조용히 지나왔다. 그녀에겐 혼자만의 시간이 필요해 보였다.

20

지원은 벽면에 기대서서 사물함에서 마스크를 꺼내고 있는 세라를 보고 있었다. 코치가 오는 주일이 아니어서 개인별로 연습을 하는 시간이었다.

"언제부터 펜싱을 했어?"

지원이 무심히 물었다가 곧, "아니, 뭐, 흔한 스포츠는 아니라서." 하고 덧붙였다.

"윤영이 발레부를 선택했을 때 난 펜싱부를 선택했던 것뿐이야. 우리 학교는 중학교 때까지 특별활동 날이 따로 정해져 있었거든. 물론 따로 개인교습도 받았지. 유별난 부모들은 공교육만으로는 늘 충분치 않다고 생각하니까."

세라는 별 게 아니라는 듯 응수했다. 토끼장 같은 철망 마스크를 쓰고 유니폼 속에 가슴바지를 입은 세라가 검을 들고 팡뜨 자세를 취하면서 지원을 향해 물었다.

"넌 테니스 코트에는 안 나가니?"

"미리 언니도 없고 해서 나도 오늘은 좀 쉬려고."

테니스 파트너인 허미리는 미열이 있어 약을 먹고 방에 누워 있었다.

"계속해. 난 여기 앉아서 구경할게."

지원이 사물함 옆의 긴 나무 의자에 걸터앉았다. 세라는 검을 쥐고 한 손끝은 머리 정수리 위를 가리킨 채 몇 걸음을 나가고 들어가다가 문득 동작을 멈추고 돌아보았다.

"윤영이는 뭐해?"

그러고 보니 아침부터 윤영이 보이지 않았다. 엊저녁 진선미 선생의 취침 점호 시간에는 윤영이 분명 지원의 옆에 서 있었다. 지원에게는 하루 중, 열 시의 첫 수업 이전의 아침 시간이 묽은 국처럼 가장 여유로웠다. 지원은 교육생들이 나오지 않은 이른 시간에 맨 먼저 식당으로 내려갔다. 창가의 식탁에 앉아 정원을 보며 갓 구운 빵과 커피를 천천히 들고 나면 하루가 조급하지 않고 수월했다. 그런데 오늘 아침에 복도를 지나오다 보니 윤영의 방문이 조금 열려 있고 그 틈으로 보이는 침대 옆의 옷장 문도 활짝 열려 있었던 게 떠올랐다. 지원이 자리에서 벌떡 일어났다. 체육관 가죽 여닫이문을 열어젖힌 채 급하게 뛰어나가는 지원의 등 뒤에 세라의 목소리가 따라왔다.

"갑자기 어딜 가? 무슨 일이야?"

오후 내내 학생들과 선생들, 일하는 사람들까지 모두 동원해 윤영을 찾아 나섰다. 앞뒤 정원과 체육관, 마사와 휴게실은 물론 기숙사 내의 삼 층 방과 강의실마다 둘러보고 심지어는 식료품 창고와 사물함까지 샅샅이 뒤졌다. 해가 있는 동안 몇 시간이나 부산을 떨고 난 후 교내에 윤영이 없다는 걸 확인하고서야 황신이 선생은 윤영의 집으로 연락을 했다.

지원은 삼 층 창문에서 보풀이 난 보라색 스웨터 차림으로 현관문을 들어서는 홍연숙을 발견하고는 중앙계단으로 빠르게 내려갔다.

"우리 윤영이가 언제 나갔는지 시간은 정확히 모르나요? 그 애가 뭘 가지고 갔던가요? 지원양, 혹시 어젯밤에 윤영이에게 무슨 말을 듣지는 않았어요?"

홍연숙은 황망한 걸음으로 지원의 뒤를 따르면서 앞서 계단을 오르는 지원에게 두서없는 질문을 계속해댔다. 홍연숙은 윤영의 방으로 들어서자 침대 가에 걸터앉아 있던 황신이 선생이 황급히 자리에서 일어났다. 창가에 기대섰던 진선미 선생도 팔짱을 풀고 한걸음에 다가왔다.

"어머니, 얼마나 걱정을 하셨어요!"

눈물이 그렁거리는 홍연숙을 두 손을 맞잡아 다탁 소파에 앉히고 황신이 선생이 티슈를 뽑아 건네주었다.

"윤영양의 편지를 조금 전에 발견했답니다. 베개 아래에 끼워져 있었어요."

진선미 선생이 손에 든 종이 한 장을 홍연숙에게 펼쳐 보였다.

'홍 여사님에게
엉뚱한 생각을 하실까봐 메모를 남겨요.
잘 지낼 테니 염려 마세요.
잠시 떠나는 겁니다.
저에게 가장 중요한 사람과 함께요.
인사를 드리러 간다고 아빠에게 전해주세요.
울고 계실 할머니에게도 안부를.
김윤영 올림.'

　윤영은 본인의 의지를 알리기 위해 자필 메모를 남겼을 것이다. 밤
낮 손에 쥐고 살던 윤영의 휴대폰도 꺼져 있었다. 일단 학교에서는
윤영이 스스로 벌인 일이라고 결론을 냈다. 홍연숙은 밤이 늦어서야
서울로 돌아갔다.

21

　보람은 승우와의 연결이 원만하지 않거나 만남 자체를 거부당한
날이면 엄마, 송경희에게 사소한 일에도 짜증을 내고 신경질을 부렸
다. 송경희는 보람의 연애 때문에 늘 골치가 아팠다. 모녀가 한 팀이
되어 연애를 하는 것 같았다. 이번에는 이 주일이 넘도록 승우가 자
신의 SNS 글을 읽지 않자 보람은 만 가지 생각에 사로잡혔다. 분노
하다가 슬퍼하고 다시 고쳐서 일말의 희망을 가져보다가 절망하기
를 반복했다. 꼭 죽을 것만 같은 날들이 내내 이어졌다. 그동안 드물

게나마 한 번씩 쥐구멍에 드는 한 줄기의 빛과 같은 연락으로 기대와 희망을 이어갔는데 그것마저 뒤집어지고 거절이라는 벌건 진실의 속살이 눈앞에 드러난 것이다. 승우가 이제 나를 거부하는구나. 희박한 가능성마저 잃은 보람은 주말에 제 방에 틀어박혀 한 발자국도 나오지 않았다. 두터운 커튼을 친 창문 안에서 소리 지르고 제 서랍 속 물건들을 서랍 채 벽에 던지고 엔젤 피쉬 치어가 자라는 둥근 어항을 바닥에 내리쳐 깨버렸다.

"저럴 땐 꼭 지 애비 같다니까."

송경희는 문밖에서 귀를 대고 지켜섰다가 발끝을 들고 돌아서면서 중얼거렸다. 위기 상황에 분노조절을 하지 못하는 것, 감정이 폭발하면 극단으로 치닫는 것, 자신이 가지고 싶은 것은 수단과 방법을 가리지 않고 제 손아귀에 쥐고 마는 것이 꼭 남편 김병구의 성격과 닮아 있었다. 그런데 내 딸이 뭐가 부족하단 말인가? 외모도 갖추었고 유산도 많이 받을 테고 명문은 아니더라도 대학 교육은 받았으니 그 누구도 내 딸, 보람이를 조건 미달이라고 말하지는 못할 것이다! 그렇다면 혹시 승우에게 다른 애인이라도 생긴 건 아닌지? 송경희는 도곡동 고층 아파트로 이사 온 후 수 년 동안 살았던 동네 여자들과는 친분을 끊었다. 전 같으면 승우네 집 상황을 동네 여자들에게서 고스란히 전해 들을 수 있었겠지만 지금은 지리적으로도 너무 멀었다. 아니, 송경희가 먼저 이전에 살던 동네의 여자들을 멀리했다.

송경희는 문득 승우 엄마가 보람과 승우와의 교제를 방해하는지도 모른다는 생각이 들었다. 승우 엄마는 좀 유별난 여자였다. 그녀는 늘 고동색 긴 통치마에 보풀이 난 회색 가디건 스웨터를 걸치고 다녔다. 세상에는 유행이라는 게 있고 명품에도 신상이라는 것이 있는데, 송경희 눈에는 유행에 뒤떨어지는 패션을 고수하는 사람이야말로 루저로 보였다. 작년 추석 때 송경희는 한우 세트를 택배로 승우 집에 보냈다. 그것도 외동딸 보람이 오로지 승우에게만 관심이 가 있다는 걸 알고 나서였다. 승우네는 삼십오 평 대지에 건평 이십 평인 낡은 주택에 사십 년째 살고 있었다. 송경희는 특별히 품질이 좋다고 소문난 백화점 정육점에서 산 한우를 특급 대형 포장을 만들어 택배로 보냈다. 임금님 수라상을 능가하는 최고급 선물이었다. 그런데 승우 엄마는 생고기를 받은 즉시 도로 손수 싸들고 보람네 도곡동 아파트까지 찾아와 경비실에 놓고는 그냥 돌아가버렸다. 저녁나절에 집에 돌아온 송경희는 경비실의 연락을 받고 심한 모욕감을 느꼈다. 선물을, 아무리 그래도 남의 호의를 그렇게 노골적으로 거절하다니. 빈한한 살림에 감지덕지 받을 일이지! 송경희는 한나절을 길길이 날뛰었다. 이렇게 단호한 거절을 당할 만큼 내가 그 여자에게 무슨 원한을 샀을까? 송경희는 팔짱을 끼고 까마득한 높이에 서서 크래커 부스러기를 던져준 개미들을 내려다보는 상상을 하다가 흠칫 놀랐다. 한 가지 짚이는 게 있었다.

한동네에 살던 이십 년 전의 일로, 화력 발전소에서 용접공으로 일하는 승우 아버지가 뇌일혈로 쓰러졌던 날이었다. 갑자기 응급실로 실려가 열 시간이 넘도록 수술을 하고 있는 동안 승우 엄마는 보람네 집으로 달려와 대문을 두드렸다.

"사모님, 저 승우 엄마라는 이가 찾아왔는데 어떻게 할까요?"

"승우 엄마? 지금은 내가 없다고 해요. 외출했다고 말해요."

송경희는 간이침대에서 어깨를 세워 뜯어먹던 자몽을 방문 마사지사에게 건네주고는 다시 누웠다. 잠시 후에 아줌마가 다시 들어와서 말했다.

"저, 아까 그분이 좀 급한 일로 자꾸 만나고 가야 한다고 하는데요."

"조금 전에 나, 없다고 했죠? 그런데 어떻게 다시 있다고 바꿔서 말해요? 그럼 거짓말한 게 되잖아. 급한 일은 그 집 사정이고 지금은 나가고 없다고 그냥 보내요."

송경희가 일하는 아줌마더러 저가 외출했다고 말하도록 시킨 건 그저 이유 없는 변덕이었다. 그런 급박한 일로 찾아온 줄은 몰랐다. 왠지 그 여자의 면상과 마주하고 싶지 않았다. 생의 충일감에 겨워 나른하게 누워 있을 때 그런 세파에 시달리는 사람의 사연으로 제 평온한 시간을 방해받고 싶지 않았다. 왜 그런 날이 있지 않은가. 구구절절하고 신경 쓰이는 세상일들은 비켜 가고 싶은 날. 꼭 그날이 그랬다. 승우 엄마는 그날, 내가 집 안에 있다는 걸 알았을까? 이 송경희가, 그 동네에서는 현금이 가장 많이 돈다고 소문난 김 사장 집 여자가 저의 급한 사정을 외면했고 문전박대 했다고 이십 년이 지난 지금까지도 날 원망하고 있는 걸까?

초등학교 때 승우는 전교 일 등을 도맡아 했다. 송경희는 육성회장직을 맡아서 승우 엄마와는 자주 볼 수밖에 없는 처지였다. 한 명은 공부로, 한 명은 돈으로, 투톱인 두 사람은 학교 행사 때마다 참여했다. 승우 엄마는 작지만 단단한 여자였다. 비닐 장지갑을 싸구려 시장 스웨터 겨드랑이에 끼고 앙드레김 정장에 샤넬 체인 백을 든 송경희 앞에서 조금도 주눅 들지 않았다. 송경희와 나란히 단상에 서면 승우 엄마는 곰인형처럼 까만 눈으로 전교생들을 정면으로 응시하곤 했다. 송경희는 그 오만하기까지 한 태도가 거슬리긴 했지만 초라한 여자의 오기쯤으로 여겼다. 그 보잘것없는 여자의 당당한 곁을 송경희는 혼자 축구공을 굴리듯 어깨를 우쭐거리며 복도를 함께 걸어 다녔다. 육성회장 송경희에게 절로 허리를 굽히는 선생님들과 교직원들 사이에서 유독 혼자 고개를 들고 서 있던 사람이 승우 엄마였다. 송경희가 그날 집 앞으로 찾아온 승우 엄마를 마주하고 싶지 않았던 이유가 그녀의 그런 태도 때문이었다. 가난을 당당함으로 무장하는 여자, 제 스스로 벌고 절약해서 남에게 피해 안 주고 사는데 왜? 하고 턱을 치켜드는 여자. 송경희는 자신이 가진 부를 멸시하고 부의 힘을 과소평가하는 그런 사람들의 방어적인 태도를 늘 비난해온 터였다.

"난 그런 여자들이 정말 싫거든."

그 후 승우 아버지는 회복되어 직장으로 복귀했고 아들 승우가 의대에 진학하자 승우 엄마는 동네 어귀 슈퍼의 야외탁자 서너 개를 잡아 동네 사람들에게 막걸리 잔치를 벌였다. 누런 광목천에 도료용 페인트로 쓴 플래카드가 낡은 슈퍼 간판 아래 걸렸다.

'축 이장업 아들, 이승우 의과대학 진학'

송경희는 슈퍼 앞 도로에서 우회전을 하면서 운전석에 앉아 그 광경을 보았다. 왠지 모르게 죄를 지은 것처럼 얼굴이 확 달아올랐다. 그러나 송경희는 그 일도 곧 잊어버렸다.

보람은 혼자 침대 위에서 이리 눕고 저리 눕기를 반복하면서 생각에 생각을 거듭했다. '내가 이대로 승우를 정말로 포기할 수 있을까?' 그러자 초등학교 시절부터 승우를 짝사랑해온 지난 시간들이 아련한 향수로 다가왔다. 승우에 관한 사소한 에피소드들, 중고등학교 시절 정류소에서 마주친 우연한 만남들, 함께 걸었던 몇몇 장소와 골목길들이 들녘을 가로지르는 철새떼처럼 눈앞으로 지나갔다. 보람은 벌떡 일어나 앉아 황신이 선생의 강의 노트를 펼쳐보았다.

'진짜 사랑, 운명적 사랑은 감출 수가 없습니다. 사랑이라면 마음속 감정이 밖으로 드러나게 마련입니다. 또한 사랑은 불가항력입니다. 인간의 의지로는 막을 수 없지요. 감정을 끝까지 절제할 수 있다면 그건 사랑이 아닙니다.'

승우는 한 번도 보람에게 제 마음을 표현한 적이 없었다. 고백 따위는 당연히 없었다.

'승우가 내게 감정이 없는 건 확실해.'

보람은 강의 노트를 다음 장으로 넘겼다.

'호감과 사랑은 다릅니다. 호감이란 감정은 큰 위기가 오거나 조건이 달라지면 변하지만 사랑은 어떤 상황에서도 변하지 않습니다. 사랑은 오히려 위기에서 더욱 커지고 강해집니다.'

보람은 베개와 쿠션을 등에 쌓고 앉아서 여태껏 한 번도 들여다보지 않았던 자신의 감정을 점검해보았다.

'승우가 의학도가 아니어도 내가 그렇게 목을 맸을까?'

보람은 위기 상황을 설정하여 거기에 반응하는 제 감정을 차례로 살폈다.

'승우가 심각한 병에 걸린다면? 승우가 장애인이 된다면?'

위기 상황을 더욱 심하게 설정할수록 보람은 승우에 대한 자신의 감정이 엷어지는 걸 느꼈다. 마침내는 승우와 영영 결별을 한다고 해도 마음의 파동이 거의 없을 정도로 마음이 냉정해졌다.

'그동안 승우에 대한 감정은 내 소유욕이고 집착이었어. 선망이고 욕심이었지. 황신이 선생 말대로 운명적 사랑은 아니었던 거야.'

보람의 입술 가장자리가 한쪽으로 삐뚜름하게 올라갔다.

'꼭 이승우가 아니어도 돼! 아, 얼마나 다행이야!'

보람은 편안해진 자신의 마음 상태가 오랜만에 흡족했다.

"치, 저 아니면 의사 신랑감 못 구할까봐?"

보람이 어깨를 반대편으로 돌려 눕자 기울어진 입가에서 국물처럼 웃음이 흘렀다.

22

조안나 선생 강의는 한 사람이 묻고 답하는 방식으로 개인 코칭이 이루어졌다. 코칭 내용은 공개하여 이를 통해 다른 교육생들도 배우도록 했다.

"오늘 강의 주제는 첫 경험입니다. 우리가 무슨 고삐리들도 아니고 성숙한 숙녀들에게 그런 유아적인 주제가 가당키나 하냐고요? 그러나 모든 일에는 처음이 있기 마련입니다. 출발이 있기에 과정이 있는 거니까요."

조안나 선생은 마치 마법사가 구슬을 앞에 놓고 주문을 외울 때처럼 잠시 눈을 감았다가 뜨는 자기만의 의식을 행하고는 강의를 시작했다.

"첫 관계도 마찬가지입니다. 이걸 입문이라고도 하지요? 첫 성 경험은 전 생애 동안의 성관계에 의식적이건 무의식적이건 지대한 영향을 줍니다. 그 중요성은 아무리 강조해도 지나침이 없어요. 잘못된 첫 경험으로 성생활을 평생 제대로 하지 못하는 경우도 있습니다."

분위기는 시종 진지하고 진중했다. 지난 강의 때 백화점 옷을 경매하던 들뜬 분위기와는 태도부터가 달랐다

"성이란 민감한 주제입니다. 내밀하고 사적이면서도 사회적으로 연결되어 있습니다. 성관계는 지극히 개인적인 행위지만 그 파생되는 심리적, 정신적인 면의 사회적 지배를 생각한다면 그 중요성은 엄청나죠."

강의 내용은 공기 속으로 조밀하게 퍼져 나가 첫 경험을 한 이들에게 그 기억을 생생하게 떠올리게 했다.

"그런데 여성에게만 첫 경험이 중요할까요? 아닙니다. 남성에게도 첫 경험은 아주 중요합니다. 관계는 상호적이니까요. 이런 이유로 남성은 여성에 대해, 여성은 남성에 대해 충분히 알아야 한다는 겁니다."

그때 허미리가 손을 번쩍 들었다.

"질문이 있습니다. 그런데 첫 경험은 언제 하는 게 좋나요?"

연애 칠 년차인 허미리의 질문으로는 좀 늦은 감이 있었다.

"이런, 이런, 우문이군요."

조안나 선생은 조금도 지체 없이 바로 응답했다.

"감정이 익었을 때죠."

"감정이 익었는지는 어떻게 알지요?"

허미리가 질문을 바싹 잡아당겼다.

"저런, 저런, 두 번째 우문이군요."

지원은 대구에 웃음이 나왔다. 조안나 선생이 블라우스 양 소매를 걷어 올렸다.

"열매는 꼭지에서 떨어질 때를 스스로 압니다. 감정도 본능적으로 그때를 알죠. 충분히 익었을 때 떨어져 포근한 대지에 안기세요. 호기심에 떨어진 풋열매는 설익은 낙과인 채로 시듭니다. 여러분이 때를 알아서 판단해야 하고 스스로 결정해야 합니다. 열매는 익었을 때 따라!"

지원은 나뭇가지 위에 당당하게 매달린 붉고 빛나는 사과와 바닥에 떨어진 누릿한 낙과를 비교해보았다. 교육 효과가 확실한 대비였다.

"최근 통계자료를 보면 여성들의 팔십 프로가 너무 일찍 첫 경험한 걸 후회한다고 해요. 첫 경험은 단 한 번입니다. 따라서 상대의 첫 경험도 마찬가지로 소중합니다."

'감정이 익었을 때 열매를 딸 것.'

미리가 노트에 메모한 문장이 어깨 너머로 지원의 눈에 들어왔다.

"그런데, 선생님, 궁금한 게 있어요."

이번에는 소시은이었다.

"여성에게 첫 경험이란 순결과 정조와도 연결이 될 텐데요. 그렇담 정조는 어떤 의미인가요?"

모태솔로 소시은다운 질문이었다. 세라는 한 칸 건너의 지원에게 한쪽 눈을 질끈 감아보였다.

"좋은 질문이에요. 첫 경험이란 볼링공을 한 번 던지면 순결, 동정, 순수, 미경험 이런 핀들이 모두 한꺼번에 쓰러지죠?"

조안나 선생은 공을 던지는 시늉에 이어 빈 손바닥을 두 번 치고는 말했다.

"예전에는 결혼할 때까지 한 사람하고만 연애했어요. 순결한 첫날 밤을 치르고 평생 한 사람과 성관계를 맺는 것을 정조를 지키는 것이라고 했습니다. 단일 코스죠. 다른 선택은 없었고요. 이런 게 관습적인 정조 관념이었습니다."

조안나 선생이 토끼 귀처럼 눈꼬리를 쫑긋 올리더니 시은을 향해 되물었다.

"그럼 정조 개념이란 무엇일까요?"

시은이 옆자리의 허미리를 힐끗 돌아보며 자신 없는 목소리로 답했다.

"한 사람에게만 몸과 마음을 허용하는 게 아닐까요?"

조안나 선생의 눈길이 이번에는 허미리로 건너가며 물었다.

"그럼 미리양은 정조를 무엇이라고 정의하나요?"

느닷없는 슬라이딩 지적에 허미리가 얼결에 일어나서 말했다.

"검은 머리 파뿌리 되도록 살다가 지아비를 임종까지 지키는 것, 뭐 그런 게 정조가 아닐까요?"

"지어미는 자리에 앉으시오."

세라가 팔짱을 낀 채 근엄하게 말하자 보람이 책상을 두드리며 웃었다.

"그건 열녀고."

슬기가 덧붙였다. 이에 조안나 선생마저 입술 안에 깨물었던 웃음을 터트리고는 잠시 후에 말했다.

"전 시대의 정조관념은 한 사람에게 순결을 바치고 죽을 때까지 한 사람에게만 몸과 마음을 허락하는 것이었습니다. 평생 한 사람과 몸과 마음을 나누는 것, 한 지어미가 한 지아비를 평생토록 섬기는 것을 '정조를 지킨다'고 했죠."

조안나 선생이 발끝을 들고 교단 위로 가슴을 내밀어 교육생들 가까이 눈을 맞추었다.

"그러나 이 시대의 통계를 보면 결혼 전 성인은 서너 명의 파트너와 연애를 하는데 그런 과정을 거친 남녀의 결혼 만족도가 훨씬 높다고 해요. 따라서 이 시대의 정조 개념은 '평생 동안'이라는 이 막연한 기간을 '한 이성을 사귀는 동안'이라고 새롭게 규정합니다. '한 연애에 한 사람하고만 관계할 때'를 이 시대에는 '정조를 지킨다'고 규정하겠습니다아!"

"오호!"

교육생들은 이 새로운 규정에 감탄을 했다.

"이건 이 조안나가 혼자 정한 게 아닙니다. 이 시류가, 이 시대가 합리적으로 조율한 새로운 도덕률입니다."

조안나 선생은 또렷한 발음으로 재차 말했다.

"이 시대의 정조란, 한 사람과 연애할 동안, 한 사람과 사랑할 동안, 한 사람과 결혼 생활을 할 동안 한 파트너에게만 몸과 마음을 허용한다는 의미입니다!"

한 연애에 한 명이라, 관습적 정조 개념을 이리도 명쾌하고 새롭게 규정할 수 있다니, 과연 조안나답네. '한 번에 한 명. 양다리는 불가.' 지원은 제 의견을 첨부하여 메모를 했다.

"그럼 정조는 여성에게만 해당되는 건가요?"

보람이 쫑긋 물었다.

"천만에요! 남성도 한 번에 한 사람만의 파트너에게 몸과 마음을 다할 때 '정조를 지킨다'고 할 수 있겠죠?"

바나나 우유를 병째 들고 마시다가 멈추고는, 조안나 선생이 즉답을 해주었다. 보람이 흡족한 듯 세웠던 귀를 내렸다.

십 분간 휴식 시간이 끝나고 강의가 다시 시작되었다.

"자, 그럼 이제 첫 경험에 대해 말해볼까요? 인생에는 단계마다 처음은 반드시 거치게 되어 있지요. 첫 생리, 첫사랑, 첫 섹스, 첫 결혼, 첫 출산 등 길목마다 처음이라는 통과의례가 있습니다."

지원은 선생이 첫 섹스를 결혼 앞에 놓은 것에 주목했다.

"이 단계에서 여성 혼자 하는 첫 생리, 첫 출산을 제외하고 나머지 첫 경험은 상대 이성과 함께하는 것입니다. 혼자서는 경험할 수는 없어요. 이런 의미에서 여성에겐 남성이, 남성에겐 여성이 절대 필요합니다. 삼각형에서 꼭짓점을 하나 빼면 삼각형이 아니듯 남성에게 여성을, 여성에겐 남성을 빼면 완성된 인간이 아니라는 뜻입니다."

이때 조안나 선생은 혼자 흥미로운 상상을 감추고 있는 듯 얼굴 전체가 환해졌다.

"여성이여, 첫 경험을 했습니까?"

그러고는 바로 스스로 답변을 했다.

"그렇다면 심호흡을 한 번 하고 마음의 채비를 단단히 하십시오. 왜? 지금부터 평생 수많은 성적 교합과 주체적인 쾌락을 스스로 선택하고 결정해야 하니까요."

조안나 선생이 갑자기 입술을 오므리며 종알거렸다.

"순결을 주었으니 책임져. 너랑 잤으니 책임져. 네 아이를 낳았으니 책임져. 너랑 결혼했으니 책임져, 넌 전부 내 거야."

본래 목소리로 되돌아와서는 덧붙였다.

"이쯤 되면 조신한 여자가 아니라 걍 조선 여자지요? 요즘 말로 유교걸입니다!"

"흥흥"

보람이 맨 앞자리에서 당나귀 콧소리로 화답을 했다.

"누구를 위한, 누구에 의한 열림이 아니라 나 자신에 의한 스스로의 결정에 의한 몸의 열림에 집중하세요. 그리고 이제 그 몸의 주인으로 몸의 독립성과 자유, 능동적인 쾌락의 주체가 되세요. 내 몸의 욕구를 정확히 그리고 충분히 인지하고 스스로의 성적 권리를 가져야 합니다."

조안나 선생은 더욱 강한 어조로 이어갔다.

"제발 징징대지 마세요. 당당하게 승낙하고 명확하게 거절하세요! 내 몸의 주인은 나 자신입니다!"

조안나 선생이 목소리를 낮추었다.

"연애를 할 것인가 말 것인가? 섹스를 할 것인가 말 것인가? 결혼을 할 것인가 말 것인가, 아이를 낳을 것인가, 말 것인가? 결혼 생활을 유지할 것인가 말 것인가?"

다시 어조를 올린 후 못을 박듯이 문장을 하나씩 내리꽂았다.

"이 모든 건 당신이 결정합니다. 당신이 당신 생의 주인입니다! 내가 우선이고 내가 소중합니다. 내 권리를 위임하거나 내 권리를 포기하거나 내 권리를 강탈당하지 마십시오!"

오케스트라가 교향곡을 연주하듯 조안나 선생의 목소리가 각자 머릿속에서 웅장하게 울려 퍼졌다.

"우물쭈물하다가 일어난 일에 대해 제발 남성 핑계를 대지 마세요! 문제는 여성입니다!"

딱 멈춤과 동시에 강의실 안이 숙연해지자 조안나 선생은 조용히 덧붙였다.

"답도 여성이죠."

지원은 이 마지막 말이 가슴 깊숙이 박혔다.

"오늘은 여기까지."

조안나 선생의 모습이 복도에서 사라질 때까지 빈 교단에 눈을 떼지 않고 앉아 있던 소시은이 혼잣말로 중얼거렸다.

"이건 단순한 강의가 아니라 감동적인 연설이야."

23

스무 살 무렵 지원은 누구의 구애도 받아들일 여유가 없었다. 생의 속도는 조급했고 그 밀도는 조밀했다. 지원의 마음속은 세간이 꽉 찬 좁은 방 같았다. 햇살 한 조각도 들여놓을 여분이 없었다. 벽 꼭대기의 좁은 창틈으로 비치는 한 줄기 햇살만을 위안으로 삼고 살았다.

지원에게 인생이란 겨우 빛이 들어오는 좁은 창문 아래 허리를 구부리고 쉼 없이 움직여야 하는 어두운 방이었다. 흰 구름이 흘러가는 툭 터진 하늘을 목을 꺾고 올려다본 적이 언제인지 까마득했다. 눈은 바닥에 사로잡히고 내딛는 발걸음은 멈출 수가 없었다. 지원의 굽은 등 뒤로 어김없이 해가 뜨고 밤이 오고 별들이 이동했다. 스무 살의 젊음이 그렇게 흘러가고 있었다. 동생 경원이 대학에 입학하던 해 휴학을 했고 올해 졸업 한 학기를 남기고 다시 또 휴학을 했다. 지원은 대학에 입학했을 때 고등학교 때와는 달리 아르바이트를 할 수 있는 시간이 더 주어진 것만으로도 고맙게 여겼다. 시간별로 아르바이트를 하느라고 지원은 동아리 활동은 고사하고 학교 도서관에도 길게 앉아 있어보질 못했다. 학과 수업을 따라가기는 당연히 힘들었다. 말이 학생이지 아르바이트가 본업이었다. 그럼에도 젊은 날인지라 지원은 누구에게 마음이 가고 누구에게서 마음이 오는지는 알 수 있었다. 그걸 일일이 헤아릴 여유가 없었지만 알바를 마치고 한밤중에 파김치가 되어 집으로 돌아올 때면 자신을 향한 몇몇 따뜻한 눈길들이 생각났다. '고마워, 나를 눈여겨봐줘서, 소중히 여겨줘서. 그런데 미안하네. 그 마음을 받아줄 수가 없으니.' 혼잣말을 하고 나면 가끔 눈물이 났다. 지원은 사람들의 인정 어린 눈길들에게, 그 따스한 배려들에게 두루두루 감사한 마음이 들었다. 교대 시간이면 섬세한 눈길들, 마음 써준 배려들, 머뭇거리며 건네던 관심들을 플라스틱 빗자루로 쓸어 모조리 종량제봉투 안에 넣었다. 그렇게 파도처럼 떠돌다가 시들어버린 마음 조각들은 수평선 너머 먼바다로 영영 사라져버렸다.

그런 지난날들 중 단 하루가 유독 반짝 빛을 냈다. 그날은 지원이 스물한 살 되던 봄날이었고 벚꽃 잎이 눈송이처럼 사방으로 날리는 날이었다. 그 기억 속의 하루는 스노우볼 속처럼 언제나 흰 벚꽃 잎이 정수리와 어깨 위로 내려앉고 있었다. 반복되는 일상 속에 젊음의 시한폭탄을 은밀히 감춰두던 시절이었다. 일상의 반복을 멈추려는 시도가 매일 턱 끝에서 결단을 채근했다. 25시 편의점 계산대를 교대하고 나면 지원은 매장 밖으로 뛰쳐나가 앞뒤가 트인 거리 한복판에 한참을 서 있었다. 그렇게라도 하지 않으면 자신의 생이 융통성 없는 지구와 함께 폭발해버릴 것 같았다. 성준은 유통기간이 방금 지난 삼각김밥이나 도시락을 따로 두었다가 지원과 교대할 시간에 내밀었다. 식품들은 단 일 분이라도 유통기한이 지나면 계산대 바코드에 찍히지 않아서 곧바로 폐기상품으로 분류되었다.

"그런대로 먹을 만해요. 배고픈데 어서 먹고 일하세요."

지원이 물류창고 선반 앞에서 유통기한이 방금 지난 도시락을 먹고 있는 동안 성준은 따뜻한 물 한 컵을 건네고 계산대를 지켜주었다. 지원과 동갑내기인 성준은 휴학을 하고 군대 영장을 기다리는 동안 알바를 여러 개 뛰고 있었다. 중학교 때 아버지가 돌아가신 후 여러 번 장사에 실패한 어머니는 시골로 낙향해 외할머니랑 함께 있다고 했다. 성준은 유통기한이 지난 식품을 혼자 사는 고시원으로 가져갔다. 지원도 처음에는 김밥이나 도시락 외에도 냉동 핫도그, 햄버거까지 유통기간이 갓 지난 식품들을 골라놓았다가 퇴근할 때 집으로 가져왔다. "아, 이젠 먹기 지겨워, 처음엔 맛있더니." 경원이 무심코 말해놓고 미안한 기색을 보인 후로는 폐기 식품을 매장에서 먹기는 해도 집으로 가져가지는 않았다.

지원이 편의점 교대 시간에 도착하니 앞 시간 알바생이 오늘은 오후까지 지원의 시간을 대신 일하겠으니 내일 오전의 제 시간과 바꿔 달라는 부탁을 해왔다. 지원은 흔쾌히 승낙했다. 그러자 매일 오후 시간을 편의점 안에서만 보내던 지원에게 텃밭만 한 빈 공간이 생겨났다. 환한 대낮에 휴식 시간이 주어진 것은 정말 오랜만이었다. 갑자기 빈 시간 앞으로 집안일과 학교 과제들이 재빨리 줄을 섰지만 지원은 단호하게 차단했다. 오늘만은 빈둥거릴 거야. 양지 쪽 암탉처럼 게으르게 보낼 거야.

마침 봄날이었고 이 봄을 그냥 보내버린다면 청춘에 상실의 한 조각이 더해질 것 같았다. 지원은 편의점에서 한 정거장 떨어진 근처 공원으로 갔다. 매일 버스를 타고 지나오면서 한 번은 가보고 싶었던 곳이었다. 지원은 공원의 광장 한복판으로 걸어 들어갔다. 찬란한 시간, 절정의 아뜩함이 조금도 시들지 않은 오후 한 시였다. 벚나무의 벚꽃들이 만개한 절정을 지나 막 낙화하는 중이었다. 잔디 광장을 둘러선 벚나무들에서 흰 꽃잎들이 종이 퍼레이드처럼 날고 있었다. 엄마 손에 끌려가면서 입을 삐죽이고 눈물을 머금은 네다섯 살의 여자아이와 막대기에 바퀴 달린 풍뎅이를 끌고 뒤를 따라가는 사내아이, 유모차를 나란히 밀고 가면서 이야기를 나누는 새댁들, 회색 스웨터에 붉은 모자를 쓴 할머니와 무릎 사이에 지팡이를 꽂고 벤치에 나란히 앉아 있는 할아버지, 그 옆을 한 중년 부인이 슈나우저 두 마리를 끌고 지나가고 있었다. 지원은 잔디밭 한복판에 서서 흰 벚꽃 잎이 어깨에 내려앉는 제 모습을 셀카로 찍었다. 딱히 누구에게 보낼 데도 없어 알바 동료인 성준에게 사진을 보냈다.

　─오후 알바 모두 취소됨. 모처럼 꿀잼 시간. 옆의 공원에서 쉬고 있어요

　지원은 성준과 그다지 친한 사이가 아니었다. 교대 시간이 몇 분이라도 늦으면 그런 일로 한 번씩 카톡을 주고받는 사이였다. 편의점 알바 동료인데다가 그 편의점 알바 일을 오늘 쉬게 되었으니 성준밖에 이 소식을 전할 사람이 없었다. 그저 봄날이 이유였다. 셀카 사진은 봄의 전령사로 덤이었다. 지원은, 햇살이 따스한 잔디밭 위에 일회용 은색 돗자리를 깔고 누웠다. 등 아래 깔린 잔 풀줄기들이 등 아래서 낮은 아우성을 지르며 찔러댔다. 책이라도 가지고 올 걸 그랬나. 리포트를 써야 할 책을 들고나오기엔 너무 두꺼웠다. 아니면 시집이라도? 아, 됐어. 태양과 오랜만의 조우인데, 오늘은 이 햇살에만 집중하자.

　일회용 돗자리를 물류창고에서 들고나올 때 앞 시간 알바생은 유통기한이 방금 지난 도시락 하나를 비닐봉투에 넣어주었다.

　"벚꽃 구경하면서 드세요."

　백팩을 베고 똑바로 누우니 전 우주를 마주 대하듯 가슴이 확 트였다. 정오를 막 지나 미끄러지는 태양은 더욱 눈부셨다. 벚나무와는 거리가 꽤 있었는데도 꽃잎이 날아와 지원의 입술에 붙었다. 지원은 혀를 내밀어 꽃잎을 입안으로 빨아들였다. 깃털만 한 무게를 지닌 연하고 녹진한 꽃잎 하나가 앞니와 혀 사이에서 녹아들었다. 지원은 눈을 감고 봄날, 이 생명의 기운을 느끼려고 온 감각을 열어보았다. 은근히 달아오르게 하는 햇살과 속치마를 슬쩍 들추는 바람, 자라는 새

싹들의 생기와 물을 올리는 뿌리들의 힘찬 욕동이 지원의 감은 눈까풀 아래에서 녹색에서 노란색으로, 노란색에서 다시 빨간색으로 변하고 있었다. '아! 유지원, 광대한 우주 속 티끌 하나가 지구의 자장에 내내 휘둘리다가 모처럼 한순간 딱 멈추었네.' 지원은 우주의 주관자인 누군가에게 넋두리를 뱉었다. 눈을 감고 있으니 중력에서 이탈한 낙화처럼, 졸고 있는 씨암탉처럼 나른하게 온몸이 이완되었다. 잠깐 달콤하게 졸았다. 누군가가 옆에 서 있는 느낌이 들어 눈을 떠보니 성준이었다. 지원은 화들짝 일어나 자세를 고쳐 앉았다. 뜻밖이었다. 문자를 받은 지 한 시간 만에 그는 공원으로 달려온 것이다.

"어? 성준씨가 이 시간에 어떻게?"

"저도 한 번 휴식을 갖고 싶었어요. 혼자 놀기보다는 지원씨랑 함께 시간을 보내는 것도 좋을 것 같아서요. 아휴, 갑자기 일이 생겼다고 대체 알바를 구하는 것도 쉽지 않았어요. 멀쩡한 외할머니 초상을 써먹었는데, 사망 소문은 명을 더 잇는다잖아요. 그래서 죄책감은 없어요. 하하."

성준도 이 상황이 어색한지 더듬거리며 말을 마치고는 멋쩍게 웃었다.

"앉으세요."

지원은 돗자리 가장자리를 내주었다. 이 돗자리만 한 모처럼의 휴식 시간을 그에게 조금 나누어 준 것 같았다. 허기진 아이가 모처럼 얻은 빵 한 개를 반으로 갈라주는 심정이었다. 지원은 제 하루 계획이 살짝 어긋난 것에 대해 좀 서운했지만, 아무튼 자신을 방문한 손님이니 잘 맞아주자고 마음을 고쳐먹고 활짝 웃어 보였다. 불청객으로 환영받지 못할까봐 마음을 졸이던 성준의 표정이 그제야 풀어졌다. 성준은 지원의 옆에 가만히 그냥 앉아 있었다. 지원에게 말을 걸지도 않았고 괜한 눈길을 끌어 방해가 되지 않도록 조심했다. 천적 개미의 눈에 띄지 않으려고 최소한 몸집을 축소하는 진딧물 같았다. '어쨌거나 지금은 나에게 소중하고 값진 시간이야. 내 형편엔 황송하고 사치한 틈새이기도 하고.' 지원은 성준의 심정을 헤아릴 여유가 없었다. 지원이 하늘을 향해 누우면 성준도 지원의 발끝에 눕고 지원이 앉으면 성준도 일어나 등을 돌리고 앉았다. 기묘한 공존이었다. 지원은 편의점에서 가져온 도시락을 성준과 말없이 나눠 먹었다. 특급 도시락에만 있는 불고기 반찬이 혀끝에 달콤한 여운을 남겼다. 구운 생선 토막은 성준의 밥 위에 얹어주었다.

어느덧 오후 세 시가 되었고 바람이 점차 서늘해졌다. 지원은 공원을 나와 성준을 아이스크림 집으로 끌고 들어갔다. 분홍과 파랑별이 그려진 가게 유리 진열장을 지나다닐 때마다 침이 고였었다. 두 사람은 마주 앉아서 아이스크림 통 하나를 사이에 두고 모래성처럼 제 앞의 몫을 허물며 먹었다.

"달콤한 맛은 아늑한 안도감을 줘요. 젖무덤에 코를 박고 엄마의 심장소리를 가까이에서 듣는 아기 때의 느낌? 다시 포근한 마른자리에 눕혀지는 느낌?"

지원은 눈을 감고 성준에게도 아이스크림 맛을 음미해보라고 했다. 성준은 지원을 따라 눈을 감고 입안의 아이스크림을 맛보았다. 한쪽 눈을 가늘게 떴다가 다시 꾹 눌러 감은 그가 눈을 감은 채 말했다.

"새로운 경험인데요? 햇살 사이로 날아오르는 오색 깃털을 보는 것 같아요."

"자아 눈을 떠요!"

지원의 사인이 떨어지자 성준은 눈을 떴다. 지원은 성준에 대해 새로운 발견을 한 듯 눈을 치켜뜨고 바라보았다. 그에게서 따뜻함이 전해졌다. 두 사람은 해 질 무렵 봄 햇살이 차가워질 때까지 거리를 마구 쏘다녔다.

"어디 가고 싶은 곳 있으세요? 지원씨에게는 지구에서 모처럼 갖는 휴식이잖아요."

지구란 말을 자주 쓰는 지원의 말을 패러디해 성준이 말했다. 지원은 풍경 좋은 카페에 가고 싶다고 했고 성준은, 저 언덕 위에 '레오'란 카페가 있어요. 거기 노을이 좋아요, 하고 동의했다.

두 사람이 창가에 앉았을 때 왼편 어깨 너머의 넓은 창에는 황혼의 촛대에 불이 붙는 중이었다. 한 시간 동안 두 사람은 황혼의 처음부터 스러지는 마지막까지 지켜보았다. 성준도 유리잔에서 다르질링 차의 티백을 건져낸 것 외에는 움직임이 없었다. 스러진 재처럼 회색의 어둠이 두 사람 사이에 끼어들었고 남은 차가 식고 있었다. 벽에 달린 노란 갓 조명이 등을 굽히고는 탁자 위의 동그라미를 만들었다. 성준은 창밖에 시선을 두고 지원의 옆얼굴만 계속 쳐다보았다. 그을림 같은 어둠이 창유리에 달라붙자 지원은 허리를 돌려 성준과 마주앉았다. 지원이 식은 차를 한숨처럼 길게 한 모금을 마시자 차의 떫은맛과 서늘한 맛이 지원을 일깨웠다. 먼 곳에 가 있던 지원의 눈동자가 코끝을 응시하면서 다시 확고해졌다.

"벌써 오늘이 다 지나가네요. 한낮의 소풍이 얼마 만인지."

유리창에는 견고한 어둠이 마주 앉은 두 사람의 모습을 되비추었다. 이제 하루해는 졌고 지원에게는 언제 다시 올지 모르는 휴식이 간이역처럼 지나고 있었다.

"저는 오늘 어릴 적 크리스마스 때처럼 좋았어요."

성준은 헛기침으로 목청을 틔우고는 수줍게 말했다.

"조만간 다시 만나서 지원씨에게 제 이야기를 들려주고 싶어요. 지원씨에 대해서도 더 알고 싶고요."

성준이 조심스레 데이트 신청을 했다. 지원은 성준을 아무 표정 없이 건너다보았다. 아무 말 없이 한참을 창밖을 바라보던 지원이 성준에게로 고개를 돌렸다. 이제 지원의 눈길은 차례로 켜진 가로등 아래의 직선도로처럼 또렷해져 있었다.

"그럼, 제 얘기부터 들어보실래요? 씨앗을 주머니에만 간직한 채 살아가는 사람의 이야기입니다. 이유는 파종을 하고 키워낼 마땅한 땅이 없어서지요."

지원의 단호한 표정을 본 성준의 얼굴에는 긴장이 스쳤다. 오후에 아이스크림을 먹으며 볼이 발갛던 지원의 모습은 간 데가 없었다.

"감정이야말로 부드럽고 풍요로운 토양에서 싹을 틔우는 거잖아요. 꽃을 피우려면 더욱 알맞은 환경이 필요하고요. 그래서 마음이라는 씨앗만으로는 함부로 파종을 못 한다는 게 제 생각이죠."

지원은 침착하고 진지한 표정으로 말했다.

"씨앗은 미래의 가능성을 품고 있지만 지금은 그저 마르고 주름진 씨앗일 뿐인걸요."

지원이 희미하게 웃었다. 그러자 성준은 의자 등받이에 허리를 늘

여 지원의 면전에서 멀찌감치 떨어졌다. 지원은 아랑곳하지 않고 거침없이 말을 이어갔다.

"제 말은 어떤 사람은 주머니에만 씨앗을 간직하고 한 번도 뿌려보지 못한 채 죽을 수도 있다는 겁니다. 나그네로 살다가 긴 여행길에서 그냥 죽는 거지요. 저도 이번 생은 가벼이 홀로 걸어갈 생각이고요."

성준이 지원을 향해 고개를 들었다. 그의 두 눈이 가뭄의 달처럼 붉어져 있었다. 이윽고 성준이 입을 열었다.

"지원씨는 참 현실적으로 미래를 예단합니다. 땅이 없는 자는 싹을 틔울 희망조차 없으니 씨앗도 뿌리지 말아야 한다는 이야기네요."

톤이 높고 마디가 분절된 음성이었다.

"제가 가진 게 없는 사람인 건 알지만 긴 문장으로 모욕하시는군요."

울컥하는 성준의 마지막 어조는 장대비가 차오르는 자갈밭 같았다. 그의 꼭 다문 입술이 퍼렇게 떨리고 있었다.

"저는 이만 가보겠습니다."

성준이 목례를 하고 돌아섰다. 지원은 허리를 곧추세우고 앉아 성준에게서 눈을 떼지 않았다. 그가 유리문을 밀고 나가는 뒷모습까지 고스란히 지켜보았다. 평소의 내 지론을 말했을 뿐인데 자신의 이야기로 받아들이는군. 그건 각자의 몫이니 굳이 오해라고 해명하지는 않겠어. 유지원, 넌 여기서 털 한 올이라도 움츠린다면 세상에 굴복하는 것이다. 한 눈길이라도 피한다면 세상에 지는 것이다. 지원은 눈을 부릅뜨고 터무니없는 오기를 부렸다. 우린 그렇게 어긋나서 각자의 길을 가야 해. 내일 새벽 알바를 위해 잠을 좀 자두어야 해. 그러자 참고 있던 눈물이 솟았다. 누굴 탓하는 게 아닌 제 토양에 대한 설움이었다. 지원은 고개를 흔들어 눈물을 떨치고는 단호히 자리에서 일어섰다.

4장

1

　황신이는 도로시 원장의 관저로 걸어가면서 행복감을 느꼈다. 내면의 균형감과 평온함이 동시에 느껴졌다. 뉴욕에서 지낸 십 년 동안은 긴 방랑이었다. 그 시간이 이제 아득했다. 지금 이 생활은 시간의 물살에 떠내려가지 않고 도넛 모양의 튜브 위에 양팔과 다리를 걸치고 돌고 있는 기분이었다. 발끝을 돌아 발레를 추는 오르골처럼 콧노래가 절로 나왔다. 오늘 아침에 유독 기분이 들뜬 이유는 알 수 없지만 굳이 알고 싶지도 않았다. 이유란 늘 음흉한 목적을 가진 사내와 닮지 않았나. 황신이는 뉴욕대 박사 후 과정 중 도로시 원장의 제안을 받고 한국으로 돌아왔다. 국내에서 석사 졸업 후 도로시 황, 황윤이의 이름과 주소만 들고 뉴욕으로 찾아간 지 꼭 십 년 만이었다.

　황신이는 차밍스쿨 커리큘럼을 구성할 때 '교양강좌'는 반드시 넣어야 한다는 의견을 냈다. 인문학 강좌를 통해 여성들의 감성을 키워야 한다는 주장이었다. 이에 조안나 선생의 '성과 현장에서의 조언'과 황신이 선생의 '사랑과 결혼'이라는 두 강좌를 축으로 커리큘럼이 완성되었다. 전자가 육체적 훈련이라면 후자는 감성적 훈련이었다.

"교육 기간 이십 주 중 오늘이 열한 번째 주일입니다. 교육과정도 이제 절반이 지났네요."

원장 관사에서 아침식사를 하면서 황신이가 말했다.

"후반기 교육과정을 따로 계획한 게 있나요?"

센터피스 백합 장식 너머로 도로시 원장이 고개를 들었다.

"후반기 과정 말미에 졸업 축제를 넣었습니다. 프로그램 1부에 콘서트와 연극 공연을 하고 2부에는 댄스공연과 와인 파티로 진행할 예정입니다."

"꽤 근사한 계획으로 들리네만 식사를 하면서 천천히 듣지."

도로시 원장은 황신이에게 어서 식사부터 하라고 손짓을 했다. 황신이는 빵을 뜯어 한입 가득 물었다. 버터의 향긋함이 혀끝으로 스며들었다.

"축제 준비는 이번 주부터 시작할까 합니다. 준비할 게 많아서요."

"그런데 말이야, 가족들과 파트너, 가까운 지인들, 대략 삼사십 명 정도 초대하는 모임에 그렇게 많은 공을 들여서 준비할 필요가 있을까 싶은데? 간단한 종강 피로연으로 대신해도 되지 않을까?"

도로시가 샐러드 접시 위에 포크를 멈추고 황신이를 건너다보다가 잠시 후 다시 고쳐 말했다.

"그럼 황 선생이 축제의 필요성에 대해 어디 한번 나를 설득시켜 보오."

황신이는 얼른 물로 입안을 가신 후 말했다.

"중요한 건 이벤트성 축제가 아니고 축제를 준비하는 과정에서 얻는 배움이라고 생각합니다. 교육생들이 큰 행사의 준비를 체험함으로써 연대감, 파트너십, 관계의 배려 등을 몸소 익히게 될 테니까요. 공동체 내에서 한 가정을, 더 나아가 상징적인 한 가문을 이끌게 될 예비 신부들에게 축제의 준비 과정은 가정 경영의 안목과 자질을 더욱 확장시켜주는 계기가 될 겁니다."

귀 기울여 듣고 있던 도로시 원장이 한마디로, 흔쾌히 수락했다.

"좋아! 그럼 졸업 축제를 멋지게 준비해보도록!"

황신이는 노을이 붉게 물드는 저녁나절까지 창가를 등지고 앉아 머릿속을 종횡무진으로 뒤지고 있었다. 윤세라와 유지원에게서 축제 파트너를 구하지 못한다는 전달을 받았다. 그럼 외부에서 댄스 파트너를 구해야 하는데 주변에 누가 있을까? 대충 스물다섯 살에서 서른다섯 살까지의 미혼 남자라면 적합한데 말이지. 그러자 한 청년이 떠올랐다. 정제훈은 황신이가 도로시의 롱아일랜드 집으로 초대해 직접 한식 요리를 대접한 몇 명의 유학생들 중 한 명이었다. 당시 제훈은 콜럼비아 대학에서 경영학을 공부하고 있었다. 올여름, 승마 코치를 구하는 일로 제훈과 통화했을 때 그는 귀국을 해서 보스턴 컨설팅 회사의 서울 지사에 근무한다고 했다. 아직 결혼을 하지 않았다면 그에게 좋은 기회가 될지도 모른다.

"제훈씨?"

"네, 누님 오랜만입니다!"

황신이의 예감이 적중했다. 그는 결혼하지 않았고 연애하는 파트너도 없다고 했다.

"가능하고말고요. 주말에 하는 일이라니 더욱 좋습니다. 외로운 저를 누님이 구원해주십니다."

제훈은 파트너 아르바이트 자리를 흔쾌히 수락하면서, "알바시급까지 챙겨주신다니 땡큐죠." 하는 말도 잊지 않았다. 전화 속 제훈의 목소리는 여전히 크고 당당했다.

둥근 잔디밭을 둘러싼 링 귀걸이 모양의 하얀 길 위로 저녁 어스름이 내려앉았다. 삼 층 기숙사 방들에 불이 켜지고 있었다. 곧 저녁 식사 시간이었다. 황신이는 원장 관사를 향해 큰 걸음을 옮겨놓았다.

2

올해 초 제훈은 어머니가 현관 앞에서 자신을 불러 세웠을 때 혼사 일임을 직감했다. 그동안 어머니는 자신의 연애사에 간섭하지 않았다. 유학 시절 프랑스 여자, 제제를 사귈 때에도 어머니는 어떤 의견도 내지 않았었다. 올봄에 귀국을 하면서 제훈은 이제 어머니 곁을 지키면서 작은 일이라도 어머니를 기쁘게 하는 일이라면 기꺼이 하고 싶었다. 형의 사망 후 십오 년 동안 제훈은 어머니의 뜻을 한 번도 거스르지 않았다. 그만큼 조심해왔다. 메사추세츠 공과 대학에서 물리학 전공 박사 과정에 있던 형 정형훈은 휴일을 보내던중 교통사고가 났다. 조수석에 형을 태운 혼다 시빅은 노던 93번 도로를 달리다가 미스틱 강 주변 계곡으로 굴러떨어졌다. 탑승했던 네 명의 연구원

전원이 사망했다. 제훈은 드넓은 미국 땅에서 하필 왜 형이 탄 차가 계곡으로 굴렀는지에 대해 내내 울분을 터트렸다. 제훈보다 칠 년 위인 영훈은 어릴 때부터 국내에서 이름난 영재로 손꼽혔다. 중학교 이학년인 제훈이 처음 뉴욕에 갔을 때 영훈은 그리스식 기둥으로 둘러진 대학의 한 건물을 소개해주었다.

"여기는 뉴턴 홀이야. 뉴턴을 모른다고? 하하, 네가 아는 그 뉴턴 맞아."

흰색 셔츠에 청회색 리넨 바지를 입은 영훈은 건물 입구 계단에 서서 제훈의 젖살이 덜 빠진 통통한 볼을 꼬집었다. 유독 그날의 장면이 제훈의 기억에 오래도록 남아 있었다.

이수정 여사는 제훈이 컨설팅 회사에 입사해 서울로 돌아온 후 처음으로 진지하게 말했다.

"이제는 네가 결혼할 여자를 사귀었으면 좋겠구나. 네 아버지도 그렇고 나도 기력이 예전만 못해. 어서 손자도 보고 싶고. 세상이 아무리 변하고 누가 뭐래도 결혼이 인륜지대사다. 인생이 별거더냐? 제짝 만나 가정 이루고 사는 게 인생이야."

"제가 알아서 하겠습니다."

제훈은 구둣주걱으로 구두 뒤축을 끼우면서 얼결에 대답했다.

"그럼 우리 이렇게 하자. 올 일 년간 너에게 기회를 주지. 그런데 이번 연말까지 네 짝을 데려오지 않으면 이 어미가 소개하는 규수들을 차례로 만나본다고 약속해라. 너도 곧 서른이잖니."

"네네, 어머니."

제훈은 출근길이라 서두르는 척했다. 그런데 그게 그렇게 간단한 문제가 아니었다.

3

김환기는 인천공항에서 성북동 골목 어귀까지 윤영을 태워주고는 돌아갔다. 새벽의 균일한 안개가 주택가로 이어진 오르막길을 온통 덮고 있었다. 눈을 감고도 걸을 수 있을 만큼 익숙한 길모퉁이와 담장들이 보였다. 주차된 차 밑에서 빠져나온 들고양이 한 마리가 윤영의 앞을 가로질러 언덕길 아래로 빠르게 달아났다. 아치형 목재 대문앞에 이르자 윤영은 벽돌 담장에 등을 대고 잠시 눈을 감았다. 감은 눈앞으로 지난 시간을 실은 검은 기차 한 량이 지나갔다.

중학시절 윤영은 하교길에 소낙비를 만나 빗속을 뛰었다. 옷에 물이 줄줄 흐르는 상태로 동네 입구 언덕길을 돌아가다가 세탁소와 부동산 사이 골목에 주차된 승용차를 보았다. 짙은 창유리 안으로 진회색 양복을 입은 운전석의 남성과 조수석에 앉은 여성의 황금색 숄이 눈에 들어왔다. 비는 거세졌고 윤영은 어느 집 담장 아래로 들어가 그 골목을 다시 돌아보았다. 검은색 승용차는 이미 떠나고 그 자리에 없었다. 엄마의 황금색 에르메스 머플러는 흔한 색, 흔한 브랜드의 제품이 아니었다. 윤영이 집으로 돌아왔을 때 엄마는 집에 있지 않았다. 윤영은 젖은 옷을 그대로 입은 채 욕조 안에 웅크리고 앉았다. 버튼을 누르자 정수리에 샤워기 물이 쏟아졌다. 두려움과 울음이 섞인 물줄기가 발끝에 있는 하수구 망으로 모여들었다.

해가 떠오르려는지 새벽안개가 걷히고 동편 지붕 뒤의 하늘이 인디언 핑크빛으로 변해갔다. 담장 넝쿨들과 담 위로 뻗은 울창한 나무들 때문에 집 안쪽은 잘 보이지 않았다. 창문들은 견고하게 닫혔고 일 층 부엌 쪽에서만 희미한 불빛이 새어 나왔다. 윤영은 옷가지와 소지품이 든 백팩을 어깨 위로 끌어 올리고는 별채의 작은 대문이 나올 때까지 긴 담장을 따라 걸었다.

"엄마."

윤영의 입에서 생각지 못한 말이 튀어나왔고 두 뺨으로 눈물이 흘렀다. 단풍나무 아래의 별채로 들어가는 오솔길에는 발길이 드물어서인지 키 낮은 잡초들이 자라고 있었다. 삼 층인 윤영의 방 창문에서 이곳 별채는 눈에 잘 띄지도 않았다. 별채는 출입이 금지된 구역이었다. 윤영도 열다섯 살 이후로 근 십 년 동안 이곳에 발을 들여놓지 않았었다. 윤영에게 별채는 헨젤과 그레텔 동화 속에서처럼 가마솥에 물을 끓이는 높은 굴뚝의 그을린 벽돌집으로 각인되어 있었다.

윤영의 엄마, 이민희는 가출한 지 삼 일 만에 집으로 강제귀가 당했고 이곳 별채에 유폐될 것을 자청했다. 영원한 고독을 스스로의 징벌로 결정한 것이다. 이후 별채를 나오지도 않았고 아무도 별채에 들이지도 않았다. 이민희는, 가족은 물론 세상 누구와도 소통을 원하지 않았다. 자신이 오래 아끼던 오디오 세트와 엘피판들, 시집과 소장하고 있던 수백 권의 책들만 별채에 함께 가지고 들어갔다. 이민희의 나이 서른여섯 살 때였다. 홍 여사는 매일 별채에 들러 현관문 앞에 붙인 메모지대로 물건을 구입해주고 쓰레기를 수거하고 텃밭처럼 딸린 작은 화단을 정돈해주었다.

　윤영은 지난 십 년 동안 별채의 엄마를 한 번도 방문하지 않았다. 아무도 윤영에게 별채 출입을 직접적으로 금지한 적은 없지만 스스로 할머니의 뜻을 헤아렸다. 윤영은 별채의 붉은 기와지붕을 내려다볼 때마다 저곳에 내 엄마가 살고 있다는 생각에 마음이 아렸다. 어쩌다 눈길이 별채로 가면 감추어야 할 비밀을 들킨 듯 얼굴이 화끈거렸다. 성장기의 윤영이 엄마에 대한 감정은 부정에 대한 거부와 배신감이었다. 엄마는 벌을 받아 마법에 걸렸고 저곳에서 참회의 천을 완성할 때까지 물레를 돌리고 있다고 생각했다. 윤영은 그런 징벌의 당위성으로 감정의 균형을 잡곤 했다. 집 안에서 '엄마'라는 말은 금지어였다. 그런 윤영도 멜버른의 모나시 대학으로 떠날 때는 망설였다. '엄마를 한 번 만나고 올걸' 하는 생각이 비행기가 인천 공항 활주로를 뜰 때까지 중요한 물건을 두고 온 것처럼 계속 미련이 남았었다. 그럼에도 모나시 대학을 졸업하고 삼 년 후 멜버른에서 귀국했을 때에는 별채에 들르지 않았다. 집에 돌아온 날 밤 윤영은 삼 층 제 방에서 단풍나무 숲 너머 별채의 희미한 불빛을 내려다보았다. 저 여인은 여전히 물레를 돌리고 있구나. 아련한 슬픔이 연민의 강으로 흘러들었다.

　구석진 담장에서는 축축한 낙엽 냄새가 났다. 귀퉁이를 돌아 기억자 단층 건물을 감싸고 있는 작은 마당에 들어섰을 때 윤영이 발견한 것은 빨랫줄에 널린 하얀 식탁보였다. 윤영은 어린 시절에 익숙했던 레이스가 달린 식탁보에 코를 묻어보았다.

　별채 현관문 앞에 섰을 때 윤영은 망설여졌다. 현관 데크의 양옆으로 노랗고 보랏빛 국화 화분들이 나란히 놓여 있고 벽돌담에는 붉게 물든 담장 잎이 턱수염처럼 붙어 있었다. 윤영은 관리인 가족용으로 지어진 이 작은 집이 이렇게 아늑하고 예쁜 집인 줄 전에는 미처 몰랐다.

"엄마."

윤영은 한숨처럼 작게 불러보았다. 얼마 만에 불러보는지. '다른 이들은 하루에도 수십 번도 더 부르는 이 말을 나는 왜 그다지도 부끄러워했는지.' 십 년 동안 남들 앞에서 한 번도 불러보지 못한 '엄마'라는 소리가 불쑥 튀어나오자 윤영은 가슴이 뜨거워졌다. 쇠 손잡이를 잡고 문을 두드리자 현관문이 열렸다.

"윤영이?"

이민희는 머뭇거리는 윤영의 두 손을 맞잡아 문안으로 끌었다. 집 안은 간단하고 정돈되어 있었다. 수도를 하는 수도승의 방처럼 깔끔하고 단조로운 가구 몇 점뿐이었다. 엄마, 이민희 여사의 외형은 이전과는 많이 달라져 있었다. 백목련처럼 빛나던 예전의 피부는 간곳없고 마른 중년 여인이 서 있었다. 엄마는 오래 인내한 사람답게 조금도 기운을 흩트리지 않았다. 윤영은 엄마의 총총한 눈빛과 현명하고 절제된 표정을 보았다. 엄마, 이민희 여사는 의외로 행복해 보였다.

두 개의 양초에 불을 붙이고 미등을 끄자 탁자 위에 아늑한 동그라미가 생겼다. 이민희가 찻잔을 들고 와 맞은편에 앉았다.

"우리 딸, 엄마를 찾아와줘서 고마워. 사랑에 빠지면 누구에게든 이야기를 하고 싶어지지. 가슴이 터지기 전에 얼른 덜어내야 하니까. 이제 마음껏 털어놔보렴. 두 사람은 어떻게 만났어? 엄마는 모든 게 궁금하단다.”

“환기씨가 차밍스쿨로 찾아왔어요.”

말을 꺼내놓고 윤영은 창문 밖의 어둠을 응시했다. 시월의 순한 바람이 날선 비자나무 잎들을 감싸고 수국의 잔향을 멀리까지 나르고 있었다. 앞 화단의 꽃들은 검은 물에 잠긴 수초처럼 조금씩 움직였다.

“초가을 오후였어요.”

시간의 가닥을 잡아 윤영이 이야기를 시작했다.

“일 층 리빙룸은 온통 볕이 들어와 황금빛 들판 같았어요. 그 사람은 안쪽 패브릭 소파 끝에 앉아 있었어요. 가느다란 나뭇가지에 겨우 걸터앉은 작은 새처럼 보였죠. 내가 유리문을 밀고 들어가자 놀랐는지 벌떡 일어서면서 조금 비틀거리더군요. 그는 하얀빛 속에서 강아지풀처럼 떨고 있었어요. 저는 그에게 자리에 앉기를 권하고 천천히 말했어요. ‘안, 녕, 하, 세, 요. 제가 김, 윤, 영, 입니다.’ 그가 흠칫 어깨를 좁히고는 내 눈길을 피하더군요. 아, 제가 기억하는 김환기는 그런 사람이 아니었어요. 그는 언제나 당당하고 자신감이 넘치는 남학생이었죠. 그가 털이 갈라진 고양이 같은 모습으로 내 앞에 서 있다니요! 그는 마치 처분을 맡기는 듯 절망적인 눈빛으로 말했어요. ‘김환기입니다. 이렇게 불쑥 찾아와서 놀랐을 겁니다. 그동안 유미를 통해 윤영씨 이야기를 많이 들었어요. 여기로 찾아오기까지 여러 차례 망설였습니다만.’ 하면서 눈길을 발끝으로 떨구고는 아랫입술을 깨물었어요. 그가 고개를 들었을 때에는 어색함과 죄책감, 그리고 애절함을 담은 두 눈동자에 눈물이 고여 있었어요.”

당시를 회상하는 윤영의 목소리가 떨렸다.

"그의 붉어진 눈동자가 잔처럼 넘치더군요. 눈물은 계속 흘러 그의 양 볼을 적셨어요. 그 모습을 보자 저도 눈물이 나왔어요. 유미 언니와의 지난 기억들이 계속 눈물을 자아냈어요. 가슴의 통증이 올라와 목을 조였고요. 우리 두 사람은 눈물이 볼을 타고 턱 아래로 흘러가는 모습을 서로 바라보고 있었어요. 모래의 양처럼 눈물의 양으로 시간을 측정한다면 꽤 많은 시간이 흘렀을 거예요. 그의 울음이 흐느낌으로 이어지자 제가 그의 옆자리로 옮겨 앉아 손수건으로 눈물이 흐르는 그의 볼과 턱을 닦아주었죠. 그때 이상하게도 그의 얼굴이, 그의 이목구비 하나하나가, 그의 턱선과 볼의 높낮이가 지도의 등고선처럼 내 가슴에 올올이 새겨지는 거예요. 이번에는 그가 젖은 손수건으로 내 얼굴의 곡선을 따라 눈물 자국을 지워주더군요. 우리는 서로 눈물을 닦아주느라고 어깨가 맞닿고 무릎이 포개진 것도 몰랐어요. 그렇게 가까이에서 비 온 뒤의 숲처럼 더 빛나고 더 선명한 눈동자를 서로 들여다보았어요. '산책하러 나가실래요?' 하고 제안했을 때 우리 두 사람은 공중으로 붕 뜬 느낌이었어요. 조금 전, 어색하게 만났던 서로를 잘 모르던 사이가 아니었어요."

이민희는 신기한 듯 윤영에게서 한순간도 눈을 떼지 못했다. 내 아기가, 내 딸이 자라서 이 어미 앞에서 사랑 이야기를 하고 있구나!

"체육관 뒤 산책길에서 우리 두 사람이 나란히 걸음을 옮길 때에는 사랑의 출렁임이 물결쳐 들어오는 걸 느꼈어요. 먼 기원에서부터 오늘날까지 끊임없이 밀려온 사랑의 파도가 우리 두 사람의 가슴속에도 들어오고 있다는 걸 예감했어요. 나무가 된 듯, 새가 된 듯 주변과 조금도 어긋나지 않는 신기한 느낌이었어요. 마주하는 햇빛과 바람도 무한히 우리를 품어주는 것 같았고요."

이민희는, 처음 날기를 마친 작은 새처럼 벅찬 숨을 몰아쉬고 있는, 볼우물까지도 자신과 꼭 닮은 딸의 얼굴을 가만히 들여다보았다.

"얘야, 그게 운명이고 사랑이란다. 사랑에는 기다림과 인내가 필요하지."

그때 윤영의 폰에 문자가 도착했다.

—뭘 하고 있어?

—엄마에게 오빠 이야기를 하고 있어.

—우리 공주, 보고 싶다. 많이.

이민희는 답 문자를 하는 윤영의 등을 가만히 끌어안았다. 스물여섯 살의 윤영이 몸을 돌려 이민희의 품 안으로 파고들었다. 엄마의 냄새와 심장 박동 소리는 여전히 변함이 없었다.

이민희는 새벽에 눈을 떴다. 남은 날들 중 또 하루가 시작되고 있었다. 서른 중반 무렵부터 이민희는 살아 있다는 게 점점 숨이 막혀왔다. 윤영이가 중학교에 입학하고 나서 학부형 모임, 재계 모임에는 더이상 나가고 싶지 않았다. 체면치레, 과시, 염탐, 폭로, 그럼에도 개인적으로 진정한 불행에는 무관심한 그런 모임은 사회적인 연결 이외에는 아무 의미가 없었다. 아닌 척, 모르는 척, 못 들은 척, 무심코 흘린 척, 챙기는 척, 행복한 척, 드라마 속에서 연기하듯 살아야 하는 인생이 덧없고 허탈했다. 그 봄에는 더욱 그랬다. 쇼윈도 부부, 트로피 아내의 노릇도 진력이 났다. 딸아이가 열다섯 살이 되도록 한 번도 자신을 위해 시간을 보내본 적이 없는 이민희에게 허탈감은 폭풍처럼 기존의 모든 것, 일상의 모든 것을 뒤엎고 휩쓸고 갈 정도로 거셌다. 지난 기억에서 이민희의 이십대, 삼십대는 거의 찾아볼 수가 없었다. 모노드라마처럼 김회장의 대학시절, 미국 유학시절의 인상과 몸짓, 행동들만이 그 시절의 화면에 가득 차서 계속 되돌려지고 있었다.

이민희는 높은 산 정상에 올라 세상을 향해 매일 소리치고 싶었다. 그녀의 마음속 불덩어리는 백색의 눈이 덮인 산 정상에 놓으면 떼굴떼굴 구르다가 기슭에 처박혀야만 부서지고 식을 것 같았다. 마음만큼 몸도 뜨거웠다. 그 열기가 눈으로 튀어나올까봐 그 시절 이민희는 누구를 정면으로 쳐다보지 못했다. 항상 고개를 숙이고 눈을 바닥에 두었다. 어쩔 것이냐, 이 불타는 가슴을. 이민희는 제 가슴이 식어질 때 자신의 인생도 시들 것임을 알았다. 아무리 울어봐야 소용이 없었다. 가슴에 빈 허망함은 채워지지 않았고 뭉친 응어리는 풀어지지 않았다. 이제 젊은 시절의 광활하게 넓었던 가슴은 손전등만큼의 크기로 줄어 있었다. 별채에 들어온 후 이민희는 매일 편지를 썼다. 하루도 거른 적이 없었다. 편지는 일기처럼 계속되었다. 편지의 사연은 강물처럼 이어지고 해와 달처럼 어김없는 바통을 주고받았다. 그러나 그 편지는 부쳐지지 않았다. 누구에게도 전해지지 않았다. 편지는 차곡차곡 벽장 속에 쌓여갔다. 이민희는 동쪽 창문으로 다가서서 어둠이 엷어지는 군청색 하늘을 올려다보았다. 샛노란 별이 새벽빛에 희석되어 엷어졌다. 담벼락 아래 푸른 수국은 잎맥이 넓은 잎에 투명 이슬을 매달고 있었다. 너도 소리 죽여 울고 있구나. 푸른 수국이 자신의 모습과 꼭 닮아 있었다. 마흔여섯 살의 가을이 시작되고 있었다. 스무 살에 시집을 와, 이듬해 딸 윤영을 낳았으니 이 집에서 이십오 년을 보낸 셈이었다. 그 일로부터 십 년이 지났고 이민희는 그 십년 동안 스스로를 이 작은 별채에 가두었다. 이민희는 그때 저를 연인과 함께 떠나지 못하도록 붙잡아 둔 남편을 원망하지 않았다. 김회장은 균형 잡히고 속 깊은 품성을 가진 사람이다. 이제 그가 이 새장속에서 나를 자유롭게 풀어준다고 해도 날아가지 못하고 다시 이 별채로 돌아올 것이다. 어쩌면 스스로 한 발자국도 이곳을 나가고 싶지 않은지도 모른다. 담벽을 향한 창문으로 화단을 내다보던 이민희는 뒤돌아서 별채의 바라지창을 통해 안채를 올려다보았다. 거대한 성채 같은 삼층집이 어둠 속에서 웅크리고 있었다. 그때 마침 안채의 부엌과 식당에 불이 켜졌다. 이민희는 흠칫 돌아섰다. 미처 따라내지 못한 부끄러움이 뒤통수에 고였다. 안채에서 이곳 별채를 건너다본다고 해도 지붕 아래의 이 작은 창문은 짐승의 눈처럼 눈에 띄지도 않을 텐데도 그랬다.

김회장은 어머니에게 문안 인사를 드리고 나오다가 봉쇄 수녀원처럼 유폐된 별채를 건너다보았다. 정원의 가로등 불빛에 낮은 양기와 지붕이 어둠 속에서 반백의 머리처럼 희끗하게 보였다. 당단풍나무 잎들 사이로 창문의 노란 불빛이 새어 나오자 별채는 숲속의 오두막 같았다. 한 시절, 나의 기쁨이었고 생명이었던 이민희를 생각하자 가슴이 뻐근해지면서 잠시 눈시울이 뜨거워졌다. 이 비서에게서 아들 민호를 낳기 전까지 그의 왕국의 유일한 공주였던 딸 윤영에게서도 마음이 멀어진 것도 사실이었다. 이민희는 삼십 년 전이든, 십 년 전이든 김회장에게 조금도 곁을 내주지 않았다. 김회장은 아직도 이민희에게 채워지지 않는 갈증을 느끼고 있었다. 이 마음이라는 게 명확하게 결론이 나지 않았다. 그 일이 일어난 지 십수 년이 지나도록 김회장은 제 마음을 어찌할 바를 몰라 유예하고 덮어두었다. 갈등의 솔기를 봉합하기를 미루었다. 그때 그 일은 다시 들추고 싶지 않았다. 그날의 기억에는 피를 쏟는 고통이 따랐다. 이민희, 네가 감히. 생각만 해도 혀가 굳어지고 심장이 요동쳤다. 비서실 직원들이 상간남을 붙잡아와 무릎을 꿇리고 각서를 받은 걸 알고는 손톱을 세우며 달려들던 이민희의 포악한 모습이 떠올랐다. 김회장은 대문간을 향해 냉랭하게 돌아섰다. 휘도는 외투 자락에 정원의 잔 꽃잎들이 흔들렸다. 엔진을 끄지 않고 문밖에서 기다리던 권기사가 얼른 다가와 차 뒷문을 열었다.

홍연숙은 지난 일주일 동안 암흑 같은 시간을 보내고 있었다. 도저히 이 집안에서 서 있을 수도 앉아 있을 수도 없었다. 윤영의 할머니는 손녀딸 일로 앓아눕더니 급기야 집에서 가까운 강북삼성병원에 입원을 했다. 자라 보고 놀란 가슴 솥뚜껑 보고 놀란다는 옛말처럼 십 년 전 일이 그대로 재현되는 것 같아서 홍연숙은 몸을 떨었다. 사건을 알게 된 지 반나절 만에 윤영 아범에게는 알리지 말라고 했다. 이 댁 할마님의 하명이었다. 할마님은 윤영이 반드시 돌아올 거라고 했다. 그런 지가 벌써 일주일이 지나고 있었다. 윤영이 기숙사에서 잘 지내고 있다고 김회장을 계속 속이는 데에도 한계가 있었다. 홍연

숙은 시간이 갈수록 할마님의 결정이 옳았는지 회의가 들었다. 김회
장이라면 딸의 행방을 금방 찾아낼 수 있을 것이다. 십 년 전에도 그
랬다. 당시에 김수관 회장은 자신의 정치권 인맥을 동원해 국가정보
원과 출입국관리국의 신속한 도움을 받았다.

 독일로 출국하기 직전에 이민희는 김포공항에서 붙잡혀 집으로 돌
아왔다. 집을 나간 지 삼 일 만이었다. 이민희의 계획은 치밀하지 못
했고 다소 즉흥적인 면이 있었다. 패물 이외에 몸에 지닌 것도 없었
다. 모든 걸 놓고 가니 자신을 찾지 말라는 신호였다. 그러나 김회장
은 첫사랑인 이민희를 그렇게 보내줄 수는 없었다. 상대 남자인 이민
희의 초등학교 동창은 그동안 독일에서 체류하다가 한국으로 돌아온
피아니스트였다. 이민희는 그와 은밀히 일 년을 만났고 두 사람은 마
침내 목숨을 건 대탈출을 감행했다. 이틀이 지난 후 갑자기 나타난
네 명의 장정들이 두 사람을 에워싸고 막아섰다. 이민희는 공항 주차
장에 대기해놓은 승용차에 강제로 태워졌다. 그녀는 차 뒤편 유리로
사내들과 몸싸움을 하는 그를 뒤돌아보았다. 그의 베이지색 버버리
등 뒤로 넘겨진 검은 가방끈이 그의 어깨를 친친 감고 있었다. 그 마
지막 장면이 십 년 동안 이민희의 머릿속에서 계속 되돌려졌다. 그날
유승종은 김회장 앞에 무릎을 꿇고 다시는 한국 땅을 밟지 않겠다는
각서를 쓴 후 풀려났다고 홍 여사가 말을 전했다.

 대학 시절 김수관 회장은 친구 집에 놀러 갔다가 고등학교 일학년
인 친구 동생 이민희를 보고 과외 선생을 자청했다. 부잣집 외동아들
에 명문대 졸업반인 김회장을 이민희의 부모와 오빠는 마다할 이유

가 없었다. 그 후 이민희는 여자대학에 입학했고 김회장의 감시와 같은 보호는 계속되었다. 이민희의 고교 시절 사진과 대학 시절 사진에는 여러 명의 여학생들 뒤에 꼭 김회장이 끼어 있었다. 사진 속에 김회장이 없는 경우는 그가 그 사진을 찍어주는 경우뿐이었다. 한창 피어나는 여고 일학년 시절부터 이민희는 다른 남자와는 데이트는커녕 차 한 잔 마셔본 적도 없었다. 늘 아침마다 김회장의 전화를 받았고 저녁에는 집에 와 있다는 보고를 해야 했다. 엄마와 오빠는 이민희에게 행운을 잡았다고, 그런 구속을 오히려 감사해야 한다고 부추겼다. 이민희는 이것이 사랑인지 설렘인지 느낄 사이도 없이 김회장에게 감정이 세뇌되었고 영혼은 종속되었다. 김회장의 적극적인 보호 하에 대학 이학년을 마친 겨울에 이민희는 곧바로 그와 결혼했다. 교사 부부인 부모와 일곱 살 터울의 회계사 오빠를 둔 이민희는 재벌가로 시집을 간 신데렐라로 집안과 주변에 단박에 유명해졌다. 그러나 정작 본인은 잔칫상에 놓인 돼지머리가 된 심정이었다. 결혼식 날 이민희는 자신의 미래를 휘감는 차갑고 불쾌한 뱀의 기운을 느꼈다. 이걸 왜 좀더 일찍이 깨닫지 못했을까 하는 후회가 쇠 종처럼 그녀의 가슴을 때렸다. 결혼 후의 이민희 표정은 더욱 어두워졌다.

김회장은 성취하고 소유하는 방식이 특이했다. 그는 한 번 물면 놓지 않았다. 불도저식으로 밀어붙이고 불가능해 보이는 일도 완성해냈다. 그런 그를 주변에서는 뚝심 경영인이라고 불렀다. 그에게는 사랑도 일과 마찬가지였다. 한 번 성취한 일은 그의 머릿속에 다른 트로피들과 함께 나란히 전시해두었다. 그중 이민희는 가장 공들여 얻은 보물이었다. 다시 꺼내 볼 때마다 젊었을 때의 뛰는 가슴을 기억나게 하는 값진 품목이었다. 그럼에도 김회장은 이민희를 집안에 들인 후로는 거의 돌아보지 않았다. 이민희는 자신의 수장고에 보관하는 하나의 성취물일 뿐이었다. 이 집안에서 이민희가 살아남으려면 용의주도하게 자신의 생을 만들어가야 했다. 그러나 스물한 살의 새 신부는 어리고 미숙했다. 이민희는 매일 아침에 눈을 떠서는 긴 복도에 가지처럼 이어지는 텅 빈 방들과 견고한 가구들, 닫힌 창문과 내려진 커튼을 바라보면 가슴이 무너져 내렸다. 하루가 길고 공허해서 새로운 날이 두려웠다. 두꺼비 움집에 갇힌 엄지공주처럼 이민희는 우울했고 까닭 모를 눈물을 자주 쏟았다. 이민희가 임신했을 때 시어머니는 친정집 먼 친척 조카뻘인 홍연숙을 가정 관리사란 직책으로 집안에 들였다. 홍여사를 김회장 집에 소개한 친척 아주머니는 그녀를 성정이 곧고 손끝이 야물다고 했다. 홍연숙은 여상을 졸업하고 시골 우체국에 근무하다가 중매로 결혼을 했다. 삼대독자인 남편과의 사이에서 십 년 동안이나 아이가 생기지 않자 스스로 자리를 비켜주고 나왔다. 고향집에 머물고 있던 그녀는 먼 친척의 소개로 김회장 댁에 입주했다. 홍연숙의 나이 서른다섯 살이었다. 그때 홍연숙이 들어오지 않았으면 지난 이십 년 동안 이민희는 일찌감치 미치거나 죽어서 이 집에서 나갔을 거라고 생각했다.

홍연숙은 영리하고 재발랐다. 눈치가 빨라 먼저 알아서 이민희의 마음을 잘 헤아렸다. 이민희와 쿠킹 클래스나 휘트니스 클럽 등 취미 활동을 같이하는가 하면 재계 부인들의 모임에도 함께 나가 이민희의 위상을 세워주고 부족한 면은 눈치껏 거들었다. 홍연숙은 집안 허드렛일을 하는 사람들에게도 마음은 다치지 않게 하면서 일은 제대로 시켰다. 홍연숙이 들어온 이후로 김회장 댁 안팎의 살림은 윤택해지고 분위기는 단정해졌다. 이제는 홍 여사가 없는 성북동 집은 생각도 할 수도 없었다. 할마님과 이민희, 둘 다 홍연숙을 전적으로 의지하고 신뢰했다.

홍연숙은 이민희와 그녀의 동창, 유승종과의 밀회를 처음부터 알고 있었다. 섣불리 막거나 할마님에게 알리기에는 부작용이 클 것 같아서 신중하게 기다리던 중이었다. 두 남녀의 만남이란 금세 시들해질 것이니 그냥 넘어갈 문제라고 생각했다. 그런데 일 년이 지난 어느 새벽에, 이민희는, '그와 함께 떠난다.'는 간단한 메모를 홍연숙에게 남기고 가출해버렸다. 그때에도 할머니는 밤까지는 기다려보고 김회장에게 알리자고 했다. 그날 밤을 생각하면 홍연숙은 지금도 오금이 저렸다. 밤늦게 술자리에서 그 소식을 들은 김회장이 즉시 집으로 달려왔다. 기사를 돌려보낸 그는 현관문 앞에 기다리고 섰던 홍연숙에게 집안사람이 없어질 때까지 뭘 했냐고 불같이 화를 냈다. 즉시 알리지 않은 것에 대해서도 강하게 힐책했다. 김회장은 오후 내내 거실 소파 한자리에 꼼짝 않고 앉아 있던 할머니 앞에서 바닥에 무릎을 꿇었다.

"어머니, 제가 변변치 못해서 집안에 이런 불상사가 났습니다."

윤영의 할머니는 아들의 어깨 위로 손을 뻗어 당신 무릎 가까이로 바싹 끌어당겼다. 그러자 김회장은 할머니 무릎에 고개를 묻고 흐느끼기 시작했다. 할머니는 무릎 안에서 흔들리는 아들의 어깨를 손으로 여러 차례 쓸어내렸다. 그러고는 분노인지 슬픔인지 한참을 서럽게 우는 김회장을 기다렸다가 천천히 말했다.

"우리 회장님, 새 아침이 오면 다 괜찮아질 겁니다. 우선 눈을 좀 붙여야지요."

할머니는 김회장의 등 뒤로 남은 한 손을 들어 신호를 보냈고 홍연숙은 꿀물을 타러 주방으로 달려갔다. 뒷마당으로 향한 주방 창문에는 새벽빛이 밀려오고 있었다.

얼마 전까지만 해도 홍연숙은 십 년 전의 이민희의 애정 도피 행각이 도무지 납득되지 않았다.

'미쳤어. 복에 겨워도 유분수지. 이 많은 행운을 버리고 도망을 가다니! 배은망덕한 여자야! 애고 불쌍한 우리 회장님!'

그랬었다. 그런 홍연숙이 나이 오십이 넘은 지금에 와서는 생각이 달라졌다. 그때 사랑하는 두 연인이 함께 시간을 보내도록 한동안 밀회 사실을 덮어주길 잘했다는 생각마저 들었다. 그럼에도 한 사람에 대한 짧은 기억만으로 별채에 들어가 십 년째 보내고 있는 이민희의 인생은 여전히 불가사의했다.

'저런 에너지는 어디서 오는 걸까. 만약 내게도 똑같은 일이 벌어진다면 이민희 여사와 같은 행동을 할 수 있을까? 부귀한 백년의 세월을 포기하고 가난한 예술가와 도망칠 수 있을까? 연인과 함께 절벽으로 몸을 날릴 수 있을까? 과연? 나라면?' 홍연숙이 스스로에게 이런 어려운 질문을 한 건 오십오 년 만에 처음이었다.

"……그럴 수 있지! 그럴 수 있고말고! "

잠시 숙고할 것도 없이 내뱉어지는 자신의 말에 홍연숙은 깜짝 놀랐다. 전과 다르게 뒤바뀐 자신이 낯설다 못해 어이가 없었다. '풋'

하고 웃음이 밥알처럼 터졌다.

"그놈의 차밍스쿨 탓이야!"

근거를 밝히고 해명을 하고 나니 속이 좀 편해졌다. 그때 휴대폰에 문자가 도착했다. 놀랍게도 이제껏 먼저 연락한 적이 없는 별채 사모님, 이민희에게서였다.

― '현관문 앞의 메모지에 적은 대로 물건을 구입해줘요. 윤영이가 여기 와 있어요. 그냥 모른 척하세요.

― 그럼요! 뭐든지 시키세요!'

홍연숙은 얼른 답 문자를 보내고 주방 창문으로 달려갔다. '윤영이가 돌아왔어!' 윤영이 머물고 있는 별채 뒷벽을 건너다보자 홍연숙은 기쁨이 차올라 춤이라도 추고 싶었다. 이렇게 기뻤던 적이 얼마만인지 근래에는 기억조차 없었다. 아무래도 좋았다. 이제 우리 윤영이가 돌아왔으니!

4

바람이 제법 서늘했다. 면 티셔츠 위에 스웨터를 걸쳤는데도 오소소 추위가 느껴졌다. 황신이 선생의 강의실로 이동하는 도중 지원은 윤영을 떠올렸다. 두 사람은 어디로 갔을까? 그 연인들은 지금쯤 주변의 고립감 때문에 서로에게 짜증이나 내지 않을까. 아니면 과거의 그리움들을 상대에게 서로 숨기고 있진 않을까. 지원은 여기까지 생각하자 웃음이 나왔다. 한평생 살 것처럼, 한평생 불타오를 것처럼 거센 불꽃도 언젠가 재로 남기 마련이다. 약한 불길일수록 타는 기간이 조금 연장될 수는 있겠지만 결국은 타버리는 것이고 유한한 것임에랴. 무한대에 뭘 보태려면 무한대가 시작된 맨 처음에 하나를 더하면 된다고 어느 학자가 말했다. 인간의 생명은 유한한데 사랑이 무한하다는 게 가능이 되는가. 질량불변의 법칙으로 사랑이 계속 우주를 떠돈다면 그 또한 무의미하지 않을까. 사랑했던 두 연인은 이미 죽었는데 끝나지 않는 사랑이라니! 사랑하다가 죽은 사랑은 죽은 연인들과 함께 폐기되어야 한다. 빛바랜 익명의 가족사진처럼 지난 사랑이 지상에 계속 떠돈다면 비루할 것이다. 도착한 강의실 앞에서 누군가 지원의 어깨를 잡았다. 문 뒤에 세라가, 늘 끼고 다니는 수첩의 끈을 질근거리며 서 있었다. 연못에서 갓 나온 하루 개구리가 뱀을 두려워하지 않는 천진한 표정이었다.

"왜? 황신이 선생님 강의는 안 들을 거야?"

"너한테 할 말이 있어."

"강의실에서 말하면 안 되는 일이니?"

"그런 거면 내가 강의실 앞에서 너를 붙잡아 세우겠냐?"

"일단 들어와. 옐로우 카드 한 장만 더 받으면 넌 퇴교야."

세라는 영감이 떠올라서, 즉시 받아써야 한다는 이유로 여러 번 수업에 빠졌었다.

"윤영이에게서 연락이 왔어."

지원에게 등 떠밀려 강의실에 구석에 앉은 세라가 더이상 비밀을 숨길 수 없다는 표정을 지었다. 그때 황신이 선생이 강의실에 들어오자 세라는 정면을 향해 고쳐 앉았다. 전 시간의 〈사랑과 결혼은 왜 불화하는가〉에 이어 수업은 곧바로 진행되었다.

"움켜쥐고 싶을수록 자신의 욕망을 조절해야 합니다. 사랑의 물고기를 그물로 건져 올리면 거품을 물고 죽어버려요. 연인들에게 충고할 말은, '사랑은 그저 흐르는 강물에 그냥 두어라. 제발 사랑이라는 생물을 결혼이란 그물로 건져 올리지 마라.'입니다."

"언제?"

지원이 세라에게 슬쩍 고개를 돌려서 입술로만 물었다.

'어젯밤에. 열흘 동안 두 사람이 이태리 로마로 여행을 다녀왔대.' 세라가 급히 쓴 메모지를 밀었다. 지원은 좀 서운했다. 윤영이 연락을 하려면 자신을 가장 먼저 떠올려야 하지 않을까? 그러자 곧 세라와 윤영이 초등학교와 중학교 동창임을 떠올렸다. 황신이 선생의 강의가 이어지고 있었다.

"두 사람만을 위해서라면 둘이서 사랑만 하세요. 결혼은 두 사람의 사랑이 공동체를 생각할 만큼의 단계로 성숙했을 때 결정해야 합니다. 그런 다음 그에 따르는 책임은 반드시 져야 하고요. 결혼이란 계약에는 개인의 변심으로 혹은 개인의 욕망으로 책임을 저버린다는 조항은 없습니다. 오히려 눈이 오나 바람이 부나 천지개벽이 있더라도 결혼의 책임은 결코 저버리지 않는다는 것이 결혼의 맹서이자 요점이죠. "

황신이 선생은 준비해온 파워포인트 속 두 남녀가 이마를 맞대고 있는 웨딩사진을 레이저 펜으로 가리키면서 말했다.

'두 사람이 각자 집으로 돌아갔대.' 다시 세라의 메모지가 도착했다.

"결혼은 두 사람만의 관계가 아닙니다. 두 사람만 서약을 하고 사랑을 하려면 사회적인 인증을 받을 이유가 없죠. 자기 둘의 사랑인데

국가가, 사회가, 동네가, 집안이 무슨 이유로 간섭하겠어요? 사랑만 하려면 둘이서 사랑하다가 그냥 죽으세요!"

황신이 선생의 강의에 느닷없이 세라가 일어나 박수를 치고는 도로 앉으면서 지원의 귀에 바싹 대고 속삭였다.

"집에 돌아가서 각자 부모들에게 두 사람의 교제를 먼저 알리기로 했대. 곧 결혼도 할 거래."

황신이 선생의 강의는 계속되었다.

"결혼은 사회에 책임을 공표하는 일입니다. 사회가, 국가가, 동네가 집안이 보증하고 승인한 제도이므로 그들이 간섭할 권리가 있습니다. 결혼은 두 사람이 사회적 책임과 공동체의 규약을 받아들인다는 약속입니다."

황신이 선생은 마치 행진곡에 맞춰 행진하는 사람처럼 문장을 차례로 밀고 나갔다.

"그런데 너무 성급한 건 아니니? 로미오와 줄리엣도 아니고. 함께 여행 다녀온 지 이 주 만에 결혼 카드를 들고 나오다니?"

지원은 숨죽이면서 대화를 이어갔다.

"두 사람의 감정에 확신이 있었겠지."

세라도 재빨리 속삭이고는 고개를 앞쪽으로 돌렸다.

감정의 확신이라? 지원은 그 감정이 못미더웠다. 불안정한 감정을 결혼이라는 관습의 그릇에 성급히 담으려 한다는 게 문제였다. 결혼이 사랑을 보존해주나. 결혼이 사랑을 연장시켜주나. 사랑을 지속시키기 위해, 구속하기 위해, 붙잡기 위해 결혼을 선택하는 일은 흔해 빠진 오류였다. 역사적으로나 일반적으로나 성급한 혼인으로 폐기된 사랑의 포장지는 지구 곳곳에 뒹굴고 있었다.

'현명한 윤영이 왜 그런 급한 결정을?' 지원은 메모지를 세라 앞으로 밀었다. 그러자 세라가 그 아래 여백에 제 생각을 적어 돌려주었다. '충분히 숙고해서 결정한 걸로.'

이제 황신이 선생의 강의는 마무리 단계로 접어들고 있었다.

"사랑이 성숙해지면 함께 의미 있는 일이 하고 싶어집니다. 두 사람은 합일된 사랑을 유지하고 지속시키고 싶지요. 두 사람은 아이를 낳아 기르고 봉사하고 한평생 나란히 발맞춰 가고 싶어집니다. 말 그대로 내용이 형식을 요구하는 거죠. 이처럼 내용이 충분히 채워졌을 때 결혼이란 형식을 택하세요. 결혼이란 두 사람이 함께 씨앗을 뿌리고 미래의 나무를 함께 키운다는 사회적인 합의에 다름이 아니니까요."

지원은 제 방에 돌아와 윤영의 애정도피 당시의 상황과 돌아온 지금의 상황을 여러 번 시뮬레이션 해보았다. 아무튼 대단한 용기야. 탈출도 회귀도 미지의 어떤 힘의 도움 없이는 불가능한 일이었다. 사랑, 그 불가사의한 힘은 실제로 있는 걸까? 지원은 여전히 의문이었다.

저녁식사 후 도로시는 어깨 숄을 걸치고 창가 소파로 물러나 앉았다.

"김윤영이 집으로 돌아왔답니다. 어제 연락을 받았어요."

황신이는 토마토 주스를 한 모금 마신 후 생각난 듯 말했다.

"윤영양은 어찌할 생각인가?"

"보호자에게서 전화가 왔을 때 다시 차밍스쿨로 복귀할지는 물어보지 않았습니다. 그러나 복귀할 의사가 있으니 우리에게 전화를 하지 않았겠어요? 퇴교 조치를 해야 할까요? 학칙 준수를 위해서는 벌칙도 필요하지 않을까요?"

도로시는 잠시 골똘히 생각을 감아 모으고는 천천히 풀어냈다.

"학생이 학교로 돌아온다면 그게 오히려 학칙을 엄수하는 게 아닌가? 돌아올 의무감이 있는 곳이라면 그 가치가 입증된 거고. 복귀할 의사가 있다고 하면 즉시 받아요."

이로써 윤영의 복귀가 결정되었다. 도로시의 말은 짧고 군더더기가 없었다. 명확했고 신뢰를 주었다.

5

시월 말부터 축제 준비에 들어갔다. 축제 두 달 전부터 댄스 강사가 한시적으로 투입되었다. 김윤영은 김환기를, 임슬기는 김장수, 허미리는 연인인 홍기수를 파트너로 지목했다. 김보람은 한 주 전 맞선으로 만난 안대성을 파트너로 초대했다. 윤세라는 연극의 연출을 하는 대신 댄스 공연에는 빠지겠다고 했다. 소시은은 일단 유보했고 유지원만 파트너 대행 알바생을 신청했다.

토요일 세 시부터 춤 연습이 시작이었다. 지원은 황금빛 댄스 슈즈와 하늘색 시폰 무용복을 챙겨 들고는 체육관 강당으로 향했다. 강당의 마룻바닥에는 서늘한 공기가 감돌았다. 지원은 꼭대기 창에서 들어온 네모난 햇빛 속에 잠시 멈춰 섰다가 문득 체육관 휴게실을 뒤돌아보았다. 투명 유리벽 안에는 흰색 셔츠에 검은 바지를 입은 다섯 명의 파트너들이 마치 흰줄무늬나비 떼처럼 모여 있었다. 벽에 기댄 승마코치 김장수와 마주 서서 이야기하던 청년이 지원을 돌아보았다. 그와 눈이 마주치자 지원은 황급히 고개를 돌렸다

휘슬이 예명인 댄스 강사는 춤 연습에 들어가기에 앞서 커플들끼리 파트너십을 형성하고 오라고 시간을 주었다. 파트너를 정하지 않은 소시은과 윤세라는 체육관 강당에 남고 다섯 쌍의 커플들은 밖으로 나왔다. 슬기가 파트너인 김장수와 함께 수영장 뒷길로 걸어가면서 지원에게 손을 흔들었다. 지원은 파트너를 다른 이들과 반대 방향인 편백나무 길로 데리고 갔다. 학교 담장 너머로는 푸른 당근밭이 펼쳐져 있었다. 다른 이들과 거리가 멀어지자 지원이 목소리를 낮춰 물었다.

"그쪽도 아르바이트로 왔나요?"

"그렇다면 님도 아르바이트생?"

조금 놀란 눈치로 그가 되물었다. 무의식적으로 드러낸 말실수에 아차 싶었다.

"하는 일은 다르지만, 저도 뭐, 그렇다고 할 수 있죠."

지원이 풀죽은 목소리로 사실을 인정하자 파트너는 다시금 명랑해졌다.

"저는 알음알음으로 이 자리를 소개를 받았습니다. 차밍스쿨이라는 이 소수 정예 교육과정에도 호기심이 있었고요. 게다가 알바비까지 준다고 하니 이거 금산첨화 아니겠습니까?"

"좋은 알바 자리죠. 그런데 금상첨화 아닌가요?"

지원은 심드렁하게 쏘아붙였다.

"아, 뭐 그리 날카롭게 대응하시나요? 피잔파잔 같은 처지인데?"

"피장파장 아닌가요? 댁은 이응 콤플렉스라도 있어요? 저주에라도 걸렸나요?"

지원은 냉정하게 말하고는 걸음을 빨리해 잔디 광장을 반 바퀴나 돌았다.

"아닙니다. 강장공장공장장! 봐요! 멀쩡하잖아요?"

그가 급한 걸음으로 지원을 뒤따르면서 너스레로 능쳤다.

"참내, 간장 아닌가요?"

지원은 어이가 없어 횅하니 더 빠르게 걸어 나갔다. 무식하기까지 한 이런 애송이와 파트너를 해야 하다니. 근사한 다른 동료 파트너들과 비교가 되어 더욱 한심하게 보였다.

"댁의 이상형은 발음이 정확한 남자인가봐요. 그렇다면 바로 접니다. 잘 들어보세요. 금상첨화, 피장파장, 간장공장, 깐 콩깍지, 안 깐 콩깍지 됐지요?"

긴 다리로 지원의 걸음을 금방 따라잡은 청년은 바로 지원의 목덜미 뒤에서 유쾌한 웃음을 터트렸다. 나란히 발맞춰 걸으면서 그는 지원의 뾰족한 입술을 힐끗 보고는 말했다.

"처음에 분위기가 딱딱해서 부드럽게 좀 구겨봤습니다. 그러니 이제 인상을 좀 펴세요. 앞으로 발음만은 정확하게 하겠다고 약속하겠습니다. 우리 두 사람만의 첫 약속이군요."

지원은 우리, 두 사람, 약속, 이란 말이 귓가에 스며들자 슬그머니 웃음이 나왔다.

"유지원이라고 해요."

지원이 걸음을 멈춰 서서 왼손을 내밀었다. 얼결에 한 걸음 물러선 청년이 제 손을 옷깃에 닦고는 지원의 손을 맞잡았다.

"정제훈입니다. 저도 왼손잡이거든요."

지원은 그의 총총한 눈빛을 비로소 마주 보았다.

"손에도 느낌이 있어요. 지원씨 손은 따뜻하고 사려가 깊군요."

제훈은 지원의 손에서 거두어들인 왼손이 보물이나 되듯 제 오른손바닥으로 감싸 쥐며 말했다. 지원은 그의 넉살에 오랜만에 마음이 따스해졌다. 재밌고 착한 알바생이 왔네.

휘슬 댄스 강사는 다섯 팀을 둥글게 세우고 중앙에 섰다. 남자 파트너들은 여자들 뒤에 한발씩 물러서서 사슬처럼 두 손을 엇갈려 잡도록 했다. 동작은 단순하고 쉬웠다. 한 패턴을 음악에 맞춰 반복하는 포크댄스였다. 파트너와의 교류가 목적인 사교춤이라서 서로 이야기를 하면서 움직여도 될 만큼 단순한 율동이었다. 양발을 번갈아뻗고 파트너와 네 발자국 앞으로 걸어 나갔다가 각자 원을 돌고 다시손을 잡고 뒷걸음으로 돌아오는 동작이 반복됐다. 춤 연습을 하는 동안 제훈의 입가에는 범람하는 강물처럼 웃음이 흘렀다.

6

지원은 한 달 만에 주말 외출 신청을 했다. 교육생들은 어머니 모임이 있는 금요일에는 아침부터 주말 외출 생각으로 기분이 들떠 있었다. 아이도 아니고 사춘기도 아니고 과년한 처녀들인데도 모성의 영향력은 여전했다. 지원은 그런 이들을 보면 부러웠고 한편으로는 서운했다. 놀이터에서 어두워지면 엄마가 부르는 소리에 흩어져가는 친구들의 등을 보는 기분이었다. 장길녀 여사는 금요일 어머니 모임에 빠지지 않고 참석했다. 그녀 말대로 비즈니스인 만큼 책임을 다하는 모습이었다.

"어서 와요. 공주님!"

커피숍에서 입담 좋은 큰 목소리로 장길녀 여사가 지원을 흔쾌히 맞았다. 처음에는 이런 호칭에 얼굴이 붉어지기도 했지만 차츰 진짜 공주가 된 것 같았다. 지원은 거리가 훤히 보이는 창가 자리에 앉았다. 등받이가 높고 긴 보라색 벨벳 소파에 깊게 파묻히니 욕조에 눕는 기분이었다.

"어제는 어머니 모임 마치고 저를 만나지 않고 그냥 가셨던데요? 무슨 바쁜 일이라도 있으셨어요?"

지원이 허리를 세워 앉으며 물었다.

"내가 하는 일이 꼭 계획이 있는 게 아니잖아. 연락이나 상담 요청이 오면 달려가서 만나야 하니까. 그나저나 내겐 이 프로젝트가 가장 중요한 일이야. 걸린 돈이 얼만데. 안 그래?"

지원은 대답 대신 웃었다. 장여사의 이런 솔직함이 좋았다. 돈에 초연한 척하는 사람들보다는 성정이 투명해 보였다.

"그동안 차밍스쿨에서 일어난 일에 대해 어디 한번 들어볼까?"

장여사는 한 모금 마신 찻잔을 옆으로 밀었다. 지원은 가방에서 수첩을 꺼내 잠금장치를 풀었다.

"지원양, 임슬기는 조사해보니 어땠어?"

김윤영 도피 사건 이후 장여사는 임슬기의 파일을 요청했다.

"근데 이 느낌은 뭐지?"

지원의 눈에 스치는 당혹감을 알아차렸는지 장여사가 고개를 갸웃거렸다.

"임슬기에게 치명적인 결격 사유라도 있는 건가? 아버지가 현역 장관이고 그 대학을 나왔으면 머리도 그다지 나쁜 건 아닐 테고. 외모가 **빼**어난 미인은 아니지만 내 눈에는 그만하면 꽤 매력이 있어 보이던데? 임슬기에 대해 무슨 안 좋은 데이터라도 가지고 있어?"

이분들은 왜 김윤영에서 다음 대상을 임슬기로 정했을까. 지원은 임슬기의 여위고 창백한 얼굴을 떠올렸다. 슬기의 외모는 소시은처럼 턱선이 둥글고 볼살이 오른, 후덕한 전통 며느리 상은 아니었다. 슬기의 날선 성격과 공격적인 성향, 트라우마로 인한 끊임없는 자해 행위 등을 장 여사에게 모조리 말해줘야 할까?

"임슬기의 행동과 언어습관, 생활 패턴, 인성, 친구관계는 좀 알아봤어? 대상이 바뀌어서 당황스러웠겠네. 그동안 모은 김윤영의 데이터는 아깝지 뭐야. 알아오느라고 지원양이 애썼는데."

지원이 제 수첩을 살펴보는 동안 장길녀는 계속 혼잣말을 이어갔다.

"이건 뭐 황태자비를 간택하려는 것도 아니고 요구가 너무 까다로워. 아들 하나를 잃었으니 그 마음이 오죽하겠나 싶다가도 제 식구 하나 들이는데 욕심이 너무 과하다는 생각은 들어. 하지만 어쩌겠냐고. 최고의 고객이니 우리가 헤아려줘야지."

지원은 메모장에서 이니셜로 표시해둔 슬기의 항목을 펼쳤다. 장길녀는 탁자 위에 폰을 켜놓고 무릎을 바투 당겨 앉았다. 녹음 시작을 알리는 붉은 표시가 깜빡거렸다. 지원은 지난 이 주일 동안 기록해온 메모를 녹음기 너머의 누군가를 향해 소리내어 읽었다.

지원은 이 과정을 빨리 마치고 싶었다. 차밍스쿨의 교육과정은 한마디로 남녀 관계의 전 과정을 가상 체험하여 일상으로 체화하는 연습과정이었다. 결혼을 앞둔 예비 숙녀들에게 유익한 과정인 것만은 틀림이 없지만 그러나 인생은 요약해서 습득할 수 없는 무엇이 늘 남아 있는 법이다. 언제부턴가 지원은 동료들의 행동을 살피고 기록한 것을 장길녀 여사에게 제공하는 일에 죄책감을 느꼈다. 교육생들과 친분이 생기고 그들이 지원에게 제 속내를 털어놓고 할 때부터였을 것이다. 이건 옳은 일은 아니야. 저들의 동의를 구한 것도 아니고 어떤 목적을 가지고 남의 신상을 살피는 것부터가 잘못이야. 아니, 이 일로 대가를 받는다는 게 더 큰 문제야. 세라가 수집하는 개인 정보하고는 차원이 달라. 지원은 세라의 무욕한 천진함과 순수한 열정을 생각하자 자신이 작고 초라하게 느껴졌다. 저절로 어깨가 굽고 목이 움츠려졌다. 지원은 발코니로 나가 오른편 길에 나란히 서 있는 편백나무들을 바라보았다. 나도 저들처럼 당당했으면. 세상에 바래지 않고 늘 푸르렀으면. 지원은 가슴속 숨을 한 번 길게 토해냈다.

7

"자, 정해준 만남만으로 결혼을 해야 하고 혹은 한 번의 성관계로 결혼을 결정해야 하는 사회가 있다고 가정합시다. 남녀가 한 번 이상 접촉한 후에는 반드시 결혼을 해야 한다는 주문이 걸린 사회 말이죠.

남녀 짝짓기 과정은 오직 한길만 있고 그 길 끝에는 결혼이라는 하나의 관문만 있는 세상을 한 번 가정해보자고요."

황신이 선생이 먼저 강의 주제를 던졌다.

"더 생생하게 예를 들어볼까요? 평생, 죽을 때까지 플랫폼과 간이역 없이 계속 이어지는 레일을 멈추는 일 없이 가는 기차에 올라탔다고 가정해봅시다. 무작위로, 랜덤으로 정해진 남녀 쌍들이 정해진 지정 좌석에 앉아 오직 백발이 되어서야만 그 기차에서 내릴 수 있다고요. 그 레일 끝에는 종착역이 하나만 있습니다. 한 사람의 예외도 없이 그 기차를 타야만 하고 타지 않으면 총살형이라는 법률이 정해진 사회라고 설정해보자구요. 자, 눈을 감고 자신을 그런 곳으로 한 번 데려가봅니다."

황신이 선생이 최면술사처럼 말하고 교육생들은 모두 눈을 감았다. 지원은 황신이 선생이 설정한 그곳으로 들어가자 온몸이 줄어드는 공포를 느꼈다. 수동적이고 종속적인 굴레가 손오공의 쇠테처럼 머리를 조여왔다. 자신의 존재감이 점점 작아지더니 마침내는 먼지처럼 하찮게 여겨졌다.

"아니 무슨 설국열차도 아니고, 무기수 죄수들의 운반열차인가요?"

세라의 느닷없는 질문에 모두들 눈을 떴다.

"끔찍해요!"

슬기가 양 어깨를 들어 올렸다가 내렸다.

"이게 바로 구시대의 혼인제도입니다!"

황신이 선생이 한 손으로 허공의 날파리를 쫓는 시늉을 하자 실내가 숙연해졌다.

"이런 견고한 관습에서 탈출하는 사람이 과연 몇 명이나 있었을까요? 달리는 기차에서 뛰어내릴 용기 있는 자들은 또 얼마나 있었겠어요? 이 시절에도 조혼을 피해 만주로 도망가거나 현해탄에서 정사하는 과감한 연인도 있었지만 아주 극소수였죠."

황신이 선생은 비탄을 나타내려고 낮은 목소리로 말했다.

"이 시절의 청춘 남녀들은 기차 화물칸에 묶인 소처럼 관습에 묶여 종착역까지 조용히 실려 갔습니다. 죽음 직전 마지막 종착역에서 내리는 남녀의 머리는 흰 눈이 내린 듯 하얗게 세어 있었고요. 이게 바로 우리 부모, 조부모, 증조부모 세대들의 결혼 풍속도입니다."

분위기는 좀더 비장해졌다. 조금 전까지 달그락거리던 소음들이 모조리 사라졌다. 황신이 선생은 구시대를 살다간 연인들을 애도하듯 공중으로 두 손을 모아 올렸다가 내리고는 강의를 이어갔다.

"로마의 세네카는, '결혼은 '우정'이므로 자식을 낳는 것이 목적이니 애첩에게처럼 너무 심하게 애무해서는 안 된다'라고 했습니다."

선생은 바로 코앞에서 집중하고 있는 지원에게 눈을 맞추고는 말했다.

"지금 세네카의 말을 지원양이 정리해보세요."

"'결혼은 우정이며 자식을 낳는 것이 목적이다. 결혼한 부인에게서는 쾌락을 탐해서는 안 된다.'는 말입니다."

지원이 단숨에 요약해서 말했다. 황신이 선생이 다시 이를 분석했다.

"예전에는 결혼제도 안의 여자, 즉 본처는 자식을 낳는 대상이고 결혼제도 밖의 여자, 애첩은 성적 쾌락의 대상으로 구분했습니다. 이런 이분법이 이천 년 전부터 있었다니 놀랍지요?"

황신이 선생은 창밖으로 시선을 돌렸다가 돌아왔다.

"우리도 조선시대까지는 축첩이 허용되었지요. 그런데 지금은 어떻습니까? 현 결혼제도는 축첩과 중혼을 법으로 금하고 있습니다."

황신이 선생은 큰 덩어리인 주제를 쪼개느라고 신중하게 말했다.

"현시대에는 아내와 애첩이 하나입니다! 정신과 육체가 하나죠. 이는 내용과 형식이 하나이고 존중과 쾌락이 하나라는 말입니다. 이 말은 곧 이 시대의 여성은 정숙한 본처 기질뿐 아니라 쾌락의 애첩 기질도 함께 가지고 있어야 한다는 뜻이지요. 중요한 대목이니 머릿속에서 밑줄을 치도록."

탁자 서랍에 녹음기를 놓고 녹음을 하던 허미리가 '머릿속 밑줄' 부분에서 웃었다. 시은은 양미간에 골똘한 주름을 잡은 채 강의를 꼭꼭 씹어 먹고 있었다.

"플로베르가 마담 보바리에 대해 이렇게 말했다지요? 미덕과 애정이, 쾌락과 의무가 하나였더라면 그런 비극적인 일은 일어나지 않았을 거라고요."

시은의 어깨가 가만히 옆의 미리에게로 기울어지고 있었다.

"자, 그럼, 반복되는 말이지만 결혼 생활을 평화롭게 지속하는 방법은 간단합니다. 첫 번째로 결혼 전 두 사람의 안과 겉을 맞추는 과정을 충분히 거치도록! 두 번째는 결혼 후 두 사람의 안과 겉의 조화를 위해 최선을 다하도록! '나의 몸으로 그대를 숭배합니다. 나의 모든 것을 당신에게 드립니다!' 서양 결혼 서약서에 있는 말인데요. 이 말의 핵심은,"

황신이 선생은 이를 한마디로 요약했다.

"'결혼의 의무는 상대의 성적 욕망을 서로 책임져주는 일'입니다!"

"야호!"

맨 끝자리의 세라가 한 손을 깃발처럼 흔들면서 환호했다. 황신이 선생은 깃발을 내리듯 천천히 강의를 마무리했다.

"여러분은 결혼 파트너와의 육체적, 정신적 조화와 균형을 연습하기 위해 차밍스쿨에 와 있습니다. 결혼 생활의 행복과 지속을 위해서지요."

지원은 그제야 머금고 있던 침을 삼켰다. 자신이 다른 시대의 여성이 아닌 이 시대, 지금 차밍스쿨에 앉아 이 강의를 듣는 여성이어서 다행이라는 생각이 들었다.

8

음악실로 가는 도중 시은은 복도 인터폰을 보람에게서 건네받았다.

"소시은양, 본인 맞지요? 김진욱씨가 방문을 요청합니다."

인터폰 속 목소리가 스타트 총으로 쏘아지자 시은의 머릿속에서는 수백 마리의 말들이 일제히 달려 나갔다. 살면서 이렇게 놀란 적이 있었는지? 시은은 인터폰 수화기를 내려놓고 멍하니 서 있었다. 잠시 후 헛웃음과 탄식이 동시에 터졌다. 진욱씨가 날 찾아오다니! 혜연이 어떤 말을 했길래? 시은이 직접 눈으로 확인하기 전까지는 도저히 믿기지 않는 일이었다.

시은은 종강 축제 때 댄스 파트너가 필요하다고 지난주에 혜연에게 전화를 했었다.

"어디 연하남은 없을까? 내가 좀 덜 움직이도록 재바르게 턴을 돌고 빠릿빠릿하게 동작하는 이십대 청년 말이야. 주말을 통째 비울 수 있는 사람이면 좋은데. 이번 주 말부터 매주 춤 연습을 함께 해야 하거든."

"내가 현금인출기냐? 남자가 필요할 때마다 날 찾게? 전업주부가 그런 사람을 어디서 구해?"

혜연은 즉각 반응하고는 오지랖 넓은 제 본성이 시켰는지 잠시 후에 다시 물었다.

"그럼 교육생 중에서 애인이나 약혼자가 없는 다른 사람들은 어떻게 하는데?"

"스쿨에서 남자 아르바이트생을 파트너로 구해주고 있어."

"그게 좋겠네."

"뭐가?"

"학교에서 구해준다는 파트너 대행 서비스. 너도 그거 신청해."

혹시나 하고 파트너 대행 신청을 미루고 있던 시은은 혜연의 말이 못내 서운했었다.

샹들리에 유리 장식들 사이로 일 층 로비에서 기다리는 진욱이 내려다보였다. 진욱은 남색 슈트 정장을 입고 현관 출입문 옆에 서 있었다. 그는 물청소한 타일처럼 말끔한 턱으로 중앙 계단 쪽을 한 번씩 살펴보았다. 시은은 진욱의 시선을 정면으로 받으며 중앙 계단으로 내려갈 용기가 나지 않아서 복도 끝에서 엘리베이터를 탔다. '천하의 소시은! 진격의 소시은! 진정해라! 진정해! 별일이겠냐! 별 볼

일이지!' 자매들과 함께 놀이를 할 때 발을 구르며 합창하던 구호소리가 귀에서 붕붕 울려왔다. 그런데 맏언니, 영은을 응원할 때는 그저, "캡틴, 캡틴, 진격, 진격!"이었다. 무엇보다 강력한 인물이어서 다른 접두어는 붙일 수도 없었다. 시은은 '캡틴, 캡틴, 진격, 진격!' 하는 구호를 중얼거려보았다. 지금은 맏언니 영은의 담대함이 필요한 상황이었다.

—어찌된 거야? 지금 진욱씨가 차밍스쿨로 날 찾아왔어! 네가 진욱씨에게 댄스 파트너를 부탁한 거니?

시은은 스테인레스 벽에 비친 머리와 옷매무새를 고치면서 심호흡을 했다. 엘리베이터의 숫자가 일 층으로 바뀌는 동안, '카톡' 하고 혜연에게서 답 문자가 왔다.

—소시은, 놀라지 마라. 세상에 이런 걸 기적이라고 하는 거다! 내가 연락한 게 아니라 진욱씨한테서 연락이 왔어. 여태껏 이런 일에는 경험이 없어서 뒤늦게야 저도 제 마음을 알았다는구나. 말 그대로 후폭풍이 온 거지. 수개월을 버티다가 더이상은 견딜 수 없어서 너와의 연결을 다시 부탁하는 거래. 세상에는 이런 일도 다 있구나! 축하한다, 소시은! 드뎌 굿바이 모쏠이닷!

시은은 요동치는 명치끝을 누르며 진욱을 향해 걸어갔다. 등 뒤쪽에서 시은이 나타나자 진욱은 놀란 표정이었다.

"어서 오세요."

시은이 두 손을 내밀며 반갑게 맞이하자 그제야 진욱의 얼굴에 안도의 미소가 지어졌다. 시은은 로비 왼편의 방문자 휴게실을 가리키고는 앞장서 걸었다.

"놀라셨죠? 제가 혜연씨에게 부탁했어요. 직접 전화할 용기가 없어서요."

시은이 찻잔을 들고 와 맞은편 소파에 앉자 진욱은 무릎 위 손동작을 멈추고 불안한 눈동자로 시은을 쳐다보았다.

"저는 진욱씨를 내내 기다리고 있었는데요?"

시은은 단숨에 말해버렸다. 이제 시은은 에두르고 싶지 않았다. 행복과 환희가 가득 핀 장미 정원을 두고 더 이상 담장 밖을 빙빙 돌지는 않을 것이다!

"아! 네에!"

진욱의 입에서 감읍한 감탄사가 터졌다.

두 사람은 교육생들 사이에서 '사랑이 이루어진다'는 마사 오솔길로 산책을 나갔다. 시은은 진욱의 팔짱을 끼고 나란히 걷기도 하고 진욱의 앞으로 나서서 뒷걸음질로 종종 걷기도 하면서 제 기분이 마음껏 날뛰도록 내버려두었다. 생애 처음인 것 같은, 날것의 기쁨을 감추거나 아끼고 싶지 않았다.

"이렇게 오래 걸릴 줄 알았어요. 처음부터 저의 접근 방식은 정통은 아니었으니까요."

시은이 제 연애 방식에 대해 처음으로 말을 꺼냈다.

"진욱씨를 보는 순간, 앞으로 남은 세월을 서로 익명으로 살아간다는 게 견딜 수가 없었어요."

시은은 진욱과 마주 섰다.

"그래서 진욱씨를 멈춰 세웠죠. '나, 여기 있다'고. 앞으로 당신과 사랑하게 될 사람이라고."

이어서 시은은 진욱의 목소리를 흉내 내서 말했다.

"세상에! 당신, 미쳤어요?"

진욱이 웃음을 터트리며 오른편으로 기울어지자 시은은 그의 왼팔에 매달려 균형을 잡아주었다.

9

"졸업 연극은 이십오 분 정도의 단막극입니다. 유지원이 희곡을 쓰고 디자인을 전공한 김윤영이 무대 장치를, 패션을 전공한 김보람이 의상을 맡기로 했습니다."

아침 티타임에 도로시 원장에게 상세 보고를 마친 황신이는 첫 대본 리딩을 하는 컨퍼런스 룸을 향해 걸어가고 있었다. 잔디밭을 가로질러 오던 제훈이 머리 위로 두 손을 높이 흔들며 인사를 건넸다.

연극부 활동 경력이 있는 지원이 주인공 이브의 역할을 맡았다. 황신이 선생은 지원을 발성이 정확하고 무대 연기가 자연스럽다고 평가했다. 두 천사의 역은 슬기와 보람이, 뱀 역할은 허미리가 등 떠밀려 맡았다. 배역이 정해지자 바로 대본리딩에 들어갔다. 그러나 리딩에 들어가는 날까지도 아담 역이 누구인지는 아무도 몰랐다.

"자, 이리로."

문밖에서 안내하는 황신이 선생의 목소리가 들리자 교육생들은 잡담을 멈췄다.

"네, 감사합니다."

바람 빠진 공이 바닥을 천천히 굴러오는 것 같은 중저음의 남자 목소리에 숙녀들의 귀가 쫑긋 세워졌다. 그가 문에 들어섰을 때, 아니 그의 모습이 눈앞에 드러나기 전부터 공기의 스침만으로도 지원은 심장이 뛰었다. 색 바랜 청바지에 검은 터틀티, 베이지색 양모 재킷을 걸친 그가 타원형 테이블의 중앙에 멈춰 섰다. 귀밑까지 투 블럭으로 깎은 유행 머리를 하고 볕에 그을린 키위색 그의 얼굴에 잠깐 긴장감이 스쳤다. 지원의 댄스 파트너, 정제훈이었다. 지원은 입을 앙다물었다. 그의 기척만으로도 요동치는 제 심장에게 이유를 따져 물어볼 참이었다.

"이번 연극에서 아담 역을 할 분입니다. 본인 소개는 직접 하시죠."

황신이 선생이 살짝 그의 등을 떠밀어 한 발짝 나서게 했다. 제훈은 제비처럼 공손히 두 손을 모았다.

"정제훈이라고 합니다. 저는 현역 배우는 아니고요, 유치원 학예회 때 거북이 역할을 한 적이 있는 전직 배우입니다. 그럼에도 제게 주인공 아담 역을 과감히 맡겨주신다니 열심히 해보겠습니다."

정제훈을 향해 모두 박수를 보냈다.

"우우!"

세라는 손나팔을 하며 환영했다. 곧이어 꽃잎이 내려앉듯 잠시 정적이 흘렀다. 소리 없이 문이 열리고 어딘가에서 들어온 향기가 실내에 조용히 퍼져나갔다. 모두들 정제훈을 괜찮은 사람으로 받아들이고 있다는 표시였다.

10

길게 들어오는 늦가을 햇살은 유리벽을 깨트릴 듯 날카로웠다. 덩어리째 타오르는 여름 태양과는 달리 갈라진 빛줄기로 열매들을 찔러대며 완성을 독려하고 있었다. 시든 잔디밭 뒤로 줄지어 선 편백나무들은 낡은 외투를 걸친 퇴역 군인들처럼 보였다. 강의를 시작하기 전 황신이 선생은 시 한 구절을 낭송했다.

"도시가 없는 곳에선 시간 맞춰 일어나지 않아도 돼."

다음 구절은 기억이 잘 나지 않는지 고개를 기울인 채 한 구절을 더 읊었다.

"버섯이 으깨어져 있을 뿐 침대시트를 고쳐놓을 필요도 없지."

지원도 「문명 이전」이라는 이 시를, 몇 번이고 소리 내서 낭송한 적이 있었다. 소설 『비밀정원』을 쓴 작가의 「시작 노트」가 이 시의 출처였다.

"들판의 늑대들은 어디로 갔나, 소낙비를 피해"

지원이 다음 구절을 이어가자 황신이 선생은 반가운 기색으로 마지막 구절은 동시에 말했다.

"동굴 속으로, 동굴 속으로!"

황신이 선생은 공감의 표시로 지원에게 고개를 크게 끄덕였다.

"「문명 이전」이라는 이 시는 찬연한 자연 속에서의 향연을 그렸습니다. 어때요? 풀이 뭉개지고 버섯이 으깨지는 그 자연의 침상에서 원초적 사랑을 나누는 연인들의 열정이 느껴지나요?"

"네!"

모두 동시에 대답하고 동시에 웃었다.

"욕망의 소낙비를 피해 자연의 침상을 동굴로 옮겨가는 원시 연인들의 광경도 그려시고요?"

"네!"

"그럼 문명 이후의 사랑은 어떤가요? 도시에서 연인들을 가려줄 네 벽을 찾아다니지만 끝내 찾지 못해 사랑을 나누지 못하는 연인들이 바로 소설『8요일』의 주인공들인데요. 이는 문명 속에서 사랑의 소외를 단적으로 보여주는 한 사례였죠."

"우우!"

또 한 번, 다 같이, 동시에 감탄사를 외쳤다. 피드백은 과장되고 길게, 동료들 간에는 이런 내부 규정으로 결속되어 있었다.

"자, 그럼, 오늘의 주제로 들어가죠."

황신이 선생이 분위기를 전환했다.

"문명이 없는 시절에는 일처다부제였다는 게 학자들의 합리적인 추론입니다. 여성들이 동굴에서 아이를 기르기 위해서는 지속적인 사냥감 조달이 필요했고 남성들은 사냥감을 주는 대가로 성적 관계를 보상받았습니다. 그러나 한 남성이 매번 사냥에 성공하는 게 아니라서 여러 남성으로부터 사냥감을 조달받았을 거라는 게 일처다부제 설의 근거입니다."

이제 들뜬 분위기가 완전히 가라앉고 분위기가 의기소침해졌다. 여성의 남성의존의 역사가 그렇게까지 길고 깊을 줄은 몰랐다.

"이런 관점에서 보면, 여성의 독립적인 힘은 가축 기르기에서 시작되었을 겁니다. 추측건대 사냥감을 얻지 못했거나 구애를 받지 못했던 여성들이 울타리를 치고 가축을 길렀을 확률이 높습니다. 그러면 더이상 남성들의 사냥감에 의존하지 않아도 될 테니까요."

참신한 발상이었다. 지원의 머릿속에는 닭 모이를 치마폭에 담아 뿌려주는 여인, 머릿수건을 쓰고 언덕에 염소를 매러 가는 여인이 그려졌다. 황신이 선생의 강의는 계속되었다.

"금세기 여성들이 그토록 동등한 교육과 직업의 기회를 위해 싸워온 것도 여성의 성적 자유를 위해서입니다. 여성들이 동굴 밖을 나와 사냥에 참여하게 된 이 시대에도 여성의 구애 목적은 지속적인 사냥감 조달과 동굴의 안전입니다. 이러한 여성의 본능적인 욕구가 결혼 제도에 그대로 반영된 것이라고 할 수 있죠."

무거운 침묵이 내려앉았다. 결국 인간 사회에서의 성역할은 생존과 번식으로 귀결된다.

"남성들은 본능적으로 지나갈 여자인지 도착할 여자인지를 압니다. 때로는 성적 욕구가 남성의 판단을 기만하기도 하죠. 그건 남성의 성은 지나가는 여자와 도착하는 여자가 모두 필요하기 때문입니다. 그러니까 여성 스스로가 남성을 보내야 할지 잡아야 할지를 능동적으로 선택해야 합니다. 남성에게 성이란 진행되는 일이지만 여성에게 성이란 도착하는 일이기 때문입니다. 여성의 성은 집과 같습니다. 여성이 타고난 성적 운명이죠."

그때 세라가 반박하고 나섰다.

"그럼 여성들은 결혼을 위해서만 성적 역할을 해야 하나요? 정숙한 아내와 어진 어머니로 집안을 맴돌다가 종내에는 무덤으로 우아하게 퇴장해야 하나고요. 번식만이 여성들의 성적 운명인가요? 번식과 생존만을 위해 한평생 성을 소모해야 한다면 여성의 성과 동물의 성은 무슨 차이가 있나요?"

세라의 솔직한 항변에 황신이 선생이 황급히 답을 내놓았다.

"천만에요! 세라양, 사랑이 찾아오면 언제든 사랑을 하세요! 사랑이 여성의 성을 소모하게 하지 않습니다. 사랑이 여성성을 구원합니다!"

진회색 바지정장에 프릴 달린 흰 블라우스를 받쳐 입은 황신이 선생은 몹시 당황했는지 등을 돌리고 한참 동안 창 앞에 멈춰 서 있었다. 이윽고 돌아선 선생은 다소 침착한 표정이었다.

"결혼의 근거는 현실에 있습니다. 결혼은 안정된 성격과 책임감, 같은 방향으로의 취향과 문화적 습관 등의 현실적인 요소를 필요로 합니다. 왜냐하면 결혼이란 삶의 한 종류이지 꿈의 한 종류는 아니기 때문입니다. 현실에 꿈을 더하는 것은 가능하지만 꿈속으로 현실을 이동시키는 일은 쉽지 않습니다. 이처럼 사랑과 결혼은 꿈과 현실처럼 서로 다른 차원에 있습니다."

'결혼은 삶의 한 종류이지 꿈의 한 종류는 아니다.'방으로 돌아온 지원은 이 말을 주문처럼 되뇌었다. 그러자 들뜨고 부푼 꿈에서 딱딱하고 여분이 없는 현실로 돌아온 느낌이었다. 지원은 버섯이 으깨어지고 소낙비를 피해 동굴 속으로 이동하는 연인들의 그 원시적이고 역동적인 사랑에 계속 머무르고 싶었다. 오래 꿈꾸고 싶었다.

11

연극 연습이 끝났을 때 무대를 정리하고 있는 세라에게 제훈이 가까이 다가왔다.

"저기 사과나무 말인데요? 꽃이 피어서 열매를 맺은 건가요?"

"아니, 저건 그냥 세트일 뿐인데요?"

세라가 무심히 대답했다.

"이 무대는 창세기의 에덴동산을 본떠서 만든 거잖아요?"

제훈은 주변을 두리번거리며 질문을 이어갔다.

"이 사과나무에는 처음부터 열매가 달려 있었나요? 아담과 이브는 아이였던 적이 있나요? 아니면 애초에 에덴동산에서 성인 아담과 이브로 만들어졌나요?"

"열매든 인간이든 자연의 순환주기는 에덴동산 이후에 생긴 게 아닐까요?

세라는 발걸음을 반쯤 돌리다가 생각나는 대로 대꾸해주었다.

"신이 자신의 형상대로 인간을 창조했다면 신의 모습은 인간이 진화된 후의 모습이어야 할 거라고 학자들은 말하더군요."

제훈이 대화의 파이를 늘려갔다. 참 이 사람은 말도 많고 탈도 많네. 세라는 작정하고 제훈과 마주 섰다. 그동안 누군가와 이런 대화를 하고 싶었는데 마침 제훈이 물어온 것이다.

"이 연극 무대는 예술적 설치물입니다. 이 무대 이전에는 아담과 이브가 뭘 하고 살았을까? 이 무대 이후에는 아담과 이브가 늙었을까? 죽었을까? 하는 실제적인 유추는 예술에서는 무용합니다. 연극은 현실의 모방이고 알레고리이지만 현실을 직접 지시하지 않거든요."

세라는 요즘 심취해 있는 예술론을 거침없이 펼쳤다.

"마찬가지로 성경도 알레고리이지 역사적 기록물은 아닙니다. 성경의 연대기적인 체계가 실제 역사의 대응물은 아니라는 겁니다."

정제훈이 팔짱을 끼고 서서 세라의 의견에 점점 진지한 표정으로 경청했다.

"예술은 그 프레임 안에서만 순환적인 생명력을 갖는 반면 종교는 위로는 신의 세계로 아래로는 인간 세계로 열려있는 소통의 장입니다. 그 점에서 예술과 종교는 다르죠."

"오호, 그럼 이 〈출낙원기〉 연극은 종교와 예술을 접합시킨 건가요?"

"그건 희곡을 쓴 지원양에게 물어보세요."

제훈의 눈길은 아까부터 세라의 어깨너머의 다른 곳을 향하고 있었다. 세라는 한 발을 물러서서 뒤돌아보았다. 강당을 가로질러 출입문으로 나가는 지원의 등이 보였다.

"아담이시여, 혁명적이며 자기 주도적인 저 이브를 어서 따라가시지요?"

세라가 연극조로 말하자 제훈은 무대에서 뛰어내려 출입문을 향해 달려 나갔다. 세라는 무대 위에 흩어진 대본 낱장을 챙겼다.

12

지원은 카톡 화면을 늘 켜놓고 있었다. 제훈은 페이스북이나 인스타그램은 물론 카카오 스토리조차 하지 않았다. 지원도 이전에는 페이스북을 했으나 차밍스쿨로 들어올 때 비활성화시켰다. 신분이 노출되면 차밍스쿨에서나 이전의 커뮤니티에서나 양쪽 다 좋을 건 없었다. 세상 무언가로부터 은밀히 감시받는 느낌을 차단하고 싶었다. 그런데 제훈은 무슨 이유로 SNS 계정을 삭제했을까. 이 시대에 자신을 감추고 살아가는 일이 가능할까?

제훈이 주말 데이트 장소를 정했다. 지원은 인사동에 있는 스시집에 약속 시간보다 일찍 도착했다. 일 층에는 주방 앞으로 다찌 테이블이 있고 벽을 따라 탁자가 서너 개 놓여 있는 전형적인 일식집으로 예약석은 이 층 창문 쪽이었다. 탁자 중간에 깃발처럼 꽂혀 있는 메뉴를 보니 비싸지도 고급스럽지도 않은 보통 식당이어서 지원은 안도했다. 지원이 답 초대를 할 때 부담 주지 않는 곳으로 제훈이 고려했을 것이다. 지원은 도로 쪽 창문 너머로 파란색 점퍼를 입은 제훈이 들어서는 걸 보자 서둘러 콤팩트 거울을 꺼내 얼굴을 점검했다. 가슴이 살짝 떨렸다. 지원이 한 손을 들어 위치를 알렸다. 제훈이 걸어오는 그 짧은 시간 동안 지원은 파란색 마법에 걸린 듯 아뜩했다.

두 사람은 커피를 마신 후 인근 조계사로 산책을 갔다. 절 마당 한가운데의 회화나무 아래에 지원은 앉고 제훈이 선 채 이야기를 했다. 지원은 그와 함께한 세 시간 동안 무슨 말을 했는지 무슨 말을 들었는지도 모를 만큼 제정신이 아니었다. 진지하게 말하는 그의 면전에 그저 눈동자만 고정하고 있었다. 자신의 심장 박동 소리가 밖에까지 들릴 것 같았다. 사랑의 증기기관차가 덜컹거리며 가슴속 긴 레일을 지나고 있었다. 진땀이 났다. 그의 옆에서는 평온한 시간을 가질 수가 없었다. 어서 이 데이트가 끝났으면. 이제 그만 기숙사 방으로 돌아가고 싶었다. 가서 마음을 추스르고 이 달콤함을 음미하는 혼자만의 시간을 가지고 싶었다. 제훈도 긴장하기는 마찬가지인지 내내 굳은 표정이었다. 두 사람은 너무 격렬하게 서로에게 반응했기에 그만 어색한 시간을 보내고 말았다.

"슬로우, 슬로우."

지원은 어스름이 내려앉은 저녁 잔디밭을 가로질러 오면서 아직 여진이 남아 있는 제 심장에게 타일렀다. 그러나 불꽃이 튀던 심장은 속도를 당장 멈추기가 어려웠다. 소진되어 재로 남든. 부서져 산산조각이 되든. 지원은 두 눈을 꼭 감았다. 그릇이 깨지는데 내용물이 남으랴. 육체가 부서지는데 정신이 남으랴. 사랑으로 죽다, 사랑을 하다 죽다. 사랑 때문에 죽다. 어떤 경우든 진짜 사랑은 비극적인 엔드일 것이다. 과유불급, 투 머치다. 지원은 삼 층 방으로 바로 올라가지 않고 분수대 테두리에 걸터앉았다. 처음으로 한 대상을 향해 제대로 반응하는 제 심장을 방해하고 싶지 않았다. 이 사랑이 지나간 이후에야 비로소 긴 휴식이 찾아올 것이다. 오, 사랑이여, 어서 타오르고 어서 끝나버려라. 이 지독한 격동을 얼마 동안 견디어야 하는지. 난 사랑을 희석하지도 축소하지도 않을 것이다. 달면 단 대로 쓰면 쓴 대로 그대로 맛볼 것이다. 혀가 녹도록. 심장이 터지도록. 사랑을 품은 채로 죽을 것이다. 사랑하다가 죽은 사람은 무덤도 붉을 것이다. 황혼은 핏빛으로 경의를 표하고 바람은 무덤 위를 안타까이 배회할 것이다.

지원은 삼십 분에 한 번씩 폰으로 손이 갔다. 일이 손에 잡히지 않았다. 이제껏 해보지 못한 경험이었다. 제훈은 회사 일을 할 때는 휴대폰은 거의 사용하지 않았다. 점심시간이나 퇴근시간에 한 번씩 지원의 문자에 답을 주었다. 지원은 그것에 애간장이 녹았다. 그에게로 가는 길이, 그에게로 못 가는 길이 둘 다 아팠다. 눈을 뜨면 모든 풍경에, 눈을 감으면 눈꺼풀 뒤에 늘 제훈이 있었다. 지원은 매순간 숨이 막혀왔다. 사랑이 호흡과 연관되는 이렇게 절박한 응급상황인 줄 몰랐다. 매순간 가슴이 아코디언처럼 조여졌다가 펼쳐졌다. 머리카락이 치솟을 만큼 기쁜가 하면 절벽 나락으로 떨어지는 절망이 교차했다. 아무런 이유도 원인도 없는 감정의 기복이었다. 정상적인 일상도 아니고 제정신도 아니었다. 기분은 살짝 뒤꿈치를 든 것처럼 들떠 있고 사레 들린 재채기를 하듯 자꾸 눈물이 솟았다. 가슴은 열 받은 채 내내 식을 줄 몰랐다. 지원은 길을 걷다가도 제자리에 자주 주저앉았다.

일반 세상에는 드문 사랑, 소설과 역사, 전설과 설화 속에서만 전승되는 사랑이 있다. 사랑에서 구사일생으로 빠져나오거나 기진해서 나오거나 그 속에서 아직 목을 매달고 있는 경험자들이 호들갑을 떨 때에도 지원은 이제껏 과장된 표현으로 생각했었다. 로미오와 줄리엣의 극 중 대사는 원래 대사가 화려하기로 소문난 셰익스피어 극이라서 그렇거니 생각했다. 그런데 이제야 깨달았다. 역사 속의 사랑이 과장만이 아니구나. 소설 속의 사랑이 허구만은 아니구나. 그 남자, 그 여자, 사랑에 빠진 연인들은 이 세상에 분명 존재했었구나! 이제 내 사랑이 그 증거가 될 터였다. 지원은 이런 상태로는 제대로 살 수 없겠다고 생각했다. 심장이 과부하로 멈추기 전에, 애가 닳아 녹기 전에 어떤 조치가 필요했다. 지원은 제훈을 총체적으로 점검하면서 결점을 찾으려 했다. 그걸 빌미로 이 터무니없는 제 심장에 제동

을 걷기로 작정했다. 지원은 제훈을 사랑하게 된 이유를 몇 날 며칠
을 찾고 또 찾았다. 제훈은 지원의 이상형은 아니었다. 그러자 더욱
제훈에게 제 심장이 이렇게까지 격동하는 이유를 알 수가 없었다. 그
러던 지원이 마침내 한 가지 결론에 도달했다.

"그의 존재가 이유야!"

분석 그만.

"사랑에도 특별한 형상이 있었으면 했는데 바로 당신이네!"

그냥 계속 애달플 것.

십일월이 되니 급격하게 날씨가 쌀쌀해졌다. 마사로 가는 오솔길에
줄지어 선 감나무들은 붉은 감을 매달고 얼룩무늬 몸피의 모과나무
에는 노란 열매가 등불처럼 걸렸다. 운동을 마치고 나온 미리와 시은
이 나란히 지원을 뒤따르고 슬기와 보람은 저만치 떨어져 걸어오고
있었다. 지원은 움직일 때마다 공기의 흐름에 섞이거나 눈길을 돌릴
때마다 다른 사물에 겹쳐지는 제훈의 모습을 보았다. 그의 청량한 목
소리와 말하기 전에 겹친 두 손바닥을 코끝 아래 놓고 생각하는 버릇
까지 눈앞에 그대로 그려졌다.

"매니지먼트."

지원은 제훈이 제 전공을 말했을 때의 발음을 소리 내어 따라해보
았다. 그러자 가슴이 다시 풍선처럼 부풀어 올랐다.

13

"선생님, 먼저 질문 하나 하겠습니다!"

막 강의가 시작되려는데 세라가 손을 들면서 동시에 말했다.

"두 사람이 동의하에 성관계를 했는데도 사후에 성폭력이라고 남성이 고소당하는 일이 종종 있는데요."

조안나 선생은 예상치 못했는지 두 눈을 크게 뜨고 세라를 쳐다보았다.

"함께한 섹스를 두고 여성이 상대 남성을 고소하는 그 속내는 뭔가요?"

남사친이 많은 세라답게 뭇 남성들의 궁금증을 대신해주는 질문이었다.

"그건 관계 후 자신의 성이 존중받지 않았다는 걸 상대 여성이 깨달았기 때문이죠."

조안나 선생이 즉답을 한 후 이에 다시 설명을 덧붙였다.

"성관계 후 관계의 단절을 느꼈을 때 여성은 자신의 성이 존중받지 않았다고 생각합니다."

지원은 일제히 가로등이 켜진 것처럼 머릿속이 환해졌다. 조안나 선생이 잠시 창밖을 내다보았다. 창 안으로 들어온 엷은 햇살이 찻잔 속의 식은 차처럼 일렁거렸다. 다시 고개를 돌린 선생의 표정은 진지하고 확고해 보였다.

"여성은 남성처럼 성관계를 단순한 행위로 생각하는 게 아닙니다. 여성에게 성관계는 한 번의 사건이 아니라 일련의 과정입니다. 여성에게 성관계는 의미와 태도, 방향이 모두 포함되어 있어요. 여성은, '나는 관계의 지속으로 성관계에 동의했는데 너는 일회성 쾌락으로 생각했다면 그건 나의 성에 대한 모독이며 나와의 관계를 존중하지 않은 거다'라고 생각하는 거죠. 여성이 성관계 후 이런 결론을 내렸다면 그 성관계는 명백히 폭력이고요."

조안나 선생의 해석은 투명한 하늘에 비행운을 그은 것처럼 선명했다.

"여성의 성관계 동의는 그 당시의 욕망만을 위한 동의가 아닙니다. 여성에게, 저도 좋았으면서, 저도 좋아서 했으면서, 라는 말처럼 악의적인 말은 없습니다. 여성들은 성관계 시 쾌락이 우선이 아니라 성의 관계성, 성의 지속성 여부를 중요하게 생각합니다. 여성에게 성은 목적이 아닙니다. 과정이며 지속이며 결속의 확인입니다. 이 말은 여성의 성이 반드시 결혼으로 이어진다, 출산으로 이어진다는 그런 관습적인 개념과는 다릅니다. 여성에게 성관계는 근원적으로 관계의 지속성과 방향성을 포함하고 있으니까요."

새둥지처럼 치올린 둥근 커트 머리에 흰줄무늬 검회색 바지 정장을 입은 조안나 선생은 정돈되고 준비된 모습이었다.

"휴우!"

보람이 한숨을 길게 내뱉고는 목을 틀어 세라를 노려보았다. '그런 걸 왜 묻냐고. 비싼 돈 들여서 차밍스쿨 클래스에 등록한 게 기껏 그런 사회적인 이슈나 분석하러 온 거냐고. 제발 성 코칭 시간에는 개인적이고 은밀한 질문들 좀 해!' 보람의 찌푸린 양미간에는 전광판처럼 그렇게 쓰여 있었다.

"여성에게 성은 지속이며 과정입니다. 그래서 고소한 여성은 상대 남성이 성을 단발적 행위로만 생각했다면 처음부터 성관계에 동의하지 않았을 거라고 사후에 항변을 하는 겁니다. 여성과 남성이 성을 대하는 태도의 차이죠. 남성들은 성관계 후의 관계를 반드시 생각해 두어야 합니다. 그 상대가 여성이니까요! 그렇지 않으면 상대 여성에게는 상처와 불신을 남기고 남성 자신은 큰 대가를 치르게 됩니다."

장내 분위기에는 아랑곳하지 않는 조안나 선생은 반복해서 말했다. 그때 허미리가 북을 치듯 힘 있게 손을 들었다.

"저, 선생님!"

전환이 필요한 시점이었다.

"저는 남자친구와 칠 년 차 연애를 하고 있습니다."

"그런데요?"

조안나 선생이 추임새를 넣어주었다.

"제 남친은 성적으로 야한 농담을 거리낌 없이 제게 던집니다. 남이 들으면 깜짝 놀랄 만한 음란하고 적나라한 말들인데요. 저에게도 그 성적 농담에 반응하고 리액션하고 피드백해주길 매번 원해요. 저도 가끔 받아치기는 하지만 한편으로는 불편한 생각이 들어요. 나를 가벼운 여자, 혹은 문란한 여자로 보지 않을까 하는 염려도 되고요."

조안나 선생은 고개를 끄덕이고는 반가운 얼굴로 교단으로 돌아갔다.

"그러니까 허미리양은 성적인 농담, 성적인 은어는 어느 정도까지 받아줘야 하는지, 또 그런 말들을 파트너와 주고받아도 도덕적으로 별 흠결이 없는지 뭐 그런 거에 대해서 알고 싶은 거죠?"

"네, 맞아요."

허미리가 흡족하게 반응했다.

"우선 결론부터 말하겠어요. 진정한 파트너라면 성적 판타지를 허용해야 합니다. 육체적 상상력을 서로 공유해야 하죠. 두 사람만의 성적 농담과 행동은 에로틱한 정서를 더욱 결속시킵니다. 육체적 관계에서 소통의 부재는 위험합니다. 건강한 본능, 건강한 쾌락은 흘러가야 합니다. 감추거나 고이면 부패하니까요."

조안나 선생은 이번에는 허리를 숙이고 미리에게 친숙하게 물었다.

"그러나 여성들은 그런 음담이 익숙하지 않을 수도 있습니다. 부끄럽거나 심지어 역겨울 수도 있지요. 예를 들자면, 미리양은 자신이 성적으로 준비가 되어 있지 않을 때 남자가 스킨십을 시도하면 어떤 느낌이 들지요?"

"간지러워요."

"그런데 내게 성적인 감정이 있을 때에는 파트너가 똑같은 스킨십을 한다면 느낌이 어떤가요?"

허미리가 머뭇거리자 조안나 선생이 대신 답했다.

"성적 흥분을 가져오지요?"

"네."

미리가 수줍게 대답했다.

"성적인 대화도 이 스킨십과 같아요. 파트너와 스킨십을 하면 즐겁고 관계의 안정감과 신뢰감을 생깁니다. 성적인 교감을 위해 스킨십을 주고받듯 마찬가지로 성적인 언어도 주고받는 겁니다. 성적인 말들이 조악하게 느껴지거나 저속하고 상스럽다고 느껴질 때는 자신이 아직 성적으로 준비가 안 되어 있는 겁니다. 스킨십이 간지럽게 느껴지는 것처럼요."

조안나 선생이 보드에, '의식은 언어로 구성되어 있다.'라고 쓰고는 돌아섰다.

"인문학 교양 수업을 받는 분들이니 이 정도는 다 알죠?"

"네!"

보람이 확신에 찬 목소리로 대답했다.

"성은 육체적 감각과 뇌의 인식에서 출발합니다. 그래서 성관계에서 뇌를 움직이는 언어의 역할이 상당히 중요하죠. 성의 제국에서 PV라는 절대군주는 마지막 도장을 찍는 역할만 하는 겁니다. 대부분의 정사는 언어를 포함한 성감대라는 여럿 정무대신들이 보는 거고요."

"피, 브이가 뭐야?

보람이 슬기에게 물었다.

"페니스, 버자이너의 이니셜인 것 같아."

슬기가 마지못해 속삭여주었다. 조안나 선생의 강의는 작은 돌들을 비껴 흐르듯 두 사람의 잡음을 지나 이어졌다.

"그래서, 이 조안나는 연인, 둘만의 세계, 그 감각의 제국에서 통용되는 성적 언어를 권장합니다. 적극적으로 연인과 둘만의 성적 은어를 만들어보세요. 그런 조어 능력이 없다면 기존의 음담패설을 빌려도 좋아요. 다만 에로틱한 환상이 깨어지지 않는 선에서 하세요."

갑자기 조안나 선생이 악동 같은 표정으로 입술을 오므리며 종알거렸다.

"어머, 그런 저속한 말을? 어떻게 나에게 그런 말을 하니? 너 제정신이야?"

선생이 보람에게로 몸을 굽혔다.

"보람양, 이런 말은 하지 않는 게 좋습니다. 상대 남성을 성적으로 풀 죽게 하고 방어적으로 만들거든요."

"어머머, 왜 저만 가지고 그러세요?"

보람이 즉시 반발하자 모두 웃음을 터트렸다.

"그럼, 성적 은어, 예를 한번 들어볼까요? 서로의 피, 브이에 애칭을 붙이는 건 꽤나 고전적인 방식이고. 음, 어떤 다른 예를 들 수 있을까요?"

조안나 선생이 눈길을 아래로 두고 잠시 생각하더니 환해진 표정으로 고개를 들었다.

"이제까지 누구에게도 발설해보지 않은 이 조안나의 개인 사례를 이야기해보겠어요. 이 수업이 오프라인 개별 코칭이니 개인 신상 폭로라는 위험을 한번 감수해보죠."

교육생들은 기대감으로 침이 꼴깍 넘어가고 새벽별처럼 눈빛이 총총해졌다.

"저와 남친, 그러니까 우리 커플은 성관계를, '평화회담'이라고 불러요. 줄여서 '평화'라고 하죠. 좋은 감정으로 만나 데이트를 하다가 서로의 감정이 확인이 되었을 시기에 제 남친이, '우리 조만간 만나서 평화회담을 하자.'고 하더군요. 웬 평화회담? 이 천하의 조안나도 처음에는 그게 무슨 뜻인지 몰랐어요. 그러자, '평화회담에서는 두 정상이 무기를 감추지 않으려면 알몸이어야 한다'고 남친이 친절히 설명해주더군요."

"멋져요! 유럽의 성 풍자시 같아요."

오랜만에 소시은이 거들었다. 그러자 조안나 선생이 시은의 감탄에 손사래를 쳤다.

"성적 은어는 멋있는 것만 능사가 아닙니다. 보다 적나라하고 원색적인 언어가 성적 상상력을 가져오고 두 사람의 성적 결속을 더 강화시켜주니까요. 첫 평화회담을 치르고 난 직후 남친이 또 이 조안나에게 선언하더군요."

더없이 흥미진진한 눈들이 조안나 선생의 다음 말을 기다렸다.

"'다른 거 넣지 마!'"

"오호?"

시은이 눈을 동그랗게 떴다.

"그래서 이 조안나도 조사 하나를 붙여서 그 말을 되돌려줬죠."

숨넘어가기 직전처럼 순간 정적이 흘렀다.

"'다른 거에 넣지 마.'"

"와아!"

전원이 통쾌한 감탄사를 터트렸다.

"이것으로 평화회담 협의사항은 끝. 이후 이 조안나 커플은 행복하게 잘 지내고 있답니다. 오늘은 여기까지."

조안나 선생이 묵묵히 강의 파일을 챙겨 들고 강의실을 나섰다.

"저, 선생님."

허미리는 복도로 뒤따라 나가서 조안나 선생을 등 뒤에서 불러 세웠다.

"그럼 성적인 욕설은요?"

망설이다가 겨우 내뱉어진 소심한 말투였다. 조안나 선생이 허미리의 어깨에 한 손을 얹으며 말했다.

"파트너의 성적 언어를 굳이 순화시키려고 하진 마세요. 언어가 상대의 중요한 성감대일 수도 있으니까요. 하지만 폭력은 안 됩니다. 언어든 신체든 어떠한 폭력도요. 그건 다른 차원의 문제입니다."

돌아서서 한 걸음을 떼어놓은 조안나 선생이 다시 고개를 돌려 친근하게 덧붙였다.

"허미리양, 이 조안나에게 뭐든지 상의하세요. 도움이 되어주겠어요."

미리는 표정이 굳은 채 그 자리에 그대로 서 있었다.

14

황신이는 본관 강의실로 걸어오면서 도로시 원장은 전쟁을 승리로 이끄는 동시에 전쟁 후의 입지까지 유리한 방향으로 결정하는 대장군의 면모가 있다고 생각했다. 강의가 시작되기 삼십 분 전이었다. 황신이는 강의실 창문을 활짝 열고 아이패드에서 음악을 틀었다. 하이든의 현악 사중주의 운율이 경쾌하게 향나무 우듬지를 총총히 건너갔다. 햇살이 노란 조각보로 변하는 오전 시간이었다. 작은 새 한 마리가 창문 옆 홈통에 앉아 노래를 부르자 여인 조각상 어깨에 앉은 새 무리들이 화답하면서 날아올랐다. 복도로 들어서는 교육생들의 소리가 들렸다.

황신이 선생이 강의노트를 펼치고 마킹 펜들을 정리하는 동안 허미리가 손을 높이 들었다.

"선생님, 질문 있습니다."

선생이 허미리 앞으로 한 걸음 다가왔다.

"오래 고민해온 질문인데요. 저번 강의 시간에 결혼이라는 공동체적이며 장기적인 관계에서는 동반자적 사랑이 가장 적합하다고 하셨잖아요?"

"그런데요?"

"결혼 생활 도중에 부부 중 한 사람이 운명적 사랑을 만난다면 어떻게 해결하나요?"

황신이 선생이 잠시 고개를 갸웃하자 허미리가 돌직구를 던졌다.

"결혼 후에 남편이 바람나면 지키는 방법이 없냐고요!"

"아?!"

황신이 선생은 그제야 골똘하던 양미간을 폈다.

"다른 운명적 사랑으로 인해 가정 파탄이 나지 않으려면 애초에 운명적 사랑과 만나 결혼을 하면 됩니다."

"우우"

야유소리가 터져 나왔다.

"그런데 지난 강의에서는 결혼은 동반자적 사랑을 만나서 하는 게 가장 바람직하다고 하지 않았나요?"

허미리가 곧바로 대응했다.

"오, 이런! 부부 중 한 사람이 결혼 후에 운명적 사랑을 만날 확률은 얼마나 될까요?"

황신이 선생이 스스로 답을 했다.

"통계상 그런 일은 드물죠. 혼인 중 다른 이성에게 끌리는 것은 대부분 바람이라고 보면 됩니다. 사랑으로 포장하려고 하지만 진짜 사랑을 만나는 일은 그리 흔치 않습니다."

"워워!"

이번엔 더 큰 야유가 터졌다.

"결혼 전에도 운명적 사랑에 빠지는 사람은 열 명에 한 명 정도로 드물다고 했지요?"

소음들을 자르면서 황신 선생이 급히 말했다.

"그런데 결혼 후에 운명적 사랑을 만난다는 건 더욱 드문 일입니다. 물론 혼인 중에도 다른 이성과 운명적 사랑에 빠지는 소수가 있기는 합니다."

충분한 답변이었다고 혼자 판단한 황신이 선생은 교단으로 돌아가서는 여유 있는 여담을 했다.

"보험사에서는 이런 보험 상품을 왜 런칭하지 않는지 모르겠어요. 혼인 도중 배우자가 단순한 바람이 아닌, 운명적 사랑을 만나 혼인 관계가 깨질 경우 수억 원의 보상금을 지급한다, 뭐, 이런 상품 말이에요. 확률상 보험사가 남는 장사일 텐데 말이죠."

지원은 그만 실소를 했다. 재미있는 발상이네. 보험회사에서 그런 애정 사고를 상품화하지 않은 건 진짜 사랑과 가짜 사랑을 증명하기에 분쟁의 소지가 많아서이지 않을까?

"그만큼 결혼 전이든 후이든 운명적 사랑은 만날 확률이 적다는 겁니다!"

황신이 선생이 빙글 몸을 돌리면서 결론을 내렸다.

"거듭 말하지만 운명적 사랑에는 아무도 이길 수가 없습니다. 진짜 사랑은 천재지변과 같죠. 상황 종료! 어느 시인의 말처럼 별빛은 끌 수가 없으니까요. 그냥 고스란히 받아들여야 합니다. 중요한 것은 운명적 사랑은 한 생애에서 단 한 번뿐입니다. 평생 한 번도 안 올 수는 있어도 두 번 오지는 않습니다. 두 번, 세 번은 이미 운명이 아닙니다."

운명적 사랑에 대해 경의라도 표하는지 황신 선생은 잠깐 허공을 향해 경건한 표정을 지었다.

"그런 이유로 제 강의에서는 운명적 사랑은 다루지 않겠습니다. 그런 열병과 상사병은 치료할 수 없기 때문에 제 강의에서는 보편적이고 일반적인 사랑, 다시 말해 짝짓기 사랑과 동반자적 사랑에 대해서만 조언하겠어요."

황신이 선생은 다시금 강의 주제를 정리하고 본 강의에 들어갔다.

"이 사람과 인생을 함께해야겠다, 한평생, 이 사람의 나무에 열매를 맺고 거두어야겠다, 라는 생각이 드는 사람을 만날 때까지 연애의 상대가 몇 번 바뀔지는 아무도 모릅니다. 결혼 전 연애는 진정한 제 짝을 찾는 과정이니까요."

머릿속에 우겨 넣기라도 하듯 황신이 선생이 강의마다 이를 반복 강조했다. 연애 과정의 중요성을 인지하고 또 인지하라는 뜻이었다.

"결혼한 후에, 대추나무에 주렁주렁 대추를 매달고 있을 때 이 나무를 바꿔야겠다는 생각이 들면 이 얼마나 불행한 일입니까? 그래서 뭐? 대추나무에서 고염나무로 바꿀 겁니까? 그 수많은 열매들은 다 어쩌고요? 그래서 결혼 전에 반드시 서너 번의 연애를 하라고 권하는 겁니다. 한 번의 연애라도 충분한 과정을 가져야 하고요. 재보고 맞춰보고 대보고 고르고 또 골라서 신중히 결정하라는 거죠. 그래서 공자는 결혼을 인륜지대사라고 했지요?"

황신이 선생은 관습적인 교훈을 말할 때에는 늘 공자에게 말풍선을 몰아주었다. 다소 공자의 어록에 들어 있는지 의심이 가는 말인데도 무조건 '공자 왈'이었다.

"아이고 공자님, 강의시간마다 불려 다니느라고 얼마나 힘드십니까? 우리끼리는 '봉자 왈'이라고 부르면 어떨런지요? 봉자 왈이라고 해도 찰떡같이 알아듣겠습니다요."

세라의 너스레에도 황신이 선생은 다음으로 넘어갔다.

"요즘 말로 썸이란 마음이 애정으로 물들어가는 기간을 말하는 거죠? 마담 보바리의 결혼식 피로연에서 축하객들은 '썸씽!'하면서 건배를 합니다. 사랑의 가능성을 여는 멋진 건배사였지요."

황신이 선생은 엠마 보바리의 친정집 마당 축제에 참석했던 사람처럼 이야기를 했다. 강의 도중 이런 인문학적인 인용구들은 시은과 지원을 흥분시켰다. 시은의 목이 해바라기처럼 앞으로 기울어졌다.

"그런데 도대체 이 멋진 사랑이 왜 어긋나는 거죠?"

이 화두를 던지고 황신이 선생은 잠시 휴지를 두고 하이힐 굽을 고무바닥에 찍으며 강의실 좌측에서부터 우측 끝까지 갔다가 다시 돌아서 좌측으로 걷기 시작했다. 걸음을 꼭꼭 씹듯이 고개를 숙이고 걸었다. 높은 빌딩이 지하실만 움직여 이동하는 것 같았다. 뾰족한 구두 굽 소리가 태엽이 감기는 것처럼 신경 줄을 팽팽히 당겼다. 강의실 내에 긴장을 최고로 증폭시킨 뒤 선생이 걸음을 딱 멈췄다.

"어긋나는 게 사랑입니다! 이 세상의 모든 사랑이 어긋나지 않고 다 이루어진다면 세상에는 온통 아름다운 시들만 존재하겠죠."

황신이 선생은 교단으로 돌아가 교탁의 양끝을 잡고 가슴을 내밀었는데 이는 본론으로 들어갈 때 취하는 자세였다.

"자아, 소년 소녀가 처음 사랑에 빠집니다. 뭐든지 주고 싶고 함께 살고 싶고 함께 죽고 싶은 운명의 만남이라고 믿습니다. 그러다가 상대가 결별을 고하면 그만 절망하게 되죠. 여러 달, 심지어는 여러 해를 결별의 상처와 고통으로 소진하게 됩니다. 지난 사랑의 상처로 새로운 사랑을 받아들이지 못하는 경우도 많고요."

황신이 선생은 애도를 보내듯 잠시 허공에 눈을 두었다가 말을 이어갔다.

"그러면 어떻게 해야 덜 아픈 연애를 하고 진짜 사랑을 하게 될 때까지 내 가슴을 온전하게 유지할 수 있을까요? 인생에서 진정성을 구별할 수 있는 현명한 방법은 없을까요? 아니 사랑에 빠진 남녀에게 현명하다는 말은 있을 수 없겠으나 덜 어리석은 방법은 있지 않겠어요?"

황신이 선생은 곧바로 그 물음에 답을 했다.

"우선 '상대는 나와 똑같은 크기의 사랑을 갖지 않는다'는 사실을 받아들이는 겁니다. 두 사람이 동시에 같은 크기와 깊이의 사랑을 갖는다는 건 드문 일이니까요. 처음에는 그 마음이 구별되지 않다가 관계가 진행되는 과정을 두고 보면 진정성이 판별됩니다."

선생의 강의가 리듬을 타기 시작했다.

"사랑과 호감은 다른 영역입니다. 내 감정은 사랑인데 상대방의 감정이 호감이라면 두 사람은 처음부터 함께 있는 것이 아닙니다. 사랑은 벼락 맞고 죽었다가 새로운 세상에서 눈뜨는 것과 같습니다. 사랑은 정신과 육체를 이전과는 다른 차원으로 이동시킵니다. 그런데 벼락 맞지 않은 상대는 그 자리에 그대로 서 있으니 두 사람은 다른 영역에 각기 존재할 수밖에요. 이것이 바로 어긋난 사랑의 실체입니다. 사랑의 벼락은 두 사람이 같이 맞든지 아니면 두 사람 모두 맞지 않던지 해야 합니다. 그래야 두 파트너가 같은 차원, 같은 공간에 함께 있을 수 있으니까요."

이건 중요한 대목이다. 허미리가 엎드려 필기를 하는 것만 봐도 알수가 있다.

"남녀관계에서도 공정거래는 필수적입니다. 겉모습과 조건의 비교 평가는 쉽지만 마음의 크기와 깊이를 가늠해보는 것은 어려운 일입니다. 나에게 연정이 있는지 없는지는 상대방을 한동안 직접 체험해 보지 않고는 알 수가 없어요. 사람의 마음속은 자신조차도 알기가 어려우니까요. 소설에서 주인공의 진짜 성격을 알기 위해서는 위기 상황을 만들듯 연애에서도 여러 상황과 위기를 함께 경험해보는 게 좋습니다. 가장 짧은 기간에 상대의 성격과 인격이 알 수 있는 방법으로는 여행을 추천합니다."

자신의 마음도 여러 상황에 접하면서 알게 된다. 내가 이 사람을 이렇게까지 생각했었나? 하는 걸 어느 순간 깨닫게 된다. 지원은 이를 깊이 새겨 들었다.

"불균형한 감정 교환은 한쪽이 상처받기 쉽습니다. 같은 종류, 같은 크기의 감정의 교류가 바람직합니다. 호감은 호감으로, 사랑은 사랑으로 등가적인 관계가 부작용이 덜합니다."

벽이라도 뚫을 듯 집중하고 있던 세라가 기지개를 켜듯 허리를 폈다.

"사랑은 억지로 품어지는 작위적인 감정이 아닙니다. 사랑은 저절로, 저도 모르는 사이에 기습당하거나 스며듭니다. 사랑이야말로 무의식이 하는 일이죠. 그러나 호감은 의식이 하는 일입니다. 호감이야말로 자신의 기호와 성향에 맞는 대상에 대한 끌림입니다. 사랑은 다른 무엇과도 대체될 수 없는 한 대상에만 애착합니다. 한편, 호감은 다른 조건으로 교환할 수도 있고 감정의 강약 조절도 가능합니다. 아무튼 사랑과 호감의 감정은 이처럼 다릅니다."

몇 번의 반복되는 강의를 들은 후에야 사랑의 감정과 호감의 감정을 확연히 구분할 수 있게 되었다. 감정은 억지로 되는 게 아니니 누구도 원망할 필요가 없다. 내가 널 사랑하지 않는 것도, 네가 날 사랑하지 않는 것도. 그렇게 규정하고 나니 지원은 마음이 한결 편안해졌다.

"상대의 사랑에 내 사랑이 맞대응, 맞교류, 맞소통을 하는지에 대해서는 서로 분명한 표시를 해줘야 합니다. 그것이 도덕적인 거래입니다. 남녀관계에서 사인, 표현, 표시는 중요하죠."

내 마음이 확인되면 예스인지 노인지를 반드시 표시해줘야 한다. 그것이 상대를 위한 예절이고 배려라는 말이었다.

"상대방에게 마음의 표시를 제대로 보내지 않는 사람은 위험합니다. 제 마음의 상태를 모호하게 내보이거나 조작해서 표현하는 사람이 바로 나쁜 남자입니다. 마음속에 사랑의 감정을 갖고 있지 않으면서 사랑이 있는 척 꾸미고 상대의 마음을 거저 받아 챙기는 거짓 거래는 가장 최악의 경우죠."

진심을 다한다는 건 제 감정을 정확히 표현하는 것이다. 허락과 거절은 양면으로 똑같이 중요하다. 그럼에도 누구도 거절에는 최선을 다하지 않는다.

"어떤 이들은 상대의 마음만 받고 자신의 마음 증여는 미룹니다. 애초에 상대는 당신과 교환할, 당신과 거래할 마음 자체가 없었던 겁니다. 선물거래에서 물건이 없는데 대금을 받아 챙기는 경우와 마찬가지죠. 그러다가 더이상 유예할 수 없는 지경에 이르면 잠수를 타버립니다."

상대에게 더 깊은 상처를 주지 않으려면 거절 의사를 표현하라. 그걸 유예하고 회피하는 건 비겁한 행동이다. 지원도 메모를 했다.

"그나마 그냥 달아나는 인간은 연심은 없어도 양심은 있는 자입니다. 더 뻔뻔스러운 건 제 마음을 도중에 잃어버리기라도 한 것처럼 당혹한 얼굴로 결별을 고하는 자입니다. '나보다 더 좋은 사람을 만나라, 너같이 좋은 사람은 나 같은 사람을 만나서는 안 된다', 하고 선심을 쓰는 척하지만 이미 그는 당신의 마음을 모조리 소비해버린 후입니다. 그런 상대는 당신에게 줄 마음도 애초에 없었을 겁니다."

어디서 한 번쯤은 들어본 적도, 당해본 적도 있는 흔한 일들이었다.

"이런 총체적인 불공정 거래를 엿 같은 연애라고 합니다!"

황신이 선생이 지휘자처럼 한 손을 멈추고 선언을 하자 하나둘씩 자리에서 일어나서 박수를 쳤다. 교육생들은 어느새 이런 관객 퍼포

먼스를 통해 씻김굿을 하고 있는 중이었다.

15

"무슨 생각이 그리 많아? 사랑은 행위지 분석이 아니야."

세라가 재차 다그치며 말하는데도 지원은 생각을 멈출 수가 없었다. 아버지의 수술 날짜를 잡아준 것은 제훈이었다. 그는 지인을 통해 종합병원 병원장에게 부탁해주었다. 고향을 떠나 온 후 아니 그 이전에 지병으로 쓰러진 후로 아버지는 거의 바깥출입을 하지 않았다. 종손 구실을 못 하고 시제에도 참석하기 어려운 병약한 아버지를 집안사람들은 점점 반기지 않았고 아버지도 건강을 핑계로 고향을 방문하지 않았다. 종가 일을 대신 맡아 하는 아버지의 육촌 동생이 이전에는 직접 전화로 알리던 집안 대소사를 편지로 알리더니 어느 때부터는 아예 인쇄한 엽서 한 장으로 대신했다. 아버지는 그것을 묵묵히 받아 낡은 가죽노트 사이에 끼워두었다.

제훈은 티 나지 않게 지원의 주변을 맴돌았다. 구리시 임대아파트에 들어와 아버지에게 절을 넙죽 하고 차 대접을 한 번 받은 이후로 제훈은 그 인사의 대가를 톡톡히 치르는 중이었다. 아버지는 수술실에 들어가면서 전에 없이 눈물을 보였다. 지원을 침대 곁으로 불러 손을 꼭 쥐었다. 수술 시간에 맞춰 잠시 들른 제훈이 다가와 지원을 안아주었다. 지원은 얼른 제훈의 팔을 풀고 나왔지만 그의 품 안에 잠시 머물렀던 평온함을 기억했다. 지원은 회복 대기실 창틀을 짚고 눈을 감았다. 아침 새떼가 날아오르는 붉은 강물이 보였다. 강물이 점점 불어나서 강둑을 압박했다. 갈비뼈 밑이 뻐근했다. 그가 내 곁에 있어.

16

슬기는 한 번씩 큰 파도가 일듯 마음속에 저항이 일었다. 온전히 평온한 적도 없지만 그나마 잔잔하던 수면이 뭉텅 잘리고 속엣것이 휘돌아 올라올 때면 스스로도 감당할 수 없었다. 난 나를 파괴할 거야. 끊임없는 회오리가 겨울밤의 삭풍처럼 슬기의 귓가에서 몰아쳤다. 누구를 대상으로 하는 분노인지 저항인지 구분할 수 없었다. 아마도 강압적 힘에 대한, 관습적 가면에 대한, 비굴한 생존에 대한 조롱과 복수일 것이다. 자신에 대한 체념과 자책감도 함께였다. 슬기는 몇 년이 지나도록 상처에서 헤어 나오지 못했다. 그날의 기억을 돌아볼 때마다 큰 트럭에 치이듯 선명한 피가 흐르고 살점이 튀었다. 그런 후면 슬기는 온몸이 아리고 아팠다. 이후로 영규와는 한 번도 연결되지 않았다. 그도 용서받지 못한 시간들로 많은 날들을 잠 못 이루었을 것이다. 어리고 미숙했던 시간들, 슬기는 두 눈을 질끈 감았다. 눈을 떴을 때는 다시 밤이 시작되고 슬기는 붉은 립스틱을 바르고 거리로 나섰다. 한숨만 멈추면 죽음으로 이어지는 급물살에서, 시간과 호흡이 분리되는 순간, 숨통이 막 끊어지는 그 찰나를 당면해보지 않은 사람은 모른다. 관습의 경계, 소유의 경계, 윤리의 경계가 티끌보다 하찮음을. 죽음을 마주해본 자만이 생을 논하고 실연해본 자만이 사랑을 논해야 한다. 대중가요 같고 물 같고 공기 같은 그런 흔해빠진 말들이 자연의 이치이며 진리이다. 진리는 그런 구하기 쉬운 질료들로 되어 있다. 슬기는 처음부터 그가 기혼인 줄 알면서도 붙잡았다. 그는 진열장 뒤의 한 조각 빵이었고 망망대해의 부표였으며 마지막 숨결이었다. 슬기가 그를 움켜쥐었다. 그가 누구의 소유인지를 분별할 겨를이 없었다. 소유야말로 공공의 개념이었다. 슬기는 그를 붙잡아 자신의 목숨을 조금 더 연장시켰다. 단지 그뿐이었다. 너 미쳤니? 기겁을 하는 엄마 오정애하고는 생존 기준이 달랐다.

어렵게 얻은 분당 주소로 원룸에 도착했을 때 오정애의 눈에는 불이 났다. 슬기는 문을 열어주지 않았다. 오정애는 각 호마다 달린 작은 데크에 트렁크에 넣고 다니던 접이의자를 들고 와서 앉았다. 모자를 눌러쓰고 이어폰을 끼고는 음악을 들으며 버티었다. 오정애는 순간 가슴을 훅 치고 올라오는 열기와 함께 눈시울이 뜨거워졌다. 남편 임종술이 이 사실을 알면, 집구석에서 어떻게 했길래, 하고 뱀처럼 차갑게 말할 것이다. 자신이 다른 여자에게 애착과 안정을 구하는 것도 모두 오정애 탓이라고 칼 선을 그었듯이. 오정애는 삼 일째 슬기가 있는 원룸으로 차를 몰았다. 접이식 천 의자를 데크에 펼치려는데 찰칵 출입문 걸쇠가 열렸다. 오정애가 현관의 녹색 고무 발판을 딛고 들어서자 복층인 원룸이 한눈에 들어왔다. 동거남은 물론 그의 양말 짝 하나 보이지 않았다. 오정애는 일반 아파트라면 거실 한구석 층계참일 정도의 그 작은 공간을, 현장 점검하듯 꼼꼼히 둘러보았다. 슬기는 캐리어 두 개와 박스 한 개를 문 옆에 내놓고 기다리고 있었다. 차밍스쿨에 오기 한 달 전이었다.

17

도로시는 어둠 속에 잠긴 앞 정원을 내다보았다. 키가 큰 유칼립투스의 우듬지들이 공기인형처럼 휘어지고 편백나무의 잔가지들이 박수를 치듯 맞부딪히고 있었다.

"바람이 부네. 폭풍우가 올 모양이야. 말들이 번개에 놀라지 않도록 마사 창문들을 천으로 가려줘야 할 텐데."

도로시가 덧창을 닫으려고 창문을 열자 서늘하고 눅눅한 공기가 재빠르게 들어왔다. 서쪽에서는 거대한 부싯돌처럼 번개가 번쩍거렸다. 도로시는 이런 날씨에는 잠이 통 오질 않았다. 에이미 장례식을 치르고 집으로 돌아오던 거리가 자꾸 머릿속에 떠올랐다.

매일 에이미를 태우고 다니던 다운타운을 지났다. 마트와 병원, 극장이 모여 있는 거리에는 햇살이 노란 시럽처럼 흘렀다. 남편 토마스는 조수석의 도로시가 걱정이 되는 듯 자주 옆을 돌아보았다.

에이미의 장례식은 간단했다. 누구에게도 직접 연락을 하지도 않았지만 온다고 했어도 정중히 사양했을 것이다. 화장장 앞에 두 부부만 나란히 서서 분골상자를 기다렸다. 에이미가 일곱 살 때 처음 스쿨버스를 배웅할 때처럼 두 사람은 딸에게 손을 흔드는 느낌이었다. 등교 첫날 에이미 또래의 신입생들이 노란 스쿨버스 창밖을 내다보고 있고 옆 블럭에 사는 수잔이 제 엄마를 향해 과도하게 손을 흔들어대던 꼭 그날 아침 같았다. 에이미는 버스 출입문에 올라서면서 손을 잡아주는 보조 선생 팔꿈치 사이로 부부를 한 번 더 뒤돌아보았다. 어깨 위에서 찰랑거리는 에이미의 검은 단발머리가 스쿨버스 중앙 통로에서 사라지자 스쿨버스는 곧 출발했다. 도로에 면한 마당을 가로질러 현관문으로 걸어오면서 190센티의 키에 갈색 머리의 남편 토마스는 도중에 멈추어 서서 아이처럼 소리쳤다.

"허니! 에이미가 방금 첫 등교를 했어!"

함께 기른 열매를 수확한 농부처럼 두 사람의 가슴은 포만감으로 가득했다.

화장장 화덕 속으로 들어가는 에이미에게 도로시는 말을 걸었다.

"내 딸, 하늘 저 멀리 가기 전에 첫 등교할 때처럼 우리를 한 번 뒤돌아봐주렴."

도로시는 다리가 휘청거려 토마스의 팔을 붙잡았다.

십일학년, 열일곱 살이던 에이미는 동급생 마이클의 구애를 받아들였다. 처음 사랑을 출발하는 소녀가 그렇듯 에이미는 마이클과 이상적이며 세기적인 사랑을 꿈꾸었다. 그러나 마이클은 조금 달랐다. 그는 에이미와 몇 번 만난 후에 에이미를 피해 다녔다. 교내에서 여러 남학생들과 몰려다니다가 에이미와 마주치기라도 하면 끔찍하다는 듯 인상을 찌푸리곤 했다. 마이클은 에이미와의 은밀한 성적 접촉을 몇몇 친구들에게 상세히 공개했고 그 소문은 전교생에게 삽시간에 퍼져나갔다. 에이미는 자신의 성이 존중받지 못했다는 사실이 명백해지자 몇 주 동안 절망에 빠졌다. 당시에 도로시는 딸에게 무슨 일이 일어났는지 전혀 알아차리지 못했다. 에이미의 죽음을 응급실에서 마주한 날 비로소 도로시는 딸의 친구들과 선생님에게서 그간 학교에서의 정황을 전해 들었다. 에이미는 인생의 수많은 장애물 중의 하나인 첫 장애물을 극복하지 못했던 것이다. 성장하고 나면 사소하고 하찮을 그 관문을 통과하지 못하다니! 도로시는 딸에 대해, 에이미의 성장에 대해 충분히 함께 이야기를 나누지 않았음을 자책하고 또 자책했다. 돌이킬 수 없는 일이야말로 인생에서 가장 불행한 일이었다.

도로시가 에이미의 납골단지를 받아 들자 손바닥에 따스한 온기가 전해졌다. 순간 도로시는 남은 생애 동안 세상에 이 온기를 나누는 일을 해야겠다고 마음먹었다. 도로시는 이 세상의 사랑과 연애, 결혼 등 남녀관계에 관한 모든 것이 알고 싶어졌다. 관련 서적들을 읽고 커플들을 인터뷰하고 사랑과 연애, 결혼 관련 논문을 몇 편 썼다. 그럼에도 도로시에게는 학문적 접근과 탐구만으로는 부족한 무언가가 남아 있었다. 그 무렵 아버지의 유산은 도로시에게 '사랑과 연애, 결혼'을 위한 교육기관 설립에 토대가 되어주었다.

도로시는 별거 중이던 남편 토마스에게 먼저 자신의 계획을 알렸다. 토마스는 한국에 돌아가 결혼 학교를 세운다는 도로시의 계획을 기꺼이 지지했다. 도로시도 토마스의 새로운 인생을 존중해주었다. IT 회사를 다니던 토마스는 이십 년 지기인 동료 헬렌과 재혼하여 캘리포니아로 이주했다. 도로시는 롱아일랜드 집에서 혼자 수개월을 더 보내는 동안 뉴욕대학에서 박사 후 과정에 있는 황신이를 불러 종종 식사를 함께 하면서도 자신의 계획에 대해서만은 함구했다. 그러던 어느 봄날, 도로시는 한국으로 영구 귀국하기로 했다는 소식과 함께 차밍스쿨에 대해 처음으로 알렸다. 결혼 예비학교를 설립하겠다는 계획을 듣고 황신이는 놀라서 입을 다물지 못했다. 쉰 중반인 나이에 새로운 프로젝트를 들고 세상으로 나오겠다니. 더욱 놀란 건 이복자매인 자신에게 이 프로젝트에 동참할 것을 권유한 것이다. 황신이는 그동안 자신을 냉담하게만 대해온 도로시에게 속 깊은 우애를 느꼈다. 흔쾌히 도로시의 제안을 받아들이고 자신의 뉴욕 생활을 정리했다. 도로시, 황윤이와 황신이는 라일락 향이 들어오는 롱아일랜드 집 창문 아래에서 머리를 맞대고 차밍스쿨을 기획했다.

18

　폭풍이 창틀을 흔들어댔다. 세찬 빗소리 때문에 지원은 일찍 잠에서 깼다. 멀리 우듬지가 보이는 편백나무들이 광폭한 물살에 휩쓸린 듯 휘몰리고 있었다. 낫 모양의 노란 번개가 검은 하늘을 가르고 천둥이 어둠 저편에서 의장대처럼 진군해 왔다. 옆방의 불빛으로 보아 세라는 새벽 글쓰기를 하고 있는가 보았다. 세라는 규칙적이고 규율에 맞게 행동할 줄 알았다. 세라의 엉뚱한 말과 내지르고 보는 행동에 비해 그런 부분은 조금 의외였다. 추리소설 속의 사건 진행을 임의로 멈출 수 없어서 취침 점호 후에도 소등을 하지 않는 것 외에는 대체로 규율에 순응하는 편이었다. 그런 면이 또 있으니 차밍스쿨 프로그램에도 참여했지 싶었다.

　"우리가 궁중 예절을 배우러 온 것도 아니잖아. 이런 기초적인 생활 예절을 모르는 사람이 어디 있냐고? 유치원도 아니고 이런 기초 중에 기초를 배우려고 이 마스터 클래스에 들어왔단 말이야?"

보람이 아침 차를 마시러 복도 거실로 나오면서 마분지 구겨지는 소리를 냈다. 아침 기상서부터 취침 점호까지 교육생들과 늘 함께 생활하며 세세한 습관까지 코칭 하는 진선미 선생의 잔소리를 두고 하는 말이었다. 차밍스쿨에서 생활하는 동안은 마치 영화 트루먼 쇼에서처럼 누군가에게 항상 관찰당하는 느낌이었다.

"일상생활이 그 사람의 품격을 말해주는 거예요."

김윤영이 방을 나오면서 입술을 뾰족이 내밀어 진선미 선생의 목소리를 흉내 냈다.

"뭐든 습관화라잖아. 아무리 급하더라도 자신의 헝클어진 모습은 노출시키지 말 것. 그러니까 소방관이 방화복 입는 연습부터 하는 거라고 생각해."

랭가스 원목 탁자 가운데에 먼저 와 앉은 허미리도 웃으며 덧붙였다. 보람은 하품을 질근질근 씹으며 창가 소파에 털썩 주저앉았다. 시은이 무릎 아래 길이의 면 원피스로 갈아입고는 티타임 시간에 맞춰서 복도 거실로 나왔다.

"슬기씨는?"

세라가 모두를 둘러보았다. 슬기는 오늘 아침 티타임에 호스트 역할이었다. 당번으로 돌아가면서 역할을 하는데 그날의 호스티스는 차를 준비하고 손님을 접대하는 온화한 표정과 행동으로 자연스럽게 대화도 이끌어야 했다. 일상이 모두 배움의 장이지만 진선미 선생은 특히 티타임의 매너를 중요시했다.

"아직 안 일어난 건 아닐 테고."

시은이 자리에 앉으려다 말고 복도 끝의 진선미 선생 방과 나란히 있는 슬기의 방문 앞으로 다가섰다. 노크를 세 번 했는데도 방 안에서는 기척이 없었다.

"슬기양? 임슬기!"

시은이 손잡이를 돌리자 문 안에 걸쇠가 걸려 있어 쇳소리가 났다. 지원도 슬기의 방문 앞으로 다가갔다. 세라도 뒤에 와 섰다.

"무슨 일이에요?"

문밖이 소란했는지 진선미 선생이 방문을 열고 나왔다. 선생은 곧 무슨 일인지 알겠다는 듯 덤불 속 토끼의 잠을 깨우려는 미소를 지었다. 진선미 선생이 슬기의 방문 앞으로 나서자 시은과 지원이 그 뒤로 둘러섰다.

"임슬기 양, 어서 문 열어요. 오늘의 주인공이 아침 티타임에 손님들을 기다리게 하면 안 되죠. 아직 안 일어났어요? 일신상에 무슨 화산폭발과 동급인 일이라도 일어났나요? 만약 이런 일이 일상 가정에서, 미래의 생활에서, 특히 오랜 명예와 전통을 가진 명문가에서 일어났다면 이건 완전 사회적 조롱거리예요. 손님을 초청해놓고 주인이 노쇼를 한다면 아예 사교적으로 파문감이죠."

진선미 선생은 슬기 방의 문을 연속적으로 두드린 후 잠시 돌아서서 둘러서 있는 교육생들을 향해 말했다.

"호스트는 초대한 제 집에서는 손님들과 논쟁을 하지 않습니다. 어떤 주인은 초대한 손님과 논쟁을 하며 소리 높여 싸우기도 하는데 이것이야말로 큰 결례입니다. 홈그라운드에서 자신이 승리를 거머쥐는 것만큼 유치한 행동은 없어요. 그건 결례 중에서도 최악이죠."

그 와중에도 진선미 선생은 한 수 가르치고는 다시 슬기 방문을 향해 돌아섰다.

"오늘의 호스티스가 손님 맞을 준비는커녕, 손님들을 줄줄이 문 앞에 세워두다니요. 천지간에, 이 문명의 대낮에 이런 결례가 어디 있답니까?"

진선미 선생은 여유 있는 농담을 섞어 말하면서 슬기 방문 손잡이를 다시 한번 돌려보았다.

"슬기양, 어서 문 열어요!"

문 안쪽에 걸려 있는 걸쇠가 찰칵찰칵 소리를 내자 진선생의 호흡이 거칠어졌다. 손잡이를 쥐고 흔들던 손을 멈추고 뒤를 돌아보는 그녀의 얼굴은 흑색으로 변해 있었다.

"경비실에 연락해요! 이 방문을 열라고 하세요! 세라양 서둘러요! 빨리!"

진선미 선생은 물에 빠진 사람처럼 다급하게 외쳐댔다. 세라가 복도 인터폰을 향해 뛰었다. 지원이 황급히 뒤를 따랐다.

슬기를 실은 119 차량이 비에 젖은 들길을 따라 멀리 언덕 너머로 사라졌다. 뒤에 남은 교육생들은 무엇에 골몰한 듯 발아래의 어느 한 곳만을 응시한 채 천천히 돌아섰다. 아침나절의 소동으로 모두 혼이 빠져 있었다. 구급차에는 황신이 선생이 동승했고 현장을 목격한 진선미 선생은 다른 차량에 실려서 시내 대학병원으로 갔다.

앰뷸런스 차량을 배웅한 교육생들은 하나둘씩 중앙계단을 오르고 있었다.

"아무리 그래도 이건 아니지."

계단에 한 발을 올려놓은 미리가 목이 잠긴 목소리로 말했다. 앞장서 올라가던 세라가 중간 계단쯤에서 멈추고 그 뒤를 따르던 보람과 시은이 줄줄이 멈춰 섰다. 창밖으로 시선을 둔 채 망연히 멈춰 서 있는 미리를 일제히 내려다보았다.

"그래, 이건 반칙이야."

세라도 겁먹은 표정으로 말했다. 지원이 화단에 구토를 하고 돌아오자 보람이 중앙 계단에 주저앉아 무릎에 얼굴을 묻고 있었다. 시은이 그 옆에 앉아 보람의 어깨를 감싸주었다. 윤영은 계단 난간에 기대서서 코끝으로 내려오는 눈물을 손등으로 훔쳐냈다. 욕조에서 발견된 슬기는 그은 손목에서 흘린 피로 온통 붉어진 물속에 목만 뒤로 꺾은 채 잠겨 있었다. 목격한 이 일에 대해서 누구도 더이상 말하지 않았다. 하루 종일 남은 여섯 명이 뭉쳐서 다녔다. 이동할 때에는 전쟁터에서처럼 전열을 가다듬고 인원을 확인했다. 정신적 충격과 결손이 서로를 연합하게 했다. 운동과 악기 연습이 취소되었고 세 시간짜리 교양 수업도 휴강되었다. 복도 중앙 거실의 소파 위에 동그란 애벌레같이 각자 무릎을 말고 돌아앉아 서로 아무 말도 나누지 않았다. 오후 다섯 시가 되어서야 병원에 간 선생들이 돌아왔다. 슬기는 다행히 괜찮고 지금 회복실에 있다는 한마디만 던지고 진선미 선생은 제 방에 들어가버렸다. 취침 점호 시간까지 방 밖으로 나오질 않는 걸로 보아 단단히 충격을 받은 모양이었다.

19

굵은 빗방울 한두 개가 풋감처럼 떨어지더니 하늘은 이내 물탱크를 뒤집은 것처럼 비를 쏟아냈다. 지붕 모서리에 무수한 빗방울들이 부딪히고 깨어졌다. 빗살에 갇힌 채 누워서 창밖을 바라보던 슬기가 작게 중얼거렸다.

"혼자 있고 싶어."

요란한 빗소리에 그 메마른 목소리가 묻힐 뻔했다. 침대 가에 바싹 붙어 앉아 있던 미리가 눈짓을 하자 세라는 둘러섰던 다른 이들과 함께 조용히 슬기의 방을 빠져나왔다.

세라는 제 방으로 돌아와 반달형 발코니로 나섰다. 난간에 튕겨지는 빗살에 무릎 아래가 젖어들었다. 슬기는 원주 시내 병원에서 일주일 만에 돌아왔다. 광대뼈가 드러나도록 여윈 얼굴과 입술의 보푸라기들이 그동안의 참담하고 가혹한 시간들을 보여주었다. 슬기는 스물두 살 이후 몇 번이나 자해를 했다고 한다. 하지만 무엇을 위해? 무엇에 반항하려고? 그녀는 아직도 목숨 걸고 반항할 만큼 이 세상에 순정함이 있다고 믿는 걸까? 슬기는 그런 무형의 순리에 속죄하기 위해 자신의 파괴를 반복하는 걸까? 세라는 회랑을 따라 피아노 방으로 발걸음을 옮겼다. '솔베이지의 노래' 악보를 펴고 몇 번이고 반복해서 쳤다. 구슬프고 애절한 선율이 창틀을 넘어 조밀한 빗줄기 사이로 스며들었다. 슬픔이 슬픔을 밀어내길, 테이프가 먼지를 붙여가듯 슬픈 가락이 슬픈 감정을 뭉쳐 멀리 밀어내주길. 세라는 슬기의 슬픔과 자책감이 일상 속에서 희석되고 치유되길 바랐다.

비 그친 하늘은 물청소를 한 페르시아 타일처럼 반짝거렸다. 세라는 정문까지 줄지어 서 있는 편백나무 사잇길로 나가보았다. 나무 밑 둥을 흔들고 재빨리 달아나자 청어 뼈 같은 잔가지 아래로 물방울들이 쏟아져 내렸다. 검은 판석을 밟고 걸으니 이음새에서 흙물이 배어나왔다. 비 오는 날 장화를 신고 물웅덩이만 골라 밟기, 우산 더 오래 돌리기, 고개 꺾고 빗방울 받아 먹기…… 또 뭘 했더라? 그러자 세라는 그 장면에서 빼놓을 수 없는 옆집 아이가 떠올랐다. 미주와는 담벽 아래서 개미굴 찾기, 물 호스 쏘아대기, 담 너머로 숙제장 던지기를 하면서 어린 시절을 함께 보냈다. 엄마랑 집 앞에서 유치원의 첫 스쿨버스를 기다리는데 똑같은 보라색 유치원복을 입은 여자아이가 옆집 대문 앞에서 할머니 손에 매달려 외줄을 꼬고 있었다. 미주와는 그렇게 처음 만나 유치원을 거쳐 초등학교, 중학교까지 등굣길이 똑같았다. 고등학교에 입학하자 미주는 부모와 서부 호주의 퍼스로 이민을 갔다. 세라는 면면히 흐르고 있는 긴 강물 위로 왜 그 아이와 함께한 시간이 날치처럼 튀어 올랐는지 그것이 왜 가슴을 뛰게 했는지 의아했다.

세라는 아기 때부터 소송자료 사이를 기어 다녔고 할아버지가 안아 올린 책상 위에서 처음 만져본 책도 육법전서였다. 세라는 당연히 이 세상에는 법관이 되려고 태어나는 줄만 알았다. 다른 길은 길이 아닌 줄만 알고 자랐다. 그런데 청소년기가 되면서부터 세라는 삼대가 같이 사는 집안이 숨이 막혔다. 자신에게 거는 가족들의 무거운 기대에 눌려 목도 제대로 가누지 못할 정도였다. 무남독녀로 그동안 독차지한 사랑이 양날의 검이 되어 돌아왔다. 어린 시절의 집안은 사랑이 가득 담긴 따스한 풀장이었다면 자라서는 흡혈물고기가 사는 검은 호수 같았다. 세라는 가족들의 눈길에서 자신이 조금씩 기대에 못 미친다는 작은 틈새들을 발견했다. 왜 나만 낳아가지고. 기대가 분산되지 못하잖아. 세라는 그 근원에 대해 투덜댔다.

세라를 낳은 후 이선화가 자궁근종으로 더이상 아이를 갖지 못하게 되자 대법관 윤씨 가문의 계보는 성장하는 세라에게 큰 기대를 걸었다. 세라는 그 기대에 부응해보려고 법대, 법학 대학원에 진학을 하긴 했지만 다음 단계부터는 역부족이었다. 세라의 성향은 완고한 법에는 맞지 않았다. 그동안 세라의 자유로운 영혼은 법률이라는 새장 속에서 부리가 갈라지고 날개가 상하고 있었다. 두 번째 변호사 시험 불합격 발표가 난 그날 오후에 세라는 스스로 이 새장에서 탈출하기로 결심했다. 먼저 천장까지 두 줄로 쌓은 법 전공 서적을 모조리 헌책방에 넘겼다. 그리고 전 가족이 참석한 저녁 식사 자리에서 자신은 법관이 되기를 포기했다고 선언했다. 소설을 쓰는 작가가 되겠다는 말도 소심하게 덧붙였다. 법조계의 길을 스스로 포기하는 것도 쉽지 않았지만 가족들 앞에서 포기선언을 하고 그 반응을 마주하는 건 몇십 배나 더 힘들었다. 발표를 하는 순간 할아버지 윤선형 옹의 눈에는 실망감이 스쳤고 아버지 윤형수는 못 들은 척 눈길을 피했으며 엄마, 이선화는 딸이 시험 낙방으로 정신줄을 놓은 건 아닌지 세라의 얼굴을 찬찬히 들여다보았다. 그때 식탁의 대각선 끝에 앉은 할머니가 일어나 세라 곁에 다가섰다. 할머니는 선 채로 세라의 얼굴을 감싸 안고서 당혹의 시선들을 차단해주었다. 할머니의 품 안에서 비로소 세라는 눈물을 쏟아냈다. 어른들이 자리를 뜨는 기척이 들리고 당신의 주름진 배가 다 젖을 때까지 할머니는 세라의 어깨를 꼭 붙잡고 있었다. 할머니의 양팔이 거두어졌을 때 엄마 이선화만이 식탁 끝에 오도카니 앉아 있었다.

이선화는 세라가 법조인을 포기하고 작가가 된다고 했을 때 몹시 당황했다. 누굴 닮아서? 곧이어 팔순에도 소설책을 손에서 놓지 않는 친정어머니와 뒤늦게 시집을 낸 남동생이 떠오르자 고개가 끄덕거려졌다. 그쪽 피야. 세라는 어릴 적부터 살갑게 어미를 따르지 않았다. 늘 멜빵 청바지만을 고집해 입고 레이스가 달린 치마 따위는 좀처럼 입으려고 들지 않았다. 더블 버튼의 더플코트는 제 의견을 그다지 고집하지 않았던 중학교 일학년 때까지만 입었고 이후로는 청재킷과 항공점퍼, 패딩 등으로 허리선이 드러나지 않는 윗옷들만 걸치고 다녔다. 다섯 살 무렵 한밤중에 혼자 잠자고 있던 세라가 침대에서 쿵 하고 떨어지는 소리가 났다. 이선화는 옆방으로 슬며시 건너가보았다.

"다시는 침대에서 떨어지지 않게 해주세요. 앞으로 더 말을 잘 들을게요."

세라는 어두운 바닥에 무릎을 맡고 엎드려 누구에겐가 기도를 하고 있었다. 이선화는 어린 세라를 동그란 공을 싸안듯 그대로 들어올려 침대에 눕히고 이불을 턱까지 당겨주었다. 이선화는 유난히 독립적인 세라를 침대에 두고 나오면서 어이없는 웃음이 나왔다.

세라의 진로 변경에 몇 달을 고심하던 이선화는 이윽고 법률가 가문에 걸맞는 법관 사위를 본다는 계획으로 발상을 전환했다. 이 해결책을 내놓았을 때 가족들도 내심 안도하는 눈치였다. 세라가 차밍스쿨, 결혼학교에 입교하자 집안의 대체된 희망은 더욱 확고해지는 듯

했다. 이선화는 차밍스쿨의 어머니 모임에 참석하고 나서는 이 교육 과정을 잘 선택했다는 확신마저 들었다. 법관 사위들이기 프로젝트에 한층 더 다가간 느낌이었다. 이 차밍스쿨, 예비신부과정에서 먼저 세라에게 여성의 품격을 갖추게 한 다음 사윗감을 본격적으로 찾아볼 생각이었다. 대법관을 지낸 시아버지나 검사인 남편의 연줄을 이용하면 새내기 법관 하나쯤은 집안에 들일 수 있으리라. 이선화의 가슴속에는 새로운 희망이 솟아올랐다.

20

조안나 선생은 등 뒤에 놀라운 새알이라도 감춘 듯 까만 두 눈을 반짝거렸다. 보람이 손동작을 멈추고 고개를 들자 강의가 시작되었다.

"지난 시간에 이어서 계속해볼까요? 남자와 여자는 왜 함께한 성행위에 대해 각각 다른 의미를 부여할까요? 여러분은 남녀가 성관계 시 반드시 필요한 건 무엇이라고 생각하나요?"

세라는 그간 생각해둔 해결책이라도 있었는지 즉시 답변했다.

"두 사람이 성관계 전에 각서를 쓰는 겁니다. 동의 각서를 쓰고 두 사람 모두 거기에 사인을 하고 나서 관계를 시작하는 거죠. 관계 후에 딴소리가 나오지 못하도록요."

세라가 제 의견에 우쭐해하는 동안 조안나 선생은 웃음이 흐르는 턱을 손으로 쓸어내리면서 자신 있는 표정을 지었다.

"오, 세라양, 그건 실제로 전쟁을 치러본 장수의 의견은 아닌데요?"

허미리가 웃으며 두 손바닥으로 책상을 두드렸다.

"콘돔이란 무기를 준비하는 것도 방해가 될 만큼 급박하게 돌아가는 전쟁통에 종이와 펜으로 사전 각서를 쓴다고요? 문장을 조율하는 동안 전투는 지연되고 아군과 적군은 모두 무기를 내려놓을 겁니다. 전의는 상실되고 전쟁 끝! 상황종료! 그 침대 위에는 전투를 치르지 않고도 고요와 평화가 절로 돌아와 있을 겁니다."

조안나 선생이 세라의 의견에 조곤조곤 반박했다.

"와우!"

시은은 조안나 선생의 입담에 감탄을 했다.

"자, 그럼 지금부터 이 조안나가 이 혼란한 전국시대를 평정하는 해결책을 하나 내놓겠어요. 남녀 성관계 시 각 단계마다 성적 의사가 표시되는 신호등을 만드는 겁니다! 상대의 성적 의사를 신호등을 통해 알 수 있도록요. 성 소통 사고를 줄이는 가장 좋은 방법이 될 겁니다."

조안나 선생은 보드에 삼색 교통 신호등을 그렸다.

"여자는 손잡는 것만 허용했는데 남자는 키스까지 했다가 남자가 고소당한 일이 있어요. 남자에게 명예훼손으로 역고소를 당하기도 했지만 대법원은 여자는 손을 잡는 것을 허용했더라도 키스까지 허용한 건 아니다, 라고 여자 쪽 편을 들어주었습니다. 남녀 스킨십의 건널목마다 신호등이 설치되어 있다면 이런 사고는 나지 않겠지요? 이전까지 성관계를 루틴으로 해왔더라도 지금은 성관계를 거절당할 수 있다는 걸 남성들은 알아야 합니다. 다음 단계로 건너가는 길목마다 성 신호등을 설치하고 남성은 이를 잘 살펴서 신호를 지키는 걸 습관화해야 합니다. 먼저 여성이 신호등에 성적 의사를 표현하는 기호를 약정합니다. 신호체계가 모호해서는 안 됩니다. 한 기호에 한 의미만을 명확히 담아야 합니다."

조안나 선생은 뒤를 돌아, 보드에 그린 신호등을 차례로 짚어나갔다.

"빨간색 신호등은 여성의 '노'란 의사 표시이고, 말 그대로 거절입니다. 녹색 신호등은 여성의 '예스', 말 그대로 허락하는 겁니다. 다음 노란색 등은 여성의 침묵으로 묵시적 찬성이 아니고 판단 유보입니다. 멈추고 기다리라는 거죠. 이 여성의 신호체계에 남성은 반드시 주목해야 합니다."

조안나 선생은 신호등 주변으로 둥글게 이어지는 수많은 방사선 도로들을 그렸는데 이는 남녀가 평생 동안 함께 선택해야 할 갈래 길들이었다.

"성적 신호를 일원화하고 약정한 기호를 남녀가 정확히 인지하도록 제도화해야 합니다. 교통 신호처럼 사회적으로 공인된 성적 신호체계를 만들어야 한다고 이 조안나는 제안합니다."

그런데 이걸 어디에서 만들지? 국회에서? 교통부에서? 여성가족부에서? 지원은 다소 엉뚱한 생각을 했다.

"여성들은 빨간색과 녹색, 노란색으로 자신의 명확한 성적 의사를 표시해야 합니다. 남성들이 건너야 하는지 멈춰야 하는지 기다려야 하는지를 판단하도록요. 남성이 욕망의 도로를 잘 건널 수 있도록 여성이 정확한 자신의 성적 신호를 보내는 건 이제 시대적 의무입니다!"

목청을 높이던 조안나 선생이 목소리 톤을 낮추고 덧붙였다.

"규칙이 왜 있습니까? 법이 왜 있습니까? 모두 사회적 질서를 위해서입니다. 서로가 공정하게 소통하기 위해서입니다! 이와 같이 성적 신호체계는 공동체의 보편적 질서를 만듭니다. 신사란 남에게 육체적으로나 정신적으로 피해를 끼치지 않는 사람이라고 정의하는데 그렇다면 숙녀는 육체적으로나 정신적으로 피해를 입지 않도록 신사에게 올바른 판단을 하게 하는 사람입니다!"

오늘 강의의 결론이었다. 미리는 이제 필기 노트를 덮고 오색 펜들을 가죽 필통에 넣고 있었다. 그때 세라가 제안했다.

"이 첨단과학 시대에는 중앙 신호체계인 신호등 대신 여성에게 개별적인 센서를 내장하면 어떨까요? 가령 성적으로 동의할 때에는 양쪽 귀에 녹색 불이 켜지고 거부할 때는 빨간불이 켜지는 센서가 작동하는 겁니다."

"우리가 텔레토비야?"

윤영이 세라를 돌아보며 웃었다.

"세라양, 아주 좋은 발상이에요!"

조안나 선생은 손뼉을 치면서 반겼다. 그러나 세라는 거기서 그칠 사람이 아니었다.

"그런데 선생님, 왜 남성의 길목에 여성이 항상 신호등을 세워주어야 하나요? 왜 남성이 주체이고 여성은 남성을 방어하는 규칙을 만들어야 하냐고요? 남녀 공동 사회에서 여성은 왜 항상 방어하는 성역할을 맡아야 해요?"

조안나 선생은 질문의 의도를 파악하려고 잠시 멈추었다가 침착하게 말을 이었다.

"세라양, 모든 생물에는 생체 조건에 알맞는 메커니즘이 주어집니다. 자연에 우위가 없듯 인간에게도 어느 성이 우위인가 하고 묻는 건 우문입니다. 각 성에는 생리적 역할이 있을 뿐이지요. 남성과 여성은 각기 성의 주체이면서 동시에 상대의 성에 대한 역할이 있어요. 성적 신호를 보내는 일이 생리적으로 여성에게 더 알맞은 성역할이기 때문이라고 생각하세요."

우문에 현답이었다. 세라의 눈동자가 과녁을 뚫으려는 듯 더욱 또렷해졌다.

5장

1

주물 창살의 교문 안으로 차를 몰고 들어오다가 오정애는 문득 모과나무에 총총히 매달린 노란 열매들을 보았다. 벌써 십일월이니 차밍스쿨에서 어머니 모임을 한 지도 세 달째 접어들었다. 오정애는 지난주 어머니 모임을 끝내고 가는 길에 상담 신청을 했다. 상담 시간은 오전 열 시이고 오후에는 어머니 모임이 예정되어 있었다. 오정애는 강보좌관을 대동하지 않고 직접 차를 몰고 왔다. 요즘 모 지방도지사 부인이 관청차와 운전사를 사택 장 보는 데 이용했다는 비난 여론이 들끓는 중이어서 나름 조심을 했다. '서민들이란 뭐 하나만 발견하면 개미떼 같이 달려든다니까. 한 통 속에서 이 물 저 물을 어떻게 구분해서 마신단 말이야? 그게 그거지. 좋은 게 좋은 거지.' 오정애 자신은 높은 성벽 위에 서 있고 새까만 개미떼가 성벽 아래에서 기어오르다가 얼마 못 올라 떨어지곤 하는 서민들의 모습을 눈 앞에 그랬다.

"그래 봤자야. 떼거리로 우왕좌왕할 뿐, 제까짓 것들이 뭘 할 수 있겠어?"

성벽 아래를 굽어보는 오정애의 목에는 붉은 스카프가 승전기처럼 바람에 휘날렸다. 오정애는 주차장에 차를 세우고 스카프를 리본 모양으로 목에 조여 맨 후 어깨를 곧추세웠다. 상담에는 좀 이른 시각이어서 학교 주변을 돌아보았다. 본관 뒤편에서 테니스채 중앙에 공이 튕겨 나가는 맑은 소리가 규칙적으로 들려왔다. 오정애는 소리 나는 쪽으로 걸음을 빨리했다. 녹색 철망 너머 코트에서 슬기가 고개를 젖히고 웃고 있었다. 환하게 웃는 딸의 모습을 보는 건 아주 오랜만이었다. 오정애는 코트의 철망 밖에 서서 활력에 넘치는 딸의 모습을 한참 들여다보았다. 그때 연두색 테니스공을 그러쥔 슬기의 왼 손목에 감긴 흰 손수건이 눈에 들어왔다. 오정애는 다시 가슴이 철렁 내려앉았다.

원장실 문을 밀고 들어서자 월넛 책상이 정면 벽 한가운데 놓여 있고 그 너머에는 목침이 달린 검은 회전의자가 돌아간 채 비어 있었다. 그때 서가와 장식장 사이의 문으로 도로시 원장이 들어섰다.

"오정애 님, 일찍 오셨네요. 어서 오세요."

도로시 원장은 창문 아래 놓여 있는 패브릭 오렌지색 소파를 권하고는 등 뒤의 커튼을 풀어 빛을 차단했다. 방 안은 노랗고 은은한 조명 빛으로 고요한 물가처럼 변했다.

"뭐부터 말해야 할지……."

깊숙이 등을 대고 앉아 팔걸이에 팔을 얹은 오정애는 다탁에 찻잔을 놓는 도로시를 쳐다보았다.

"먼저 제가 어머니들을 개별 상담하는 이유부터 말씀드려야겠군요."

도로시는 오정애의 정면에서 옆으로 놓인 소파에 가서 앉으며 말했다.

"세상의 대부분의 여성들은 태어나고 성장하면서 의식적이든 무의식적이든 친정어머니의 연애관과 결혼관이 사고의 기본 질료가 된다고 해요. 뭐 이견이 있을 수 있겠지만 다년간 이 분야에 대해서 연구해온 사람들의 말로는 그렇답니다."

도로시가 오정애에게 차를 권하며 찻잔을 들어 올렸다.

"목련 꽃잎을 말린 목련차예요. 향이 나지 않아 주의를 기울여야 할 겁니다. 작은 소리에는 귀를 기울여야 하듯요."

도로시 원장이 웃으며 찻잔 위로 향기를 맡고는 차를 한 모금 머금었다.

"이십일 세기인 지금에도 젊은 여성들이 친정어머니의 구시대적 사고에 갇혀 판단을 그르치는 일이 허다하답니다. 이 서울, 강남 한복판에서도 말이지요."

"그럴 수 있어요."

오정애가 순순히 고개를 끄덕였다.

"저는 상담을 통해 어머니들의 생각을 좀 더 합리적인 방향으로 도우려는 겁니다. 어머니의 이성교제나 결혼 생활 등에 대한 경험을 이야기하는 걸로 시작하지요. 어떤 말씀을 해도 좋습니다. 비밀은 절대 보장되니까요."

오정애는 서가와 장식장이 있는 왼 벽을, 도로시는 책상이 놓인 정면의 벽을 각기 보며 직각으로 앉았다. 도로시는 제 어깨 너머의 오정애를 조용히 기다려주었다.

십 분이 지나자 오정애는 가슴 한편으로 느릿하게 뭉치는 한 덩이의 기운을 감지했다. 어떤 기운들이 아주 천천히 한곳으로 모이고 있었다. 물이 데워지는 것처럼 온몸이 덥혀지더니 뜨거운 한 덩이가 울컥 위로 치솟았다. 갑자기 눈물이 쏟아졌다. 한 번 터진 눈물은 병목을 빠져나가는 물처럼 컥컥 소리를 내면서 그치지 않았다. 도로시는 허리를 세워 탁자 위의 티슈통을 건네주었다. 얼마 만에 울어보는 것인지. 오정애는 기억이 까마득했다.

"제 이야기를 원장님께 할까 말까를 두고도 두 달 동안 고민하고 망설였답니다. 누구에게도 이 일을 입 밖에 내보지 않았어요."

두 손바닥 사이에 얼굴을 감싸 쥐고 있던 오정애가 내려온 머리카락을 이마 위로 쓸어 올리고 귀 뒤로도 넘겼다. 몇 번에 걸쳐 머리카락 한 올까지 천천히 정돈하던 오정애는 결심이 선 듯 입을 열었다.

"결혼 십오 년이 되던 날 아침이었는데 출근하려던 남편이 저를 부르더군요. 할 말이 있다고요. 그때 큰딸 슬기는 중학생이었어요."

언제부터였을까. 오정애는 남편과 멀어진 그 근원을 거슬러 짚어보았다. 어쩌면 그 봄밤 이후였는지도 모른다. 침실 창문 너머로 하얀 벚꽃이 흐드러지게 핀 밤이었다. 도로에 면한 창문은 검푸른 바탕색에 연분홍 벚꽃을 그려놓은 한 폭의 그림 같았다. 오정애는 남편의 것을 입에 문 채 창밖을 내다보았다. 그것은 농익은 살구처럼 입안 가득 풀어졌다.

"단단해지질 않네."

오정애는 멋쩍은 듯 웃었다. 창으로 흘러들어온 달빛이 쇳조각처럼 굳은 남편의 얼굴을 비추었다.

"다음에 하지 뭐."

상체를 일으키며 오정애가 먼저 말했다.

"서야 뭘 하지."

남편 임종술은 침대에 반듯이 누운 채 고개를 외로 돌려 천장 모서리를 보며 말했다. 퉁명한, 승리자의 말투였다.

아마도 그 밤 이후 두 사람은 섹스리스 부부로 살았을 것이다. 아니, 그 밤은 쇠락의 절정이고 발단은 훨씬 이전이었을 것이다. 남편 임종술은 표정이 온화하고 행동은 부드러웠지만 어느 날부터 어떤 경계 너머로는 다가오지 않으려는 묘한 거부가 있었다. 오정애와 나란히 눕거나 무릎을 맞대거나 눈길을 마주치려고도 하지 않고 아이들과 다 같이 어울리기는 해도 오정애와 둘만이 있는 시간은 무슨 핑계를 대든 피했다. 오정애는 곧 남편의 부드러운 매너는 관계의 예의일 뿐 진정성이나 열정이 사라진 껍질뿐이라는 걸 짐작했다. 여의도의 넓은 평수 아파트로 이사해 서재와 침실을 분리하자 새 침실에는 아예 발도 들여놓지 않았다. 남편 임종술은 피곤하다거나 몸이 아프다는 말을 입에 달고 살았다. 퇴근하면 서재가 편하다고 밤늦게까지 머물렀고 인터넷에서 구입한 간이침대를 펼치고 그곳에서 잠을 잤다. 아침에 욕실에 갔다가 바로 출근하는 일이 루틴이 되었다. 오정애는 매일 허공에 발걸음을 내딛는 것 같았다. 화를 내고 싸움을 걸어보아도 임종술은 뱀장어처럼 잘도 빠져나갔다. 아니 애초에 붙잡고 딱히 투정할 빌미를 주질 않았다. 신혼 때부터 빠지지 않고 차린 아침 밥상은 쳐다보지도 않고 서둘러 출근했고 늦게 귀가하니 저녁 상은 차릴 일이 없었다.

"오늘 할 일이 많아. 먼저 자."

밤 열한 시경에나 귀가한 남편은 서류 가방을 든 채 서재로 직행했다. 일요일이면 혼자 인근 호숫가를 조깅하고 와서는 샤워를 하고 내내 낮잠을 잤다. 오후에는 한 발자국도 서재 밖으로 나오지 않았다. 가족이 티브이를 보며 거실에 둘러앉았을 때에도 그는 서재에서 프로젝터로 영화나 미국 드라마를 혼자서 봤다. 안팎으로 물 샐 틈이 없이 혼자만의 생활을 진행했기에 오정애는 남편과 함께하는 일이라고는 거의 없었다. 간단한 집안일조차 의논하려고 어쩌다 말이라도 건네면 그는 듣는 도중에 흥미를 잃은 눈빛이 되었다.

"또 그 얘기야? 그만해."

서둘러 끝내지 않으면 도중에 말을 잘라서 민망하고 무참한 적이 한두 번이 아니었다. 오정애는 무단히 상처받는 일이 잦아질수록 마음속의 분노와 저항이 커져가고 있었다.

"그런데 그날은 남편도 뭔가 결심을 했는지 이전과는 태도가 달랐어요. 다른 날처럼 날 적당히 비켜가려는 태도가 아니었어요. 언젠가는 마주해야 할 일이라고 자신도 느끼고 있었던 모양이에요."

출근 가방을 두 팔로 감싸 안고 식탁의자 끝에 걸터앉은 남편 임종술이 오정애와 마주하자 작정한 말을 꺼냈다.

"난 만나는 여자가 있어. 그 여자를 사랑하고."

남편은 순식간에 말을 마쳤다.

"뭐라고? 여자가 있어?"

오정애는 갑자기 망치로 뒤통수를 얻어맞은 듯 정신이 아뜩해졌다. 남편은, 내게 여자가 있어, 라는 말로 오정애의 가슴을 찌른 다음, 그 여자를 사랑해, 라는 말로 다시 한번 후벼 팠다. 조금은 예상하고 있었지만 오정애는 사태가 이 정도로 심각할 줄은 몰랐다. 뚜껑을 열고 보니 돌이킬 수 없는 상황이었다. 신혼 때부터 남편과 싸운 건 셀 수도 없을 정도였다. 험한 소리를 하고 서로의 감정을 들쑤시고 상대의 약점을 물고 늘어지는 등의 상식 없는 싸움을 한 것도 한두 번이 아니었다. 그러나 이전의 부부싸움은 가정이란 울타리 안이었다. 책임과 애정이라는 토대 위에서였다. 서로 한동안 마음은 상했지만 증오와 악감정을 품은 적은 없었다. 오정애는 온몸이 감전된 것처럼 부르르 떨렸다. 잠시 머릿속이 백지장처럼 비워졌다가 다시 정신이 돌아왔다.

"나에게 당신이 어떻게 그런 말을? 누굴 사랑한다고? 내 앞에서 당신이 어떻게? 나와 어떻게 결혼했는데? 내가 당신을 어떻게 출세시켰는데? 제 자식을 둘 낳고 십오 년을 함께 산 사람에게 그게 할 소리야? 누굴 사랑한다고? 당신이 제정신이냐?"

오정애가 말을 더듬거렸다.

"네가 어떻게? 내 앞에서 감히! 네가 인간이야? 네가 인간이냐고!"

오정애는 바닥에 털썩 주저앉아 짐승처럼 악을 썼다.

"당신도 알아야 할 것 같아서."

반면에 임종술은 침착하고 냉정했다.

"당신이 이혼을 원하면 난 몸만 나갈 수 있어."라고 미리 준비한 말까지 덧붙였다.

오정애는 하루 종일 뭍에 던져진 물고기처럼 피가 마르고 몸통이 지치도록 튀어 올랐다. 만나는 여자가 있다? 그 여자를 사랑한다? 이혼을 원한다면 몸만 나가겠다? 남편의 세 마디가 네온사인처럼 머릿속에서 돌아가면서 켜지고 꺼졌다. 그중에서도 '그 여자를 사랑한다'는 말은 수천 번 곱씹어졌다. 친정엄마가 돌아가셨을 때는 하늘 반쪽이 무너지더니 남편의 외도로는 하늘 전체가 무너져 내렸다. 세상의 모든 순정한 아내들에게 남편의 존재는 그야말로 전 우주였다. 오정애는 쾅 하고 절리를 알리는 굉음이 났을 때야 겨우 이 상황을 알아차렸다. 그동안 자신들의 단단한 지반에 금이 가는 과정을 모른 척했다. 그런데 반쪽으로 쩍 갈라진 결과물이 지금 눈앞에 나타났다! 오정애는 자신이 중요한 것을 지켜내지 못하고 미리 준비하지 못한 것에 분노했다. 분명 어떤 기척들, 어떤 전조들이 수많은 의미의 조각들로 공기 중에 편재되어 있었을 터였다. 그 징후를 알아차리지 못하다니. 정신을 차리고 눈을 떴을 때는 이미 두 사람은 이전과는 다른 곳에 각기 있었다. 숨결도 느끼지 못할 만큼 저만치 먼 곳에 남편이가 있었다. 왜, 이럴 때까지 알지 못했나. 자책해도 소용이 없었다. 그건 자신의 오만하고 독선적인 성격 탓이었다. 절개된 지층은 계단식으로 어긋나고 분리되어 이미 안정기에 접어든 것처럼 보였다. 오정애는 다른 차원에 있는 남편을 향해 손을 뻗어보았다. 이번에는 죽어도 놓지 않으리라. 그러나 남편은 손이 닿지 않는 먼 곳에 있었다. 내 남편이 이대로 멀어지는구나. 세월의 틈새로 물처럼 연기처럼 새어 나가는구나. 어떻게 해야 하나? 오정애는 엎드려 그의 바짓가랑이라도 움켜잡고 싶었다. 떠나가지 못하도록 남편의 양 다리라도 자르고 싶었다. 어김없이 떠오르는 새벽빛이 더블 침대의 빈자리를 핏빛으로 물들이고 있었다.

일상은 계속되었고 오정애는 남편 임종술의 고백을 못 들은 것처럼 행동했다. 남편은 밤늦게 혹은 새벽이나 아침나절에 들어와서 옷만 갈아입고 출근하는 날도 많았다. 일요일 아침에는 남편이 외출을 서둘렀다. 식탁의자를 현관 쪽으로 비스듬히 돌려 앉은 채 오정애는 욕실을 나와서 드레스룸을 들락거리는 남편의 동선을 눈으로 따랐다. 그는 어떤 약속에 골몰하여 다른 것은 전혀 인지하지 못하는 듯했다. 남편 임종술은 방해하는 어떤 방해물도 물리치겠다는 단호한 표정으로 오정애 앞을 오고 갔다. 칼을 빼든 것처럼 실내에는 긴장감이 돌았다.

현관 신발장에서 플랫슈즈를 꺼내는 남편의 등을 보고 오정애의 분노는 이미 통제의 범위를 넘어섰다. 오정애는 벌떡 일어나 현관으로 달려 나갔다. 신발을 신는 남편의 양다리를 도루하는 야구선수처럼 엎드려 부여잡았다. 미처 방어하지 못한 남편이 한 손으로 현관 거울을 짚고는 휘청했다.

"무슨 짓이야?"

그가 허리를 틀어 무릎 아래의 오정애를 내려다보았다.

"어딜 가! 못 가! 나를 죽이고 가!"

오정애는 그의 청바지 밑자락을 붙잡고 소리를 질렀다. 임종술이 발목을 감아쥔 오정애의 두 팔을 풀고 그녀의 어깨를 움켜잡아 일으켜 세웠다. 임종술은 오정애의 등을 벽에 밀어붙이고 코끝까지 얼굴을 들이밀더니 목덜미를 잡아 뜯으려는 듯 으르렁거렸다. 남편의 검게 변한 얼굴과 핏발이 선 두 눈, 어금니를 꽉 문 삐뚜름한 입술이 현관 거울에 비쳤다. 삼 초, 그 짧은 순간이 오정애에게는 아주 긴 시간처럼 여겨졌다. 목 졸릴 수도 있겠구나. 이러다가 죽을 수도 있겠구나. 오정애는 자신을 향한 남편의 증오의 크기에 큰 충격을 받았다. 남편은 자신에게 치를 떨고 있었다. 몸서리치고 있었다. 그의 행동에는 아내에 대한 연민이나 애정이 한 올도 남아 있지 않았다. 오정애는 거울 안에서 그의 무의식의 표정을 확인했다. 남편은 오정애의 존재마저 소거하고 싶은 강력한 살의를 품고 있었다. 그의 잔인함과 냉혹함을 직접 마주하자 오정애는 순간 공격성이 사라지고 온몸에서 힘이 빠져나갔다. 오정애는 두 눈을 감고 등이 벽에 미끄러지도록 그대로 주저앉았다. 임종술은 제 손아귀를 거두고는 곧장 현관문을 박차고 나가버렸다. 아파트 철문이 저절로 철컥 하고 닫혔다. 오정애는 닫힌 문 앞에서 몇 시간 동안 그대로 주저앉아 있었다. 세상의 바깥으로 떠밀려진 것 같았다. 끝이 보이지 않는 망막한 사막 한가운데 홀로 있는 느낌이었다. 눈앞이 허공처럼 막막했다. 비애감이 가슴을 저몄다. 쿨쿨 울음이 나오다가 문득 헛웃음이 섞였다. 혼자만의 미래는 한 번도 계획한 적이 없어서 그 형태와 방향조차 알 도리가 없었다. 오정애는 눈꺼풀을 꾹 눌러 짜낸 눈물을 소매로 훔치고는 자리에서 벌떡 일어났다. 집 밖으로 나왔으나 갈 데가 없었다. 아파트 입주 후 삼 년 동안 지나다니던 일 층 아케이드 복도가 낯설게 느껴졌다. 걸을 때마다 목에서 울음이 출렁거렸다. 누구든 붙잡고 이야기를 하고 싶었다. 난 억울해. 십오 년이란 세월 동안 애를 둘씩이나 낳고 울타리 속 씨암탉처럼 살았는데 이렇게 내팽개쳐지다니. 분하고 억울해. 마구 소리치고 통곡을 하고 싶었다. 한편으로는 어떤 말도 세상 밖으로 내뱉기 싫기도 했다. 바게트 빵집 여자가 유리문을 열고 인사를 했다. 슬기네 반 학부형이기도 한 여자는 마주할 때마다 반갑게 인사를 했지만 오정애는 거리를 두었다. 고만고만한 나이대의 학부형들이 카페 안쪽에 모여 한나절 내내 어울리는 걸 본 이후 오정애는 베이커리 앞을 지날 때에는 고개도 돌리지 않았다. 오정애 자신은 그런 부류와는 다른 계층이라고 생각했다. 그런데 오늘은 빵집 여자가 알은체를 하자 오정애는 문득 그들과 어울리고 싶었다. 그들에게 위로받고 싶었다. 난 이렇게도 억울한데 당신네들의 삶은 어떠냐고 물어보고 싶었다.

오정애는 흥신소 직원에게 아파트 문을 강제로 열게 하지는 않았다. 다만 그녀가 그 출입문 앞에 왔다 갔다는 흔적으로 포스트잇을 하나 붙이고 왔다.

'집으로 돌아와요. 愛.'

벌거벗은 몸 위로 카메라를 들이대지 않은 건 그 두 사람을 위해서가 아니었다. 간통죄로 걸어 넣으면 자동이혼이 전제되어 있기 때문이었다. 오정애는 절대로 이혼만은 하고 싶지 않았다.

'어떻게 붙잡은 아성인데 내가 이걸 놓으면 뭐가 남아. 이 성문을 나가면 초라한 백성으로 성문 밖에서 남은 인생을 살아야 하는데. 내가 너희 둘을 발기발기 찢어서 법을 존중하는 대한민국 국민들 앞에 단죄하고 싶은 마음이 굴뚝 같지만 가정의 명예를 위해서, 결혼이라는 이 굳건한 성을 지키기 위해서 참고 또 참는다. 너희를 동정해서

가 아니야. 너희의 사랑을 인정해서가 아니야. 더러워서 피하는 거지.' 복도식 아파트의 긴 복도를 걸어 나오다가 오정애는 침을 모아 17층 아래로 힘껏 내뱉었다. 온몸에 오물을 뒤집어쓴 것 같아 옷을 뒤집어 훌훌 털어내버리고 싶었다. 그날 밤 남편은 집에 들어오지 않았다.

다음 날 오전에 오정애는 혼자서 내연녀의 아파트를 찾아갔다. 근처에서 그녀와 통화 연결되었고 오정애가 문 앞에 와 있다고 하자, 그럼 들어오세요, 하고 전화 속 여자는 담담하게 말했다. 사십대 중반 여자가 아파트 문을 열었다. 상상해왔던 것처럼 여자는 젊지도 미모도 아니었다. 눈가와 입가의 주름들을 감추려는 어떤 시술도 받지 않은 듯했다. 학력도 지방 출신에 사회적으로 보나 인물로 보나 뭐하나 내세울 것 없는 평범하다 못해 그저 일반적인 여자였다. 남편 임종술과 앞으로 다시는 만나지 않는다는 약속만 해준다면 금전 보상을 하겠다는 오정애의 제의를 그녀는 완곡히 거절했다.

"사모님 가정에 심려와 피해를 드려서 정말 죄송해요. …하지만 어떤 약속도 드릴 수가 없네요. …세상에는 제 의지대로 되지 않는 일도 있어서요."

여자가 앞자리에서 눈물을 글썽인 채 말을 더듬고는 고개를 떨궜다. 입도 대지 않은 허브차가 투명 유리잔에서 식어가고 있었다. 오정애는 당당한 그녀 앞에서 무색해졌다. 처음에 문을 들어설 때는, 그 여자의 머리채를 휘어잡고, 네가 내 걸 훔쳤잖아, 이 도둑년아! 하고 패악을 부리려고 했다. 그런데 오정애가 현관에 신발을 벗기도 전에 여자가 앞장서 걸어가 식탁으로 안내하는 바람에 그때를 놓쳤다.

마주 앉았을 때는 방어기제조차 없는 그녀의 온화한 인상과 겸손한 태도에 그만 맥이 풀렸다. 적의와 공격성이 절로 수그러들었다. 사랑의 깃털에 둘러싸인 여자는 평온과 믿음으로 빛나 보였다. 오정애는 자신이 오히려 초라하게 여겨졌다.

'내가 여태껏 헛것을 붙잡고 살았어.' 현관문 앞에서 신발을 신으려고 허리를 숙였을 때 오정애는 얼굴이 붉어졌다. 여자는 문을 반쯤 열어두고 문밖에까지 나와 오정애에게 깊이 허리 숙여 인사를 했다. 복도 끝 엘리베이터가 있는 문으로 들어설 때까지 그 아파트 문은 닫히지 않았다. 뒤는 돌아보지는 않았지만 남편 임종술이 왜 저 여자를 좋아하는지 어렴풋한 짐작이 갔다.

그 길로 내처 오정애는 남편의 집무실로 찾아갔다. 여자에게서 오정애가 집에 다녀간 일을 전화로 연락받은 모양으로 임종술은 냉랭하게 대했다. 그는 탁구대처럼 넓은 책상 뒤에 등을 돌리고 있다가 몸을 돌려 마주했다.

"난 내 감정을 억압하거나 잃고 싶지 않아."

두려움인지 슬픔인지 모를 기운으로 임종술의 입술 끝이 조금 떨렸다.

"난 생생하게 살아 있을 거요. 온몸으로 이 격동과 지배를 받을 거고."

그가 비장한 듯 다급하게 마무리를 했다.

"그리고 기쁘게 죽을 거요!"

피고인 임종술의 최후의 진술이었다. 그 말이 오정애에게는 저주받은 주술로 가슴에 박혔다. 오정애는 남편의 뻔뻔하고 오히려 당당함에 기가 질렸다. 계약을 파기할 상대에게는 조금의 배려도 없었다.

"난 언제든 장관 옷을 벗을 수 있어."

임종술은 결기를 보이다가도 법적 동반자인 오정애가 남은 임기 동안 공론화시키지 않는다면 사회적 입지를 스스로 정리해 나가겠다고 했다. 쥐가 두려워하지 않으니 고양이가 오히려 머쓱했다. 외교부 청사를 내려오다가 중간의 쉼 계단에서 오정애는 턱과 고개를 틀어 올려 임종술 집무실을 올려다보았다. 등줄기를 타고 독기가 뱀처럼 구불텅 흘러내렸다.

'널 장관직에서 끌어내리지는 않겠어, 내가 장관 사모님이어야 하니까. 그러나 난 이 결혼의 굴레에서 널 놓아주지 않을 거야. 이 동그라미 안에서 너와 내가 피투성이가 될 때까지, 아니 둘 중 한 명이 죽어나갈 때까지 이 싸움을 끝내지 않을 거야' 오정애는 어금니에 힘이 들어가고 두 주먹이 꼭 쥐어졌다. '네가 죽든 내가 죽든 끝까지 해볼 테야. 내 목숨이 붙어 있는 한 넌 그 여자에게 못 가. 넌 한 치도 나에게서 벗어날 수 없어. 세상의 법과 여론은 내 편이니까.' 오정애는 다리가 후들거려 남은 계단들이 아뜩했다.

이후로 남편 임종술은 한 집 안에 있어도 오정애와 한마디도 나누지 않았다. 오정애가 어쩌다가 여보, 하고 습관적으로 불렀을 때 어깨 끝이 미세하게 반응할 뿐 실수로도 대답하지 않았다. 두 사람은 같은 공간에 있어도 다른 차원의 사람이었다. 업무상 가까이 있는 사람들을 제외하고는 집안에서의 그들의 별리를 눈치채지 못했다. 공식 행사는 물론 집안 행사에도 오정애는 남편과 나란히 나타났다. 부부동반 대외 일정은 강보좌관을 통해 미리 연락받았고 집안 대소사는 오정애가 남편에게 일정을 조율하는 메모를 써놓았다.

외교부 간부 부인들과 점심 모임을 마치고 차를 마시는 중에 오정애는 망연히 창밖을 내다보았다. 작은 정원이 있는 가든 레스토랑이었다. 유리벽 너머로 중앙에 붉은 목단 꽃이 홍등처럼 피어 있었다. 오정애는 유리문 밖에 눈길을 멈춘 채 아무 생각 없이 앉아 있었다.

"사모님 무슨 생각을 골똘히 하세요?"

이번에 진급한 권 감사관의 부인이 활짝 웃으며 오정애의 앞자리로 옮겨 앉았다.

"목단이 참 붉어서……."

오정애는 황급히 목단 꽃으로 눈길을 돌렸다. 눈물이 핑 돌았다.

"어머, 사모님, 무슨 일이 있으세요?"

티슈를 건네며 권 감사관 부인이 얼굴을 붉혔다.

오정애는 차를 몰고 서울 외곽 남양주시로 들어섰다. 여고동창 모임에서 산행을 한 적이 있는 천마산 입구였다. 평일 오후라서 산 입구는 한산했다. 오정애는 지상 주차장 그늘 녘에 차를 세우고 깜빡 잠이 들었다. 꿈속에서 남편 임종술과 공원 야영장에 텐트를 치고 야영을 하고 있었다. 오정애가 코펠에 저녁 식사를 준비할 동안 초등생인 아이들과 남편은 배드민턴을 치고 있었다. 그들을 바라보며 오정애는 가슴이 펴지며 미소가 지어졌다. 눈을 떠보니 천마산 입구 야외 주차장이었다. 오정애는 눈을 도로 감았다. 그 꿈에서 깨어나고 싶지 않았다. 꿈의 광경이 따스한 물결로 계속 이어지길 바랐다. 오정애는 둑 아래 가뭄으로 물이 줄어든 개천 바닥을 내려다보았다. 한 줄기 시냇물이 자갈 사이를 비껴가느라고 바퀴가 구르듯 와글와글하는 소리가 들렸다. 해는 비껴서 앞산의 그림자가 도로를 건너왔다.

오정애는 주변에 마음을 나눌 상대가 없었다. 그동안 제 껍질만 닦으며 사느라고 남의 사정에는 한 번도 관심을 가져보지 않았다. 제 껍질의 광택과 색깔에 현혹된 무리들하고만 어울리며 그들이 보내는 찬사와 부러움을 즐겼다. 아무도 오정애의 내면은 들여다보려고 하지 않았다. 도금 속 내용물에는 서로 관심이 없었다. 문득 여고동창 중 이혼을 하고 혼자 사는 경옥이 떠올랐다. 동창 모임의 일원일 뿐 개인적으로는 친분이 별로 없던, 아니 구태여 가까이하려 하지 않았던 경옥이 전화를 받자마자 흔쾌히 시간을 내겠다고 했다. 오정애는 경옥과 이른 저녁을 먹기로 약속하고 전에 가본 적이 있는 청담동 한식집에서 삼십 분 먼저 나와서 기다렸다.

경옥이 스물세 살 나이에 일찍 결혼을 해 전업주부를 선택했을 때 여고동창들은 그녀의 학력을 아까워했다. 명문대를 졸업하고 가정에서 아이만 기르기에는 그야말로 고학력자의 능력 사장이 아니냐고들 입을 모았다. 아이 둘을 기르며 십 년이 넘도록 전업주부로만 살던 경옥이 어느 날 동창 모임에 나와서 말했다. 처녀 적 몸무게의 두 배가 되는 체중을 단기 다이어트 프로그램 과정으로 칠 킬로그램 뺐다는 내용이었다. 그런데 그다음 말이 더욱 놀라웠다.

"내가 이 주일 동안이나 혹독한 훈련을 견뎌냈다는 게 신기해. 결혼 후 처음으로 자신감이 생겼어. 나도 뭘 할 수 있겠구나 하는."

우등생이었던 경옥이 할 말은 아니었다. 겨우 다이어트 기간 이 주일을 참아냈다고 자신을 대견하게 생각하다니. 그 정도로 자존감이 낮아졌다니. 마음이 애잔했다.

한 건물 이 층 찻집으로 자리를 옮겨 앉으면서 경옥의 대화가 이어졌다. 경옥은 혼자 사는 십 년 동안 석박사 학위를 받고 책을 출간하고 강연에 나가는 등 자신이 원하는 사회적 성취를 이루었다고 했다.

"정애야, 넌 그동안 내가 이혼한 줄 알았구나?"

경옥은 사실은 십 년 동안 남편과 별거를 해왔다고 고백했다.

"친구들이나 주변 사람들에게 네가 여태껏 이혼녀 코스프레를 해왔으니까 그렇지."

오정애가 눈을 흘겼다.

"장애인이 동사무소에서 장애인 등록증을 발부받지 않았다고 장애인이 아니냐? 이혼서류가 안 되어 있다고 이혼녀가 아니냐고. 증명서류가 없어도 장애를 가진 사람이 장애인이듯이 혼인 관계가 깨진 사람들은 이혼서류를 안 했어도 이미 이혼녀인 거야."

오정애의 혼란스러운 표정을 눈치챘는지 경옥은 이어서 말했다.

"가정에 신뢰가 깨졌고 부부관계가 끝났고 남편은 다른 사랑을 시작했는데 단지 이혼서류만 하지 않았다고 해서 이혼녀가 아닐까? 서류를 하면 이혼 보조금이 나오냐, 이혼자 주차공간을 따로 마련해주냐, 안 그러니? 그래서 일단은 난 주거부터 독립하기로 했지. 혼자 독립적인 공간으로 나오니 상실감도 있지만 자유와 자존감이라는 소중한 보상도 주어지더라고."

오정애는 정신을 바짝 차리고 요점을 간추렸다. 그러니까 경옥은 '이혼은 하지 않고 그동안 별거를 했다'는 거였다. 그러자 오정애는 십 년 전 경옥의 이혼 소문을 전해 들은 뒤 자신이 그녀를 홀대했던 일들이 떠올랐다. 친정 엄마 장례식장에 동창들 중 제일 먼저 도착한 경옥을 바로 뒤에 서 있던 남편 임종술에게 인사시키지 않았다. 경옥은 십 분 정도 앉았다가 서둘러 장례식장을 빠져나갔다. 그때 경옥은 저를 이혼녀인 줄 알고 꺼려했던 내 의중을 알아차렸을까? 오정애는 얼굴이 확 달아올랐다. 그러고 보니 한 가지 일이 더 있었다. 여고 동창들끼리 필드에 나갔는데 우연히 앞 팀에서 골프를 치던 남편 임종술이 아내 친구들에게 인사를 하러 왔다. 오정애는 뭔가 다급한 것처럼 경옥은 건너뛰고 친구 두 사람만 남편에게 소개했다. 제 차례를 준비하고 있던 경옥이 주춤 한 걸음 뒤로 물러서는 걸 오정애는 곁눈으로 보고도 모른 척했다. 이후부터 경옥은 오정애가 속한 모임에는 나오지 않았다.

"그래서 넌 계속 연애만 할 거니?"

오정애는 대화의 추임새로 경옥의 연애사를 끄집어냈다. 경옥은 혼자 독립해 나간 후 연하남과 십 년째 연애 중이었다. 경옥은 친구들에게 굳이 제 사생활을 감추려 하지 않았다.

"내 빛나는 오십 대를 그나마 그 연애를 하면서 보내서 다행이지 뭐야. 내가 행복하니 내 자식들 성장에도 나쁜 영향을 주지 않았잖아. '인생은 그런 거야. 사랑은 두 번일 수도 있다고.' 우리 애들은 자연스레 그렇게 받아들여. 한 사람과 한평생 사랑하고 사는 것이 최선이겠지만 차선도 있는 게 인생이란다. 뭐 이런 게 산교육 아니겠냐?"

두 사람이 동시에 웃음을 터트렸다.

"그동안 우리 부부는 파트너는 각각 달라도 공동의 밭을 가꾸는 데는 최선을 다했어. 아이들을 최우선으로 생각했고. 양편의 파트너들이 일조하고 기다려준 덕분에 우리 아이들은 잘 자란 셈이야."

경옥은 자신감 있는 어투로 제 인생 행보에 대해 말했다. 오정애는 빛 좋은 개살구로, 쇼윈도 부부로 감추고 사는 동안 피폐해진 자신과 상처받은 아이들을 생각했다.

"그럼 너는 별거한 채로 이혼은 안 하고 그대로 살 거니?"

오정애는 자신의 참담함을 참느라고 어금니에 힘을 주었다.

"오, 무슨 그런 잔인한 말을? 재혼을 하려면 법률상 서류 정리부터 해야겠지. 저쪽 커플도 그걸 원할 거고."

경옥의 답변은 명쾌했다.

"난 사랑하는 사람과 결혼해서 아침에 같은 침대에서 눈뜨고, 함께 식사하고, 산책하고, 하루 다섯 통씩 통화하고, 몇 시간 이상은 절대로 떨어지지 않을 거야!"

경옥은 작은 깃발을 흔들 듯 리듬을 주며 말했다.

"우리 나이가 곧 육십이다. 다 늙어서 결혼을 또 하고 싶니? 십 년도 못 가서 병 들면 어쩔래?"

오정애가 별 의미 없이 어깃장을 놓았다.

"십 년이면 충분해. 나도 이번 생에서 사랑하는 사람과 함께 살아보고 죽을 거야. 병들면 서로 돌봐주면 되지. 그런 희생쯤이야 기꺼이 할 거고."

경옥의 순정함에 오정애는 눈물이 핑 돌았다. 주섬주섬 서로 핸드백에서 차키를 꺼내다가 문득 경옥이 건물 회전문을 빠져나오면서 물었다.

"정애야, 네가 웬일이냐? 나를 만나자고 다 하고? 무슨 일이 있는
건 아니지?"

오정애는 지하 주차장에서 경옥과 작별인사를 하고는 시동을 걸지
않은 채 한참을 자동차 안에 앉아 있었다. '그동안 난 병자였어.' 그
러자, 지난 시간들이 몸서리쳐졌다. 십 년 동안 죽음과도 같은 상실
감이 구름떼로 몰려와 한낮인데도 숱한 어둠의 시간을 보냈었다. 화
창한 밖의 날씨와는 아랑곳없이 시야는 늘 캄캄했다. 젖은 스펀지처
럼 누르면 슬픔이 배어 나왔다. 깨진 바가지에서 물이 줄줄 새는데
도 그저 바라보고만 있었다. 어미만 보고 자라는 아이들은 또 어땠을
까. 당시 딸 슬기는 중학 삼학년에, 아들 준철은 초등 사학년이었다.
아이들에 대한 자책감이 오정애를 풀 죽게 했다. 웅덩이의 흙탕물이
쾌속으로 휘돌아 갈 때는 미처 헤아리지 못했다. 머리를 풀어헤친 채
자신이 급물살에 휘돌려지느라고 아이들을 살필 겨를이 없었다. 스
스로 정신줄을 놓지 않으려고 안간힘을 쓰며 버티었다. 어느덧 휘몰
이가 가라앉았을 때는 진흙물 아래 잠긴 스물여섯 살의 딸, 슬기와
대학 졸업반인 아들, 준철의 다 자란 얼굴이 작은 웅덩이를 꽉 채우
고 있었다. 엄마가 중심을 못 잡고 미쳐 날뛰니 성장하는 동안 자식
들은 또 얼마나 혼란스러웠을까. 바로 어제의 일이었다.

오정애는 감았던 눈을 떴다.

"그리고 또 무슨 일이 있었나요?"

도로시 원장이 오정애 가까이로 상체를 내밀며 이야기를 이끌었다.

"그동안 처절한 지옥을 경험했어요. 의심의 지옥. 그리고 불신의
지옥을요. 사람들은 사랑이 올 때에 증상들이 같다고들 하는데 사랑

이 갈 때에도 그 증상들이 같더군요."

오정애는 눈앞으로 필름처럼 지나가는 그 시기를 보면서 몸을 움츠렸다. 사랑이 휩쓸고 간, 아니 사랑이 서둘러 달아난, 사랑이 피 흘리며 빠져나간 그 자리는 폭격을 맞아 골조만 남은 전쟁터 같았다. 한 생에서는 도저히 복구가 될 수 없을 만큼의 폐허로 남았다.

"세상에서 사람을 미치게 만드는 게 있다면 그건 의심입니다. 나가는 남편의 등 뒤에서 느껴지는 의심이야말로 정말 지옥이지요. 의심이라는 증상은 악마가 지팡이로 내 머릿속을 휘저으며 밤이고 낮이고 돌아다니는 느낌입니다. 미치지 않고서야 그 상황을 어떻게 견디겠어요?"

도로시 원장이 고개를 크게 끄덕여 그 말에 공감을 해주었다.

"헤어져야 한다고 백 번은 공감하면서도 티끌만 한 미련을 확인하느라고 끊임없이 싸웠어요. 마지막까지 내게 비늘 조각만 한 관심도 없다는 걸 알게 될 때까지요. 사랑이 빠져나간 그 자리에 증오가 똑같은 양으로 차오를 때까지 물고 뜯었던 것 같아요. 싸우는 도중에도, 왜 이렇게까지 되었나. 왜 단념하지 못하나, 하면서 기가 막혀 했어요. 그런 아귀다툼을 하면서 그 지옥에서 십 년이나 버티었네요. 복수를 하고 싶었어요. 두 사람을 반드시 갈라놓고 싶었고요."

오정애는 이 마지막 말까지 뱉고 나자 속이 후련했다. 분노로 손끝이 다 떨렸다. 오정애는 두 손을 맞쥐어 무릎을 누르고는 두 눈을 감았다.

"이혼한 사람들에게, 왜 이혼했나요? 물어보면, '살기 위해서요.'라고 대답합니다."

내내 침묵으로 경청하던 도로시가 차분한 어조로 입을 열었다.

"세상 사람들은 이혼한 사람들을 불행하다고 생각하겠지만, 그 사람들은 자신의 '행복을 위해서' 이혼을 합니다. 더 나은 삶을 살기 위해, 자신의 행복을 위해 이혼을 결정합니다. 이렇듯 사람들은 각자의 상황에 맞게 최선의 선택을 하며 살아갑니다. 그게 결혼이든, 이혼이든 자신의 행복을 위해, 자신의 인생을 위해 최선의 선택과 결정을 하는 거지요."

도로시는 창가로 몇 발자국 걸어 나가다가 멈추어 뒤돌아서서 물었다.

"오정애님은 이제껏 누구를 위해 사셨나요? 세상 사람들? 친지들? 지인들? 그중에서도 누구를 위해? 누구에게 감추기 위해 그동안 가면을 쓰고 연극을 하셨어요? 자, 내 인생의 관객들을 하나하나 헤아려보세요. 그중에 자신보다 더 소중한 사람이 있나요? 내 주변인들 중에 나를, 내 행복을, 목숨만큼 생각해주는 사람이 있나요?"

오정애는 도로시 원장의 말에 따라 눈을 감고 하나하나 주변사람들을 헤아려보았다. 나는 왜 이혼을 하지 않았나? 누구의 눈이 두려워서 내 인생의 소중한 십 년을 지옥의 핏물 속에 담그고 살았나? 오정애는 부모, 형제, 자식들, 친척들, 여고 동창 무리들, 몇몇 대학 동창들, 남편 직장 동료부인들, 봉사 단체 사람들을 모두 불러 모아보았다. 그러자 머릿속에 불려온 사람들은 오정애와 친밀한 순으로 원을 이뤄 겹겹이 둘러섰다. 둘러보니 아무도 오정애와 정확히 눈을 맞추려 하지 않았다. 오정애의 행복을, 오정애의 인생을 누구도 책임지려 하지 않았다. 누구도 제 목숨만큼 오정애를 소중히 여기지 않았다. 당연한 일을! 오정애는 헛웃음이 나왔다. 그중에서도 자식들이 가장 눈에 밟혔다. 적어도 아들이 중학생이 되었을 때에는 스스로 이혼을 결단했어야 했다. 이혼의 결정이 사춘기의 아이들에게 상처를 덜 주었을 것이다.

"오정애님, 자신을 먼저 돌아보세요!"

오정애가 눈을 번쩍 뜨고는 바로 앞에 다가와 선 도로시를 올려다보았다.

"남편 커플은 이제 오정애님과 아무 관련이 없는 타인들입니다. 그 커플의 사랑을 확인한 순간부터 오정애님은 남편과의 관계는 단절되었습니다. 이 팩트를 아주 냉정하고 현명하게 받아들여야 합니다. 오정애님이 직접, 두 사람의 관계를 벌주고 방해하려는 발상은 위험하고 소모적입니다. 직접 자신을 도구로 사용해 타인을 벌하는 건 손실이 가장 많은 기획이지요. 자존감과 자기애를 가진 사람이라면 자신을 도구로 사용하지 않습니다. 한 번뿐인 내 인생을, 내 존재를, 도구로 쓰기에는 너무나 소중하니까요. 오정애님, 자신을 함부로 사용하지 마세요. 이 세상의 무엇보다 당신이 가장 중요합니다."

오정애의 두 눈에 눈물이 고였다.

"내 안에 있는 소녀 적의 나를 들여다보세요. 사랑을 꿈꾸고 들뜨고 설레었던 그때를 한번 떠올려보세요. 희망과 기대라는 두 날개를 달고 흰 구름 위를 마음껏 날아다녔던 소녀 적의 나를 기억해보세요. 그러면 그 진흙탕 속에 더이상 나를 버려두고 싶지 않을 겁니다. 소중한 나를 한순간이라도 허비하지 않게 되지요."

도로시 원장이 손가락으로 가리키는 방향으로 눈을 들자 파랗고 투명한 하늘 아래 총총히 박힌 대추나무 열매들이 보였다. 찰랑거리는 잔잎들 사이로 노란 햇살들이 쏟아져 내렸다. 오정애는 아주 오랜만에 눈이 부셔서 눈까풀을 가늘게 늘였다. 큰 숨이 터져 나오고 가슴이 활짝 펴졌다.

"남편과 사랑했던 시간들은 이제 다른 주머니에 넣어두세요. 그 시기를 한때의 행복으로 한정하고 지금의 삶과는 분리시키세요. '빛나던 시절' 한때는 그와 행복했으나 이제는 그를 놓아야 한다'는 생각에서부터 시작하시는 게 좋습니다. 그런 분리가 이전의 행복을 완성시켜주고 이후의 행복을 시작하게 해줍니다. 그런 별리가 자신을 다시 귀한 존재로 만들어줍니다."

도로시 원장이 잠시 말을 멈추었다가 매듭을 풀듯 느리게 이어갔다.

"계속 이어지는 것, 영원한 것은 이 세상 어디에도 없습니다. 기간이 좀 짧고 긴 차이가 있을 뿐 유한성은 세상의 진리입니다, 현명하시고 지혜로워지세요. 가버린 사랑은 다시 돌아오지 않습니다. 가는 건 보내고 오는 건 맞는 게 자연의 이치이고 사이클입니다. 지난 행복은 추억하는 것이고 현재 행복은 영위하는 것입니다. 공기처럼, 물처럼 사랑과 행복은 세상 도처에 있습니다. 오정애님에게는 그 사랑과 행복을 사용할 권리가 당연히 있고요."

도로시 원장은 넓은 강둑 사이로 강물이 흘러가듯 천천히 말했다.

"오정애님의 인생에는 여전히 행복의 기회가 있습니다. 남아 있는 계절들을 절대 포기하지 마세요."

오정애에게 두 눈을 맞추고는 단호하게 말했다.

"법률적 분리가 감정적 분리를 도와줍니다. 현실적인 별리에 중요한 역할을 해주죠. 서류 정리는 인생을 다음 단계로 나아가게 합니다. 오정애님, 두려워하지 말고 이혼을 결정하세요. 미래에는 축복과도 같은 선물이 기다리고 있습니다."

그때 오정애의 마음속에는, 도로시 원장의 다른 말은 잘 들리지 않고 '사랑은 다시 돌아오지 않는다'는 말만 메아리가 되어 계속 울리고 있었다.

"그런데 원장님! 바람났다가 다시 가정으로 돌아오는 남편들도 있잖아요?"

오정애가 두 눈을 번쩍 뜨고 다급하게 소리쳤다.

"오호!"

도로시 원장은 자리에서 일어서려다 말고 짧은 환성을 터트렸다.

"오정애님, 제가 세상에서 통용되는 진리를 하나 알려드리지요. 이런 때 적용하면 아주 유용하답니다."

도로시는 오정애의 눈을 다정하게 맞추면서 말했다.

"남편이 여자를 숨기려고 하면 굳이 알아내려고 하지 마라. 그는 가정을 지키려는 의지가 있는 사람이다. 그러나 남편이 자기 여자를 공개하고 나서면 잡으려고 하지 마라. 그는 사랑에 빠진 사람이다. 천지가 개벽한다 해도 사랑에 빠진 자를 되돌릴 수는 없다."

오정애는 아직도 믿을 수 없다는 듯 정리되지 않은 표정이었다.

"이 말은 바람이냐 사랑이냐 하는 차이죠. 오정애님의 남편의 경우는 바람이 아니라 사랑인 듯합니다. 늦은 감이 있지만 이제라도 남편을 오정애님의 인생에서 분리시키세요. 이솝 우화 들어보셨어요? 물속에 비친 개가 물고 있는 고깃덩이가 욕심이 나서 지금 제 입에 물고 있는 고깃덩이를 물속에 빠트리지요. 남의 행복을 방해하려고 내 행복을 놓치다니요! '나'라는 황금덩이에 비하면 저들의 관계는 한낱 돌덩이일 뿐입니다. 황금과 돌을 바꾸려는 어리석은 시도는 하지 마세요!"

아직도 혼란스러워하는 오정애 앞으로 도로시가 다가가서 두 팔을 한껏 펼쳤다.

"오정애님, 당신은 소중합니다."

머뭇거리던 오정애가 품 안에 안기자 도로시 원장은 오정애의 등을 몇 번이고 두드렸다.

"당신은 이 세상에서 가장 가치 있는 사람입니다."

오정애는 가슴 밑바닥의 용암이 조금씩 움직이다가 뜨거운 눈물로 솟구치는 걸 느꼈다. 자신이 소중한 사람으로 다시 태어난 기분이었다. 오정애는 이제 자신을 그 지옥의 핏물에서 건져내는 일만이 마땅한 의무로 여겨졌다.

2

지원은 제훈의 외가가 있는 강릉으로 함께 갔다. 동해안은 차밍스쿨에서 차로 한 시간 반 걸리는 거리로 주말에 다녀오기가 수월했다. 두 사람은 일주일간 떨어져 있다가 주말이 되면 자석처럼 꼭 붙어 지냈다. 정동진 해변을 둘러보고 주문진 횟집에서 식사를 하고 예약해 둔 속초 시내의 한 리조트에 체크인했다.

새벽에 눈을 뜬 지원은 옆자리에 잠들어 있는 제훈을 한참 동안 들여다보았다. 그를 옆에 두고도 깊은 잠을 잘 수 있었다는 게 놀라웠다. 제훈은 양 허벅지 사이에 이불을 끼우고 두 팔로 베개를 감싸 안은 채 모로 잠들어 있었다. 척추뼈 사이로 시냇물이 흐르는 듯 그의 등이 규칙적으로 오르내렸다. 지원은 제훈의 머리카락을 가만히 쓸어 올리고 싶었다. 잠자는 몇 시간 동안 보지 못했는데도 그의 얼굴이 또 보고 싶었다. 지원은 소리 내지 않게 발끝으로 침대에서 내려왔다. 마침 창으로 들어오는 일출의 빛줄기가 정수리서부터 발꿈치까지 삼각형으로 쏘아댔다. 지원은 바닥의 분홍빛을 밟고 전신 거울 앞에 섰다. 가운의 끈을 풀고 옷섶을 열어보았다. 백도 복숭아처럼 솟은 두 가슴과 시냇물이 구비 흐르는 허리, 물길이 멈추는 넓은 둔부, 신전 기둥처럼 세워진 양 허벅지가 역광의 속에 드러났다. 어제와는 다른, 이제껏 살아온 스물여섯 해와도 다른 한 육체가 거울 속에 있었다. 그러자 가슴이 다시 뛰었다. 객실 발코니로 나서자 두 개의 호수가 두 마리의 금빛 물고기처럼 비늘을 반짝거렸다. 지원에게는 이제 모든 게 달라졌다. 어제의 세상이 아니었다. 애벌레가 고치를 벗고 나비가 된 것과 같은 탈태였다. 마음가짐이 달라지고 눈앞의 물상이 달라지고 몸의 감각이 달라졌다. 세상에는 한 마리의 암컷 사마귀가 한 마리의 수컷 사마귀랑 교미한 것만큼 한 세포가 두 개의 세포로 분열을 한 것만큼이나 사소하고 흔한 일이겠으나 지원에게는 대변혁이었다. 이제 유지원과 정제훈이라는 개별 존재가 합일하여 새로운 국면을 맞고 있었다.

'첫경험을 했습니까? 이제 심호흡을 한 번 하고 단단히 마음의 채비를 하십시오. 지금부터 평생 동안 주체적인 성적 결정을 스스로 해야 하니까요.' 조안나 선생의 강의가 귓전에 쟁쟁했다.

"지원씨, 벌써 일어났어요? 이리 와서 날 안아줘요!"

잠에서 깨어난 제훈은 침대 위에 앉아 두 팔을 벌리며 투정을 부렸다. 지원이 그에게로 다가갔다.

3

베이지색의 롱재킷에 유행하는 통 넓은 슬랙스를 세트로 입은 조안나 선생은 마흔 초반의 나이로는 보이지 않는 탄탄한 허리와 힙업된 몸매로 자기관리에 철저하다는 인상을 주었다.

"혼전 임신은 상대남과 합의해 가정을 이루거나 상대남에게 거부당해 미혼모로 남거나 두 가지로 귀결됩니다. 여성이 임신으로 결혼을 요구하는 일도 있는데요. 혼수품으로 아기를 가져왔다느니, 속도위반으로 결혼 딱지를 끊었다느니 하는 말들을 주변에서 종종 들어보았지요?"

조안나 선생은 거두절미하고 바로 강의 주제로 진입했다.

"결론적으로 말해 이 두 경우는 모두 불행합니다."

조안나 선생은, 가정을 이루든, 미혼모로 남든, '혼전 임신'은 어쨌거나 불행하다는 명확한 결론을 두고 그 이유를 풀어나갔다.

"임신이란 상황에 밀려서 결정한 결혼은 상대에게는 굴레로 큰 압박감을 줍니다. 그것은 결혼 생활을 하면서, 시간이 지나면서 점점 큰 부당함과 분노로 자리잡게 됩니다. 그 틈새는 강처럼 벌어지고 마침내는 건널 수 없는 강 이편과 저편으로 갈라서게 되죠."

조안나 선생은 현장의 예를 들었다.

"유명 가수 A군 사건은 이별 후의 잠자리로 여자친구가 혼자 아이를 낳고는 유전자 검사 등으로 남자를 협박한 경우였어요. 유명 배우 B군 사건은 여자가 남자 동의를 구하지 않고 혼자 임신을 하고는 결혼으로 밀고 들어온 경우였죠. 결국 두 결혼은 모두 파경을 맞았고 몇 년 동안 쌍방 고소 전으로 곤혹을 치렀습니다."

"네, 그랬어요."

매스컴으로 사건을 접했던 허미리와 소시은이 동시에 고개를 끄덕였다. 조안나 선생의 강의는 비탈길에 접어든 것처럼 속도가 붙었다.

"아이를 볼모로 그런 일을 벌이는 건 그 저의가 치졸하고 잔인합니다. 여자의 소유욕이나 복수심으로 임신을 이용한다면 그건 질 나쁜 범죄행위고요. 태어난 아이는 무슨 죄입니까? 솔로몬의 재판에서 아이를 반으로 찢어서 나눠 갖자는 가짜 엄마보다도 더 나쁜 사례입니다. 남성 의존의 끝판왕이죠."

조안나 선생이야말로 분노로 얼굴이 붉어졌다.

"미래의 어머니들이여, 임신을 앞세워 결혼을 요구하지 마세요! 여성의 천부적인 권리인 동시에 의무인, 임신과 출산을, 결혼에 이르는, 혹은 남자를 포획하는 도구로 사용하지 마세요. 여자의 이기심과 어리석음이 태어날 아이까지를 포함한 세 사람을 모두 불행하게 만드니까요."

기력을 소진한 조안나 선생이 잠시 휴지를 알리고는 바나나우유를 마시러 교단 앞으로 갔다. 복도로 나온 보람이 세라에게 분통을 터트렸다.

"이건 개별 코칭이 아니라 전 여성을 대상으로 하는 계몽이지 뭐야. 우리가 이런 걸 원해서 비싼 돈을 주고 여기에 온 건 아니라고!"

"난 좋은데?"

세라가 보람을 향해 빙글 웃어 보였다. 십 분 후에 교육생들이 모두 자리에 앉았을 때 조안나 선생은 조금 전과는 달리 표정이 온화해져 있었다.

"자, 그러면 여성이 남성과 동등한 한 성으로 당당하게 살려면 어떻게 해야 할까요?"

조안나 선생은 곧바로 대책을 제시했다.

"임신에서 해방되어야 합니다! 어떤 성관계에서도 피해의식을 갖지 않으려면 철저하게 피임을 해야죠. 콘돔을 쓰지 않는 관계는 폭력입니다! 섹슈얼 파트너의 어떤 핑계도 받아들이지 마세요. 콘돔은 반드시 사용하도록. 지상명령입니다!"

조안나 선생이 도도한 눈동자를 한 바퀴 굴리고는 덧붙였다.

"콘돔 없는 관계는 맨발로 맨땅을 돌아다니는 것과 같아요. 들판의 개들처럼 말이죠."

아무도 웃질 않자 조안나 선생도 곧 차분한 어조로 돌아왔다.

"여성의 성을 존중하지 않는 남성은 비열한일 확률이 높습니다. 사냥에 정당한 노동력과 노력을 들이지 않으려는 남자는 썩은 고기를 거저 얻으려는 하이에나와 같죠."

강의가 중반이 넘어가자 신기가 풀린 듯 조안나 선생은 다소 지쳐보였다.

"만약 누구라도, 하물며 신조차도 실수는 할 수 있겠지만 그 실수로 성인 두 사람과 태어날 아이, 세 사람이 불행해지는 일은 최소한 막아야 합니다. 그러려면 우선 낙태법이 보장되어야 하고요. 법이란 최소한의 방어막이면서 차선을 선택할 수 있도록 다른 쪽 문도 열어 두어야 하지요."

조안나 선생의 목소리마저 갈라지고 있었다.

"낙태법이 조금 전 국회에 상정되었다는데요?"

세라가 강의에 들어오기 직전에 스마트폰으로 검색한 뉴스를 알렸다.

"오우, 바람직한 소식이네요. 낙태를 고무하거나 찬양하거나 권고하는 건 아니지만 제 말은 무엇보다 기본 인권을 방어할 권리가 우선이라는 거죠."

조안나 선생이 환영한다는 뜻으로 손뼉을 치고는 고개를 갸웃하며 다시 물었다.

"그렇다면 낙태법이 여성만을 위한 법일까요? 이 법은 여성뿐만 아니라 상대 남성과 태아, 모두를 위한 법이기도 합니다. 미완의 생명체보다 완성된 현존재의 권리가 우선이라는 건데, 세라양의 의견은 어떤가요?"

"저도 전적으로 동의합니다. 법은 윤리의 상한선만 선도할 게 아니라 윤리의 하한선도 명시해야 합니다. 개별적인 불행을 방어하는 최소한의 거부권이 주어져야 하죠. 과거의 법이 다수의 행복을 추구하는 방향성을 가지고 있었다면 이 시대의 법은 소수 개인의 불행을 방어하는 방향으로 선회하고 있습니다."

세라의 명료한 답변에 조안나 선생은 만족한 표정을 짓고는 눈을 치뜨면서 다음 질문을 던졌다.

"낙태선에 대해 들어본 사람? 네덜란드의 한 여의사는 어느 법의 지배도 받지 않는 공해상에 배를 띄워놓고 낙태 시술을 해주고 있습니다. 그 배를 '낙태선'이라고도 부르는데요."

지원은 처음 듣는 말이라서 머리가 다 쭈뼛 섰다. 세상에는 자신의 옳은 견해를 위해 행동하는 용기 있는 여성들도 있구나! 세라 혼자 손을 들었다.

"세라양일 줄 알았어요."

조안나 선생이 반가운 기색을 보이고는 다음 말을 이어갔다.

"그러니, 연인들이여, 두 사람이 원해서, 두 사람 합의 하에, 두 사람의 인생 계획에 맞춰서 아이를 낳으세요. 미래의 생명이 축복받을 수 있도록!"

마치 슬로건을 외치듯 문장마다 리듬을 넣어 말한 뒤 조안나 선생은 잠시 침묵했다. 마땅한 문구를 모색하거나 교훈적인 에피소드를 생각할 때 그도 아니면 중요한 말에는 학생들에게 숙지할 시간을 주려고 조안나 선생은 강의 도중 '잠시 멈춤'을 사용했다. 이윽고 선생이 말했다.

"여기에 '백 명의 범인을 놓치는 한이 있어도 한 명의 억울한 죄인은 만들지 않는다'는 법정 논리를 적용해보죠. '백 명의 태중아를 놓치는 한이 있어도 한 명의 불행한 모체는 만들지 않는다.'가 오늘의 핵심 주제입니다. 오늘은 여기까지."

"악, 잔인해요!"

지금껏 심드렁한 얼굴로 앉아 있던 보람이 〈절규〉에서처럼 제 귀를 막고 소리를 빽 질렀다. 이에 아랑곳하지 않고 조안나 선생은 네덜란드 배 갑판을 건너뛰듯 큰 걸음으로 강의실 문을 나가버렸다. 지원은 강의실에서 돌아오는 내내 마음이 무거웠다. 낙태법에 대한 여지는 여전히 남아 있었다. 안락사처럼 인간의 생명이 걸린 문제는 무 자르듯 명쾌하게 자를 수가 없는 사안이었다.

4

슬기는 일찍 눈이 떠졌다. 문밖에는 바람이 부는지 나뭇잎들이 쥐들처럼 끊임없이 달그락거렸다. 창문을 열자 긴 커튼 자락이 무릎 높이까지 부풀었다가 가라앉았다. 발코니로 나가 가까이로 뻗은 미모사 잎을 당겨 쥐다가 슬기는 문득 저 가슴 깊은 곳에서 한 줄기 희망이 솟아오르는 걸 느꼈다. 검은 흙 위로 연둣빛 새싹이 머리를 내밀었다. 그 뾰족한 새싹 정수리를 동그란 햇빛이 감싸고 있었다. 슬기의 머릿속이 온통 환해졌다. 비로소 길이 보이는 느낌이었다. 그동안 수많은 고뇌의 날들을 보내면서 왜 정면으로는 한 번도 멈춰 세워보지 않았는지 의문이 들 정도였다. 신선한 바람이 코끝을 스치더니 온몸이 돛처럼 펼쳐지고 있었다. 슬기는 이제 휘몰아치는 폭풍우에서 구조되어 잔잔한 바다 위에 누워 있는 기분이 들었다. 슬기는 방으로 뛰어 들어와 거울 앞에 섰다. 무슨 징조처럼 얼음장 같던 은회색 거울 안에는 슬기의 두 눈동자가 불꽃처럼 타오르고 있었다. 손으로 빗은 까치집 머리 아래 접혔던 양미간이 반듯이 펴진 채 빛났다. 가슴이 벅차고 출렁거렸다. 한두 번의 큰 물결이 가슴을 관통하더니 잔물결로 퍼져나가 호수 전체가 물결치기 시작했다. 슬기는 주변을 둘러보았다. 욕실 꼭대기 창 너머로 미루나무 잔잎들이 환영의 박수를 쳐댔다. 비누 향기가 코끝을 스쳤다. 슬기는 실내복을 벗어 던지고 샤워 부스의 물을 틀었다. 따뜻한 물줄기가 마른미역 같은 머리카락 사이로 흘러내려 발등으로 떨어졌다.

"공황장애인 사람들은 자살을 시도해도 우울증인 사람들은 무기력해서 자살하러 창문까지 걸어가지도 못한대. 심한 우울증은 아래 단추서부터 위 단추까지 잠글 수도 없다잖아."

"그럼 뭐야? 슬기가 공황장애라는 거야?"

며칠 전 복도를 지나가면서 속삭이는 세라와 지원의 대화가 슬기의 귀에 고스란히 들렸었다. 이제 그런 어둠은 물러갔다. 어둠이 감추고 있던 날카로운 모서리들도 한꺼번에 사라졌다. 둥실 떠오른 아침 해가 남은 잔해들을 수평선 너머로 모조리 쓸어가버렸다. 슬기는 수건으로 몸을 감싸고 커튼을 벽까지 밀어냈다. 여닫이 덧창마저 활짝 열어젖혔다. 아침 해와 날아가는 새가 보고 싶었다. 들판의 나무들과 어깨동무를 하고 행진하고 싶었다. 가슴속에서 심호흡이 터지면서 기쁨의 눈물이 솟았다.

"내가 회복되었어!"

슬기는 자신에게 먼저 환호했다.

"유지원! 윤세라! 시은언니!"

복도를 향해 슬기는 이제껏 불러보지 않았던 이름들을 목청껏 불렀다. 달려올 동료들을 생각하고는 서둘러 옷을 갈아입었다.

"난 비혼 선언을 할 거야."

저녁 식사 후 루틴 코스가 된 산책길에서 세라는 지원에게 말했다. 수영장 옆길을 따라 체육관 너머 마장 휴게실로 이어지는 뒷 오솔길에 정원등이 차례로 켜졌다. 왼편의 푸르스름한 하늘에는 하얀 달이 떠오르고 오른편 먹지 같은 하늘로는 주홍색 석양의 끝자락이 사라지고 있었다. 미리와 보람은 무슨 이야기를 주고받느라고 어깨 끝을 모으고 앞장서 걷고 있었다.

"황신이 선생님 강의는 한마디로, 결혼이란 두 사람이 성적으로 교환하고 공간과 시간을 공유하며 감정을 나누는 일이라잖아. 그러니까 결혼이야말로 나의 기질과는 전혀 공통되는 부분이 없다고. 나는 혼자, 타인에게 구애받지 않고 자연물과 교류하면서 상상의 바다에서 자유롭게 배영하면서 살 거야. 내 옆으로 한 떼의 사람들이 배를 타고 지나가든 단 한 사람이 헤엄치며 지나가든 상관없이 말이야."

이어서 세라는 독백처럼 중얼거렸다.

"나는 소설을 쓰고 살면서 실제 세상과는 알레고리로만 대응할 거야. 이런 내가 만약 결혼을 한다면 내가 특별한 별에 가 있을 때 내 파트너는 홀로 이 지구상에 남아 있어야 하잖아. 그건 상대를 유기하는 일이라고. 난 내 파트너에게 장기적인 외로움과 형이상학의 고독감을 주고 싶지 않아."

"그럼 두 사람이 그 특별한 별로 함께 가면 되잖아. 알레고리 부부는 어때?"

지원이 이쯤에서 한 소리를 거들었다.

"예술에서는 각자의 시점이 주어지기 때문에 동일한 공간에서 동일한 형상을 본다는 건 있을 수 없는 일이야. 그건 표절만큼이나 작위적이라고. 어쨌거나 종교에서건 예술에서건 인간은 단독자야. 그래서 난 비혼을 선언한 거고."

"아직 선언한 건 아니고 결심을 한 정도잖아."

"아, 그래?"

세라가 허를 찔린 듯 옆구리를 잡는 시늉을 했다. 지원은 이런 세라의 긍정적인 에너지가 좋았다. 그동안 세라의 교육생들 캐릭터 연구에는 웃음이 나왔지만 자신의 아르바이트 일에 도움이 되는 건 인정해야 했다. 언덕의 비탈길을 내려서면서 세라가 지원에게 한 손을 내밀었다. 지원은 세라의 가늘고 긴 손가락 끝을 잡고 함께 내려왔다. 지원은 아무 근심이 없는 천연한 인상의 세라를 바라보았다. 세라의 넓은 이마는 한적한 산길에 찔레꽃 한 무더기가 피어 있는 것처럼 환하게 빛났다. 세라의 인성을 그대로 장길녀 여사에게 보고해야 한다. 세라의 거침없는 눈길과 당당한 겸손, 몸에 밴 배려, 저 순정한 마음을 내가 제대로 전달할 수 있을까?

세라는 제 방문을 닫고 혼자가 되자 표정이 정돈되고 눈길은 더욱 골똘해졌다. 둥근 다탁 앞의 일인용 소파에 몸을 꼭 끼우고 앉아 세라는 그늘이 넓어져가는 벽을 마주 보았다. 뒤 창문에는 양말짝처럼 지는 해가 매달려 있었다. 세라는 자신도 이 방 안의 가구처럼 정밀하고 균일한 빛을 고스란히 받고 있다고 느꼈다. 질서와 정돈, 멈춤의 시간 들이 강물처럼 천천히 내면으로 흘러들었다. 세라는 아무 생각 없이 그렇게 일 분을, 이 분을, 삼십 분을, 한 시간을 앉아 있었다. 아무 의미 없는 생각이 가장 아름다운 사고라고 했던가. 멍한 상태, 그 시간이야말로 진정한 자기만의 생을 마주하는 시간이었다. 세라는 누군가가 제 어깨를 툭 쳐서 별안간 생의 소란함 속으로 소환되는 일이 없이 이대로의 시간이 계속 이어졌으면 했다. 그런데 그 순간 어떤 예고도 없이 한 생각이 떠올랐다. 몸집 큰 공룡이 점점 가까이로 오는 것 같았다. 무거운 발자국의 진동으로 지축이 흔들리고 숨이 가빠왔다. 세라는 탁자를 양손으로 잡고 일어섰다. 창문가에 서자 편백나무 우듬지들 너머의 들판에 어둠이 내려앉고 있었다. 진보라색 창공에도 차례로 촛불이 켜졌다. 세라는 지금, 이곳, 이 확신에서 달아나고 싶었다. 멀찌감치 떨어져서 이 지구를 바라보고 싶었다. 현재에서 비켜나 미래의 배경으로 물러나고 싶었다. 그럼에도 이 낯선 느낌은 더 세차게, 더 빨리 세라의 가슴속에서 휘몰아댔다. 당단풍나무 향기가 바람을 타고 방 안으로 들어왔다. 세라는 조락하는 바람을 한입 가득 베어 물었다. 마른 바람으로 인해 입안은 더욱 말랐다. 혀 끝에 침을 모으자 쓴맛이 났다.

내가? 그러자 부인할 수 없는 어떤 확신이 왔다. 세라는 자신의 머릿속에서 한시도 떠나지 않는 한 생각을 제힘으로 몰아낼 수가 없었다. 내 생각이 맞는다면? 그렇다면? 스스로를 규정하였으나 그 사실을 쉽게 수용할 수 없었다. 하늘이 무너진 듯 큰 무게감이 느껴졌다. 시류를 거슬러가는 배가 돛이 부러질 듯 위태로워 보였다. 세라는 허리가 다 뻐근했다. 밤이 몰려오고 있었다. 밝음과 천진함이 사라지고 어둠과 두려움이 몸 속으로 흘러들었다. 자신이 흡혈귀임을 처음 알게 된 뱀파이어처럼 오싹해지는 공포와 동시에 절망적인 불안을 느꼈다. 여 중고시절, 대학시절에 완성되지 않았던 의문들이 제각기 해답을 얻고는 제자리로 되돌아갔다. 그래, 난 좀 달랐어. 그건 옳고 그름이 아니고 단지 다름이었지.

세라는 갑자기 세상의 셈법이 복잡해졌다. 지금껏 자신이 알던 관습적 개념에 강한 의문이 생겨났다. 누가, 대체 어떤 인간이 신의 피조물에 대해 정상과 비정상으로 규정하는가. 신의 피조물은 모두 그 자체가 완성품이다. 그 자체가 원인이고 이유이다. 누구라도 피조물을 평가할 권리는 없다. 인간은 이미 자연이면서 다른 자연을 그대로 받아들일 뿐이다. 개인의 고유한 성도 천부적인 권리이다. 그것의 포용이 진정한 인권의 완성일 것이다. 다르다는 이유로 다른 이의 권리를 탈취할 수는 없다. 소외시키고 배제시키고 말살시킬 수는 더욱이 없다. 그것이야말로 히틀러의 셈법 아닌가? 세라는 성소수자의 권리와 그 방어권에 대해 처음으로 강한 의무감이 생겼다.

"성적인 행위로 성정체성을 판단한다고요? 천만에요!"

황신이 선생의 강의 도중에 세라가 자리를 박차고 일어났다. 전에는 없던 일이라 모두 눈을 크게 뜨고 동작을 멈췄다. 지원도 너무 놀라서 아래턱이 떨어질 정도였다.

"사랑은 가슴이 아는 겁니다. 사랑을 느끼는 대상이 동성일 때 동성애자고요. 동성 간 성관계는 연인과의 정서적 합일을 위한 차후의 방식일 뿐이죠. 동성간의 성관계가 성정체성의 기준은 아니라는 겁니다."

세라는 쉬지 않고 단숨에 말해버렸다. 강의실 안은 그야말로 물벼락을 맞은 개미들처럼 우왕좌왕 흩어졌다.

"아!"

지원의 입에서 놀람과 감탄이 뱉어졌다. 지원은 허리를 틀어 한참 동안 세라의 눈을 쳐다보았다. '네 성적 취향을 존중해.'라는 의미를 전달하고 싶었다. 세라가 자리에 앉자 황신이 선생은 당황하지 않고 부드럽게 다음 말을 이어갔다.

"좋은 영화가 한 편 있었어요. 〈콜 미 바이 유어 네임〉, '너의 이름으로 나를 불러 줘'라는 영환데 본 사람? 소설 원작이 우리말 번역도 되었죠. 책 제목이 '그해, 여름 손님'이지요?"

"뭐, 뭐, 무슨 영화?"

보람이 미리에게 묻자 미리는 고개를 설레설레 흔들고 두 사람을 제외한 다른 이들은 가만히 고개를 끄덕였다.

"아, 대부분이 봤군요. 거기서 감동적인 장면은 주인공의 부모님의 관점, 특히 아들과 마지막으로 대화를 나누는 아버지의 시선이었어요. 아버지는 아들의 성적 취향을 존중하고 격려합니다. 그건 관습적인 세상에서 쉽지 않은 일이고 고귀한 행동이죠. 그 영화를 보고 난 후 인간은 편견과 독단에서 벗어나야 한다는 꾸중을 남의 집 아버지로부터 듣고 집으로 돌아오는 느낌이었어요."

시은과 슬기가 슬며시 고개를 숙이고 제 발끝을 바라보았다. 황신 선생에게서는 더 낮은 곳을 들여다보려고 무릎을 꿇는 겸양과 배려가 전해져 왔다.

"소설은 좀 썼니?

저녁식사 후 지원은 체육관 앞길을 나란히 걷는 세라에게 물었다. 열 걸음 앞에서는 미리와 보람이 팔짱을 끼고 걷고 있었다. 잠정적으로 산책 파트너와 산책 코스가 정해졌다. 소시은은 혼자 걷기를 좋아해 정문에서부터 앞 정원을 여러 바퀴 돌았고 슬기는 산책을 거의 하지 않았다.

"지금은 자료수집 중이야."

"어떤 줄거린데?"

"숙녀 일곱 명이 산속 산장으로 초대받고는 그곳에 갇히는 거야. 그중 유명한 집 딸 한 명이 납치돼. 범인을 잡고 그녀를 구출하는 걸로 끝."

어디서 많이 들어 본 줄거리였지만 지원은 그냥 웃어넘겼다.

"작가 혼자 등장인물 일곱 명을 모두 창조해내기는 힘들어. 그래서 소설의 개연성을 주기 위해 여기 차밍스쿨의 실제 인물들의 성격을 좀 빌리려는 거야."

세라가 동료들의 신상수집에 대한 이유에 당위성도 슬쩍 끼워 넣었다.

"근데 넌 누구의 소설을 좋아하니? 스티븐 킹? 존 그리샴?"

지원이 화제를 바꾸었다.

"난 코난 도일의 셜록 홈즈 같은 창작 스타일을 선호해. 고전에는 범죄에도 낭만이 있거든."

"저 별 좀 봐."

지원이 손가락으로 하늘을 가리켰다. 둥근 체육관 돔 지붕 너머 남색 하늘에 노란 별 하나가 내려와 있었다. 수백 년 전에도 나그네에게 갈 길을 알려주던 바로 그 별일 것이다. 세라와 지원은 승마트랙 뒤쪽으로는 더 걸어가지 않기로 했다. 한 달 전과는 또 다르게 저녁 여섯 시가 되자 벌써 주변이 까맣게 어두워졌다. 그때 앞서 걷던 보람과 미리가 황급히 달음박질을 치며 세라와 지원의 앞으로 되돌아왔다. 미리는 과장되게 손가락으로 입술을 누르고 조용히 하라는 시늉까지 했다. 보람이 가리키는 손끝을 따라가 보니 마사 휴게실 앞 외등 아래서 슬기와 김장수 두 사람이 마주 서 있는 검은 실루엣이 보였다. 네 사람은 거미처럼 조용히 이동하여 각자의 방으로 돌아왔다. 한 시간쯤 지나자 슬기의 방 문소리가 들렸다. 한 시간 동안이나 승마 코치 김장수와 슬기가 공적으로 나눌 말이 있을까? 아니, 이건 분명 사적인 관계다! 지원은 이불을 목까지 끌어당기면서 미소를 지었다. 반가운 일이야. 임슬기, 동토에 봄이 온 걸 축하해!

6

슬기는 취침 점호 후 베개에 얼굴을 파묻고 계속 김장수를 생각했다. 그는 귀를 덮는 텁수룩한 머리에 색 바랜 청바지와 브라운색 가죽 재킷만 걸치고 다닌다. 그의 코는 움집처럼 솟았고 두 눈은 길게 찢어졌으며 입술은 애벌레가 나란히 붙어 잠자는 모양으로 두툼하다. 허벅지와 허리는 먹이 사냥을 하는 맹수처럼 날이 서 있다. 그는 서두르지 않고 건너뛰지 않는 생의 속도를 가졌다. 한 달에 책 두 권을 정해놓고 두꺼운 책갈피에 포스트잇을 끼우면서 조금씩 읽어가는 사람이다. 급여를 받으면 적금을 들어 매달 조금씩 불려가는 사람이다. 그를 생각하는 동안 슬기는 결기가 눕혀지고 마음이 순해졌다. 세상이 솜이불처럼 포근하게 느껴졌다.

 ─방금 전 첫 빗방울이 지붕에 떨어지는 소리를 들었어요.

 빗소리에 잠에서 깬 슬기는 폰을 열고 김장수에게 첫 카톡 문자를 보냈다. 새벽 네 시인데도 그가 카카오톡 문자를 확인하는지 숫자 1이 없어졌다.

 ─항상 비가 오는 도중에 알게 되는데 방금은 비가 시작되는 첫 빗방울 소리를 들었어요. 신기하게도.

 또다시 1이 없어지고,

 ─차양을 내리치는 빗소리가 여럿이 긴 치마를 움켜쥐고 나무 계단을 우르르 내려오는 소리처럼 들려요.

 ─대추나무에서 수많은 대추가 떨어지는 소리도 같고요.

 슬기는 벌떡 일어나 창문 앞으로 다가서서 문자를 또 보냈다.

 ─발코니 난간에도 잔 빗방울들이 튕겨요.

 ─퐁퐁, 연못에 개구리가 뛰어드는 소리 같아요.

 마지막 문장까지 그가 읽었다. 그러나 그는 답장을 보내지는 않았다. 슬기는 새롭게 경험하는 일들은 뭐든지 그와 함께 나누고 싶었다.

 비가 개자 슬기는 아침식사 시간에 밖으로 나왔다. 길가의 들풀들이 좀 더 자란 것 같았다. 이제 지상의 어떤 피조물도 슬기 몰래 변하지 않았다. 성장의 변화를 슬기 앞에 명확하게 드러냈다.

 "더 자랐어!"

슬기는 전에 없이 감탄사를 내뱉고는 자전거를 타듯 두 무릎을 번갈아들어 올리면서 마사 휴게실로 뛰어갔다. 장수는 말없이 자기가 신고 있는 것과 같은 검은 장화 한 켤레를 슬기 앞에 내놓았다. 슬기는 큰 장화를 철벅거리며 말들의 먹이를 담은 건초 수레 옆을 따라다녔다. 해가 중천에 뜨고 비 흔적이 증발한 두 시간이 지났을 때에야 김장수는 일손을 멈추고 슬기와 마주 섰다. 주변에는 아무도 없었다. 슬기는 그의 가슴이 코끝에 닿을 만큼 가까이로 다가섰다. 순간 김장수는 당황한 기색으로 혼자 내달려 풀밭에 벌렁 드러눕거나 외진 벽에 등이라도 기대어 가쁜 숨을 고르고 싶은 표정이었다. 장수는 슬기를 정면으로 보지 못하고 두어 걸음 뒤로 물러섰다. 그러자 두 사람만의 짧은 기회는 한여름의 번개처럼 곧 사라져 버렸다.

"이봐요!"

슬기가 소리를 빽 질렀다.

"네?"

"배고프단 말이에요."

상대의 상황은 살피지도 묻지도 따지지도 않고 내지르는 슬기의 명령조의 말투가 장수는 맘에 들었다. 처음부터 만날 때부터 그랬다.

"생태국 어때요? 이 부근에 잘하는 식당이 있어요."

슬기는 토를 달지 않고 김장수를 따라나섰다. 마장 뒤의 작은 철문을 나서는 동안 김장수는 어깨 너머를 자꾸 뒤돌아보았다. 슬기가 신기루처럼 날아가버릴 것만 같았다. 슬기를 처음 본 그 새벽녘을 떠올리자 가슴이 뛰었다.

저녁 산책 시간에 슬기는 가장 먼저 마사로 달려 나갔다. 체육관

뒤쪽에서 산책하러 나서는 다른 교육생들의 말소리가 들리더니 이
내 조용해졌다. 초저녁 남청색 하늘가에는 햇밤 같은 별들이 뿌려지
고 있었다. 김장수는 슬기 앞에 앉아 등을 내밀었다. 슬기를 업고 마
장의 트랙을 따라 걷기 시작했다. 두 사람의 포개진 등 위에 노란 달
빛이 도금 물처럼 흘렀다. 장수는 슬기를 업은 채로 걷고 또 걸었다.
몇 바퀴나 돌았다. 슬기는 그런 김장수가 좋았다. 그는 태산 같은 남
자다. 태산은 옮겨가지 않는다. 태산은 품 안의 것을 내치지 않는다.
슬기는 그의 등에서 무한한 신뢰를 느꼈다. 김장수의 등 열기로 슬기
몸에 땀이 솟았다. 그때 무엇이 턱 하고 슬기의 가슴을 치고 지나갔
다. 까마득히 밀어두었던 어릴 적 엄마 등의 기억이었다. '엄마는 날
자랑스러워했었는데', 슬기는 장수의 등 위에서 '엄마' 하고 입속으
로 작게 불러보았다. 목이 메었다.

7

보람은 외출증을 끊어 주말마다 약속을 잡고 선을 보러 다녔다. 보
람의 엄마, 송경희는 고액의 회원제로 운영되는 프라이빗 매칭 회사
에 보람을 등록시켰다. 그곳 매니저 말로는 비밀이 절대 보장되고 매
칭에는 어긋남이 없다고 했다. 또한 회원 요구에 일치하는 상대를 찾
을 때까지 '사냥'을 한다고 했다. 맨투맨 맞춤형으로 고객이 주문한
조건대로 '헌팅 팀'을 가동해 딱 맞는 조건 남녀 수십 쌍을 20년 동
안 탄생시켜왔다고 자랑했다. 이 결혼 업체의 주요 고객은 돈은 많은
데 명분이 없는 집안의 딸들로 그들이 찾는 상대는 개천용 출신의 전

문직 남자들이었다. 재화와 특정 직업군과의 결합으로 일종의 신종 정략혼이었다. 김보람, 송경희 모녀는 미끼를 던지고 있다가 입질이 오면 확인하고 도로 놓아주는 일을 몇 주간이나 되풀이했다. 보람은 이런 시크릿 매칭으로 세 번째 만난 남자에게 호감이 갔다. 자그마한 키에 눈썹이 짙고 입술이 야무진 안대성은 지방 치대 출신으로 임플란트를 염가 세일하는 대형 치과 병원에서 페이 닥터로 근무하고 있었다. 서른다섯 살 안대성의 꿈은 자신의 치과 병원을 개원하는 것이었다. 보람과 나이 차이는 있지만 딸이 안대성이 맘에 든다고 하자 송경희는 커플매니저에게 딸 명의로 된 건물에 치과를 차려준다는 확실한 조건을 남자 측에 제시하라고 전했다. 두 번째 만남부터 보람과 대성은 결혼을 약속한 사이로 스스럼없이 행동했다. 서로의 조건이 매칭된 것이다.

"난 선 본 남자가 파트너로 오기로 했어."

보람이 디자인 작업대 위에 옷본 종이를 펼치면서 무심히 말을 흘렸다.

"선 본 사람이 종강 파티에 온다고? 이제껏 몇 번 만나지도 않았잖아? 진짜 맘에 들었나보네?"

세라가 즉시 되물었다.

"대성씨는 다정하고 순진한 사람이야. 나를 여왕처럼 대해주고 눈부시게 바라봐. 다른 남자들과는 눈초리부터가 달라."

보람은 자랑 섞인 표정을 짓고는 초크로 연두색 저지 천에 뱀 의상을 그려나갔다.

"여기, 양어깨에 고리를 하나 더 붙이면 좋겠어. 뱀 허물이 흘러내리지 않게."

지원이 옷본을 손으로 짚었다.

"남자 근무지가 지방이라면서?"

세라가 집요하게 물었다.

"맞아! 여기서 차로 사십 분 걸려."

보람은 기쁜 목소리로 답했다.

"서울보다는 가깝네." 지원이 혼잣말로 되받고는,

"그 사람과 결혼할 거니?" 하고 신중하게 물었다.

"아직은."

보람의 얼굴에 수줍은 미소가 지어졌다.

"결혼할 거면서!"

세라가 눈을 흘겼다.

"얼레리, 둘이 결혼한대요!"

세라가, 고개 숙인 보람의 얼굴을 치올려 보면서 놀렸다. 그러자 보람은 허리를 뒤로 젖히고 남색 초크를 쥔 손을 가로저으며 웃음을 터트렸다. 허공에 제 결혼식 장면을 그려본 것 같았다.

8

도로시 원장은 식탁의 좌우 양편으로 앉은 일곱 명의 교육생들에게 식사를 권하고 먼저 나이프와 포크를 집어 들었다. 지원은 메모장을 꺼내 냅킨 왼편에 놓았다. 오늘 오찬에서는 뭔가 중요한 말이 나올 것 같았다. '고급 레스토랑에서는 와인과 샴페인은 리필이 되어도

물은 리필되지 않습니다. 한 잔으로 여러 번 나누어 마셔야 해요.'

진선미 선생의 코칭대로 지원은 스테이크 조각을 씹으며 물을 한 모금씩 나누어 마셨다.

"오늘은 남성의 방종함에 대해 이야기해보죠."

도로시 원장이 물로 입가심을 하고는 말문을 열었다.

"이 문명의 숲에는 겉으로는 흡사해 보이나 사뭇 다른 두 종류의 방종이 공존해 있습니다. 한 부류는 절제가 없고 쾌락을 쫓는 말 그대로 방탕한 방종이고 다른 한 부류는 진정한 자유를 추구하는 창조적 방종입니다. 둘의 공통점은 구속과 정체를 거부한다는 것이고요."

도로시 원장이 갑자기 허공에 두 검지 끝을 맞추어 역삼각형을 그렸다.

"자아, 모두 눈을 감고 그리스의 조각상들을 떠올려보세요. 그중에서도 가슴과 어깨, 허벅지를 모조리 노출한 남자의 나신상을 그려보는 겁니다."

지원도 얼른 눈을 감았지만 눈동자가 튀어나올 정도로 놀랐다. 이건 또 뭔 소리? 벌거벗은 남자를 그려보라고?

"이제 눈을 떠요. 남성의 단단한 가슴과 두터운 허벅지가 그려지나요? 넓은 어깨와 탄력 있는 허리는요?"

도로시 원장은 공중에 앞 발을 멈춘 말처럼 내밀었던 두 팔을 거두어 들였다. 교육생들은 방금 무엇을 보았는지 서로를 향해 수줍게 웃었다.

"문명의 옷이란 얼마나 하찮습니까? 그리스 나신상들은 이렇게 외치고 있습니다. 나의 남성성을 가리지 말라! 자연의 본능에 문명의 보자기를 씌우지 말라! 위대한 창조물인 남성을 태양 아래 드러내도록 허용하라! 보라, 있는 그대로, 놀랍지 않은가! 하고 말이죠."

그러다가 누가 엿듣기라도 하는 듯 도로시 원장은 음성을 한껏 낮추었다.

"그렇습니다! 남성의 육체 또한 자연물입니다. 흐르는 산맥처럼, 강인한 바위처럼, 하늘을 떠받는 기둥처럼 남성성은 웅장하고 장엄하죠."

느닷없는 도로시 원장의 남성 누드 예찬에 참고 있던 웃음을 짧게 터트린 세라가 이를 패러디했다.

"나오는 웃음은 그대로 두어라. 예절이란 하찮음으로 자연의 본능을 가리지 말라!"

도로시 원장의 말은 그대로 이어졌다.

"남성성에는 방종함이 포함되어 있습니다. 끊임없이 굴레를 탈출하려는 방종함은 남성에게는 빼놓을 수 없는 힘입니다. 요동치고 솟아오르고 탈출하려는 원심력은 남성성의 근원이죠."

여기서 도로시 원장은 잠시 멈추고 빙글 입가에 웃음을 머금었다.

"성 아우구스티누스는 로마시대 카톨릭 교부였죠. 그가 「고백록」에 쓴 이 말에 주목해볼까요?"

카톨릭 신자인 지원이 귀를 세웠다.

"주여, 저에게 금욕과 절제를 주십시오. 그러나 지금은 말고!"

지원은 그 반전의 뜻을 즉각 알아챘다. 세라도 치켜뜬 눈으로 놀라움을 나타냈다.

"지금은 이 방탕함과 이 넘치는 에너지의 발산을 허용해주십시오,

이후에 금욕과 절제를 하겠습니다, 라는 말이지요?"

도로시 원장이 즉시 해석을 달았다.

"'그러나 지금은 말고'라는, 이 절묘한 문장에 서양의 문명의 풍요로움이 모두 담겨 있습니다. 금욕과 절제만으로는 인류의 문명이 그토록 발달하지 못했을 겁니다!"

그제야 소시은과 윤영이, '아하' 하는 고갯짓을 하고 허미리는 코를 박고 필기에 목숨을 걸었다.

"모범의 강은 주변의 농작물을 키우지 못합니다. 강둑을 따라 바다로 흘러갈 뿐이죠. 범람하는 강물이야말로 주변의 토지를 비옥하게 하고 풍작을 가져옵니다. '지금은 말고'라는 이 절제의 유보가, 이 탕탕한 물살이, 이 에너지의 범람이 지금껏 인류 문명을 풍요롭게 발전시켜온 겁니다!"

지원은 도로시 원장의 비유가 좀 과장되긴 했어도 명쾌했다. 어쨌거나 다비드상이든 원반 투수상이든 고대 그리스 나신상들을 우리 눈앞에 그리는 데는 성공한 듯했다. 조신한 소시은과 허미리까지도 까만 두 눈을 반짝거렸다.

"남성은 방종함을 근원적으로 가지고 태어납니다. 이 시대의 남성의 방종함은 꼬리뼈처럼 퇴화되지 않은 흔적으로만 남아 있지만 남성들의 본래적인 본성이라는 것도 잊지 말아야 합니다. 남성의 방랑과 자유는 문명으로 억압되었거나 대체되었거나 감추어져 있을 뿐입니다. 남성의 방종함과 노마드 기질은 수많은 사고를 일으키지만 강력한 창조의 원동력이기도 합니다. 남성의 파트너인 여성은 남성의 동력을 최대치로 끌어낼 수 있도록 이 방종함을 허용해야 하고요."

지원은 한 번도 남성성의 근원에 대해서는 생각해본 적이 없었다. 남성에 대한 도로시 원장의 이런 다각적인 시각이 흥미로웠다.

"그렇다면 남성을 가두어둘 수도 없고 마냥 문밖으로 내보낼 수도 없고 이 딜레마를 어찌해야 할까요? 이것이 남성의 파트너인 여성들의 과제입니다."

도로시 원장을 향해 모두 집중했다.

"이 시대를 사는 현명한 여성들이여, 남성을 울타리에 가두려고 하지 마세요. 내 안에만 머물게 강제하지 마세요. 거친 황야를 떠돌도록 남성들은 내버려두어야 합니다!"

"왜 그래야 하죠?"

세라가 재빨리 추임새를 넣었다.

"그게 남성의 운명이니까요. 그렇지 않으면 남성성은 시듭니다. 소금처럼 녹아내립니다. 한 번 시든, 한 번 녹은 남성성은 다시는 솟지도 일어서지도 못합니다. 뿔 없고 등 굽은 늙은 염소처럼 우리 안에서만 어슬렁거린다면 그들은 이미 자연의 수컷이 아닙니다. 길들여진 가축이죠."

고저와 장단을 자유로이 넘나들던 도로시 원장의 목소리가 사뭇 낮아졌다.

"울타리 안의 남성은 사회성과 활동성을 모두 잃습니다. 당연히 좋은 사냥감을 가져올 수 없지요. 남성의 파트너인 여성들은 이제 남성들과 함께 이 세상을 살아가는 현명한 방법이 무엇인지를 종합적으로 검토해야 합니다."

도로시 원장은 디저트 포크를 잡으며 다 같이 디저트를 들자고 손짓을 했다.

"남성들이 노마드 기질로, 창조적 방종함으로 기진하고 지쳤을 때는 동굴에 들어가 쉬는 것도 기꺼이 허용해야 하고요."

디저트로 나온 카놀리를 들면서 침착하게 마무리 짓는 도로시 원장의 얼굴은 포용과 긍정으로 빛나고 있었다.

6장

1

"저, 혹시 서문리 유진사댁 손녀가 아닌가?"

어머니 모임을 마치고 정원을 가로질러 주차장으로 가던 송경희가 지나가는 지원을 붙잡아 세웠다. 보람이 엄마가 무슨 일로? 지원은 감기 기운으로 승마장에서 기승은 하지 않고 벤치에 앉아 있다가 먼저 방으로 돌아오는 길이었다. 온 피부가 핀에 찔리는 듯 따끔거리고 오한이 들었다.

"안녕하세요?"

"맞지? 이름이 뭐더라?"

종이박스를 뚫은 듯 베이지색 버버리 코트 밖으로 유난히 목을 빼며 보람의 엄마가 물었다.

"유지원이라고 합니다."

"아, 그래, 맞아. 지원이!"

송경희는 자기 예감이 맞아떨어지자 더욱 반색을 했다.

"그러고 보니 어릴 때 인물 그대로네! 우린 아직 시부모가 서문리에 계셔서 요즘에도 명절 때마다 고향에 가요. 유진사댁 종손이 가산을 정리해 서울로 떠났다고 하던데, 그 집 딸을 여기서 다 만나네. 그나저나 어머니가 돌아가셨다니 안됐어요."

지원은 그 말을 들으니 이 사람이 누군지 짐작이 갔다. 고향 마을의 개천 건너편에 사는 세 가구 중 한집이었다. 택호가 평촌집인 걸 기억하는 건 그 집 아들이 갑자기 돈을 벌어서 부자가 되었다는 소문이 돌았기 때문이었다. 서문리는 전통적인 집성촌으로 배타적이며 고지식한 동네였다. 개천 건너 사람들은 수 대째 사는 안쪽 마을 사람들과 달리 외부에서 들어와 개천가에 집을 짓고 사는 사람들이라고 들었다. 지원이네가 서울로 이사 올 즈음에는 개천가에 제법 규모가 큰 이층집이 지어지고 있었다. 서울서 부자가 된 평촌집 아들이 별장 겸 노모를 위해 짓는 집이라고 했다. 지원이는 개천가의 완성된 이층집은 보지 못하고 떠나왔다. 고향을 떠나온 후로는 한 번도 그곳에 가보질 않았다. 그 고향 동네 여자를 여기서 만나다니. 지원은 두 눈을 질끈 감았다가 떴다. 여전히 보람의 엄마는 지원을 붙잡고 이야기를 이어갔다.

"그래, 아버님 병세는 요즘 어떠신가? 그런 병은 오래간다니까. 가족들을 고생시키는 병이지. 긴병에 장사가 없다고, 윤진사댁 며느리 아니, 댁의 어머니도 간병하다가 먼저 세상 뜨신 거 아니냐고."

장터에서 시골 아낙네가 아는 다른 동네 아낙을 만나서 건네는 말투였다. 지원은 서먹한 눈길로 그녀의 어깨 너머를 건너다보았다. 보람이 승마 조끼를 벗으면서 주차장 쪽으로 걸어오고 있었다. 온몸에 확 불이 붙는 것 같았다. 지원은 서둘러 인사를 하고는 반대편으로 뛰다시피 걸었다.

"엄마, 무슨 일이야?"

"저 아가씨가 시골 할머니네 그 안마을에 살았던 유진사댁 손녀더라고."

두 모녀의 말소리가 등 뒤에서 점차 작아졌다.

"그래, 엄마는 쟤를 어릴 때부터 봤다니까. 보람이 넌 기억 못 하는구나? 어릴 적 너희 둘이 앞 냇가에서 같이 모래장난도 했었는데."

현관문 앞에서 마주친 세라가 지원의 어깨를 잡고 흔들었다.

"지원아, 너 어디 아프니? 식은땀을 흘리잖아!"

세라의 말대로 지원은 그대로 자리에 누워 다음 날 오후까지 일어나지 못했다. 감기 기운에 충격이 더해져 몸살을 앓은 모양이었다. 잠결인지 꿈결인지 밤새 엄마가 옆에 앉아 뜨거운 물수건을 이마에 얹어주었다. 정신을 차려보니 베개는 얼룩졌고 눈꺼풀이 무거웠다.

"좀 괜찮아?"

뜻밖에도 침대 옆에는 슬기가 앉아 있었다.

"병원에 안 가도 되겠어? 세라가 이제껏 옆에 앉아서 스팀 팩을 갈아줬어. 나는 방금 교대했고."

지원은 가슴이 뭉클했다.

지원은 토요일 저녁식사 신청도 하지 않았다. 불도 켜지 않고 어두운 방에 그대로 누워 있었다. 다른 이들은 모두 주말 외출을 나갔는지 식사를 마친 두 사람만 중앙계단을 올라와 복도로 들어서는 말소리가 들렸다.

"세라양은 지원양이랑 친하잖아요."

복도를 나란히 걸어오면서 미리가 세라에게 말했다.

"그런데요?"

세라가 가볍게 물었다.

"세라양만 모르는 것 같아서요. 다른 동료들은 다 알고 있거든요."

"지원이에게 무슨 일이 있나요?"

허미리는, 잠시 입을 다물었다가 민망하다는 듯 겨우 말을 뱉었다.

"지원양이 내부 스파이라는."

"그 말 참 오랜만에 들어보네요."

세라가 짧게 웃고는 되물었다.

"독재 정권에서 사주받은 그런 스파이를 말하는 건가요? 우리가 스파이를 써서 정보를 알아낼 만큼 요직에 있는 사람들도 아니고 지원이가 또 그런 일을 할 사람도 아니고요. 무슨 이유로 그런 말이 나도는 거예요? 근거는 있어요?"

세라의 음성이 심각하고 날카로워졌다.

"보람양과 부모님들의 고향 동네가 같대요. 보람양 어머니가 지원양의 집안 내력까지 전부 알고 있다나봐요."

"그래서요?"

세라가 냉소적으로 쏘아붙였다. 잠시 주춤하던 미리가 말을 이어갔다.

"십 년 전에 지원양 어머니가 병으로 돌아가신 후 가족이 모두 고향 마을을 떠났대요. 지금은 오랜 숙환을 가진 아버지 한 분을 모시고 여동생이랑 서울 근교에서 살고 있고요. 그러니까 이 차밍스쿨에서 비싼 신부 수업을 받을 형편은 아니라는 거죠. 게다가 친어머니는 이미 돌아가셨으니까."

"아… 그래요 무슨 사정이 있겠지요."

세라의 목소리에는 확신이 없었다.

"지원의 어머니로 등장한 장길녀 여사는 알 만한 사람들은 다 아는 서울 장안의 유명한 마담뚜래요. 성사시킨 유명 집안만도 여럿 될 정도의 막강한 매파, 중매쟁이라고 하던데요?"

미리는 내친김에 남은 말을 마저 털어놓았다.

"아? 그래요? 그래서 그런 조합이 가능했나보군요. 왕마담뚜와 그녀에게 정보를 제공하는 스파이라는 발상이."

세라의 목소리가 점점 절망적으로 변해갔다.

"다들 알고 있는데 세라양만 모르면 불공평한 것 같아서 말해주는 거예요. 결국 고양이 목에 방울은 내가 달았네요. 그럼 좋은 밤 보내요."

허미리가 두 방문 앞을 지나 제 방으로 들어갔다. 곧이어 세라의 방문 여는 소리가 들렸다. 세라 방 실내등은 오랫동안 켜지지 않았다. 어둠 속에서 벽을 사이에 두고 세라의 긴 고뇌가 느껴졌다.

월요일 아침 지원은 조안나 선생 수업이 휴강이라는 걸 뒤늦게 알았다. 시간이 지나도 아무도 강의실에 오지 않았다. 지원은 서둘러 강의실을 빠져나왔다. 남들 눈에 띄지 않을 편백나무 길 뒤편 담장에 기대어 섰다. 나만 모르게 계획한 걸까? 그렇지 않다면 나만 왜 휴강 연락을 받지 못했지? 갑자기 두려움의 먹장구름이 끼면서 가슴이 두근거렸다. 교육생들이 짜고 나만 소외시킨 것일까? 세라는 이 사실을 알고 있었을까? 무엇보다 세라에게 서운함이 컸다. 세라, 너까지? 내가 너에게 조금이라도 숨긴 게 있다면 그건 일이기 때문이야. 난 이 일로 먹고살아야 해. 아버지 병원비와 생활비를 책임져야 해. 자기변명을 하고 나니 지원은 자신의 처지가 더욱 한심하고 딱하게 여겨졌다. 난 애초에 이들에게 끼지 말아야 했어. 지원에게 인생은 저들처럼 그런 말랑한 날들이 아니었다. 여태껏 힘든 날들의 연속이었다. 지원은 어디 구멍이라도 있다면 숨어들고 싶었다. 자신을 식별할 수 있는 밝은 대낮은 피하고 싶었다. 시궁쥐처럼 앞발을 가슴에 모은 채 고개를 내밀고 밖의 눈치를 살피고 있는 자신의 모습이 떠올랐다. 부끄러움에 작아지고 떳떳지 못해 쭈뼛거리는 그 모습에 가슴이 아팠다. 엄마. 지원의 입술 사이에서 휘파람처럼 작은 소리가 흘러나왔다. 생에서 절망적일 때, 막다른 골목을 이르렀을 때 절로 뱉어지는 구원의 말이었다. 이 말이 가슴골에서 출발해 공중으로 내던져지자 코끝이 찡해지고 눈물이 고였다. 목울대가 차오르고 흐느낌이 점점 깊어졌다. 양 볼로 흘러내린 눈물이 턱 끝에 모여 흙바닥으로 떨어졌다. 다른 목적은 없는 거잖아요. 결혼할 여자들의 성향을 좀 알아봐주는 것뿐이잖아요. 결혼 전 상대를 맞춰보려고 저쪽에서 먼저 의뢰한 거잖아요. 지원은 담벼락에 등이 미끄러지면서 그대로 주저앉았다. 뾰족한 돌 한 개를 주워 흙바닥에 그림을 그렸다. 큰 동그라미는 엄마 얼굴, 그 옆의 작은 동그라미는 내 얼굴, 아주 작은 동그라미는 경원이 얼굴. 한 동그라미를 그릴 때마다 접힌 가슴이 조금씩 펴졌다. 엄마, 사랑해. 함께한 시간은 충분하지는 않았지만 그것만도 내겐 큰 행운이었어요. 이제 세상 속으로 다시 들어가볼래요. 지원이 무릎을 털고 일어섰다. 다시 기숙사로 돌아가볼 것이다. 그들이 무어라 하든 견뎌볼 것이다.

지원이 삼 층 중앙 거실에 다가갔을 때 무언가 대화를 하던 김보람과 소시은이 입을 다물었다. 보람은 얼른 자리에서 일어나 커피잔과 빈 디저트 접시를 창문 옆, 간이 싱크대로 옮겨갔다. 시은은 소파에 그대로 앉아 제 스웨터에서 머리카락 한 올을 떼어냈다. 두 사람은 지원의 이야기를 하다가 멈춘 것일 것이다. 이런 상황을 더이상 지속시키고 싶지 않았다. 이런 일은 정면으로 돌파해야 한다. 그들의 심리적 부담을 덜어낼 기회는 빨리 줄수록 좋다. 어깨 뒤쪽 열린 창문으로는 바람 한 점 들어오지 않았다.

"무슨 일이 있어요?"

지원이 먼저 물었다. 조금 늦게 고개를 든 시은이 정돈된 표정으로 지원을 바라보았다.

"일이 좀 있긴 하네요."

보람이 기다렸다는 듯 즉각 끼어들었다.

"굳이 숨길 일도 아니어서 말 돌리지 않고 바로 물어볼게요."

소파 팔걸이에 놓인 지원의 양손이 떨려왔다. 내 이야기가 맞구나.

"정제훈씨가 아현그룹 아들인 걸 언제 알았어요? 지원씨는 처음부터 그 사실을 알고 있었어요? 그걸 알고 여기 차밍스쿨에 잠입한 거였어요?"

"보람양은 마치 사건 취조하는 말투인 거 알아요? 지원양, 편하게 이야기해요. 아니, 이야기를 안 해도 괜찮고요."

시은이 지원과 보람의 얼굴을 번갈아 보면서 당혹한 표정을 지었다. 아, 이 사람들은 그게 궁금했구나. 마치 내가 제훈의 유혹을 계획하고 여기에 온 것처럼 소문이 퍼진 거구나. 지원은 아랫입술을 지그시 깨물었다.

"전혀 몰랐어요. 그가 누구인지, 어떤 사람인지도 몰랐고요. 몇 번 만날 때까지도 댄스 파트너로 온 아르바이트생인 줄만 알았어요."

지원은 즉답을 한 것을 곧 후회했다. 티슈를 빼내 코끝의 땀을 닦았다.

"그런 줄 알았어요. 지원양 성정은 그런 사람이라고 내가 말했죠?"

시은은 보람에게 그만할 것을 종용하는 눈길을 보냈다. 그럼에도 보람은 마치 제게 심문할 권한이 주어진 것처럼 어깨를 넘실대며 다가왔다. 지원은 이처럼 당당한 공격의 당위성에 충격을 받았다. 이런 보람의 생각과 행동들이 일반적 세상 사람들의 반응일 것이다. 지금 이 상황은 앞으로 내가 세상에서 넘어야 할 무수한 산이고 건너야 할 강일 것이다.

"먼저 일어날게요."

지원은 두 사람에게 양해를 구하며 자리에서 일어났다.

"지원양, 어서 가서 쉬어요."

시은이 황급히 떠나라는 손짓을 했다. 그때 보람이 충분한 답변을, 혹은 사과를, 아니면 변명이라도 반드시 들어야 한다는 듯 지원의 앞을 가로막아 섰다.

"지원씨 집은 서울이 아니라 구리시가 아닌가요?"

보람은 지원의 얼굴 앞에 바짝 턱을 내밀고는 두 입술을 이죽거렸다.

"정제훈씨가 재벌집 아들이라는 걸 어떻게 모를 수가 있어요? 국내십 위 안에 드는 아현 그룹 후계자를 정말 몰랐다는 게 말이 돼요? 아무도 안 믿을걸요?"

내가 무슨 죄를 지었나. 내 연애고 내 사랑이다. 뭔가 한참 잘못 짚고 있다고, 이건 심술이고 모독이라고, 지원은 보람의 면전에 대고 소리치고 싶었다.

"여기 차밍스쿨에는 어떻게 들어온 거예요? 지원씨는 어머니가 안 계시잖아요? 그럼 함께 온 여사님은 누구죠? 이 모든 게 다 사전에 계획된 게 아니라고 말할 수 있어요? 근거를 댈 수 있냐고요?"

보람은 자신의 비열함을 끄집어내 증폭시키고 있었다. 비탈길에 접어든 수레처럼 가속도가 붙은 그녀의 모독 욕구는 점점 잔인해져갔다. 지원은 순간 깨달았다. 여기서 더이상 대거리를 해서는 안 돼. 이 자리를 벗어나야 해. 이런 부류는 피해야 해.

"보람양, 그만해! 너무 나갔어. 이건 인신공격이야!"

시은이 언성을 높이는데도 보람은 멈추지 않았다. 보람은 마치 다음 공격을 위해 앞발로 모래를 후벼 파는 싸움닭 같았다. 지원은 눈앞이 아득했다. 보람의 혼자만의 목소리가 아닌 세상의 같은 부류들이 다 같이 발을 구르고 패악을 부리는 것 같았다.

"아니, 저런 여자에게 속았다는 게 어이없어서 하는 말이에요. 결혼업체 대표가 우리 엄마에게 아현그룹 스토리를 들려주지 않았으면 아무도 몰랐을 것 아니에요? 유명한 매칭 마스터들은 서울 장안 어느 집안에서 어떤 신붓감을 물색하는지 훤히 꿰고 있더라고요."

보람이 가슴을 내밀고 한 걸음 더 나서자 지원은 그 기세에 밀려 소파에 주저앉았다. 머리 위의 폭풍 같은 보람을 내버려두고 그 아래서 지원은 다리를 길게 뻗고 잠시 눈을 감았다. 눈을 떠보니 보람은 시은에게 등 떠밀려 제 방문을 들어서고 있었다.

"뭔가 연애 조작단 냄새가 나잖아요!"

보람은 방문 앞에서 허리를 뒤로 빼고 복도가 울리도록 큰 소리를 내질렀다.

2

"어머니에게 소개할 여자가 생겼어요. 청혼할 예정이구요. 그 전에 초대해서 어머니께 먼저 인사를 시키겠습니다."

출근길에 제훈은 거실에서 마주친 이수정에게 큰 소리로 말했다. 이수정은 듣던 중 기쁜 소식에 어깨춤이라도 덩실 추고 싶은 심정이었다. 긴 농사 끝에 결실의 값진 순간이 온 것이다!

"아가씨 이름은 뭐니? 나이는 몇 살이야? 무슨 일을 하냐?"

이수정은 현관까지 따라 나오면서 연이어 질문을 했다.

"지원이가 집에 오면 어머니가 직접 물어보세요. 곧 초대할 테니까요."

"지원이? 너 방금 지원이라고 했니? 혹시 유지원은 아니지?"

제훈이 화들짝 놀라 이수정을 돌아보았다.

"어머니가 유지원을 아세요?"

"설마, 차밍스쿨 교육생, 그 유지원을 말하는 거냐?"

"아니, 어떻게 어머니가?"

제훈은 경악했다. 집안 대소사와 회사 내의 봉사회 활동으로 눈코 뜰 새 없이 바쁜 이수정 여사가 결혼학교 소수 정예 교육생인 유지원이를 안다고? 그렇다고 지원에게 정 재계에 인맥이 있는 부모나 친족이 있는 것도 아니었다.

"그럼 네가 주말마다 다닌 곳이 차밍스쿨이었니?"

이수정의 목소리가 아침 공기 속으로 날카롭게 튀어 올랐다.

"결혼중계인 장실장과 알바생을 내가 차밍스쿨에 넣은 거야. 우리 알바생이 유지원이고. 어쩌냐, 이 일을!"

이수정의 중얼거림이 시든 잔디 마당으로 힘없이 떨어졌다. 제훈은 두 사람의 연결고리에 그만 아뜩해졌다. 마당 판석을 큰 걸음으로 내딛고 나오면서 충격에 빠진 어머니를 뒤돌아보지 않았다. 반지층 주차장 계단을 내려갈 때에는 무릎이 자꾸 꺾였다.

3

제훈이 하루아침에 모습을 감추었다. 우선 SNS에서부터 그가 사라졌다. 그는 지원이 보낸 카톡을 읽지 않았다. 몇십 개의 카톡 문자가 1자 라벨을 달고 보관 창고에 화물처럼 쌓여갔다. 제훈은 지난 주말 연극 연습에도 나타나지 않았다. 지원은 자꾸 정문 쪽으로 눈길이 갔다. 걸음이 주춤거려져서 강의실로 재바르게 이동할 수가 없었다.

"지원양!"

세라가 진선미 선생을 흉내 내어 불렀을 때 지원은 헉하고 조약돌을 삼킨 듯 호흡이 막혔다.

"왜 이리 놀래? 또 무슨 일이 있었니?"

세라가 더 놀란 표정이었다.

"이번 요리 시간에는 손님 초대 오찬 상차림을 완성해야 한단 말이야. 우리 조는 아직 식단도 정하지 않았잖아."

세라는 피하는 지원의 눈길을 따라가며 말했다.

"한정식으로 하지 뭐. 그게 가장 수월할 것 같아."

지원은 먼지를 털어내듯 말을 뱉고는 마지못해 조리실로 가는 세라를 따라나섰다.

주말 외출을 나오면서 지원은 고개를 들어 하늘을 보았다. 파랗고 쨍 금이 갈 듯 투명한 하늘은 여전했다. 울지 말아야 해. 저에게 용기를 주세요. 버틸 힘을 주세요. 지원은 세상을 주재하는 어떤 신에게든 도움을 청하고 싶었다. 지원은 두 팔을 내저으면서 힘차게 걸음을 내딛어보았다. 그러나 곧 휑한 구멍이 뚫린 듯 가슴은 다시 먹먹해졌다. 주공 아파트로 진입하는 도로 건널목에 서자 지원은 그 자리에 주저앉고 싶었다. 한 발자국도 떼어놓을 수 없었다. 팔다리에 무쇠 추를 매단 듯 온몸이 아래로 가라앉았다. 눈사람처럼 이대로 녹아 흔적 없이 스며들고 싶었다. 건너편 도로에 빨간 신호등 밑에는 서너 명이 멈춰서 있었다. 신호가 바뀌고 사람들이 우르르 횡단보도를 건너왔다. 건너편에서 온 사람들은 지원을 지나쳐 인도로 나가고 신호등은 빨간불로 바뀌었다. 신호등 아래에는 다시 새로운 사람들이 멈춰 섰다. 또 한 번 신호등 색이 녹색불로 바뀌자 사람들이 건너와 지원의 옆을 지나쳐 갔다. 그가 보고 싶다. 그에게로 가고 싶다. 그 자리를 떠나지 못하는 플라타너스 가로수들이 우우 소리를 내며 너울너울 손짓을 했다. 다섯 번째 바뀌는 파란 신호등에 지원은 건널목을 건넜다. 저 베이커리 모퉁이에서 제훈씨가 나타났으면. '언제 왔어요?' 하고 환하게 말을 걸어주었으면. 그런 기적은 일어나지 않았다.

4

창밖에는 노란 은행잎과 모과 열매, 빨간 당단풍나무 잎이 향나무의 초록색과 보색을 이루었다. 황신이 선생은 강의실에 들어오자마자 먼저 검은 마킹 펜으로 흰 보드에 '결별에 관하여'라고 썼다. 십일월 두 번째 주가 시작되었고 강의 내용도 어느덧 강 하류인 이별에 이르고 있었다.

"예로부터 여성은 남성이 던지는 구애의 공을 덥석 받지는 않았습니다. 관계 맺기를 유예하고 미루었지요. 동시에 사랑에 빠졌더라도 여성은 마음을 드러내지 않고 상대 남성과 거리를 두고 그의 사랑이 증거되길 기다렸습니다."

황신이 선생이 서문를 열었다.

"신화와 전설에서 영웅이 위기와 장애물을 극복하고 마침내 보물을 찾아오듯 사랑의 성취에서도 마찬가지였습니다. 눈비를 맞으며 연인의 집 앞에서 밤새 기다리거나 그 연인을 위해 위험 속에서 목숨을 걸거나 어떤 모욕과 차별에도 굴하지 않거나 하는, 참사랑을 증명받기 위한 시련과 위기는 항상 있었습니다. 연인들은 그런 고난을 이겨내고 사랑의 진정성을 인정받아야만 그 사랑을 성취할 수 있었고요."

황신이 선생이 반원으로 둘러앉은 일곱 명을 차례로 둘러보았다.

"사랑은 위기를 만날수록 내적인 힘을 발휘하고 시간이 지날수록 다른 유사한 감정과는 현저히 구별됩니다. 가짜 구애나 단기적인 유혹을 분별하려면 위기와 마주해봐야 합니다. 관습적이지만 관계의 실패를 줄이는 가장 지혜로운 방법이기도 합니다."

직사각형 모양의 햇살이 달리의 시계처럼 창틀에서 흘러내렸다.

"그런데 지금, 이 시대의 커플들은 어떤가요? 구애와 결혼에 시간이 부족합니다. 상대는 물론 스스로의 마음을 확인하는 단계도 거의 없습니다. 연애의 시작과 구애 과정, 결혼의 결정까지 우선 연대기적이 아닙니다. 관계의 진행 순서가 기승전결의 방식을 따르지 않아요."

황신이 선생은 우려의 목소리로 전환하여 말했다.

"요즘 젊은이들은 마음이 동하면, 눈이 맞으면, 호감을 느끼면 그게 유혹이든 사랑이든 성관계부터 시작합니다. 통계를 보니 대부분 커플들이 처음 만남에서부터 삼 개월 되기 전에 첫 관계를 가진다지요?"

"자고 나면 일 일!"

재바른 보람이 추임새를 넣었다.

"사랑은 증명할 시간과 역사가 필요한 일입니다. 왜냐하면 가짜 감정이 많기 때문입니다. 그 감정의 진위는 본인도 모릅니다. 위기와 장애를 겪으면서 그 사랑의 진정성과 크기를 본인도 알아가는 겁니다. 그러니 자신의 감정을 일부러 꾸미지 마세요. 감정을 솔직하게 나타내주는 게 본인과 상대에게 좋습니다. 왜냐하면 두 사람에게는 각기 진실한 감정의 상대를 선택할 기회가 앞으로 얼마든지 있으니까요. 가짜 감정으로 상대의 기회를 막지 마세요. 결국은 본인의 기회도 막는 것입니다."

황신이 선생은, "여기서부터 밑줄 치세요." 하고 허미리에게 농담을 건네고는 강의를 이어갔다.

"사귀어보고 선택하세요. 마찬가지로 사귀어보고 선택하지 마세요. 상대와의 결혼도 중요한 선택이지만 상대와의 결별도 중요한 선택입니다."

끝자리의 시은은 진리를 받아들이려는 자세로 진지하게 귀를 기울이고 있었다.

"이 시대의 연애는 시작부터 전 단계가 유동적입니다. 확고한 어떤 것도, 불변하는 어떤 것도 없습니다. 이 시대의 다른 사회적인 패턴과 마찬가지로 남녀관계도 열려 있습니다. 사회적, 도덕적 규약이 약해진 반면 오히려 개인의 선택과 책임이 훨씬 더 중요해졌습니다. 이 시대의 연인들이 새로운 모럴의 방향 제시에 목말라하는 이유입니다."

강의실 내에 진지한 호흡들이 느껴졌다. 공기 입자가 가지런히 줄을 지어 중심을 향해 흘러가고 있었다.

"자, 그럼 이별에 이 만남의 공식을 거꾸로 적용해봅시다."

황신이 선생이 내용을 전환했다.

"만남에 진정한 관계를 위해 상대의 감정을 확인하는 과정이 필요했듯이 역으로 이별에도 똑같은 과정이 필요합니다. 상대에게 진정한 애정이 있는지 이 관계를 지속할 수 있는지 감정의 게이지를 측정해보는 겁니다."

이번 주부터 미리는 주말에 기수를 만나러 가지 않았다. 뜬금없이 기수가 세종시의 오피스텔을 청산하고 서울 본가에서 다시 통근을 하게 되었다고 통보해왔다. 어머니가 기수의 건강을 염려해서 집으로 불러들인 것이라는 짧은 이유를 덧붙였다. 미리는 짜여진 시나리오에 쓴 웃음이 나왔다. 결별이 멀지 않았음을 예감하니 가슴이 아파왔다. 언제부턴가 기수가 달라졌다. 주말 외출에 세종시에서 그를 만나고 돌아오는 KTX에서 미리는 매번 서운함에 눈물이 났다. 기수는 짜증이 많아졌고 미리의 사소한 실수도 가차 없이 비난했다. 점차 칭찬에 인색해지고 비난에는 신랄해졌다. 파트너인 미리에게 더이상 잘 보이려고도 하지 않았다. 피곤하다며 오피스텔에서 하루 종일 잠만 자는 기수의 등 뒤에서 몇 시간이나 혼자 텔레비전만 보다가 돌아오는 주말이 잦아졌다. 늦은 오후에 일어난 그는 운동복 차림에 머리카락이 치켜 올라간 모습 그대로 문간에서 차밍스쿨로 돌아가는 미리를 배웅하곤 했다. 외형이든 내면이든 가면이 벗겨진 채로 파트너를 위해 구태여 꾸미려고 하지 않았다. 처음 만날 때 공작새처럼 부풀리던 그의 깃털이 비맞은 참새처럼 초라해진 지 오래였다. 그럼에도 기수는 딱히 이별하자는 말을 먼저 하지는 않았다. 그건 칠 년 동안 감아온 인연의 끈을 한 번에 풀기는 어렵다는 본능적인 판단에서일 것이다. 기수는 세종시로 취직해 온 지 일 년이 되도록 단 한 명의 직장 동료도 미리에게 소개하지 않았다. 아니, 애초에 두 사람은 데이트하러 오피스텔 밖으로 나가지도 않았다.

"뭐야? 그것도 제대로 못 하고. 네가 잘하는 일이 대체 뭐냐?"

미리가 탕수육 일회용 포장을 뜯다가 국물이 바닥 러그에 뚝뚝 떨어지자 기수가 버럭 화를 냈다. 미리는 비난을 퍼붓는 기수의 날 선 말투와 독기 어린 눈총에 충격을 받았다. 사소한 일에 악담을 퍼붓고 몸서리쳐하는 그의 태도에 미리는 점점 어떤 확신이 갔다. 언제부턴가 기수는 아무래도 좋다는 식으로 행동했다. 제 발로 떠나줬으면 하는 거부가 신체와 표정에 공공연히 드러났다. 미리가 지쳐서 먼저 이별을 운운한다면 자신도 마지못해 돌아선다는 대본까지 준비해둔 듯 보였다. 기수는 제 입으로 먼저 결별을 말하면 감당해야 할 대가가 크다는 걸 알고 미리에게 결별을 유도하고 있었다. '이래도 안 떠날래?' 하고 매번 상대의 인내를 시험하는 듯했다. 미리가 그런 기수의 속내를 짐작하기까지는 꽤 시간이 걸렸다. 차밍스쿨로 오기 직전이었는지 기수 어머니를 처음 소개받은 후였는지는 꼭 집어 말하기는 어려웠다. 미리가 짐작하기 훨씬 이전부터 기수의 마음속에서는 이별의 씨앗이 자라고 있었는지도 모른다. 기수와의 결별은 점점 미리를 정면으로 압박해오고 있었다.

황신이 선생의 강의가 이어졌다.

"일단 상대에게 싸움을 걸어보세요! 파트너와 싸움을 해보면 어느 정도까지 내 존재를 용인하는지 가늠할 수 있습니다. 애정의 정도가 판단됩니다. 물론 진정한 사랑을 하는 연인이라도 싸움은 합니다. 트러블은 건강한 관계라는 반증이기도 하니까요. 그러나 최소한 애정이 남아 있다면 마지막 경계는 넘지는 않습니다. 인격의 하한선은 지킨다는 거죠. 애정이 있다면 최악의 악다구니는 하지 않습니다. 인간종의 한계를 넘어 말도 행동도 바닥으로 아니 바닥의 너머까지 내처 달린다면 그 관계에는 이미 애정은 없는 겁니다. 상대를 인정하지도, 인정할 마음도 없으니까요."

미리는 기수가 자신에게 하던 말들을 떠올렸다. 하여튼 촌것은 알아줘야 해. 본데없이 자라서. 뭘 아는 게 있어야지. 그 옷 좀 안 입으면 안 되냐? 내 피나 빨아먹지 네가 할 줄 아는 게 뭐냐? 그러다가 언제 그랬냐 싶게 다정하게 미리를 침대로 이끌었다가는 다시 험악한 인상과 이전 말투로 돌아가곤 했다. 그럼에도 미리는 그 짧은 다정함에 매번 감동했었다.

"그럼에도 스스로를 위로하거나 상대를 변호하면서 계속 관계에 미련을 갖습니다. 더 나아가 상대가 공격성을 넘어 살기를 띠고 생명이 위험하기까지 한데도 그 관계를 놓지 못합니다. 그런 관계는 혀를 깨물어서라도 단호히! 단절해야 합니다! 이별하세요! 그렇지 않으면 그런 상대에게 평생 노예처럼 끌려다녀야 합니다!"

황신이 선생이 잘 벼른 칼날처럼 시퍼렇게 말했다.

"한 가지 명심할 건, 진짜 이별을 하지 않을 거면 절대 먼저 이별을 발설하지 않는 겁니다. 마음속에서 백 프로 이별이 결정되었을 때만 이별을 입 밖으로 내세요."

선생의 목소리가 한 옥타브 낮아졌다.

"자, 그 과정을 한번 볼까요? 이별을 제안한 당신에게 상대는 빌면서 다시 만나자고 합니다. 당신은 상대의 간절함을 확인하고는 그와의 재회를 받아들입니다. 눈물 어린 상대의 재회로 당신은 관계가 원래대로 회복되었다고 생각하나요? 천만에! 상대는 당신을 다시 만난 그날부터 자신의 이별을 준비합니다. 그리고 자신의 이별 준비가 끝나는 대로 당신에게 이별을 통고하는 거죠. 이번에는 반대로 당신이 상대에게 이별을 당하는 겁니다. 그렇게 반복되다가 두 사람의 관계는 마침내 종결되지요."

"맞아. 그럴 수 있어"

슬기와 보람이 속삭이는 말소리가 들렸다.

"마음속에서 이별이 완전히 확정된 후에만 이별을 입 밖에 내세요. 그리고 이별을 결정한 후에는 본인과 상대에게 절대 재회를 허락하지 마세요! '한 번 흘러간 강물에는 두 번 다시 발을 담글 수 없다.'는 그리스 철학자의 말이 있죠?"

황신이 선생이 교단으로 돌아가 파일을 챙기면서 강의를 마무리했다.

"이 두 가지를 지키지 않으면 머지않아 상대에게 이별을 통고받고 역으로 이별을 당하게 됩니다. 결국은 하게 될 이별의 과정만 더 길어질 뿐이죠. 이별은 단 한 번에! 재회는 하지 마십시오! 재차 이별을 통해 상처만 더욱 키울 뿐입니다. 그러니 제발 이별 후에 약해지지 마세요. 부재와 단절의 고통을 이를 악물고 견디세요. 인생에서 이별

또한 겪어야 할 중요한 통과의례니까요!"

미리는 하루 일정을 끝내고 복도 거실 소파에 두 팔로 무릎을 묶고 앉았다. 창밖으로 정원사 박기사가 편백나무에 사다리를 차례로 옮기면서 가지치기를 하고 있는 모습이 내려다보였다. 지난 주말에 기수를 만나고 돌아온 후부터 미리는 학교생활이 제대로 되지 않을 정도로 겉돌고 있었다. 가슴에 내려앉은 근심이 일상에 그늘을 드리웠다.

"뭐 해?"

언제 와서 섰는지 미리의 어깨에 시은이 손을 얹었다.

"아무것도."

"요즘 힘이 없어 보이네?"

미리가 무릎에 고개를 파묻자 낙엽처럼 해묵은 설움이 헛구역질로 쿨쿨 올라왔다. 그때 벨벳 언더그라운드의 팜므파탈 컬러링이 들려오자 시은은 폰을 두고 온 제 방으로 달려갔다.

5

일 층 리빙룸에서 미리의 남자친구, 홍기수를 처음 마주친 건 세라였다. 기수는 로비 소파에서 긴 다리를 다탁 밑으로 쭉 뻗고는 폰을 들여다보고 있었다. 양 귀밑을 바싹 깎은 도토리 뚜껑 커트 머리를 하고 발목까지 올라오는 백색 농구화에 통 좁은 청바지, 칼라를 세운 보라색 폴로티를 입은 세련된 차림이었다. 기수는 넓은 리빙룸에서 능히 이 공간을 지배할 수 있다는 듯 어깨를 한껏 부풀리고 과장된 자세로 앉아 있었다. 세라가 다가가는 기척을 들었을 텐데도 그는 고개를 들지 않았다. 폰을 들여다보고 있는 그의 목덜미가 팽팽해졌다.

"무슨 일로 오셨어요?"

세라는 일 미터 간격을 두고 기수 앞에 섰다.

그제야 기수는 사마귀처럼 긴 다리를 느리게 안으로 끌어당기며 천천히 고개를 들었다.

"아, 여기 허미리씨를 만나러 왔습니다."

"미리 언니는 지금 음악실에 있어요. 곧 올 거예요."

미리는 음악실에서 클라리넷을 연습 중이었다.

"아, 네."

그가 소파에 등을 세워 고쳐 앉으며 짧게 답변했다. 미리의 현 위치를 알려주었어도 그의 눈동자는 명료해지지 않았다. 오히려 권태마저 깃들어 있었다. 아무려나, 날 그냥 내버려둬, 하는 그의 태도에 세라는 약간 충격을 받았다. 미리씨가 시간 날 때마다 동료들에게 칭송을 했던 남자친구가 이 사람 맞아? 연인과 관련된 어떤 것에도 관심이 없어한다면 그는 그 연인을 사랑하지 않는 것이다! 세라는 그의 감정을 확인해보려고 맞은편 소파 끝에 걸터앉았다.

"전 미리 언니와 함께 지내는 윤세라라고 해요."

악수까지는 청하지 않았지만 탁자 위로 윗몸을 내밀어 본격적인 대화를 시도했다.

"그러세요?"

그는 쓴 것을 내뱉듯 짧게 말하고는 제 폰 화면으로 황급히 눈길을 돌렸다. 그런 태도가 세라의 호기심에 불을 붙였다. 이 남자는 뭔가를 경계하고 있다. 심중에 뭔가를 숨기고 있다. 이 거부의 몸짓은 분명 허미리와 관련이 있다. 오즈 탐정소의 윤세라가 이를 그냥 지나친다면 불명예에 해당하는 직무유기일 것이다.

"뭐 미리 언니에 대해 궁금한 일이라도 있으면 제가 도와드리겠습니다."

세라가 슬쩍 도움을 자청하자 홍기수는 즉시 손사래를 쳤다.

"아니, 아니, 됐습니다. 곧 가봐야 합니다. 시간이 별로 없어서요."

그는 아예 폰을 제 눈앞으로 들어 올려 세라의 눈길을 차단하면서 말했다. 마음속에 담고 온 소기의 목적이 이런 작은 호의로 순화되거나 희석될 것을 경계하는 눈치였다. 기수는 마주 앉은 세라가 불편한 듯 허리를 틀어 유리벽 너머 바깥을 몇 번이고 뒤돌아보았다. 그의 눈길이 가는 주차장에는 검은 승용차 한 대가 주차되어 있었다. 이 사람은 혼자 오지 않았다! 일행이 한 명 더 있다! 세라는 자리에서 일어나 유리벽에 눈을 붙이고 밖을 살펴보았다. 주차장에 대기하고 있는 승용차 운전석에는 단발 파마머리를 한 중년 여자가 앉아 있었다.

세라는 복도 거실을 서성거리며 아래의 정원을 내려다보았다. 이윽고 일 층 현관문이 열리고 주차장을 향해 뛰어가는 홍기수의 뒷모습이 보였다. 주차장 벽에 붙어 있던 검은 승용차의 문이 열리고 그는 조수석에 두 다리를 차례로 접어 넣은 후 문을 닫았다. 시동을 미리 걸어두었는지 차가 곧바로 출발해 정문을 빠져 나갔다.

"차가 떠났어. 차 안에 사람을 대기시켜놓고는 이십 분 동안 무슨 말을 했겠니? 내 짐작인데 아마 이별을 통고했을 거야."

세라가 폰으로 시간을 측정한 후 계단 난간에 기대어 로비 쪽을 살폈다.

"아래층 미리 언니에게 한번 내려가볼까? 참담함을 나눌 사람이 필요한 건 아닐까?"

"먼저 자신을 추스르도록 시간을 좀 주자고."

지원이 앞장서 걷자 세라도 어깨를 추고는 제 방으로 돌아갔다.

취침 점호 전 복도 거실에 잠옷 가운 차림으로 여섯 명이 둥글게 모여 섰다. 오후 방문객인 미리의 남자친구에 대한 비아냥거림이 쏟아졌다.

"고양이 쥐 생각했네. 방문 이별이라니!"

윤영이 양미간을 찡그리며 먼저 입을 열었다.

"하! 잠수이별, 문자이별보다 모자대면이별이 더 인간적이라고 생각했나 보네?"

팔짱 낀 슬기도 길게 조롱을 했다.

"결별할 때의 모습이 그 사람의 본성이라잖아."

소파에 깊게 앉으면서 소시은이 말을 보탰다.

"찌질이! 등신!"

보람이 냅다 욕부터 내뱉고는 시은이 앉은 소파에 끼어 앉았다.

"마지막까지 제 엄마 손을 빌려? 이별 안 해줄까봐 지레 겁을 먹었나 보네. 제 깜냥대로 헛스윙에 도루를 한 거지."

세라가 배트를 휘두르는 시늉을 하자 시은이 턱 끝으로 미리의 방문을 가리켰다. 문밖 복도가 이토록 시끄러운데도 미리 방에는 끝내

불이 켜지지 않았다.

6

지원은 누구에게도 자신의 상황을 말하지 않았다. 그레고리 잠자처럼 초라한 미물이 된 자신을 아무에게도 보이고 싶지 않았다. 그 모습이 스스로에게도 부끄러웠다. 그레고리 잠자는 아침에 깨어보니 커다란 갑충벌레로 변해 있었다. 벌레가 된 것보다 더욱 억울한 건 자신이 왜 벌레가 되었는지 이유를 알 수 없다는 점이었다. 지원은 점점 자신의 존재가 전 우주에게서 거부당한 느낌이었다. 인간으로서의 존엄이 훼손당한 기분이었다. 비참함과 부끄러움이 뾰족한 양날로 자신을 계속 찔러댔다. '이별은 막을 수는 없다. 이별은 금할 수도 없다. 인간사에서 결별은 만남과 동시에 동반되는 필연이 아닌가.' 그럼에도 내부의 반대의 목소리도 만만치 않았다. '이별에도 예의가 있어야 한다. 이별에도 형식이 있어야 한다. 이별에도 존엄이 있어야 한다.' 지원은 인간종으로서의 존엄성을 참패당하지 않기 위해 마음속에서 사투를 벌였다. 자신의 존엄과 명예를 두고 이 '터무니없는 이별 형식'에 결투를 신청하고 싶었다. 지원은 자신을, 자존을, 맹목의 믿음까지 이 모욕에서 건질 수만 있다면 모든 걸 걸고 싶었다. 그럴 수만 있다면.

지원은 열흘 내내 갈비뼈 밑이 저려왔다. 슬픔이, 턱 하고 가슴 아래로 내려앉더니, 내내 그 자리를 버티고 있었다. 주변의 사람들도, 풍경도 지원의 눈에는 들어오지 않았다. 오직 내면의 한곳에만 온

정신이 집중되었다. 사랑해. 지원이 조그맣게 소리 낼 때마다 눈물이 솟았다. 어디로 가야 제훈을 만날 수 있는지. 어떻게 그와 연결될 수 있는지. 그와 함께하려면 뭘 해야 하는지. 바람의 방향이 바뀌면서 빗방울들이 공중에서 빙글빙글 돌고 있었다. 그에게 가야 해. 그를 찾아야 해. 지원은 우산을 펴지 않고 막 떨어지기 시작하는 빗방울 속으로 걸음을 내디뎠다. 더 커진 빗방울들이 이마에서 터져나가고 맞바람이 머리카락을 마른 지푸라기처럼 들추었다가 내렸다. 지원은 목 뒤로 머리카락을 모아 잡고 고무줄로 묶었다. 굵어진 빗살이 지원의 젖은 볼을 타고 목 아래로 흘러내렸다. 지원은 얼굴을 하늘로 향하고 채찍처럼 때리는 비를 모조리 받았다. 빗물이 흘러드는 지원의 입에서 리어왕과 같은 울부짖음이 흘러나왔다.

"꼭 그라야 해! 그가 아니면 안 돼. 나라를 준다고 해도 어느 왕이라도 대체가 안 돼!"

시골 간이 정류장의 젖은 시멘트 지붕이 보였다. 지원은 비바람 속을 뚫고 도로를 건너갔다.

초록색 방수 점퍼를 입은 지원이 대문 기둥의 우편함에 편지 봉투를 넣고 있었다. 제훈은 숨을 멈춘 채 이 층 제 방 창문 앞에서 그 모습을 내려다보았다. 그동안 제훈은 굴곡진 가슴 위로 덜컹거리며 지나가는 시간을 보냈었다. 눈 가린 짐승처럼 검은 동굴에 갇혀 충분히 고통스러웠다. 가슴을 치면 애달픔이 가라앉기는커녕 애간장만 더욱 녹아내렸다. 제훈이 이 갑작스런 상황 앞에서 잠시 망설이는 동안 지원은 벨을 누른 후 그 자리를 떠나버렸다. 제훈은 전쟁터의 화살 같은 빗속을 뚫고 우편함이 있는 대문 앞으로 뛰어나갔다.

1.
가슴이 터질 듯해서
당신 곁에
머물 수가 없네요
껍질이 단단해지면
돌아올게요
혹
돌아오지 않더라도
기다리지 마세요
다시
보지 못하더라도
서운해하지 마세요
어쩌면
난 이대로 절룩이며
강 저편으로
가게 될지 모릅니다

2.
당신,
강 저편에서
날

만난다면
알아보겠어요?
당신,
사랑에 골몰한
한 영혼이
어깨를 스치고 지나가면
눈치채겠어요?
멈춰서겠어요?
뒤돌아보겠어요?

아,
어쩌면
눈먼 내 영혼이
당신을 먼저 알아채고
반짝
빛을 낼지도 모릅니다
멈춰 설지도 모릅니다
뒤돌아볼지도 모릅니다

수많은 갈래 길이
복제되는
강 저편에서는
한 번 지나치면

다시
만날 길이 없다지요
한 방향으로만 흐르는
검은 강물은
물레방아로도
되돌릴 수 없고
기억
또한
동시에 소거되는 곳이라지요

그럼
당신을
어떻게 또 만날 수 있나요?
어디서 또 만날 수 있나요?
언제 또 만날 수 있나요?

한 번 지나친
연인들은
하루해처럼
영영 사라져버리나요?

단 한 번의
스침과

영원한 이별이라니요

강 저편은
이곳보다
더욱 무정하고
더욱 가혹한 곳이군요

3.
그러니 지금 당장
당신에게로
달려가겠어요
난 조금도
두렵지 않아요
사랑의 죄로
끝없이 떠돌아야 한다고 해도
사랑의 죄로
쉼 없이 노래를 불러야 한다고 해도
한 번 더
당신에게 갈 수 있다면
한 번 더
당신을 볼 수 있다면

먹구름이 몰린 검은 하늘에서는 노란 번개가 수차례 번쩍이고 천둥소리가 행진 북소리처럼 들려왔다. 지원의 사랑시를 읽은 제훈은 온몸 구석구석이 감전된 듯 전율하였다. 눈물이 창유리의 빗물처럼 넘쳐흘렀다. 시를 소리 내어 몇 번이고 읽고 또 읽었다. 시 속의 지원의 마음을 헤아리니 더욱 목이 메고 가슴이 아렸다. 당장 지원을 만나야 해. 그녀에게로 가야 해. 제훈은 어떤 운명과도 같은 소명감에 사로잡혀 자리에서 벌떡 일어났다. 한밤중이었다. 제훈은 어서 날이 밝기를 기다렸다. 분초가 헤아려졌다. 삼십 년 동안 자신의 전 생애에서 가장 긴 밤이었다.

이 주일 동안 마주치지 않고 집 안에서 피해 다니던 제훈이, 일요일에는 이른 아침부터 거실로 내려와 이수정을 멈춰 세웠다.

"어제 지원이가 집 앞으로 찾아왔더군요. 어린 새처럼 흠뻑 젖어 문을 두드렸어요. 그 면전에서 제가 문을 닫았어야 할까요? 돌려보냈어야 할까요? 그럴 수는 없습니다. 아니 그러지 않겠어요! 어머니, 제 마음이고 제 사랑입니다! 전 제 사랑에게 최선을 다할 겁니다. 지원이에게 문을 열어주고 그 옆에 앉아 지원이의 이야기를 평생 동안, 몽땅 들어줄 겁니다. 무슨 일이 있어도 우리 두 사람은 이생이 다할 때까지 함께 있을 겁니다!"

제훈은 제 마음의 결정을 통고만 하고 대문 밖으로 뛰쳐나갔다. 뒤에 남은 이수정은 회오리 속에서 정신이 멍해졌다가 겨우 돌아왔다. 보름 만에 광대가 바위처럼 솟고 두 눈이 동굴처럼 움푹 들어간 아들이 그 동굴에서 나와 외쳤다. 제 마음이고 제 사랑이에요! 이수정은 몇 번이고 이 말을 입 밖으로 소리 내어 보았다. 내 아들에게 저런 진정성이 있었다니!

<h1 style="text-align:center">7</h1>

지원이 아침식사 시간에 보이지 않자 식당에서 돌아오는 길에 세라가 방문을 두드렸다. 지원은 비를 맞고 서울에 다녀온 토요일 밤부터 몸살기가 있었다.

"뭐해? 연극 연습하러 가기 전에 함께 산책이나 좀 할까?"

지원은 겉옷을 챙겨 입고 세라를 따라 편백나무 길에 나섰다. 바닥에는 세어버린 낙엽들이 얇은 그물망을 만들고 있었다. 세라는 옆을 그저 묵묵히 걷기만 했다. 이 호기심쟁이가 캐묻지 않았다. 지원은 그런 세라가 고마웠다. 두 사람은 편백나무 길이 끝나는 주차장 앞에서 본관으로 향하는 둥근 길로 들어섰다. 하늘은 투명하게 파랬다. 쌀쌀한 바람 한 줄기가 서리 맞은 잔디밭 위를 빠르게 가로질러 갔다. 지원이 고개를 숙이자 굵은 눈물 방울이 마른 흙 위에 떨어졌다.

무대 위에서 황신이 선생이 큐 사인을 보내자 배우들이 활발히 움직이기 시작했다.

"아담, 당신과 함께 가는 곳이면 어디든 낙원이지요!"

지원은 이브의 마지막 대사를 하면서 목소리 끝이 떨렸다. 이 주째 아담 역은 빈자리로 남아 있었다.

"지원양, 턱 끝을 들고 더 당당하게! 더 자신감 있게!"

황신이 선생의 큰 목청이 체육관의 둥근 천장으로 울렸다.

"언제부터 이브가 낙원을 떠날 확신이 없는 것 같아. 이 대사가 연극에서 가장 포인트인데 말이야. 세상을 향해 당당히 선언해요! 이브는 낙원에서 쫓겨난 게 아니라 아담의 새 낙원을 선택한 거예요. 자발적이고 능동적인 이브의 모습을 보여주라고!"

"이브 화이팅!"

천사 날개를 배낭처럼 멘 미리가 날개를 높이 들어 올려서 지원을 격려했다. 그때 체육관 여닫이 가죽 문이 두 입술처럼 불룩 내밀어졌다. 그 사이로 제훈이 들어섰다. 무대 위에서 지원은 갑자기 아득해졌다.

"제훈씨!"

조연출을 맡은 세라가 대본을 든 손을 치켜들며 소리쳤다. 두 손을 흔들어 답인사를 하는 제훈을 일제히 돌아보았다.

"쉬었다 하죠."

황신이 선생이 휴지를 선언하고는 무대를 내려갔다.

"드디어 아담이 나타나셨군!"

세라가 지원에게 눈짓을 하며 휘파람을 불었다. 지원은 그만 다리에 힘이 풀려 사과나무 세트 뒤로 가서 주저앉고 말았다.

"수고하셨습니다."

배우들은 서로에게 목례를 하고는 의상 위에 윗옷을 걸치러 무대 뒤 탈의실로 들어갔다. 쌀쌀한 날씨였다. 종강을 두 주 앞두고 교육생들 모두가 바쁜 날들이었다. 극본 연출을 맡은 황신이 선생을 중심으로 의상을 맡은 보람과 무대장치를 맡은 윤영까지 마지막 점검으로 잠자는 시간도 줄일 정도였다. 황신이 선생은 아담 배역의 제훈의 결석에 대해 이번 주말까지는 기다려보자고 했었다. 제훈은 잠적한 지 이 주일 만에 나타났다.

제훈은 턱 끝을 쓸어내리며 황신이 선생을 향해 허리를 깊게 굽혔다. 지원은 사과나무 밑에 등을 대고 앉아 곁눈으로 그의 모습을 보았다.

"제훈씨, 오랜만이네. 그동안 해외출장이었어?"

"아니요. 개인적인 사정이 좀 있었어요."

제훈은 어설픈 답변을 하면서 황신이 선생의 어깨 너머로 강당 안을 두리번거렸다.

"어떤 경우든 연락을 했어야지. 그동안 연락도 안 받고. 오늘까지 기다려보고 전문가에게 의뢰할 참이었어. 삼십 분짜리 단막극 정도야 연극배우라면 한두 번 맞춰보면 할 수 있을 테니까."

황신이의 표정에는 벌써 제훈을 이해하고 용서한다는 온화함이 담겨 있었다. 제훈이 황신이 선생에게 머리를 조아린 후 전체 배우들을 향해 다시 한번 고개를 숙였다.

"자자!"

황신이 선생은 강의 내용을 전환할 때처럼 손뼉을 두 번 쳤다.

"모처럼 배우가 다 모였으니 리허설 단계까지 계속 연습할 거예요. 오늘 각오하세요."

축제날까지 시간이 촉박했다. 이 주일 전만 해도 빈둥거리던 시간이 이제 허둥거리고 있었다.

"그럼, 한 시간 뒤 모두 의상을 갖춰 입고 무대 위에서 봐요."

황신이 선생이 자리를 떠나자 세라는 제훈의 손을 잡아끌어 지원의 손에 맞춰어 주었다.

"연기 호흡이 맞으려면 이브와 아담이 더욱 친해져야겠지요?"

지원이 제 손을 거두어들이자 제훈의 얼굴이 붉어졌다.

"다음에 잠수를 타려면 이브와 함께 가요. 아담, 당신이 가는 곳이면 어디든 낙원이지요!"

세라가 한 팔로 지원의 어깨를 감싸 안으며 연극대사를 인용했다. 의상을 들고 제훈의 뒤에 서있던 보람이 한 발짝 뒤로 물러섰다.

"아담, 오랜만이네요. 눈 빠지게 기다렸잖아요. 배우가 교체되면 의상을 다시 만들어야 하니까요."

보람은 회색 래쉬가드 한 벌과 고무나무 잎을 엮은 두렁이를 제훈의 팔에 차례로 걸쳐주었다.

"고맙습니다. 저야말로 이 옷을 입기 위해 태초부터 달려온 사람이죠."

지원은 그제야 보람에게 농담을 건네는 제훈을 쳐다보았다. 물 빠진 연못 바닥처럼 그의 얼굴에는 골격이 온통 드러나 있었다.

"어서 오세요, 아담! 약속을 지킬 줄 알았어요!"

베이지색 울 외투를 어깨에 걸치고 탈의실에서 나오던 시은이 제훈을 반갑게 맞았다.

"식당에서 커피를 배달해 올게요."

창가에 서 있던 윤영이 한 걸음 나서며 맞은편의 슬기에게 같이 가자는 손짓을 했다.

연극 연습을 마친 후 제훈은 지원에게 함께 산책을 하자고 제안을 했다.

"나머지 정리는 내가 할게."

손안에서 의상을 채가는 세라와 사물함 뒤에 서서 응원의 눈빛을 보내는 시은의 격려를 받으며 지원은 제훈과 밖으로 나왔다. 싸늘한 바람이 목덜미를 파고들었다. 지원은 제훈의 등을 따라가면서 제 가슴을 밟고 지나가던 고통스러운 시간의 발자국을 떠올렸다. 그의 양어깨 위로 설렘이 슬쩍 지나갔다. 어쨌거나 그가 내 앞에서 걸어가고 있어!

제훈은 체육관 옆 벤치 위에 손수건을 깔고 지원에게 자리를 권했다.

"걱정 많이 했지요?"

옆자리에 앉은 제훈이 바닥을 내려다보며 풀죽은 목소리로 말했다. 지원은 벤치 아래 나란히 놓인 그의 두 발에 눈길이 갔다. 그가 신은 검은 운동화의 앞코가 반짝 빛을 냈다. 내가 선물한 신발이야! 그러자 서운함이 말끔히 사라졌다. 지원은 오히려 웃음이 나왔다.

"제훈씨를 기다리느라 숨을 오래 참고 있다가 이제야 터트려요. 푸아!"

지원이 두 볼을 개구리 배처럼 부풀렸다가 숨을 토해내자 제훈은 이마 위의 제 머리카락을 쓸어 올리며 웃었다. 지원은 그의 그런 모습이 가장 좋았다. 머릿속에서 수십 번 되돌려 본 장면이었다.

"추운데 마사 휴게실로 가요. 여기 마필 관리사가 내 동창인 건 몰랐지요?"

잔모래를 깔아놓은 마장 옆길을 나란히 걸으면서 제훈은 지원의 손에 깍지를 끼었다. 제훈의 핏줄이 손바닥을 타고 넘어와 지원의 심장으로 연결되는 것 같았다. 두 사람은 한 몸처럼 동시에 발걸음을 떼어놓았다. 마사로 가는 오솔길이 더욱 특별하게 여겨졌다.

8

담장 너머의 시멘트 포장길에는 한 농부가 쟁기를 담은 트랙터를 몰고 들로 나가고 있었다. 한줄기 바람이 조각상 소녀의 둥근 어깨를 스치고는 시든 잔디 마당을 쓸고 지나갔다. 물고기 뼈를 닮은 하얀 새털구름이 파란 하늘에 걸쳐 있었다. 진회색 SUV 차 한 대가 경비실 앞에 잠시 섰다가 정문을 통과했다. '제훈씨 차야!' 테라스의 난간을 감아쥔 지원의 손에 힘이 들어갔다.

"일요일 오후인데 방문객이 다 있네?"

옆 테라스에서 보람의 목소리가 들렸다. 지원은 급히 방으로 뛰어 들어와 외출옷으로 갈아입었다.

제훈은 트렁크에서 꺼낸 장미 꽃다발을 온실의 출입문 뒤에 숨겨 놓고는 먼저 장수가 일하는 마사에 들렀다. 인스턴트 믹스커피를 나눠 마시면서 제훈은 프러포즈를 하러 왔다고 장수에게 말했다. 무릎을 꿇고 꽃다발을 바치는 구혼 방식까지는 말하지 않으려 했지만 말을 하다 보니 모조리 털어놓게 되었다.

"이 IT 시대에 굳이 그런 구식으로 청혼하는 이유가 뭐냐?"

장수는 벽에 걸린 가죽 안장을 내리고 맞은편 소파에 앉으면서 심드렁하게 반응했다.

"그러면? 첨단 과학 시대에는 청혼도 AI에게 대행시켜야 하냐? 사랑 고백 음성 파일과 쥬얼리 상품 결제 앱을 아이패드에 넣어서 줘야 하냐고!"

제훈이 즉각 반박했다. 사랑에 들뜬 사내의 고함 소리에 장수는 슬며시 웃음이 나왔다.

"프러포즈 방식은 여러 버전으로 다양해졌지만 수 세기가 지나도록 그 순정함에는 변함이 없다고."

청혼 퍼포먼스에서 사소한 동선까지 설계하느라고 밤잠을 설친 제훈은 마른 낙엽 같은 제 얼굴을 두 손으로 쓸어내렸다.

"난 그런 고전적인 형식에 내 마음을 온전히 담고 싶어. 그러면 지원씨는 역사와 전통의 바통으로 사랑을 전달받는 느낌이 들지 않을까?"

제훈은 오늘만큼은 지나치게 말을 많이 하는 자신을 구태여 제한하려 하지 않았다. 이 한 번의 기쁨을, 이 한 번의 벅참을, 이 한 번의 설렘을 누구에게라도 마음껏 뽐내고 싶었다.

"보편적인 게 가장 특별한 거야."

장수는 긴 설명을 들은 후 짧게 한마디를 던지고는 브라운색 구두약을 묻힌 마른 헝겊 뭉치로 안장을 더욱 세게 문질렀다. 장수는 원래 말이 없었다. 그럼에도 그의 침묵에는 스스로 돌아보게 하는 힘이 있었다.

제훈은 온실로 나가면서, 청혼이라는 의식과 혼인식이라는 의례는, '고유한 형식 속에 중요한 의미를 담아 보존하는 일'이라는 생각이 들었다. 제훈이 준비한 장미 백 송이에서 백이라는 숫자에는 '백 년 동안 함께한다'는 의미를 담았다. 백년해로! 그러자 '백년전쟁'이란 문구가 넝쿨처럼 따라 나왔다. 아무려면 어때. 전쟁이든 평화든 사랑하는 사람과 함께하는 건데! 제훈은 더욱 호기롭게 두 팔을 휘젓고 보폭을 한껏 넓히며 걸어갔다.

중앙 계단을 내려가는 지원의 발걸음이 빨라졌다. 지원은, 양미간을 좁혀 네비게이션을 들여다보던 제훈 특유의 표정을 떠올렸다.

도로시가 온실 문을 열었을 때 밤새 태운 화목 난로 속 장작의 재 냄새와 식물들의 훈기가 훅 하고 맡아졌다. 유리벽 너머로 앞 정원을 둘러선 나무들의 몸통들이 훤히 내다보였다. 차밍스쿨의 청사진을 들고 삼 년 전에 이식해 온 측백나무 편백나무 향나무 은행나무 모과나무들이 뿌리가 굳건해졌고 잔가지들도 굵어졌다. 폰에 연결한 이어폰에서 헤겔의 오르간 협주곡인, '뻐꾸기와 나이팅게일'이 귓속으로 흘러들었다. 도로시는 파초 뿌리 위에 흙을 덮다가 오전에 넝쿨 장미를 걷어 들일 때 긁힌 팔목 위의 빨간 실금을 들여다보았다. 유리벽을 통과한 햇빛이 도로시의 양어깨를 황금색 머플러로 감쌌다. 그때 출입문 쪽에서 인기척이 들렸다. 유지원과 한 청년이 손을 잡고 온실로 들어서고 있었다. 도로시는 고무나무 잎사귀에 몸을 가리고 앉아 소리 나지 않게 정원용 장갑을 벗었다. 이 젊은 연인들에게 방해가 되고 싶지 않았다.

"지원씨, 사랑합니다. 저와 결혼해주세요. 부디 이생을 저와 함께 해주십시오."

제훈이 한쪽 무릎을 바닥에 꿇고 붉은 장미 꽃다발을 어깨 위로 내밀었다. 지원은 온실 화원에서 만나자는 제훈의 연락을 받았을 때만 해도 이런 청혼을 받게 될 줄은 꿈에도 상상하지 못했다. 현실의 경계를 넘어 상상했던 일이 반대로 상상의 경계를 넘어와서 이제 현실이 되었다. 지원은 흥분한 가슴을 손바닥으로 눌렀다. 황금마차가 호박으로 변하더라도 황금마차를 한 번 타보는 건 정말 멋진 일일 거라고 생각했었다. 그런데 실제로 제훈씨가 제 붉은 심장을 받아달라고 내 앞에서 무릎을 꿇고 있다! 지원은 이 가슴 벅찬 순간을 그냥 흘려보내기가 몹시 아쉬웠다. 러시아 시인처럼 그가 프러포즈하는 모습을 백동전에 새겨 온 세상 사람들에게 나누어 주고 싶은 심정이었다.

"네!"

지원은 짧게, 흔쾌히 대답하고는 양손으로 꽃을 덥석 받았다. 제훈이 무릎을 펴고 일어나 지원을 제 품 안으로 안아 올렸다. 어깨 너머로 붉은 장미다발이 걸쳐지고 밀착된 두 사람의 심장은 이종 삼각 경기처럼 함께 뛰기 시작했다. 온실의 유리 지붕 위에서는 새들이 '통통통' 소리를 내며 걸어 다녔다. 제훈과 지원은 동시에 고개를 꺾고 별점으로 이어지는 새들의 발자국을 올려다보았다. 제훈은 지원의 손을 끌고 밖으로 나와 온실 지붕 위를 올려다보았다. 여러 마리의 새들은 일제히 날아올라 언덕 너머로 가버렸다. 두 사람의 부푼 가슴은 새들처럼 하늘 높이 날아오를 것만 같았다. 제훈은 석양의 하늘을 뒤로 하고 지원의 두 손을 맞잡았다. 체육관의 둥근 지붕 너머의 해를 보며 두 사람은 천천히 원을 돌았다. 숨이 찰 때까지, 발길에 밟힌 풀이 으깨지고 마주 잡은 손바닥에 땀이 찰 때까지 두 사람은 돌고 또 돌았다. 우리는 미래에 더 큰 원으로 춤출 것이다. 우리는 미래에 더 큰 원으로 환희할 것이다. 두 사람이 어깨를 감싸 안고 나무 벤치에 앉았을 때는 감청색 하늘에 금빛 달이 떠올라 있었다. 콩고물 같은 노란 달 가루가 축복처럼 두 사람의 정수리에 뿌려졌다.

"지원씨와 늘 함께 있고 싶어요. 한시도 떨어지고 싶지 않아요."

제훈이 흔쾌히 말했다.

"이제껏 경험해보지 못한 다른 시간, 다른 곳에 와 있는 것 같아요. 지원씨를 처음 만났을 때 저 사람과 둘만의 특별한 곳으로 이동하고 싶다는 생각을 했었는데 내 직감이 적중했어요!"

제훈은 생의 끝단까지 멀리 함께 가려면 더 단단히 결속되어야 한다는 듯이 지원의 손을 꼭 감아쥐었다.

"지원씨는 언제 날 '바로 이 사람이다'라고 생각했어요?"

지원은 제훈과의 첫 만남을 떠올리자 웃음부터 나왔다. 내 걸음에 맞추려고 당신이 걸음을 서두를 때부터, 아니 나를 따라잡으려고 당신의 발길이 꼬일 때부터, 아니 틀린 발음을 고치려고 당신이 입으로 웅얼거릴 때부터. 그러나 딱 한마디만 했다.

"강장공장공공장장!"

제훈이 웃음을 터트렸다.

"우리 두 사람은 이생이 다할 때까지 함께할 겁니다."

진지해진 제훈이 의식을 치르듯 지원의 이마에 이마를 맞대고는 말했다.

"다음 생에도요."

지원이 응수했다.

"그럼 다음 생에도 함께할 거요."

제훈이 고쳐 말했다.

"그다음, 그다음 생에도."

마주 댄 이마 아래서 자동인형처럼 종알거리는 말을 멈추게 하려고 제훈은 지원의 입술에 입을 맞추었다.

9

색 바랜 누런 잔디광장 너머의 감나무에는 새빨간 감들이 위쪽에만 남았다. 컨퍼런스 룸에는 찻주전자와 쿠키를 담은 바구니가 흰 식탁보 위에 정물화처럼 놓여 있었다. 오후 해가 기울면서 빛 얼룩이 가죽 소파 밑에까지 어른거렸다. 십이월의 첫 주 모임에서 도로시 원장을 기다리고 있던 중에 박명자가 혼잣말처럼 툭 말을 던졌다.

"딸 가진 엄마들은 요즘 세상이 무서워요."

맞은편에 앉은 이선화가 박명자의 말을 받았다.

"딸 가진 아빠들이 세상에 더 분노한답니다. 자식이라곤 딸 하나뿐인데 세상은 여성에게 온통 기운 운동장이며 폭력적이란 걸 몸소 체감하니까요. 이런 아빠들은 미투 운동에도 적극적인데요, 아내가 사는 세상에는 신경도 쓰지 않던 남자들이 딸이 살아갈 세상을 위해서는 분투하는 걸 보면 참 신기하지요?"

마침 문을 밀고 들어온 도로시 원장이 이선화 등 뒤에 멈춰 서서 두 사람의 대화에 끼어들었다.

"저는 작금의 미투 운동이 나쁜 병균을 죽이느라 좋은 세균까지 모조리 없애버릴까봐 걱정이랍니다."

도로시 원장은 온실에서 오는 길인지 패딩조끼에 체크무늬 작업바지를 입고 있었다.

"금기로만 성 문제를 몰고 가는 극단주의자들을 경계해야 합니다. 저와 같은 생각을 가진 사람들이 세상에 또 있더군요."

도로시 원장은 벽감에서 프린트한 종이를 꺼내와 이선화에게 건네주고는 다탁 중앙에 마련된 자신의 자리에 가서 앉았다.

"〈유혹할 자유를 변호한다〉라는 제목으로 르몽드지에 실린 기고문인데요. 까뜨린느 드뇌브 여배우와 프랑스 여성 문화계 백 명의 인사들이 의견을 낸 겁니다. 이선화 님께서 밑줄 친 부분만 좀 읽어주시겠어요? 아직 돋보기를 쓰지 않는 유일한 분이라서요."

이선화가 종이를 펼쳐 또박또박 읽어나갔다.

"성폭력은 분명한 범죄이지만, 유혹이나 여자의 환심을 사려는 행동은 범죄가 아니다. 우리는 성폭력과 적절하지 않은 유혹을 구분할 만큼 현명하다. 성적 자유에 필수불가결한 유혹의 자유를 옹호한다. 최근 흐름은 성의 자유를 억압하고 전체주의적이다. 남성은 여성을 유혹할 자유가 있다!"

도로시 원장이 이를 다시 요약해서 말했다.

"저도 유혹의 자유를 옹호합니다. 유혹이야말로 자연의 정당한 표현이니까요."

"원장님 꽃밭에는 항상 나비가 날고 있네요!"

정귀자가 감탄을 섞어 말하자 도로시 원장은 미소로 화답하고는 모임 주제로 바로 넘어갔다.

"오늘은 한국에서 2015년, 불과 몇 년 전에 폐기된 간통죄에 대해 어머니들과 이야기를 해보겠어요."

송경희는 얼른 도로시 원장 쪽으로 무릎 방향을 바꾸어 앉았다. 오랜 기다림 끝에 드디어 자신의 머리끝을 곤두서게 하는 바로 그 주제였다.

"일본은 1947년 형법에서 간통죄를 폐지했고 프랑스는 1975년에 간통죄를 폐지했습니다. 우선 저는 두 나라의 간통죄 폐지 연도에 대해서 좀 놀랐습니다. 보수적인 섬나라, 일본이 너무 일찍 폐지한 것에 놀랐고 또 예술과 자유의 나라, 프랑스가 이 법을 너무 늦게 폐지한 것에도 놀랐어요."

도로시 원장의 말에 오정애의 두 눈이 반짝 빛을 냈다.

"저는 오늘 이 자리에서 간통죄에 대해서가 아니고 간통을 입증하는 방식에 대해 말하려고 합니다. 한국에서는 당시 간통죄로 고소를 하려면 현장 증거가 필요했어요. 여기 계신 어머니들은 드라마나 고발 영상, 모자이크로 처리된 뉴스 화면을 기억하실 겁니다. 경찰관 한 명을 대동하고 방문을 박차고 들어가 벌거벗은 남녀의 알몸 위로 사진을 마구 찍어대는 장면인데요. 법정에 제출할 증거 자료를 확보하기 위해서였죠. 이런 낯 뜨겁고 몰상식한 일이 불과 몇 년 전까지 국민소득 사만 불인 선진 한국에서 공식적인 법 절차로 행해졌다는 게 우선 놀랍습니다."

그때 참지 못한 송경희가 불쑥 끼어들었다.

"죄를 졌으니 망신을 당해도 싸지요. 그러게 왜 남의 남편을 넘보느냐고욧!"

팽팽한 북을 쇠못으로 길게 긋는 퉁명한 목소리였다. 주변 반응이 냉랭하자 박명자는 탁자 아래로 송경희의 허벅지를 슬쩍 찔렀다.

"그럼, 송경희님의 이해를 돕기 위해 한 가지 예를 들어보겠어요."

도로시 원장이 조금 생각한 끝에 운을 뗐다.

"1945년 이탈리아가 전쟁에 패했습니다. 그러자 시민들은 무솔리니와 그의 애인, 클라라를 총살하고 그 시신을 밀라노의 한 광장 한 가운데 거꾸로 매달았지요. 무솔리니의 파시스트 정책으로 수십만, 수백만 국민들이 죽거나 고통을 당했으니 애인인 클라라 또한 천하의 대역 죄인이었어요. 수십만, 수백만의 시민들이 그들의 시신에 욕설을 퍼붓고 침을 뱉고 그 광장을 지나갔습니다. 그런데 한 시민이 사다리를 놓고 허리 아래로 내려간 클라라의 치마를 올려 그녀의 다리에 묶어주었습니다. 인간의 기본적인 수치심을 막아준 것이지요."

모두 골똘한 눈으로 도로시 원장의 말에 집중하고 있었다.

"한 인간의 존엄과 기본 인권은 법 이전, 윤리 이전, 관습 이전에 있습니다. 그 삼엄한 상황에서도 인간으로서의 존엄을 찾아준 한 시민의 용기야말로 야만국과 문명국을 가르는 잣대입니다."

이선화가 고개를 크게 끄덕였다.

"우리 어머니들은 이런 용기 있는 행동을 직접 하지는 못하더라도 그 용기에 공감하는 분은 되시길 바랍니다."

둥글게 둘러앉은 어머니들이 숙연해졌다.

"법이란 형식은 내용의 필요에 의해 만들어집니다. 내용이 형식을 요구하는 거죠. 인간 공동체가 필요에 의해 법을 만들었지만 그 법이 인간의 존엄을 훼손한다면 마땅히 수정, 폐기되어야 합니다."

도로시 원장은 앞에 놓인 차를 한 모금 마시고는 이제 하류에 이른 물살처럼 느리게 말했다.

"자연은 우리에게 세상 살아가는 이치를 가르쳐줍니다. 아무리 물길을 거꾸로 돌린다 해도 결국 물은 위에서 아래로 흐릅니다. 우리 어머니 모임의 지혜로운 어머니들은 이런 자연의 순한 이치로 주변을 살피고 더불어 행복하시길 바랍니다."

도로시 원장은 어머니들을 한 사람씩 차례로 둘러본 다음 마무리 인사말을 했다.

"그동안 이 모임에 적극 참가해준 어머님들 덕분에 여기까지 왔습니다. 그동안 감사했습니다."

"모두 원장님 덕분이지요. 이런 귀한 강좌를 열어주셔서 제 눈이 다 밝아졌습니다."

겸양이 몸에 밴 정귀자가 진심을 담아 말했다.

"유익한 시간이었습니다."

박명자도 얼른 인사말을 꺼냈다.

"많이 배우고 갑니다. 이 고마움을 뭐라고 표현할 길이 없네요."라는 이선화의 말에는 모두 손뼉을 쳐서 공감을 보탰다.

어려운 내용도 있었지만 대체로 차밍스쿨의 어머니 모임을 통해 내적으로 확장되었다는 사실은 인정하는 분위기였다. 도로시 원장을 둘러싸고 인사말을 하는 어머니들 틈으로 장길녀는 간단히 눈인사만 하고 서둘러 문을 나왔다. 이수정 여사와의 미팅 시간에 맞춰 서울까지 가려면 빠듯한 시간이었다. 장길녀는 긴 치마를 무릎 위로 올려 쥐고는 주차장을 향해 뛰었다.

10

"저는 아드님이 지원이의 댄스 파트너라는 것도 몰랐는데요?"

장길녀의 얼굴이 붉어지고 숨이 거칠어졌다.

"그래요? 지원양이 내 아들과 연애하고 있다는 것도 금시초문이었다고요? 이런, 두 사람이 장 여사님 한 명만 따돌리고 온 세상은 다 알도록 연애를 했나 보네요."

이수정이 유쾌한 표정을 짓고는 장길녀를 향해 어깨를 기울였다.

"사실은 차밍스쿨 학부형 중 정귀자가 제 고종 사촌 언니예요. 서로 바빠서 근래에 만나지는 못했지만 가끔씩 통화는 하는 사이랍니다. 지난주에 귀자 언니에게 전화가 와서 뜬금없이 차밍스쿨 이야기를 하더라고요. 속으로 깜짝 놀랐어요."

장길녀 귀에는 다른 말들이 들어오지 않았다. 지원이가 연애를 했어? 그 앙큼한 속내를 몰랐던 것에 서운함이 컸다.

"귀자 언니가 그 결혼 학교에 품이 넓고 지혜로운 신붓감이 한 명 있다는 말을 하더니 글쎄, 이름이 유지원이라고 말하지 뭐예요? 내게 슬쩍 추천해주고 싶었던 게지요. 아마 딸, 시은이가 제 동료에 대해서 말한 걸 내게 그대로 전한 모양이에요. 유지원이라고요? 귀자 언니 앞에서 내색은 하지 않았지만 엄청 반가웠어요. 전화 받는 내 목소리가 다 떨렸다니까요."

"아, 그러셨어요?"

장길녀는 가볍게 피드백은 해주었지만 한 번 상한 마음은 쉬이 풀어지지 않았다. 이수정은 대화에 속도를 냈다.

"전화를 끊고 나서 한참 있다가 비로소 어떤 깨달음이 오더라고요. 아! 세상일은 모두 우연이 아니구나! 혼자 방 안을 빙빙 돌았지 뭐예요. 같은 사람을 두고 아들과 팽팽히 맞섰던 걸 생각하니 웃음이 나더군요."

이수정은 잠시 멈췄다가 안도의 긴 숨을 내쉬고는 마무리를 했다.

"이제 제 가문에 들어올 사람도 정해졌으니 내 의무는 다 했다고 생각해요. 세상일이 어디 마음먹은 대로 되던가요? 특히 자식 일이 그렇잖아요? 우리 부부는 가문에 지혜롭고 후덕한 품성의 규수를 들이는 것만으로 아주 만족해한답니다. 그저 하늘에 감사한 일이지요."

이수정이 핸드백에서 흰 봉투를 꺼내 넓은 탁자 위로 길게 밀었다.

"그동안 수고하셨습니다. 모두 장실장님 덕분이에요."

장길녀는 목례를 하고는 두 손으로 제 앞에 놓인 봉투를 집어 들었다. 이로써 비지니스는 종료되었다.

주차장 밖을 나오니 굵은 비가 쏟아지고 있었다. 장길녀는 강변도로를 달리며 카오디오를 틀었다. 한강의 회색 수면 위로 총알이 쏟아지듯 빗줄기들이 구멍을 뚫어댔다. '피아노 맨' 노랫가락이 차창 유리를 때리는 빗살처럼 가슴을 쳐댔다. 근 일 년 동안 기획하고 전념하던 일이 이제 끝났다. 장길녀는 핸들을 꼭 그러쥐고 깊은숨을 내쉬었다. 그럼에도 어쩐 일인지 마음이 홀가분해지지 않았다. 오히려 배앓이처럼 슬슬 기분이 나빠지기 시작했다.

"지원이, 너, 하라는 일은 안 하고 연애를 해? 나를 속이고? 그것도 내 클라이언트랑? 나만 몰랐다니. 내참. 기가 막혀서. 그래, 속이고 연애하니 재밌디?"

냅다 소리를 지르고 나니 속이 좀 풀렸다. 게다가 이번 미션으로 이수정 여사에게 칭찬까지 들은 걸 생각하자 지원에게 오히려 고마움이 느껴졌다. 마음에 애틋함이 고이면서 장길녀의 둥근 턱선을 따라 동그란 미소가 지어졌다.

"유지원, 축하한다! 넌 좋은 파트너를 만날 자격이 있어. 충분하고 말고!"

장길녀는 버튼을 눌러 '호텔 캘리포니아'로 노래를 바꾸었다. 삼십 년 전, 빗물이 흐르는 장충동 커피숍 창가에 붙어 앉아 워크맨으로 이 노래를 함께 듣던 첫사랑이 떠올랐다.

7장

1

  오후 세 시 경부터 쏟아지던 함박눈이 행사를 시작하는 다섯 시 경에는 거짓말같이 그쳤다. 두 시간 동안 발목 높이까지 쌓인 눈으로 사방은 온통 흰 천을 씌워놓은 가구들 같았다. 시간에 맞춰서 도착한 손님들은 주차장에서부터 언덕까지 급히 쓸어낸 눈길을 헤치고 체육관 문 앞에서 신발의 눈을 털어냈다.

  첫 번째 순서로 외부에서 초청한 피아노, 바이올린, 첼로, 세 명의 연주자들이 무대로 나왔다. 첫 곡은 멘델스존의 피아노 트리오 1번과 모차르트의 아이네 클라이네 나흐트 무지크 1악장으로 귀에 익은 곡이었다. 차례로 차이코프스키의 '꽃의 왈츠', 피아졸라의 '리베르 탱고'에 이어 스트라우스의 '피치카토 폴카' 등 흥겨운 곡들이 연주되었다. 지원은 대기실 문틈으로 아래쪽 강당을 내려다보았다. 객석은 교육생들의 가족과 지인들로 꽉 채워진 맥주 상자 같았다. 두 번째

줄 중앙에 나란히 앉은 장길녀 여사와 이수정 여사도 보였다. 연주회가 끝나고 인터미션에 손님들은 준비된 티 테이블 앞에서 차를 마시고 이야기를 나누었다. 황신이 선생과 윤영은 무대 소품들을 점검하고 조명과 음향을 맡은 외부 업체 직원 두 사람은 무대 뒤쪽에 남았다. 사회자인 세라가 무대 중앙에 나서서 다음 순서를 진행했다.

"다음은 여러분이 기다리고 기다리던 연극, '출낙원기'입니다! 인류 최초의 연인! 단지 사과 하나를 따 먹었을 뿐인데 에덴동산을 떠나야 했던 비운의 커플! 아담과 이브의 러브스토리가 펼쳐지겠습니다!"

세라의 억양이 무성영화의 변사처럼 구성 지자 객석에서 웃음이 일었다. 조명이 꺼졌다. 세라는 대사를 읽어주기 위해 막 뒤의 간이의자에 앉았다. 객석 양편의 이동용 화목 난로에서 장작 타는 소리가 들렸다. 아담과 이브, 천사 두 명과 뱀 분장을 한 배우들은 무대 뒤에서 서로 격려의 눈빛을 주고받았다.

1막 1장

막이 열린다. 조명이 꺼진 무대에서 한 목소리가 들린다.

목소리

태초에 하느님이 천지를 창조하셨다!

스트라빈스키의 '봄의 제전' 전반부가 들리면서 무대 조명이 켜진다. 무대 왼편에는 사과나무 한 그루가 서 있고 바닥에는 초록색 벨벳 천이 깔려있다. 뒤 영사막에는 푸른 초원 영상이 떠 있고 농구공만 한 붉은 전등이 무대 중앙에 매달려 있다.

목소리

엿샛날에 하느님은 당신의 모습대로 인간을 창조하셨다!

무대 조명이 풀밭 위에 잠들어 있는 아담의 몸 위를 동그랗게 비춘다. 한 천사 가 날갯짓을 하며 나와서 아담을 들여다본다.

천사 1

아담, 일어나시오! 어서 일어나시오, 아담!

아담은 기지개를 켜고 일어나서 천사 1을 쳐다본다. 천사 1은 손가락으로 해 를 가리킨다.

천사 1

해가 중천에 떴습니다. 이전에는 없던 물건입니다.
세상이 밝아졌습니다. 이전에는 어두웠습니다.

아담, 일어서더니 천장에 매달린 해와 주변을 둘러본다.

아담

나에게는 최초의 아침이구나! 어제는 내가 없었다!

아담이 갑자기 아침 체조를 한다. 천사 1이 뒤에서 체조를 따라 한다.

아담
아주 긴 잠에서 깨어났으니 이 주변을 산책이나 해야겠다.

아담이 앞장서 무대 가장자리를 따라 천천히 걷기 시작한다. 천사 1이 뒤따른다. 조명은 사과나무 아래에서 엎드려 자고 있는 이브를 비춘다. 이브가 기지개를 켜며 깨어난다. 천사 2가 달려 나와 이브 옆에 선다.

천사 2
당신은 두 번째 인간입니다.
당신의 이름은 이브입니다.

이브는 놀란 표정으로 벌떡 일어선다.

이브
잠에서 깨어나니 꿈속에서 떠다니던 물건들이
모두 고정되어 있구나.

이브는 해와 사과나무를 차례로 둘러본다.

천사 2

해는 하늘에 있고 당신은 땅 위에 있습니다.

이브는 사과나무를 흔들어 보고 몇 바퀴를 돌아보다가 하품을 한다.

이브

아, 지루해!

사과나무 한 그루밖에 없는 이 동산은 정말 따분하구나.

뭐 재미있는 일이 없을까?

이브는 사과나무에 감겨 있는 그네를 발견하고 손뼉을 친다.

이브

저걸 내려줘.

저걸 타면 이 동산 너머를 볼 수 있을 거야.

천사 2는 사과나무에 감겨 있던 그네를 풀어 내린다. 이브가 그네에 앉고 천사 2가 뒤에서 그네를 밀어준다. 무대 조명은 다시 산책을 하다가 무대 중앙에 멈춰 선 아담과 천사 1을 비춘다.

아담

이 동산에는 아무도 없구나. 모두 어디로 가버린 것이냐?

천사 1

모두 휴가 중인가 합니다.

아담

배가 고프구나. 요리사를 불러다오.

천사 1

요리사는 휴가 중입니다. 아직 불이 발견되지 않았거든요.

아담

그럼 이 긴 머리를 잘라야겠다. 이발사를 불러라.

천사 1

이발사도 휴가 중입니다. 아직 가위가 발명되지 않았거든요.

아담

그럼 재단사도 휴가 중이겠구나. 옷감이 발명되지 않았을 테니.

천사 1

영특하십니다.

아담

모두 휴가, 휴가!

대체 휴가 중이 아닌 자는 누구란 말이냐?

천사 1

뱀입니다.

아담

휴가도 없는 뱀이란 또 어떤 자냐?

천사 1

바위 속에서 이미 오랫동안 휴식을 하고 나온 자입니다.

긴 배로 기어 다니며 쉬지 않고 혀를 놀립니다.

아담

나는 아직 뱀을 본 적이 없구나.

천사 1

뱀은 마주치지 않는 게 행운이랍니다.

아담이 사방을 둘러보다가 그네를 타는 이브를 발견한다.

아담

저기 올라갔다 내려갔다 하는 자가 뱀이냐?

천사 1

쉿, 목소리를 낮추세요. 저이가 들으면 불같이 화를 낼 겁니다. 아니, 불이 발견되지 않았으니, 황소같이 화를 낼 겁니다. 아니 황소도 아직 탄생하지 않았으니, 에잇, 어쨌든 화를 무지무지 많이 낼 것입니다.

천사 1은 아담 앞에서 날개를 앞으로 모으고 자세를 반듯하게 가다듬고는 이브를 소개한다.

천사 1

저기 그네를 타고 있는 자는 당신의 갈비뼈로 만든 두 번째 인간입니다.
이름은 이브라고 합니다.

아담

그렇다면 저 이브야말로 내 뼈에서 나온 뼈요, 내 살에서 나온 살이로구나.

천사 1

영특하십니다.

지금 한 말은 성경학자들의 휴가가 끝나면 성서에 기록될 겁니다.

아담

(갑자기 고통스러운 표정으로 제 가슴을 움켜잡으며)

가슴이 시리다!

왜 하필 내 갈비뼈를 빼서 저 이브를 만들었단 말이냐.

이 귀퉁이가 터진 내 가슴은 울타리가 무너진 목장 같구나!

빠진 갈비뼈 틈새로 양들이 모조리 달아난다면

내 가슴은 텅 비게 될 것이고 공허해질 것이다.

이 빈 가슴이야말로 아담의 미래 운명이 될 것이다!

천사 1

아담, 공허하지 않을 방법이 하나 있습니다!

잃어버린 갈비뼈를 찾아 가슴 빈 곳을 채우면 됩니다.

아담

아니다!

저 못생긴 본차이나를 내 가슴에 다시 넣고 싶지 않다!

천사 1

아담, 선택의 여지가 없습니다.

이 에덴동산에는 저 이브밖에 없으니까요.

그러니 천천히 이브랑 친해질 방법을 생각하십시오.

그것이 창조자의 뜻입니다.

아담

아니, 난 저 조그만 이브와 체급부터 다른데 무엇을 함께할 수 있단 말이냐?

천사 1

(은밀한 목소리로)

그건 저절로 알게 될 것입니다.

그때 이브가 그네에서 내려와 아담에게 다가간다. 천사 2가 뒤따른다.

이브

당신이 아담인가요? 천사는 뭐든지 알려줘요.

아담

그렇소.

이브

그런데 당신은 왜 계속 걷고만 있나요? 에덴동산의 지도라도 만들 건가요? 뻘

짓 그만하고 나와 함께 저 그네나 타요.

그네가 높이 오르면 동산 너머까지 다 보인답니다.

아담은 이브의 말을 무시하고 등을 돌리자 천사 1이 아담을 붙잡아 다시 이브

와 마주 세운다.

아담

당신이나 어서 가서 그네를 타시오.

나는 최초의 인간으로 직립보행을 학습하고 있는 거요.

하긴 걷기 전에 그네부터 타는 갈비뼈가

위대한 직립보행에 대해서 뭘 알겠소?

내 장담하는데 걷기도 전에 날고자 하는 그런 허영심은

당신을 바닥에 패대기칠 날이 올 거요.

가장 높이 올랐을 때 떨어지는 충격도 가장 큰 법,

아무쪼록 내 갈비뼈에 금이 가지 않도록 조심하시오!

아담이 몸을 돌려 반대 방향으로 걷는다. 천사 1이 그 뒤를 따른다. 이브가 분해서 발을 구른다. 천사 2가 똑같이 따라 한다.

이브

이것이 인류 최초의 잔소리로구나!

세 개의 회색 상자 위에 웅크리고 앉아 있던 뱀이 고개를 치켜올린다.

뱀

천지가 창조되고 밝은 빛이 생겼도다!

혼돈의 어둠 속에서 나는 간절히 빛을 기다려왔다!

긴 잠에서 나를 깨운 빛이여!

동굴 밖으로 끌어내준 안내자여!

밝은 곳으로 나와 보니 세상을 간섭하고 싶은 욕망이

내 허리를 요동치게 하는구나!

어서 초원의 이슬을 타고 에덴동산으로 달려가보자!

유혹하는 데는 내 혀를 당할 자가 없으니,

에덴동산으로 날 부른 이유이다!

뱀은 허리를 곧추세우고 동산 전체를 휘둘러본다.

아담은 무대 가장자리를 따라 걷고 있고 이브는 그네를 타고 있다. 천사 1과 천사 2가 무대 앞쪽으로 나선다.

천사 2

임무를 다 마쳤으니 우린 그만 돌아갑시다.

천사 1

저 사과나무의 열매를 따먹지 말라고 이브에게 알려주었나요?

천사 2

경고문에 적혀 있지만 이브에게 한 번 더 말해주고 갑시다.

천사 2는 이브에게 다가가 그네줄을 잡아 멈춘다.

천사 2

이브,

이 에덴동산에서는 이 사과나무의 열매는 따 먹으면 안 돼요.

명심해요!

이브

명심해요!

천사 2

이 나무의 열매를 따 먹으면 큰 벌을 받는다.

이브

큰 벌을 받는다.

천사들

(합창으로)

아담! 이브! 그럼 안녕!

사이좋게 잘 지내세요!

천사1, 천사 2가 두 날개를 휘저으며 퇴장한다.

1막 2장

천사들이 가버리자 목을 세우고 동산을 살펴보던 뱀은 사과나무 옆으로 쏜살같이 내려온다. 그네줄을 혼자 꼬았다 풀었다 하는 이브 앞에서 뱀은 긴 혀를 날름거린다.

이브

넌 누구니?

뱀

난 뱀이야. 넌 이름이 뭐니?

이브

난 이브야. 천사가 날 이브라고 불렀지.

넌 누가 뱀이라고 했니?

뱀

아무도.

그렇지만 난 뱀이야.

(허리를 이리 꼬고 저리 풀고 하며)

배배 꼬여 뱀뱀!

배배 풀려 뱀뱀!

그때 뱀이 사과나무 가지에 걸린 경고문을 발견하고는 소리 내서 읽는다.

뱀

이 나무의 열매는 절대 따 먹지 말라.

이 금기를 어기는 자는 큰 벌을 받을 것이다.

하느님 백.

(사방을 두리번거리며)

이 경고문을 나 말고 누가 또 보았을까?

갑자기 뱀은 꼬리로 바닥을 치며 박장대소한다.

뱀

(독백)

이 최초의 동산에 지혜로운 여우보다

이 뱀을 먼저 보낸 이유를 알겠구나!

내 임무는 이 금지된 열매를 따 먹도록 이들을 유혹하는 거야.

와우! 영광스럽게도 하느님이 내 첫 번째 의뢰인이라니! 트랄라! 트랄라!

뱀은 꼬리를 치켜들고 한 바퀴 돌면서 춤을 추고는 경고문을 뒤집어놓는다.

뱀

(다정한 목소리로)

이브, 넌 이 나무에 관한 이야기를 알고 있니?

이브

아니, 나무에게 무슨 이야기가 있어? 그냥 나무일 뿐인데?

뱀

이브, 넌 단순한 거니? 순진한 거니?

사물에게 이야기가 없다는 건

사람에게 얼굴이 없는 것과 마찬가지야.

이브

그럼, 넌 이 나무의 이야기를 알고 있다는 거니?

뱀

이건 아무한테도 말하면 안 되는 건데.

이브

비밀은 저 바위처럼 지켜줄 테니 나한테만 말해봐.

뱀

이건 먼 미래의 이야기야.

그러니까 앞으로의 세상에서 전설이 될 이야기지.

미래의 어느 나라에 예쁜 공주가 살아. 그 공주는 우연히 만난 이웃나라의 목
동을 사랑하게 되지. 그러자 왕과 왕비는 목동과의 결혼을 반대해. 정말 사랑
해서 헤어질 수 없는 두 사람은 함께 떠나기로 약속을 하고는 만날 장소를 이

나무 아래로 정하지. 먼저 와서 기다리던 목동은 밤이 지나고 다음 날 아침 해가 떠오르고 한낮이 되어도 공주가 오질 않자 목동은 공주가 오는지 보려고 나무 위로 더 올라가 기다려. 가장 높은 가지에 올라가 며칠을 기다려도 길 위에는 아무도 나타나지 않아. 그날 이후 목동은 나무 위에서 내려오지 않았고 목동의 붉은 심장은 이 나무의 열매가 된 거야. 색깔을 봐. 애타게 기다리는 심장의 붉은색이잖아. 사랑하는 연인을 기다리던 목동의 심장이 바로 이 사과라는 열매가 되는 거야. 이게 사과의 미래 전설이지.

이브

(눈물을 흘리고 가슴을 쥐어뜯으며)

이보다 더 애절한 미래의 사랑 이야기가 또 있을까?

뱀

그래서 이 열매를 따 먹으면 가슴이 아파오고 애타는 기다림에 빠진다고 해. 사과를 먹은 이후로는 심장이 요동쳐서 평온한 삶을 살 수 없다고도 하지.

이브

아하! 그래서 천사가 이 열매를 따 먹지 말라고 했구나!

그네에 앉은 이브가 열매에 손을 뻗는다. 이브의 손이 사과에 닿질 않자 뱀이 제 목을 구부려 이브 앞에 들이민다.

뱀

내 목을 딛고 올라서면 사과를 딸 수 있어.

이브

(황급히 손사래를 치며)

안 돼! 난 절대 사과를 따지 않을 거야!

뱀

(독백) 이 말라빠진 뼈다귀는 모험심이라고는 없군.

그렇다면 허영심을 이용하는 수밖에.

뱀

금지된 것에 손대지 않는 건 유치한 어린이들뿐일걸?

이브

뭐, 유치한 어린이?

야, 스네이크! 스테이크 해 먹기 전에 건방진 소리 취소해!

뱀

어머머, 그러네. 성인 이브에게 할 소리는 아니네? 내가 진심으로 사과할게.

사과? 어머, 어머, 왜 이러니, 내 입에서 사과가 떠나질 않네.

이브

됐고. 난 그네나 탈 거야.

뱀이 얼른 이브의 등 뒤로 가 그네를 밀어준다. 점점 더 세게 그네를 위쪽으로
밀어 올린다.

뱀

발을 더 힘껏 굴러! 이브!

넌 모험심도 없니?

더 세게! 더 높이!

에덴동산 너머가 보이니?

티그리스강, 유프라테스강이 보여?

더, 더 높이! 더 멀리!

핫 둘, 둘 둘, 셋 둘!

이브는 뱀의 구령에 따라 점점 세게 발을 구르고 그네는 정점으로 올라간다. 그때 뱀은 그네줄을 슬며시 놓고는 사과나무 뒤로 가서 나무 기둥을 힘껏 흔든다. 사과 하나가 땅에 굴러떨어지면서 동시에 동산 전체에 큰 소리가 울린다. 걷고 있던 아담이 그네 쪽으로 달려온다. 나무 뒤쪽에서 뱀이 나타난다.

아담

방금 하늘이 무너지는 큰 소리를 못 들었소?

뱀

별일은 아니고 이 나무에서 무언가 떨어진 듯합니다.

눈 밝은 인간이 가서 살펴보시지요.

아담은 나무 뒤로 가서 사과 한 개와 경고 표지판을 들고나온다.

아담

이 열매 하나가 이 동산을 그토록 진동시켰나 보오.

(경고판을 뱀에게 보여주며)

그런데 이 나무의 열매를 따 먹는 건 금지된 일이라고 여기 쓰여 있소.

뱀

아무도 이 나무에서 열매를 따지 않았어요.

열매가 스스로 떨어졌다구요.

아담

왜?

뱀

(혀를 내서 한 바퀴 굴리며)

낸들?

열매가 충분히 익었겠죠.

누가 따주지 않으니 스스로 떨어졌고요.

뱀은 아담의 손에서 사과를 빼앗아 이브에게 건네준다.

뱀

이브, 이왕 떨어진 열매이니 맛을 봐.

공짜 기회이니 어서 깨물라고. 어서!

이브가 사과를 입으로 가져가 한 입 먹으려는 순간 아담이 사과를 빼앗는다.

뱀

(당황하여 아담을 가로막아 선다)

여기서 이러시면 안 됩니다!

아담은 제 손으로 사과를 닦아서 이브에게 도로 건네준다. 이브는 사과를 한
입 크게 베어 문다.

이브

(눈을 감고 맛을 음미하며) 아, 니무니 달콤해요!

이 맛을 어디에 비교할 수도 없군요.

다른 열매는 맛본 적이 없으니.

이브가 사과를 아담에게 건넨다.

이브

직접 맛을 봐야 해요. 어서 깨물어요!

아담이 사과를 받아 들고 머뭇거린다.

뱀

(독백) 겁은 많아가지고. 떨어진 열매도 못 먹는담?

아담이 사과를 한입 베어 물어 맛을 본다.

아담

정말 기가 막힌 맛이오!

그런데 왜 이 맛있는 열매를 따 먹지 말라고 금지했을까?

(뱀에게 사과를 내민다) 맛을 좀 보겠소?

뱀

(뒤로 펄쩍 물러서며) 난 죽은 파리와 떨어진 사과는 안 먹어욧!

뱀이 꼬리를 휘돌리며 재빨리 퇴장한다.

뱀

배배 꼬여 뱀뱀! 배배 풀려 뱀뱀!

무대 조명이 꺼진다.

1막 3장

무대 전체 조명이 켜진다.
아담과 이브는 사과나무 아래 마주 앉아 상대의 얼굴을 자세히 들여다보고 팔다리를 서로 만져본다.

아담

이브, 당신은 참 아름답소!
조금 전까지는 말라비틀어진 뼈다귀였는데.

이브

아담, 당신도 참 근사해요!
조금 전까지는 막 던져놓은 진흙덩이였는데.

아담은 이브를, 이브는 아담을 마주 보다가 놀라 둘 다 자리에서 벌떡 일어난다.

이브

(두 손으로 얼굴을 가리며) 어머, 부끄러워요!

아담

이상하다! 조금 전까지만 해도 알몸이 전혀 부끄럽지 않았었는데.

〈목신의 오후 전주곡〉이 흐른다. 아담은 사과나무에 걸어둔 두렁이를 가져와 이브에게 둘러주고 자신도 입는다. 두렁이로 몸을 가린 아담과 이브가 마주 보고 선다.

아담

이브, 난 당신과 함께 언제나 같이 있고 싶소.

당신에 대해 뭐든지 궁금하다오.

혼자 산책하는 일은 이제 없을 거요.

이브

아담, 난 언제나 당신 곁에 있을 거예요.

뭐든지 당신을 간섭할 거예요.

혼자 그네 타는 일은 이제 없을 거예요.

아담

내 심장은 샘을 찾듯 당신을 향해 뛰고 있소.

당신이 바로 옆에 있는데도 말이오.

이브

당신은 저 달처럼 내 가슴을 애타게 해요.

당신이 가까이에 있는데도 말이에요.

두 사람은 한발씩 가까이로 다가와 포옹을 한다. 이때 천사 1과 천사 2가 날개를 휘저으며 무대 중앙으로 나온다. 천사들은 포옹하고 있는 두 사람의 양편에 각기 지켜 선다.

천사들

(동시에) 스토옵!

두 사람은 놀라서 서로 떨어지고 이브는 아담의 등 뒤에 선다.

천사 1

당신들은 이 사과나무의 열매를 따 먹었어요!

천사 2

에덴동산의 금기사항을 어겼어요!

아담

우리가 사과를 직접 딴 게 아니오.

떨어진 사과를 주워 먹었을 뿐이오.

천사 1

상관없고.

천사 2

당신들을 이 동산에서 추방합니다!

천사 1

하느님의 벌입니다.

아담

난 이 동산 밖으로 한 번도 나가본 적이 없소.

우리의 죄를 한 번만 용서해달라고 하느님께 부탁해보시오.

천사 2

우리는 벌칙을 전달할 뿐입니다.

천사 1

우리는 심부름꾼입니다.

이때 이브가 아담의 등 뒤에서 나와 천사들 앞으로 나선다.

이브

우리 두 사람은 후회하지 않아요.

지은 죄에 대해 벌을 받겠어요!

어쨌거나 금지된 열매를 맛보았으니까요!

이브는 당황하는 아담의 손을 끌어 앞을 향해 나란히 세운다.

이브

에덴동산은 그동안 우리에게 낙원이었어요.

그러나 이제 우린 이 동산을 떠나겠어요.

(아담을 마주하며)

아담! 당신과 함께 가는 곳이면 어디든 낙원이지요!

아담이 이브를 끌어안는다.

포옹하고 있는 두 사람 앞으로 천천히 막이 내린다.

　세라가 무대 아래로 뛰어 내려가 영상 녹화 중인 무비 카메라의 정지 버튼을 눌렀다. 커튼콜에서는 출연진 다섯 명이 손을 잡고 거듭 인사를 했다. 주인공 다음으로 뱀이 환호와 박수를 많이 받았다. 커튼이 내리자 막 뒤에서 배우들은 스텝들과 얼싸안고 한 바퀴를 돌았다.

　"〈출낙원기〉, 완전 성공이야! 우리 아마추어들이 전부 해낸 거야!"

　대기실로 돌아온 세라가 대본을 쥔 손을 흔들면서 환호했다.

　"미리 언니, 짱이었어요. 모사꾼인 뱀 목소리가 이 세상 급이 아니던데요?"

　허물처럼 벗어던지는 무대 의상들을 팔 안에 가득 거두어 가면서 윤영도 한마디를 했다.

　"대사가 많아서 연습 땐 힘들었는데 성과가 좋으니 기분이 좋네."

　허미리는 예상 밖의 칭찬에 제 어깨를 치켜올렸다.

　지원은 연회색 래쉬가드 상의와 레깅스에서 파티복으로 갈아입고는 대기실 밖으로 나왔다. 강당에는 파견 나온 뷔페 업체 사람들이 객석 의자들을 옮긴 자리에 테이블을 세팅하는 중이었다. 손님들은 사물함에 겉옷과 소지품을 넣은 뒤 가벼운 복장으로 벽 쪽에 모여 서서 이야기를 나누고 파티 의상을 갖춰 입은 남성 파트너들은 둥글게

서서 대화하다가 고개를 젖히고 웃느라고 뒷발을 내딛기도 하면서 유쾌한 에너지를 뿜어냈다. 황신이 선생은 서울로 먼저 떠나는 연주자들을 주차장까지 배웅해주고 오는 길이라면서 무대 계단에 서 있는 지원에게 엄지를 치켜세웠다.

"최고였어! 에덴의 연인들, 오늘 충분히 멋졌어!"

1부 행사가 끝난 뒤 2부 세션인 와인 파티로 이어졌다. 스피커에서 왈츠곡이 나오자 손님들은 큰 원을 그리며 강당의 중앙을 비워냈다. 그 안으로 다섯 팀의 커플들이 들어서서 시계 반대 방향으로 움직이기 시작했다. 브람스 왈츠집의 15번곡이 첫 곡으로 흘러나올 때까지는 장내가 산만했다. 근 두 달 동안 주일마다 모여 몇 시간씩 연습한 춤 솜씨가 어느 팀 하나도 봐주기가 힘들 정도로 서툴렀다. 그중에 김보람과 안대성 커플만이 제법 유연한 춤동작을 보여주었다. 다들 왈츠를 추는 걸 어려워하자 휘슬 댄스 강사는 가장 기초적인 스텝들만으로 연습시켰다. 둥글게 둘러선 손님들은 커플들의 단조로운 율동으로 다소 지루해하다가, 〈아름답고 푸른 도나우 강〉, 〈다뉴브 강의 잔물결〉 등 귀에 익숙한 음악이 나오자 손에 든 와인잔을 스월링하면서 함께 조금씩 움직였다. 춤을 추는 커플들도 점점 대담하고 자신감 있는 스텝으로 춤 동작에 몰입했다. 지원은 제훈이 이끄는 대로 따라가기만 하는데도 진땀이 나고 정신이 혼미해졌다. 어느 즈음에 음악이 그쳤다. 불안하고 두렵기까지 했던 댄스 공연이 마침내 끝이 났다. 함께 짐 졌던 바윗덩이를 내려놓은 듯 커플들마다 후련한 표정이었다. 잠시 후, 박진영의 '웬 위 디스코' 곡이 무대 스피커에서 흘러나오자 임슬기와 김윤영, 김보람, 세 사람은 원 안으로 다시 들어가 디스코 춤을 추었다. 왈츠 곡에서 디스코 곡으로 바뀌자 손님들도 노래를 흥얼거리며 가벼운 율동을 함께했다.

"귀여운 아가씨들이야! 디스코를 정말 잘 추지 않아?"

정귀자 여사는 양옆에 선 두 딸들을 향해 말하자 옆에 선 오정애 여사가 춤추는 슬기의 모습에서 눈을 떼지 않은 채 덧붙였다.

"어릴 때 발레를 가르쳐놨더니 디스코에 써먹네요."

음악이 멈추고 춤이 멈추고 공연 프로그램이 모두 끝나자 졸업생들은 지인들과 가족이 모여 있는 곳으로 각기 제 파트너들을 데리고 흩어졌다. 슬기는 김장수의 손을 끌고 검은 벨벳 드레스를 입은 엄마, 오정애 여사를 향해 걸어가고 지원도 제훈과 함께 장길녀 여사와 이수정 여사가 서 있는 곳으로 다가갔다. 제훈은 경중거리며 앞서 걸어가 제 엄마 옆자리에 가서 섰다. 장길녀 여사가 한 걸음 앞으로 나와 지원의 양손을 잡아끌었다. 깊게 고개를 숙여 인사하는 지원에게 이수정 여사가 환하게 웃으며 말했다.

"지원양, 연극 잘 봤어요. 우리 아들의 낙원을 선택해줘서 고맙고!"

제훈은 함박웃음을 흘리면서 제 엄마의 등 너머에서 지원을 넘겨다보고 서 있었다. 그의 양어깨가 춤이라도 추듯 으쓱거렸다. 와인잔을 나르는 웨이터가 옆으로 다가오자 제훈은 잔 두 개를 집어 지원에게 나눠주고는 넘실대는 걸음으로 지원을 음식 탁자 앞으로 몰고 갔다.

"아드님이 엄청 기분 좋은가봐요."

장길녀 여사가 등 뒤에서 그만 웃음을 터트렸다.

"쟤가 저래요!"

이수정 여사의 유쾌한 목소리가 뒤따랐다. 초대한 지인들끼리 모인 작은 동그라미들이 이웃 팀을 소개를 하느라고 잠시 열렸다가 닫혔다. 보람이 안대성의 팔에 매달려 주홍색 롱드레스를 입은 송경희 여사와 웃는 모습이 눈에 띄었다. 이선화 여사와 은색 밍크 조끼를 입은 그의 이모, 차밍스쿨 입학예정이라는 제 사촌 여동생과 둥글게 서 있던 윤세라가 지원을 돌아보며 손을 흔들었다. 차밍스쿨의 한 학기 동안 지원은 뭔가 특별한 여행을 한 것 같았다. 내일이면 집으로 귀환해야 했다.

2

"보람양은 결혼 날을 곧 잡을 겁니다. 슬기양과 시은양도 진지하게 만나고 있고요."

황신이는 다과회에 앞서 도로시에게 최종 성과 보고를 했다.

"그럼 윤세라는?"

빛바랜 잔디 광장을 내다보던 도로시가 양을 헤아리는 표정으로 뒤를 돌아보았다.

"아! 세라양은 결혼제도가 자신과는 맞지 않는다는 의견서를 제출했더군요. 차밍스쿨 과정에서 그걸 더욱 확실히 알게 되었다고요."

"이번 학기 성과로는 그걸로 충분해요. 아니, 기대 이상이지."

도로시는 어깨 뒤로 한 손을 들어 보이고는 창유리에 이마를 붙였다. 눈에 씻긴 여인 조각상의 어깨가 햇살에 반짝거렸다. 잔디광장은 눈이 녹은 양갈래 길로 검은 머리띠를 한 것 같았다. 도로시는 입김에 흐려진 유리창 너머로 컨퍼런스 룸으로 들어오는 일곱 명의 교육생들을 내려다보았다.

랭가스 목 탁자에 도로시 원장을 중심으로 양옆에 황신이 선생과 진선미 선생이 배석하고 교육생들이 둥글게 모여 앉았다.

"모든 게 시작과 끝이 있듯 바야흐로 차밍스쿨 과정도 마무리할 때가 되었습니다. 여러분들이 차밍스쿨 과정을 수료하면서 느낀 점들을 서로 나누는 시간을 가졌으면 합니다."

황신이 선생이 모임을 여는 말을 했다. 지원은 코끝이 찡해졌다.

"이런 교육의 장을 열어주신 도로시 원장님께 먼저 감사의 말씀을 드립니다. 함께한 동료들과 선생님들께도 고마운 마음을 전합니다."

맨 앞자리의 소시은이 손바닥으로 가슴께를 누르면서 일어나 연장자답게 전반적인 감사 표시를 하고 이어서 소감을 말했다.

"적어도 개인과 공동체 사이에서 어떤 기준으로 생각하고 행동해야 하는지를 차밍스쿨에서 배웠습니다. 사랑이란 개인의 정원과 결혼이란 공동의 정원은 어떻게 가꾸어야 하는지 그 차별적인 방법이 앞으로 제 삶의 방향이 될 겁니다."

다음 차례인 슬기가 일어났다.

"저는 차밍스쿨 과정에서 치유되고 변화되었습니다. 제 인생의 빛과 같은 시간이었어요. 깊이 감사드려요."

고개 숙이고 앉는 슬기의 눈에 눈물이 반짝거렸다.

"차밍스쿨에서 동시대의 여성들 간의 유대감과 친밀감을 느낄 수 있는 좋은 기회였습니다."

세라는 간단히 말했다.

"여러분들, 그동안 너무나도 부족한 저를 인내해줘서 고맙습니다."

보람은 일어나면서부터 깊이 고개 숙여 인사를 했다.

"세상 어디에서도 가르쳐 주시 않는 중요한 것들을 이 차밍스쿨에서 배워 갑니다. 특히 저의 단점을 짚어서 코칭 해주신 진선미 선생님께 감사드려요."

기대하지 않았던 보람의 진심 어린 후기였다.

"저는 차밍스쿨 과정 동안 잃은 것도 있지만 더 큰 것을 얻었습니다."

미리가 말하자 분위기가 숙연해졌다.

"저를 돌아보고 동시에 미래를 계획할 수 있는 시간이었어요. 이 교육과정이 없었다면 광폭한 연애의 폭주를 막을 수 없었을 겁니다. 더 늦게 관계의 진실을 깨달았다면 돌이킬 수 없는 불행을 자초했을 테고요. 감사히 기억할게요."

울컥해지는 인사말이었다. 이번에는 지원의 차례였다. 지원은 어젯밤부터 종강 모임에서 무슨 말을 해야 할지 고민하다가 정직이 최선이고 최대의 감사 표시라는 결론을 내렸다.

"저는 단기 아르바이트 일을 제안받고 차밍스쿨 과정에 참여하게 되었습니다. 처음에는 그저 일이라고만 생각했어요."

지원이 스스로 진심을 말하자 날 선 기운들이 사라지는 것 같았다. 시은과 윤영은 과도한 호기심의 티를 내지 않으려고 눈길을 옆으로 비키고 있었다.

"하지만 여러분들과 이 차밍스쿨 과정을 함께 하면서 사랑과 연애, 결혼에 대한 그간의 제 몰이해를 바꾸는 계기가 되었어요. 제가 받은

이 과분한 혜택을 나누며 살겠습니다. 그간의 우정도 오래 간직하겠습니다."

지원이 자리에 앉을 때에는 온화한 눈길들이 둥지처럼 감싸는 느낌을 받았다. 그때 오래 기다린 나머지 참을 수 없다는 듯 윤영이 자리에서 튀어 일어났다.

"그동안 함께해서 행복했습니다. 처음에는 등 떠밀려 차밍스쿨에 입학했었는데 제 인생에서 이렇게 큰 선물을 받게 될 줄은 몰랐어요. 소식 하나 전할게요. 제가 봄에 결혼을 한답니다!"

"윤영양! 아름다운 봄 신부가 되겠군요!"

도로시 원장이 두 팔을 펼치며 환영하고는 마무리 인사말을 했다.

"아무쪼록 이 차밍스쿨 과정이 여러분들의 중요한 인생 기획에 도움이 되기를 바랍니다. 여러분의 파트너들과 함께 내내 행복하길!"

참석한 선생님들과 교육생 전원이 자리에서 일어나 도로시 원장에게, 또 서로에게 뜨거운 박수를 보냈다.

도로시 원장과 황신이 선생, 진선미 선생은 문 앞에 나란히 서서 마지막 문을 나서는 교육생들을 한 사람씩 포옹을 하고 등을 두드리며 작별했다. 바깥 정원으로 나온 교육생들은 서로 안고는 내년 봄날에 다시 만날 것을 기약했다. 지난밤을 기숙사 방에서 딸과 함께 보낸 어머니들은 차 트렁크에 캐리어들을 실어놓고는 주차장 앞에 서서 기다리고 있었다. 지원은 각자 돌아가는 동료들의 등을 보자 소녀 시절 이후로 느껴보지 않았던 뜨거운 감정이 차올랐다. 걸 스카우트 해단식 때처럼 서로 어깨를 겹친 그 동그라미 속에 달아나는 시간을 가두고 싶었다. 인간은 이별하는 존재다. 유한성의 애달픔을 기억하는 존재다. 지원은 다시 갈 수 없는, 다시 가질 수 없는 지금 현재 시간에 대한 향수로 가슴이 저릿해졌다. 눈이 덜 녹은 잔디 마당은 반백의 노인처럼 인자하게 보였다.

3

흰색은 오늘의 신부, 윤영에게 양보하고 지원은 무릎길이의 핑크빛 원피스에 하늘색 봄 외투를 걸쳤다. 목에는 엄마 유품인 진주 목걸이를 걸었다. S 호텔의 결혼식장으로 가는 장충동 언덕의 축대에는 삼월의 이른 개나리가 휘장처럼 늘어져 있었다.

"부케는 누가 받아요?"

운전하는 제훈이 물었다.

"저요!"

지원이 학생처럼 손을 번쩍 들자 제훈이 명랑한 목소리로 덧붙였다.

"예비 신랑도 라운드 걸처럼 거리에 번호판을 들고 다녔으면 좋겠어요. 다음 차례에 결혼할 신랑이 누구인지 온 세상이 다 알도록."

지원은 어이가 없어 웃었다.

"장수하고 슬기씨도 오겠죠?"

"당연하죠. 졸업생들, 어머님들, 도로시 원장님과 선생님들까지 오늘 윤영이 결혼식에 모두 참석할 거예요. 차밍스쿨의 첫 결실이니까요."

종업식 때 헤어진 동료들을 볼 생각으로 지원은 설레었다. 차가 빨간 신호등 앞에서 멈추자 제훈이 어깨를 틀어 지원의 얼굴을 정면으로 들여다보았다.

"예뻐요!"

제훈은 핸들을 잡지 않은 손으로 지원의 손을 끌어당겨 자신의 오른쪽 무릎 위에 놓았다.

"참, 세라는 오늘 결혼식에 참석 못 해요. 영국 대사관의 추리소설 공모전에 당선돼서 3개월 동안 런던 레지던스에 가 있거든요."

지원이 앞만 보고 빠르게 말했다.

"추리소설이라고요?"

제훈은 그런 허구 세계까지 헤아릴 여유가 없었다. 실제 무릎이 뜨거워지고 있었다. 초록 신호등이 켜지자 차는 앞차를 따라 천천히 움직이기 시작했다.

작가의 말

    이십 대일 적에 여러 번 데이트를 신청한 남자가 있었다. 별 호감은 없었지만 한 번은 만나보는 게 예의일 것 같아서 함께 영화를 보러 갔다. 영화는 열렬히 사랑하던 남녀가 마침내 이별한다는 내용이었다. 영화관을 나올 때는 그 연인들의 애달픔으로 가슴이 먹먹하였다. 커피숍으로 옮겨 앉자 그가 갑자기 말했다.

    "영화는 끝났지만 두 주인공은 다시 만나서 결혼합니다!"

    황당해서 웃고는 집으로 돌아왔는데 자꾸 그의 말이 생각났다. 나를 다시 만나지 못할까 봐 불안해하는 그의 눈동자와 떨리는 그의 음성에는 진정성이 있었다. 이후 계속 그를 만났다.

    이십 대를 갓 넘긴 딸에게서 전화가 왔다. 뮤지컬 〈웨스트사이드 스토리〉가 영화로 제작되었으니 보러 가자고 했다. 감독이 스티븐 스필버그라고 해서 따라나섰다. 영화 중반부터 눈물이 났다. 손수건으로 찍어내면서 울었다. 나중에는 작게 흐느낄 정도였다. 영화가 끝나고 명동에서 시청을 지나 광화문 거리를 딸과 함께 나란히 걸었다.

"영화관에서 왜 그렇게 울었어요? 내내 눈물을 흘리시던데. 로미오와 줄리엣 패러디 버전이잖아요. 어떤 장면이 그렇게 슬펐어요? 주인공 남자가 죽었을 때요? 여자 주인공이 따라 죽었을 때요?"

"아니, 영화가 슬퍼서 울었던 게 아니야."

"그럼 왜요?"

"이전에는 사랑 영화를 보면 내가 그 여주인공이 되어 설레고 애타고 가슴이 터질 듯 했었거든. 그런데 이번에는 감정이입이 되질 않았어. 저들이 사랑을 하는구나, 저들이 이별을 하는구나, 저들이 죽는구나, 그렇게 남의 일처럼 느껴지더라고."

"그런데요?"

"그래서 생각했지. 아, 내 인생에서 사랑을 느끼는 감정이 가버리는구나. 사랑이 내 마음에서 영영 떠나가는구나. 그러자 너무 허망해지는 거야. 사랑 없이 이 황량한 세상에 남겨질 생각을 하니 계속 눈물이 났어."

"하!"

딸은 턱을 치켜들고는 감탄사를 냈다. 세종문화회관 앞의 신호등에 멈춰 섰다. 문득 투명 블루 색인 초저녁 하늘을 고개를 꺾어서 한참을 올려다보았다. 작은 별들이 내려와 깜박이며 내게 윙크를 했다. 그러자 설렘이 되살아났다. 가슴이 뛰었다. 경복궁역으로 걸어가면서 딸이 조심스레 물었다.

"작가님, 이젠 사랑 소설은 쓰지 않겠네요? 사랑을 느끼는 감정이 마음속에서 아주 사라졌다면서요?"

"아니. 방금 생각했는데 다음 소설로는 중년의 '마지막 사랑'을 쓸 거야. 제목은 '윈터 가든'이고."

"하!"

자라는 동안 수많은 반전을 경험했음에도 날것처럼 딸은 또 감탄사를 낸다. 광화문 지붕 끝에 내려앉은 하늘은 시치미를 뚝 떼고 다시금 새파랗다.

오래전부터 제인 오스틴의 『오만과 편견』과도 같은 당대의 결혼문화에 대해 써보고 싶었다. 박사과정 소설 창작 워크숍에서 초고를 시작했다.

『차밍스쿨』은 이 시대의 결혼문화에 대한 '오해와 편견'에 관한 이야기이다. 소문만 무성하던 『차밍스쿨』을 팔 년 만에 세상에 내놓는다. 도로시 원장의 바람대로, '세상의 모든 커플들이 행복해지는 그 날'까지 『차밍스쿨』이 이 땅에 오래 남게 되길 바란다.

감사한 분들이 있다.

한 아이를 키워내려면, 그 아이의 동심을 지켜주려면 한 마을이 필요하듯이 『차밍스쿨』 소설을 쓰는 동안 '내 마음'이 딱딱해지지 않도록 지속적인 설렘을 주신 분들에게 고마운 마음을 전한다.

2023.6. 박혜영.

차밍스쿨
ⓒ 박혜영

2023년 7월 1일 초판 1쇄 발행

지은이 박혜영
펴낸이 김재범
인쇄·제책 굿에그커뮤니케이션
종이 한솔PNS
펴낸곳 (주)아시아
출판등록 2006년 1월 27일 제406-2006-000004호
주소 경기도 파주시 회동길 445
전화 031.944.5058
팩스 070.7611.2505
이메일 bookasia@hanmail.net

ISBN 979-11-5662-637-4 03810